U0907876

青狐妖

著

SUPERNATURAL HERO

超自然大英雄

湖南文艺出版社
HUNAN LITERATURE AND ART PUBLISHING HOUSE

博集天卷
CS-BOOKY

目录

contents

第一章

第二章

第三章

第四章

第五章

第六章

第七章

第一章

001

雨夜惊魂

不紧不慢的秋雨，似乎要下一整夜。

城市的一处混乱角落里，一个年轻漂亮的女人从一家半旧的酒吧里走出来，撑开了一柄伞。她带着些酒意，身体轻轻摇晃着走过了马路，走向对面一条小街。

女人似乎并没有注意到，背后有个身材略高的青年男子也跟着走了出来。男子身穿七分袖的衬衫，卷起的袖口中露出了看似偏瘦但肌肉健壮的胳膊。这男子像是深夜之中的一头黑豹，一双眸子透出玩世不恭的戏谑，以及阅尽世事的淡然。

同样撑着一柄黑色大伞的男子，几个大步追上了漂亮女人，笑着问道：“李小姐，天这么晚了还单独冒雨回去？不如我送你……”

女人缓缓吸了口冷气，有些气哼哼地转过身：“你在跟踪我？”

面对女人的质问，青年男子笑呵呵地低了下头，右手轻轻转了转伞柄，黑色的伞面顿时抛洒出一圈雨珠。

“没有没有，我只是担心你的安全罢了，最近世道挺不太平。”

“担心我？”女人嘴角微翘，觉得这话听起来好笑，甚至有点儿讽刺，“恐怕你所担心的，是不能骗我跟你去开房吧？”

男青年笑着摇了摇头：“哪儿来这么多的零碎想法。”

“那请你离我远点儿！”女人沉着脸警告，然后转过身继续往前走，精致的低跟小皮鞋踩在马路上，每一步都故意踩出一朵水花。

年轻男子笑了笑，并没有停下脚步，一只手下意识地探入自己的衬衫，指尖抚摩到一道奇怪的疤痕，俊秀的面容突然扭动了一下，双眸也瞬间凌厉如刀。但也只是一下，他的目光又恢复了玩世不恭的淡然。

看似微醺的女人根本不是什么夜场女，而是刑警队的警官李晓芬。这两天她一直在这个小酒吧里蹲点儿，执行一场重要的任务。

五天之前，一条野狗循着气味，在市郊荒地刨出来三具尸体，死者均为年轻女性，而且生前都在本市的夜场工作。

奇怪的是这三个夜场小姐根本不在同一个场子，尸检显示遇害的时间也不相同。显然，这是一场连环杀人案，凶手很残忍，而且专门对夜场女子下手。

为此，警方当即展开了排查。这一查不要紧，发现各个夜场里面知名知姓失踪的女子，除那三名以外，竟然还有 16 名！

都死了吗？还是就死了那三个？没人敢贸然下结论。警方高度重视，在展开正常侦查的同时，也选择了五名女警官冒充夜场小姐，希望可以引诱凶手出现。当然，这五名女警都是格斗高手，枪法娴熟。

一句话：李晓芬是个诱饵，致命的诱饵。

让李晓芬没想到的是，跟在她身后的男青年在酒吧里就一直跟她套近乎，还时不时开一些不荤不素的玩笑。哪怕自己不堪其扰地走出来，他还不知死活地跟着。

“浑蛋小痞子，真把本小姐当成三陪女了吗？要是换作平时……哼！”李晓芬恨恨地想。

也许是刚才那句话起了作用，李晓芬走了一小段之后微微扭头看，已经不见那男子的身影了。而她自己，则独自走上了对面的小路。昏暗的路灯在雨中散发出惨淡的光，照射出她长短变化着的凄迷身影。

小皮鞋继续踩踏出颠簸的节奏，摇摇摆摆。或许这么不设防的状态，才更能吸引凶手的出现——前提是她真的“中了大奖”。

是的，就是那种中奖的感觉。

要是抓住了凶手，可是大功一件。至于说害怕，算了吧，李晓芬的格斗擒拿功夫不论过去在警校还是现在在警队，都是一流的，很多男同事都不是她的对手。更何况，这次还是带着枪执行任务。

所以就算遇到穷凶极恶的歹徒，她也至少能够确保自保。何况500米之外，一辆面包车里正坐着四个男同事等着随时接应。

她渐渐走到了小路的中间，右边是一个开放式的小公园，左侧则是一排打烊的商铺。忽然，李晓芬的心底浮现出一种奇怪的警觉，一种说不清道不明的危机感。一年前执行某次大案任务时，这种警觉就曾提醒过她一次，让她成功躲避了最致命的袭击。

当时，她还以为是错觉，但没想到这警觉再次笼罩了她，而且越来越迫切。

闪！

李晓芬单脚在青石地面上一蹬，身体瞬间闪向了左侧的一家店铺旁。她也不知道为什么要向左侧躲闪，仿佛出于本能。

而在原地，一个黑影突然蹿出，差一点儿从后面扼住了她。面对李晓芬突如其来的闪避，这黑影也有些错愕，心想一个醉酒的女人怎会有如此迅速的反应。

就在这一段波折之后，李晓芬惊出一身冷汗，她快速拔出藏在长裙下的手枪，努力使心情稳定下来。

枪就是这样，能给人带来胆量，前提是你拥有敢开枪的勇气。

“不许动！浑蛋，等你很久了！”李晓芬嘴上怒斥着但心中暗惊，她总觉得哪里有点儿不对。或许是因为对方的出现太过悄无声息，身影飘忽得像个鬼魅。

更何况，眼前这家伙的相貌极其阴森诡邪，狭长的双目之中散发出摄人心魄的诡异神采，宛如两团鬼火。

最可怕的是，他明明看到李晓芬的手枪，竟没有任何畏惧。

“一定是个穷凶极恶的惯犯，肯定不好对付！”李晓芬对自己说。

“我告诉你不许动，站在那里！”李晓芬怒道。但是，她分明感受到这个诡邪的男人给她带来的巨大压力。

不，我是一名警察，他只是一个歹徒，而且我有枪，有外面的同事，我凭什么怕他……李晓芬不停地给自己打气，但似乎没有帮助。

面对枪口的男人不慌不忙，阴冷而低沉地笑着说：“便衣警察？看样子，总算被你们发觉了。不过，我还没杀过女警察，特别是这么漂亮的女警察，或许会更刺激吧？”

好嚣张的浑蛋！

李晓芬再吼一声“不许动”，举起手枪朝天示警，枪声划破了黑暗的夜空，也肯定会惊动几百米外的几个男同事。

就在枪声响起的一刹那，那个诡邪的歹徒忽然风一般地冲过来，一把抓住了李晓芬的手腕。

不可能！速度怎么会这么快？李晓芬惊恐不已，这家伙难道……是鬼吗？！

他的手劲儿可真大，死死箍住了她的手腕，令她无法挣扎。

李晓芬本能地猛抬膝，用膝盖狠狠撞向歹徒的裆间。但狡猾的歹徒似乎反应更快，不屑地轻轻将身子一扭，于是李晓芬的膝盖撞在了他的大腿上。

作为久经训练的女警，李晓芬这一膝盖的力量非同小可。但是她觉得像是撞击在了厚重的汽车轮胎上，自己的膝盖被震得酸疼，对方却毫无反应，这还是人吗？哪儿有这么坚硬的身体？

手腕上的痛感再度加剧，手枪也跌落在了地上。与此同时，李晓芬惊恐地看到，眼前这家伙张开嘴巴，伸出了两颗尖锐细长的獠牙。

“吸血鬼？！不，我是一名警察，这肯定是幻觉……”李晓芬瞪大眼睛试图自我安慰，但没有用，恐惧感在心底疯狂地蔓延，“那三具尸体……”

还来不及多想，歹徒的另一只手已经掐在她的脖子上。雨伞早就滚落在地，雨水顺着湿漉漉的头发流淌在她白皙的脸颊上。伴着脖子上那只手的力量缓缓加大，她的意识和眼神一样慢慢地模糊，最终失去了知觉。

没错，李晓芬刚才的反应并非错觉。昏迷之前她之所以想到三具尸体，是因为根据尸检报告，三名死者的脖子上都有两个被锐器刺破的孔洞，而且，身体失血极其严重。

“好白嫩的小妞儿，身体充满了活力，比那些夜场女的生命力饱满了太多，必然美味。”歹徒看着昏迷的李晓芬心中得意，但他有些犹豫，“反正我马上要离开雷泽市，干完这一票就走。不过时间得快，刚才的枪声肯定惊动了附近的人。”

想着，他把尖锐的獠牙对准了李晓芬白嫩的脖颈上一根剧烈跳动的颈动脉。

就在他的牙齿刚刚接触到她白嫩的皮肤时，他自己的脖子猛然一痛，酸麻奇痒。一股强大的压迫感轰然爆发，排山倒海般自小路的尽头向他冲击而来。

歹徒猛然一惊，摸到脖颈流出了一道鲜血，耳边传来了一串摄人心魄的脚步声。

嗒，嗒，嗒……皮鞋踩在湿滑的青石小路上，在凄冷的雨夜中显得更加冰冷。

小路尽头的人手中稳稳举着一柄黑伞，伞面遮挡了容貌。

持伞男子一言不发，一步步由远及近，歹徒的心脏随着男子的脚步一阵阵收缩，压迫感也越来越浓烈，仿佛精壮的持伞男子是一头来自洪荒的猛兽。

看似平淡无奇的每一步，都像踩在了歹徒的心尖儿上。漫长的10步，让歹徒的心理防线彻底崩塌。

002

生命科学

面对持伞的男子，歹徒没敢继续吸血，仓皇而逃。

其实，歹徒根本不知道持伞男子的身份，他只是本能地害怕，就像老鼠见到猫一样瑟瑟发抖，这是天性。

持伞男子快步走过来，扶起昏迷的李晓芬，脖子上两个细小的红点正缓缓流出鲜红的血液，随即又被雨水冲刷下去。

“被咬了……晚了一步。”持伞男子无奈地摇了摇头。

追敌，还是救人？

救李晓芬就无法追击歹徒。其实刚刚扎进对方脖子的飞针，必将大大降低他的行动力。可只要耽误 30 分钟，毒素便会蔓延到李晓芬的身体中，再也无力回天。李晓芬就算不变成吸血鬼，也会受到可怕的感染。

持伞男子叹息一声，将李晓芬扛在肩膀上，消失在茫茫雨夜之中。

当李晓芬的几个男同事急吼吼杀过来的时候，只看见了李晓芬那柄被吹到很远的伞，以及她的手机。

事实上，手机是被故意丢下的，免得麻烦。

“这是……什么地方？”恍恍惚惚中，李晓芬睁开了疲惫的眼睛。温柔的灯光洒落在小小的房间里，她发现自己正躺在一张沙发上。想起昏迷之前的恐怖，李晓芬不由自主地“啊”的一声坐了起来，紧接着是一阵剧烈的头痛。

吸……血……鬼！这三个字在她昏昏沉沉的脑袋里盘旋着，她想要呼喊求救，浑身止不住地颤抖着。

就在她的情绪近乎失控时，一只手轻轻地搭在了她的肩膀上。惊惧地转过身，李晓芬的眼睛随即瞪得又大又圆：“你……你怎么会在这里？这是什么地方？我到底怎么了？”

男子没有回答，手里托着一杯热腾腾的茶水：“茶，还是来点儿别的？”

“茶。”李晓芬疑惑地接过茶。在这个凄寒的雨夜经历这么多事儿之后，一杯热茶带来的温暖足以融化心灵。

男子笑着说："幸好，你要是喜欢咖啡或是别的，我家里还真没有。"

"你家？这是你的家里？"李晓芬下意识地低头看身上，"我的衣服！"自己原来的长裙早已不见，取而代之的是一身睡衣，而且是男式睡衣。哪怕她一米七的高挑个头儿，这睡衣也显得很大。

睡衣里面，只有内衣……

"你倒在地上，全身都湿透了。"男子背对着她，一边给自己倒茶一边说，"内衣没换，只拿毛巾尽量吸干了些。"

幸好你没换！李晓芬险些发飙。

等等，我的枪呢？李晓芬陡然一惊，因为丢枪比失身还要严重。

李晓芬定定神，枪就在对面的茶几上，她一把抓了过来，揣在怀里，这才想起来问："你究竟是干什么的？看我带枪也不害怕？"

男子笑了："很显然你是便衣警察啊，包里还有警察证呢。人民警察为人民，是人民的保护神，我又没做过坏事儿，怕你干什么。"

"你竟然翻我的包！你竟敢翻女人的包！"

"别那么激动，你身上还有伤。"男子笑着提醒，"你脖子上有两个伤口呢，这雨天难道还有什么毒虫子吗？真是的。"

李晓芬瞬间呆住，意识到了最可怕的问题。

她从不相信什么鬼神，却也听说被吸血鬼咬过的人，也往往会变成吸血鬼！

啪！发抖的手摸在自己脖子上，伤口已被简单处理过，贴了两个创可贴。

"你……你就给我这么简单处理一下啊。"

男子委屈："我好歹帮你用碘伏消毒了，还涂抹了白药呢，要不然你以为伤口能愈合得这么快？"

完蛋了……李晓芬心急如焚。我可是被吸血鬼给咬的，又不是被虫子叮的。但是，她又不知道该怎么跟眼前这家伙解释。

不过，李晓芬也知道，就算自己跑到医院里去，又能怎么样？医院难道能解吸血鬼的毒吗？她会被人当作神经病吧？

不，别说上司和同事们，直到现在，李晓芬自己都还以为那是幻觉。也许那个歹徒不是什么吸血鬼，只是因为恐惧而产生的幻觉。可是脖子上这两个该死的伤口又是怎么回事儿？

“是你救了我？”

“我还以为你都忘了这事儿呢。显然是我救了你啊，要不然你怎么会出现在这里？”

“那个歹徒呢？被你吓跑了？”

“什么歹徒？”男子做出懵懂的模样，“我听到一声枪响，就赶紧跑了过去，结果看到你躺在地上。怎么，难道你遇到了夕徒？”

说瞎话不打草稿。不过，反正也没有见证人，随便这家伙怎么忽悠。

李晓芬越听越迷糊，心里琢磨：歹徒难道突然良心发现了？觉得杀死一个警察会引起全国性的大震动，所以没敢下手？

愣了个神，李晓芬当即准备给同事们打电话，这才发现手机不见了。

“或许当时抱你回来太仓促，手机掉了吧。”男子说。

这家伙，狡黠得可恶，明明是他故意扔的。要是带着手机回来，刚才李晓芬的同事们肯定把电话打爆了，他还怎么安心给李晓芬疗伤。再说，他也不想让陌生警察闯到家里。

借了男子的手机，李晓芬拨打了专案组负责人的电话。这才知道，本市的公安系统都在疯狂地搜查她的下落。

确定通话安全，专案组长吼了起来：“你在哪里？搞什么鬼？”

李晓芬委屈地低声道：“凶什么凶，我都负伤了好不好！再说，我遇到的可是吸血鬼。”

“什么？”对面的领导似乎有点儿傻眼，随后咆哮声更大，“你昏头了吧，还是伤到了脑袋？李晓芬你赶紧给我回局里报到。等等，受伤严重吗？我派车去接你。”

李晓芬耸了耸肩膀，就知道领导不会相信。开玩笑，吸血鬼！要不是亲眼见到，她自己也不会相信的。“不用接，我8点之前准时到局里。”

挂了电话李晓芬才忽然意识到，刚刚在电话里提到了吸血鬼，可是眼前这个男子竟无动于衷。

“你不怕吸血鬼？”

那男子呷了口茶，笑道：“哪儿来的吸血鬼。你昏头了吧，还是伤到了脑袋？李晓芬同志，你是一名人民警……”

“够了！”这浑蛋的耳朵还挺灵，竟然能听清楚刚才电话那头的声音，“我是认真的。吸血鬼力气奇大，速度极快，牙齿尖尖，而且还……喝血。”

李晓芬的心底极其不安，迫切需要通过聊天来消除空虚和畏惧。

哪知道对面这家伙还是没有吃惊，一如既往地淡然说道：“说不定是一些别的东西，只是看起来似是而非，再加上道听途说以讹传讹，你就以为是吸血鬼了。”

“比如说，有些物种产生了奇异的进化，超出了人类的理解范围。

“又或者，一些人因为疾病、病毒导致基因突变，产生了不可思议的变化。”

李晓芬好奇地瞪大了眼睛：“你究竟是干什么的？”

男子笑道：“其实，我是京华大学讲师，研究生命科学的……”

“等等，”李晓芬乜斜着眼睛瞪着他，“可是在酒吧里面，你说自己是研究哲学的！”

“哎哎，不要太在意细节啦。”男子揉了揉脑门儿笑道，“生命科学是主业，哲学是爱好。最重要的是，跟女孩子套近乎的时候谈一些哲学，会显得格调高雅一些。”

鬼才信你！李晓芬想要调查的话，应该很容易就能调查出他究竟是不是京华大学的讲师。

不过话说回来，为什么要调查他呢？

自己下一步该怎么办？会不会真的变成吸血鬼？

怎么向单位领导和同事们交代？选择隐瞒还是实情汇报？一旦把实情汇报，自己会不会像小白鼠一样，被送到什么科研单位里切片研究？

好可怕。

003

咬痕为证

“好吧，就算相信你是研究生命科学的。”李晓芬摇头道，“那你说说看，假如真的存在你说的那种进化或变异的‘吸血鬼’，被他给咬了的话，我会不会也成为吸血鬼呢？”

看得出，她很紧张。

“应该不会。要是真的因为病毒感染而导致基因突变了，怎么可能区区几个小时就清醒过来？放心好了，请对我的专业水平保持基本的尊重，我可是京华大学最年轻的讲师。”

“哲学讲师吗？”李晓芬哼了一声，心里还真的踏实了一些，这男人看起来竟然顺眼多了，“对了，你叫陈什么来着？”

“太不尊重别人了。”男子笑着伸出一只手，“算了，重新介绍一下，咱们也算是‘生死之交’了。我叫陈太元，太阳的太，元旦的元，京华大学哲学……哈，生命科学……”

李晓芬忍不住笑了出来，从宽大的男式睡衣里伸出手来：“李晓芬，市局刑警支队的，以后不叫‘李小青’了。”

李小青这名字是执行任务的时候随便取的，现在连警察证都被陈太元给看到了，当然也不需要假名字了。

既然是生死之交，当然很多事情也能谈得更加彻底些。李晓芬把这次任务的前因后果大体告诉了陈太元。

“喂喂，你给点儿反应好不好？”李晓芬咕哝道，“这是多大的案子啊，你就不觉得惊讶吗？不装淡定会死吗？真是的！”

陈太元笑了笑：“其实我心里也是很紧张的，就是表情有点儿僵罢了。”

李晓芬瞥了他一眼，心道这家伙的心态平稳程度真的有点儿变态。

陈太元若有所思地说：“除了那三具尸体外，还失踪了——其实可以理解为死亡了——16人！这么多，了不得。”

“什么了不得？”李晓芬很关切。

陈太元眨了眨眼，说：“我的意思是说这案子挺大啊……对了，凶手太凶残了，所以你要多加小心啊。以后再碰上不要鸣枪示警了，直接开枪，对准他们这个地方。”

说着，陈太元指了指自己的心脏，意思是这个部位才是吸血鬼的要害之处。

李晓芬有点儿发愣，出于一名刑警的直觉，她怔怔地问道：“你怎么这么了解他们的弱点？”

陈太元摊了摊手：“绝大部分动物的心脏都是重要部位，不是吗？”

但李晓芬总觉得有点儿不对劲儿，仿佛错过了一个非常重要的环节。

终于，直到陈太元把早餐都收拾干净了，她忽然跳起来，指着陈太元的后背说：“喂，如果我没听错的话，你刚才说的是‘他们’！没错，是‘他们’！”

“浑蛋！既然是‘他们’，就意味着至少两个或以上。

“老实交代，你怎么知道吸血鬼不止一个？！”

是啊，为什么？

陈太元否定道：“你肯定是听错了。”

李：“不可能！”

陈：“为什么不可能？你这一夜又是受惊又是受伤，还没休息好，耳朵不灵、精神恍惚也在情理之中。”

李：“浑蛋，你要赖皮……”

陈：“有本事你拿录音出来。”

李：“……”

最终，李晓芬还是没问出个所以然。

回局里做详细汇报，李晓芬充满了矛盾和犹豫，说实话，估计没人会相信，你要是真的遇到那么可怕的怪物了，还能活着回来？

如果不说实话，或者大家听了都不相信，导致疏于防范，那么再遇到吸血鬼的时候肯定会造成重大伤亡。那种怪物太可怕了……想到那怪物，李晓芬忍不住微微一颤。她抬头看了看渐渐停歇的秋雨，清晨的天空依旧那么阴沉寒冷。此时她才忽然意识到，自己刚才之所以能暂时忘了吸血鬼，是因为陈太元那家伙在身边。

可刚刚离开他，心底的恐惧又冒了出来。

“其实，他的样子倒还算是讨喜。而且在担惊受怕的时候，看到他的眼睛，总觉得很安心……哎哎，我怎么会想到这些乱七八糟的东西。”

一边想着，李晓芬一边抬头回望10楼的窗子，恰好陈太元在窗边也看着她，嘴角隐约有笑意，这倒让她觉得有点儿不好意思。李晓芬耸了耸肩膀，穿着尚未干透的衣服急匆匆地离去了。

而陈太元一直目送李晓芬离开，直至消失不见，心情和天空一样清冷寂寥，仿佛忽然失去了些什么。

陈太元若有所失地一笑，打开手机里的一张女人的照片，乌黑的长发，恬静的笑容，眉目竟和李晓芬有三分相似，似乎正静静地看着他。

看着照片上的女人，陈太元的心情顿时复杂了起来。温暖，却又好似被轻轻地抓痛。

“那个女孩儿好像和你有点儿像，而且和你一样有灵性。”

自言自语了很久，陈太元才收起了手机，整理了心情。

这是对陈太元来说至关紧要的人，她最后一次出现的地方，就是这雷泽市的京华大学。半年前女人突然消失，毫无踪迹，于是陈太元才会出现在这里，为的就是找寻。

还没有找到照片上的人，却遇到了和她有着几分相似的李晓芬，而且恰恰是在雷泽市，这是缘分还是捉弄?

别把记忆和现实弄混了……陈太元提醒自己。

…………

正如李晓芬所想，同事们都不信她的“鬼”话。

“晓芬啊，昨天那一枪，是不是吓坏了擦枪走火了啊? 哈。”

“还吸血鬼? 太逗了……我看啊，估计是三个小姐的尸体都显示失血过多，让晓芬直接想到了吸血鬼。”

“你们就别闹了，也不看看这可怜孩子都吓成什么样子了。”

“我以前就说嘛，女孩子做什么刑警。晓芬，不是哥瞧不起女孩子，咱们这刑警队本来就是干粗活儿累活儿的，女孩子在这里不合适。回头我跟领导说说，调你到户政处或宣传处好不好？”

听着别人七嘴八舌地议论和讽刺，李晓芬气哼哼地夺门而出。不过她也知道，大家的怀疑也都正常，换作她也不会相信的。

马局长倒是显得有点儿耐心，没有打断她的汇报，而是一字不落完整地听完了。

马局长和颜悦色地说：“晓芬同志，你的汇报非常重要，至少将歹徒的相貌特征叙述了下来，帮助还是很大的。至于吸血鬼嘛，当然了，没有见到之前也不能贸然说他不存在，咱们凡事要讲究客观嘛。”

李晓芬心中刚暗暗赞许领导境界高。

谁知他话锋一转：“不过晓芬你也够累了，我给你放半个月假吧，好好调整一下精神状态。另外等假期结束了，你是不是需要……到别的处室上班？比如户政处、宣传处？……不要多想啊，领导班子对你的工作成绩还是一致认可的。”

李晓芬要抓狂了：说到底还是觉得我脑袋坏掉了。

“马局，”李晓芬叹息说，“不管您和同事们信不信我，我只希望您告诫大家，一定要多注意，这次咱们的对手太不寻常了，是怪物！力气大得离谱儿，速度快得惊人，还会吸血！要是大意了，就怕同志们会遭受难以估量的损失。”

别说粗心大意，就算是全力戒备着，大家也未必能安全，这才是李晓芬最担心的。至于那几句无伤大雅的玩笑，她才不放在心上。

马局长点点头：“我们会认真考虑你的建议的。”

“别糊弄我了，就知道您不会真的相信。”李晓芬昂起头，指着脖子说，“瞧瞧，这就是证据！”

脖子上两个咬痕已经基本愈合，甚至连结的痂都快要脱落了。不得不说，陈太元的药确实不错。

看到这两个咬痕，马局长的脸色凝重了起来。因为此前发现的三具遇害者尸体的脖子上，恰恰是一样的咬痕。

004

C 病毒

马局长盯着那两个咬痕，怔怔说：“不会是你自己……”

“我自己咬的？开玩笑，您能自己咬住自己的脖子吗？我又不是属蛇的！”李晓芬头大如斗。

而马局长也知道，李晓芬犯不着故意在自己颈部大动脉上戳两个窟窿来逗大家玩儿。这种恶作剧搞不得，一不小心就成自杀了。

马局长眼神越来越沉重，他十指紧扣放在桌面上，最终带着不确定的语气问：“真的？”

李晓芬狠狠点了点头，举起手说：“我向警徽发誓！”

马局长终于相信了几分，稍微思索了一下，便拨通了一个座机号码。李晓芬留意了一下号码的区号以及前面几位，应该是省厅那边。

让马局长出乎意料的是，上级部门并未斥责他胡言乱语，反倒马上接通了另一个电话。随后，那边传来了一个年轻女人的声音，冰冷、刻板，一字一句地说：“确定属实？”

马局长吸了口气，谨慎地点点头：“应该属实。”

对面那女人当即说：“那好，先把这个李晓芬铐在审讯室，等我们亲自去一趟。”

“什么？”马局长觉得荒谬不堪。

但那边的语气不容置疑：“马局长，要是一个被感染的吸血鬼在公安局大楼里发了疯，咬死咬伤别的警察，后果你担得起吗？”

对于上级有关部门的指导意见，马局长不得不听从，他挂断电话无奈地摇了摇头：“晓芬，看样子你的假期要泡汤了。”

听了上级的指示，李晓芬瞪大了眼睛：“天哪，还真要防备着我啊，太欺负人了吧？”

但马局长和李晓芬同时明白了一个惊人的事实——上级部门肯定了解更深层次的情况，甚至接触过吸血鬼之类的古怪案件，所以才会这样见怪不怪。

“还真铐上啊……”跟着领导进了审讯室，李晓芬真被锁在了冰冷丑陋的铁椅子上，极度委屈。她无奈地想：假如自己真的变成了力大无穷的吸血鬼，能把这铁椅子给掀开吗？

唉，这一切太荒唐了。

…………

当天中午，一辆省城来的警车风尘仆仆地停在了市局大院。车上下来了三个人，两个身穿警服，而中间貌似派头最大的是个二十七八岁的年轻女人。她一言不发，薄薄的嘴唇紧绷着。

她如此年轻，却被两个警监级别的高级警官左右陪伴，让人对她的身份产生了极大的好奇。要知道，市局一把手马局长才是三级警监。

女人的长发盘在脑后，很是干练，墨镜几乎挡住了面无表情的脸，高挑的身材撑起一件灰色长风衣，中筒黑皮靴，气场强大。

接到消息的马局长本要将三人迎进办公室，但女子面无表情地说：“先去看看那个李晓芬。”

声音清脆好听，但依旧冷冰冰。

旁边挂着二级警监警衔的高级警官介绍：“老马，这位是 99 局驻我省公安系统的梁主任——注意保密。”

马局长立即会意地点了点头，表情越发严肃。事实上，直到这些人来之前他才接到秘密通知，知道了“99 局”这个神秘的机构。上级暗示他，这个秘密机构拥有惊人的权限，专门处理一些“超自然现象”。而且保密级别非常高，地方部门一般很少能接触到。

所谓“超自然现象”就像李晓芬遇到的吸血鬼，用科学常识完全无法解释，但偏偏真实存在着。

梁主任就是专门处理这类事务的专家，故而如此牛气。

到了审讯室，李晓芬也被冷冰冰的梁主任吓了一跳。马局长示意她不要紧张，来的是上级部门的专业人士。

没说话，梁主任双手翻开李晓芬的眼睑看了看，而后又命令李晓芬张开嘴巴，或许她想看看李晓芬是不是已经长出了吸血鬼的尖牙。

“表面上还算正常。”梁主任说着，拿出针管抽取李晓芬的一管血液样本，回到车里面取出便携式仪器检测了一番。大约 20 分钟之后返回，对李晓芬和马局长等人说：“李晓芬很幸运，甚至幸运得有些不可思议。”

什么意思?

梁主任说：“你们所认为的‘吸血鬼’，其实是正常人感染的一种新型病毒，我们业内称之为‘C 病毒’。”

“感染这种病毒后，患者的身体潜能会得到极大的激发，力量、速度以及各种感官的灵敏度会远超常人，肌体衰老的速度也会极大地延缓——说白了就是寿命变长。

“但是，这种病毒发作时会让患者产生一种强烈的嗜血冲动，不吸食人血就会衰弱无力、神志模糊，故而被视为吸血鬼。”

马局长和李晓芬第一次听说，诧异地对视了一眼。梁主任继续解释说——

“此前西方世界已经有过这种感染病例，而国内直到一年前才出现，没想到这么快就蔓延到了我们省。

“这种病毒的来源尚不明确，我们怀疑它来自某实验室的实验品泄漏，当然也可能是某些非法机构的恶意研究成果，这一点你们暂时无须知道。总之只要感染了这种病毒，只有两个结果——要么死亡，要么和前面的感染者一样成为新的吸血鬼，至少目前我们掌握的情况是这样。

“李晓芬明明感染过类似的病毒，但或许是因为自身免疫能力超强，竟然将病毒全部杀死了。这是一种新情况，闻所未闻。”

马局长顿时一阵轻松：“万幸，晓芬你命可真大！”

李晓芬却晕了：自己的体质真的很特殊？

未必。

李晓芬忽然想到，她被咬后是陈太元给她救治的。

虽然陈太元说他只是用碘伏消毒，又涂了些白药，但谁知道自己昏迷的时候，他究竟做了什么，用了什么药？而且，伤口结痂并脱落的速度也确实太快了些，按说小刀划破手指的伤口也不会好得这么快。

是不是陈太元动了手脚呢？

“李晓芬！”梁主任的一声冷喝将她从遐想中唤回，“当初你被咬了之后发生了什么？仔细汇报，不要遗漏任何细节。”

李晓芬看得出，梁主任那冰冷的眼神之中正闪烁着一种渴盼。很显然，如果能找到攻克C病毒的办法，必然是大收获吧。

但是，李晓芬就是看不惯梁主任的牛气。嘚瑟什么呀，大家都是女人，女人何苦为难女人嘛。要不是拜你所赐，我还不至于被锁在冰冷的审讯椅上呢。

而且李晓芬也觉得，自己不该把陈太元给扯进来。本能告诉她：扯上这种事等于扯上了大麻烦。就好像自己现在这样，不就被锁起来了吗？

何况如果是陈太元帮助自己杀灭了什么 C 病毒，那他就是自己的救命恩人了，更不能给恩人制造麻烦了。

尽管李晓芬尽量周详地回答问题，刻意回避了陈太元的存在，但梁主任可不是省油的灯。

李晓芬曾借陈太元的手机给专案组领导拨打了电话。梁主任通过仔细询问，不难问到陈太元的手机号码。

果不其然，傍晚时分梁主任得到了信息汇报。看着手中的资料，梁主任的脸色罕见地浮现出一抹得意的神采："陈太元，龙泽花园 9 号楼东单元 1001 室，工作单位京华大学……很好。你越是隐瞒，就越是意味着此人非常可疑。"

李晓芬气得直瞪眼，但锁在铁椅子里却又动弹不得："有什么可疑的，我就是不想让无辜的人被你们盯上！身为一名警务人员，牵扯到这种事情还被锁了起来，陈太元那种普通人更会被你们欺负吧！"

"普通人？未必。"梁主任冷笑，不再跟李晓芬啰唆，"马局长，请派遣几名干警跟着我，去把这个陈太元带回来。"

"喂喂，你这是什么意思呀？"李晓芬更着急了，在铁椅子里面挣扎起来，"什么叫'带回来'？人家不是嫌疑犯好不好！不管陈太元是什么身份，人家见义勇为救了负伤的警察，你们就这么对待人家吗？！浑蛋，放开我……"

但梁主任显然不会理会，她弯腰盯着李晓芬的眼睛，笑起来似乎比不笑的时候更冷："小妹妹，你还是嫩了点儿。"

说完，她伸手在李晓芬的脸蛋上轻轻拍了两下，险些把李晓芬气个半死。

梁主任带着几名警察直奔陈太元的家。路上他们已经秘密调查过，得知陈太元今天没有授课任务，所以也没去京华大学。

到了陈太元的家里，敲门许久也没见有人开门。

"撬锁。"梁主任下令，抽了根烟在一旁等待。

陈太元确实没在家，但并非刻意躲避。送走了李晓芬后不久，他就出了门，因为时间已经非常紧迫。

005

初逢冰山女

昨晚出现的那个吸血鬼，其实陈太元已经跟踪了很久，直到最近才确定了他大致的活动范围，要不然也不会出现得那么巧合。

他只知道，当初手机照片上女子的消失和吸血鬼有关，所以想要查找真相，也只能沿着"吸血鬼"的线索一路调查下去，别无他法。

至于搜寻办法，很简单也很匪夷所思——只要吸血鬼动用了超自然的能量，而陈太元恰好又在 100 米范围之内，他就能隐约感觉到！

昨天夜里，陈太元感觉到那个吸血鬼潜伏在了酒吧不远处。所以当李晓芬遇险时，陈太元能及时出现，并且惊退了他。如果没有李晓芬，陈太元或许已经抓住了那个家伙。

而现在，那个吸血鬼已经受到了惊扰，说不定会逃离雷泽市吧。如果他逃走，陈太元的线索就全断了，近半年的努力将前功尽弃，一切都要从头开始。

而且，吸血鬼的活动太嚣张了，这一点也让陈太元觉得很不妙。虽然从吸血鬼的角度来说，血库的血液没有活人身上的鲜美，但至少安全稳妥，不至于暴露自己。

这些浑蛋不使用稳妥办法，却一连谋害了那么多人，为什么？丧心病狂了还是另有原因？

一想到这些，陈太元更加着急。

开着那辆毫不起眼的福克斯，陈太元在雷泽市的大街小巷里溜达，时刻关注着身边的一切动静。这种移动式的守株待兔有点儿蠢笨，却也是无奈而有效的办法。

天空还是那么阴暗，恰如陈太元的心情。如果知道有人砸了他的房门并且试图抓捕他，或许他的心情会更差。

…………

夜幕渐渐降临，万家灯火。

黑夜，正是吸血鬼最喜欢的。

都说吸血鬼惧怕阳光，一见阳光就会完蛋，其实并不像传说中那么邪乎。至少被C病毒感染的吸血鬼，只是因为发生了基因变异，使得他们的眼球和皮肤对阳光的承受能力比普通人弱好多，被照射的时候会产生目眩、皮肤灼热等不适感。如果长时间照射的话，则可能引发失明或皮肤溃烂。

在阴雨连绵、潮湿多雨的雷泽市，其实吸血鬼就算白天活动都不怎么受影响。

此时陈太元已经转了半座城，依然一无所获，特别是之前吸血鬼经常活动的范围，更是动静全无。陈太元怀疑昨天那个吸血鬼已经离开了雷泽市。

“太倒霉了，花了几个月的时间，线索就这么断了。”陈太元无奈地将车停在路边，准备找地方吃晚餐，忽然对面驶来两辆汽车——警车。同时背后也出现了两辆，将他的车围堵在了中间。

四辆警车挑衅地开着刺眼的大灯。陈太元感觉有点儿不妙，从车里面拿出太阳镜戴上。背着灯光走来一个身材高挑的女人——梁主任。

“你就是陈太元？把墨镜摘了！”梁主任微微抬起下巴，虽然不及陈太元高，但偏偏给人一种居高临下的感觉。

陈太元看了看梁主任，又看了看对面几盏刺眼的大灯，不由得叹道：“不让人戴墨镜，又开着大灯刺别人的眼，这样捉弄人有意思吗？”

梁主任冷笑道：“因为我怀疑你和C病毒感染者有关，双手向上趴在车上接受检查。”

陈太元沉默了一下，已经明白肯定是李晓芬那边出了问题。无所谓，反正自己没有把柄在警方手里。

“好人真是做不得……”陈太元苦笑，“就因为昨晚救了一个警察，现在就要被搜查吗？这是逼着大家以后对你们警务人员见死不救啊！”

顿时，一群随行而来的警察都低声窃窃私语。是啊，人家犯了哪条王法了？就因为救了咱们警察一命便反倒成了嫌疑犯？

“少废话！”梁主任逼近了两步，从风衣里掏出了一把枪，这把枪比普通警用手枪的尺寸和口径大得多，显然威力不同寻常，“小子，就算是吸血鬼也禁不住这枪一轰，你信不信？”

她一边说着，一边将手枪对准了陈太元的胸口。

“等等，你把我当成吸血鬼了？”陈太元觉得可笑。而当梁主任从衣兜里取出一只小小的药瓶时，陈太元的瞳孔收缩了一下：“你们……”

梁主任略微得意地冷笑说：“你家里藏着的这种药物，虽然尚未完全确定效果，但大体检验出具备抑制C病毒的效用。你敢说自己和吸血鬼毫无关系？嗯？”

“浑蛋！”陈太元恼了，“你有什么权力随意搜查我的住所？！”

梁主任咬着牙一字一句道：“小子，我的权限大到你无法想象！”

陈太元根本不看胸口的枪管，而是死死地盯着梁主任的双眼，针锋相对：“大多自命不凡的家伙，往往死得都很难看。”

“你找死！”梁主任怒冲冲地做出扣动扳机的架势。

一男一女四目相对，两张脸距离不到一尺，火药味儿十足。

带队的警官担心事情闹得太大，赶紧跑过来打圆场说：“陈老师，其实我们这位梁主任也是例行公事。你昨晚给警方提供的帮助我们都很感谢，但现在咱们遭遇的事情也确实太过于离奇，所以希望你能理解一下。”

而后，这个老练的警官又低声对梁主任说：“梁主任，咱们是请陈老师协助办案的，不是要当成嫌犯抓走的。引发太大动静的话，对于您和贵单位的保密工作也是不利的。”

后面这句话似乎对梁主任很起作用，于是她恨恨然收起了那柄手枪。

梁主任不想搞得满城风雨、尽人皆知，陈太元同样不想大张旗鼓，于是他在老练警官的带路下，上了警车。

根据梁主任的安排，大家返回市公安局。别看梁主任表面上不动声色，但实际上已经心花怒放。虽然她已经断定陈太元绝不是什么吸血鬼，但她也绝不会轻易放过“嫌疑人”。只要撬开陈太元的嘴巴，就能得到C病毒解药，这个收获太大了。这个陈太元……说不定还会有意外之喜吧。

正因为价值太大，梁主任根本没有向总部（也就是神秘的99局）汇报。她要先弄清楚究竟会得到什么，战利品之中哪些适合上交，哪些适合被她……私吞截留！

小小的私心谁都有，或多或少，毕竟人活着不容易。

此时雷泽警方又传来了一个消息：找到了疑似吸血鬼的踪迹！

因为李晓芬回到公安局报到之后，就把昨晚吸血鬼的面貌叙述下来，请专业人员绘制了画像。结果在全方位的监控下，在一个老旧小区的出口，发现了嫌疑人的影像。

"看来，雷泽市是我的福地。"梁主任心里头咕哝了一句，嘴角浮现出了一个满意的弧度："抓紧时间布控，决不允许这个黑暗种逃离！我马上赶过去，会一会这个混账东西。"

006

恶斗

梁主任命令自己身边这四辆警车抓紧时间先赶过去。当然，陈太元也不可避免地被带到那里。

到目的地后，如何行动成了个大问题。梁主任不但要考虑吸血鬼怎么应付，同时还担心陈太元趁机逃跑。在她眼中，陈太元的价值比吸血鬼更大。

咔嚓！一只手铐铐在了陈太元的左手上。

“你这是什么意思？不是说好了，我是来配合调查的吗？”陈太元嘴上还保持一点儿克制。

梁主任将手铐另一端铐在了方向盘上，冷笑说：“放心，抓住了那个吸血鬼就放开你，不会很久。这可是我们内部特制的手铐，只有我打得开。”

陈太元瞪着眼：“吸血鬼都要出现了，你却把我锁在这里，等死吗？冷血的臭丫头，放开我！”

“一个小小的黑暗种而已，有我在，你死不了。另外你小子的嘴巴放干净点儿，不要挑战我的忍受极限。”梁主任恶狠狠地瞪了陈太元一眼，伸出手在他脸上拧了一把。

“一个女人家，别动手动脚的。”

梁主任心情不错，嘴巴得意地凑到陈太元的耳朵边，低声戏谑：“动手动脚？就算姐姐我真对你这小男人有什么想法，也没人能管。说实在的，你这样俊俏的小鲜肉还真挺招人喜欢的。”

陈太元扭头撇嘴，心想这个人不光看着冷血，而且脸皮还这么厚啊。

梁主任又取出了那柄大口径手枪，命令刚才打圆场的警官带着三名警察在这里把守着，她自己则带着四名警察走进前面的小巷子。根据即时监控汇报，嫌疑人刚刚进入这条小巷。

刚才那打圆场的警官在陈太元的身边叹道：“陈老师，我姓罗，您喊我老罗就行。梁主任来头儿大，我们局长都不敢得罪她，您稍微忍着点儿，忍一时风平浪静。”

陈太元点了点头：“这种趾高气扬的人有什么好得意的，随意闯进我的家翻东西，土匪啊，这是？”

老罗也撇了撇嘴：“陈老师您是在大学教书的，正儿八经的文化人，别和女痞子一般见识。”

女痞子，这个形容很贴切。

“李晓芬怎么样了？我的事情，是她告诉这个梁主任的吧？”

“怎么会？”老罗苦笑，“她比您还惨呢，一大早就被锁在审讯室里了。您的消息是这个梁主任通过电话记录一点点查出来的。”

陈太元略感欣慰：李晓芬这姑娘还是挺仗义的。

就在这时候，前方的巷子里忽然响起了一阵激烈的枪声，梁主任和吸血鬼相遇了！

现场的四个警察顿时都紧张起来，纷纷拔出了手枪严阵以待。陈太元本想提醒他们，一旦遇到吸血鬼的话就直击心脏，一般子弹根本打不透他们的颅骨！

但一想到本来警察就怀疑他和吸血鬼有关，这不等于不打自招了嘛。

还是希望梁主任能解决那个怪物吧。

枪声之后，那条小巷子暗了下来。

原本昏暗破旧的两盏路灯也已经被打坏。

阴霾的天空中星月全无，黑暗越发令人恐惧。突然吸血鬼猛地向前冲过来，梁主任快速迎面开了一枪。

这一枪太过仓促，未能击中对方。就在这电光石火间，吸血鬼迅猛地扑到了梁主任面前！

“去死……啊！”

吸血鬼话音未落，梁主任忽然爆发出堪与对方匹敌的强大气势，她一脚踹出，重重地踢在敌人的肚子上，强大的冲击力令他弯着腰倒飞出了好几米。

这女人真强！

吸血鬼收起了轻视之心，弓身扑杀了过来。一旦他全力应对，梁主任就开始感觉有些吃力了。如果是中远距离枪战，或许她还会占据一些优势，但近距离搏杀便会渐渐处于下风。

“刺啦……”吸血鬼一把将梁主任腰部的风衣扯碎，里面的贴身小毛衣也被撕开，白皙的腰部出现了几道血淋淋的抓痕，触目惊心。

虽然她也趁势反击，一拳将吸血鬼砸了个满脸桃花开，但显然自己伤势更重。而且吸血鬼同时也在她的大腿上狠狠踢了一脚，使得她滚落在地，站也站不起来。

“王八蛋！”梁主任咬牙怒喝一声，生死关头，她并没有惊慌失措，而是倚坐在墙根用那柄大口径手枪封锁了对方的进攻路线。

吸血鬼发现自己未必能轻易战胜梁主任，愤而转身，扑向了巷子另一端。

于是，巷子对面的四名警察遭遇了人生中最恐怖、最黑暗的时刻。这时候他们终于相信，李晓芬说得一点儿都不错。

这歹徒的模样和李晓芬形容得一模一样，特别是张嘴狞笑之时，两颗尖锐的牙齿比听说的更加恐怖，周身感受到的都是死亡进逼的恐惧。

“开枪！开枪！”一名警察醒过神来，大声招呼着同伴。但是话音未落，吸血鬼就好似一道风般冲了过来，警察完全不可能和他匹敌。这速度有多快？百米 7 秒还是 6 秒？

两枪击中了吸血鬼，一枪在腹部，一枪在胳膊，但吸血鬼的身体只摇晃了一下。

“咔！”吸血鬼抓住了刚才嘶喊的警察，狰狞地笑笑，一口咬了下去！

吸血鬼想要支撑长时间的战斗，就必须用人血来提供足够的能量。

另外三名警察几乎吓蒙了，只有胆子最大的那个保持了理智，一枪打在敌人的脑袋上。

“我打中了！是脑袋！”惊喜的呼叫随即停滞——他们惊恐地看到，被打爆头的吸血鬼缓缓抬起了脑袋，满嘴鲜血、双目赤红地狞笑道：“再打啊！等着，一个个吸干了你们！”

“该死的，这是什么鬼东西？！”

“怪物啊……撤，快撤！”

大家喊着脏话向巷子外逃窜，奔向陈太元的方向。

“老罗哥，快开枪掩护我们，真有怪物！”一个警察边跑边喊。

虽然是资历最深的刑警，但老罗射出的每一枪，都只让吸血鬼的身体震颤一下而已，并没有阻止他飞奔的脚步。他一个跨步六七米，且是匀速状态！有时为了更好地躲避枪弹，缩小目标面积，他甚至会俯下身来四肢同时行进，如同一头矫健的猎豹。

被锁在方向盘上的陈太元替警察们着急：你们枪法本来就不咋的，偶尔击中目标，还不是吸血鬼最要害的部位，这不是找虐吗？！

007

线索断了

“这……究竟是什么鬼东西？”老罗害怕地问。

话音未落，对面飞出来一个人，是被吸血鬼抛起的警察。那可是个成年人啊，体重不下150斤，竟然被如此轻飘飘地抛飞，可见这怪物的力气有多大。

老罗赶紧钻进汽车，却发现这辆车没法儿开——方向盘和陈太元的手铐在一起呢。

陈太元倒是一点儿不担心，表面上还假装急切地说："老罗你赶紧撤，别管我了。"

撤？生死关头，寻求自保只是一种本能，就算撤了也不能说老罗不仗义，毕竟非亲非故的。

"我要是个过路的，早他娘的逃走了。"老罗竟没走，气急败坏地一拳砸在方向盘上，"可我是个警察！"

陈太元一愣，心道这老罗还真是条汉子。

老罗把车钥匙递给他："你挪到驾驶座上开车，我坐后排……快，来不及了！"

确实来不及了，吸血鬼已经到了汽车旁边。

事实上这个怪物本该马上离开，但他已经杀红了眼。昨晚莫名其妙地被飞针刺伤，今天又遇到一个可以与他匹敌的女人，他从没想到，能杀死他的人原来这么多。

自信心被无情击溃的时候，会做出很多疯狂的事情。

他本想探手掐死里面的驾驶员，可是透过车窗却看到了一张令他惊悚的面孔——是他！

昨晚，那个神秘的持伞男子！

就在这错愕之间，陈太元一下用枪抵住了他的心脏——"砰！"

是老罗的枪。

吸血鬼爆发出了惊悚的号叫，身体猛然倒退着跳出了老远。陈太元本想再补上一枪，却发现枪里的子弹已经被老罗打没了，刚才是最后一发。

这样的警用手枪，子弹打中了吸血鬼的心脏之后会形成重创，但一时间未必会死。

就在这时，梁主任捂着腰从对面跑了出来，用她的大口径手枪又轰了吸血鬼一枪，直抵对方的心脏。

对方终于倒下了。

老罗愣愣地看着倒下去的吸血鬼，又看了看陈太元，木讷地接过了自己的枪："行啊陈老师，你还真的敢开枪啊，一般人没这个胆。"

陈太元苦笑："面对这种怪物，还考虑用什么？刀枪剑戟斧钺钩叉抄到什么算什么，就算原子弹我都敢引爆了。"

其他警察也都大大地松了口气，不少人甚至双腿发软浑身虚脱。老罗作为现场负责人，指挥救治受伤的同事。刚才被抛飞的那个虽然被摔断两根肋骨，但问题应该不是很大，不过巷子里被吸血的那位战友却已经牺牲了。

梁主任走到陈太元的车窗边，盯着他看了很久，意味深长地冷笑："行啊，知道该打吸血鬼的心脏。"

意思很明显：还说自己和吸血鬼没关系？至少你对他们很了解。

"什么意思？"陈太元装迷糊，看了看不远处吸血鬼胸口那可怕的创口，"那一枪是我打的吗？真没想到，一枪下去会有这么大的伤口，和电视上演的不一样啊。"

"装得挺像，你刚才准确打中了他的心脏。"

"原来我蒙准了。"陈太元点了点头，右手的拇指和食指做出手枪的形状，探出了车窗，刚好对准了梁主任的心口，"还别说，这家伙站在这儿等于把心脏送到了枪口上。瞧瞧这个角度，非打心脏不可。"

说着，陈太元的手指向前顶了顶，竟然顶在了梁主任的心口上，软绵绵的。

“信不信我把你的爪子砍掉？”

“不小心碰到罢了，真小气。”陈太元笑着收回了手，本来他想转移一下话题的。

但梁主任显然没有这么好对付。是的，陈太元的解释很合理，但也正因为太合理，反倒越是让她觉得不对劲儿：“你很冷静，一般人遇到这种事儿，特别是开枪打死人之后，不可能还这么平静。”

陈太元撇了撇嘴：“死人？我是研究生命科学的，场面见多了。尸体解剖你干过没有？心、肝、脾、肺、肠、胆、肾、胃那么一大堆，你拿着手术刀乱捅乱切。还有各种器官标本，骨骼、脏器、大脑……说真的，你要真想吓住我，先牵两条狼狗来，把这个吸血鬼的尸体啃半个小时再说。”

“滚！”连梁主任都觉得有点儿恶心了。

女人毕竟是女人……陈太元努了努嘴，暗暗得意。

梁主任把他的手铐打开：“你不是胆子很大、不怕恶心吗？去，把这家伙的尸体扛到车里来。”

“凭什么？我又不是你们的人。”陈太元揉着手腕说，“我只是一个文化人，来配合你们调查的，忘了？”

梁主任气得脸色铁青，安排人将吸血鬼的尸体拖到了警车上。

正常的枪杀现场，肯定会妥善保留一段时间，等待警方取证。但这次的特殊案件，当然要特事特办。尽快处理也是99局一贯的办事风格。

老罗虽然心里头不怎么喜欢梁主任，但毕竟是上级派来的专家，于是问道：“梁主任您也受伤了，送您去医院处理一下吧？”

“谢了，不用了。”梁主任冷冰冰地谢绝，回到车上取出了自己的小箱子。箱子里装着药品、纱布等急救品，准备周全，一看就是经常执行任务。

脱掉了破烂的风衣，小毛衣掀到了胸下。用药水将血污清洗一下，白皙的皮肤上露出四道惊人的抓痕。陈太元的眼皮一跳，因为他知道这是吸血鬼抓伤的，让他吃惊的是，这抓痕现在已经凝固结痂。

“你是不是人？”陈太元问得有点儿莫名其妙。

梁主任停下了手头的动作，咬着牙道：“怎么了？”

陈太元摇了摇头：“看看你伤口的愈合速度，根本就不是人嘛。我听说吸血鬼的伤口愈合速度就很快，难道你也是个吸血……干吗这是？别走火儿了。”

梁主任把举起的枪收了起来，没再理会陈太元。

包扎好之后，梁主任命令道：“你开车，上街。”

“我不是你们的犯人，请不要用这种命令的语气跟我说话……哦，去哪里你安排就是了。”梁主任再度把枪从陈太元的腰间拿开，说：“当然先去买一身衣服。”

“就这么去买东西？”陈太元看了看后备厢的位置，“带着一具吸血鬼的尸体？”

梁主任没理他，而是抱着双臂倚在靠背上休息，轻轻闭上了眼睛。

“这酷装的，呵呵。”陈太元咕哝着发动了汽车，心里头却在悲叹——唯一的线索断了，半年的辛苦全都白费了。

008

是不是人

梁主任的毛衣上沾满了血，只能在车里等着，让陈太元去服装店里帮她买，连钱都得陈太元来出。

“凭什么？”

“我的钱和卡都在别的车里。”

陈太元挠了挠脑门儿：“那你不怕我趁机跑掉吗？”

“你以为我追不上你？”梁主任不屑地冷笑，“你犯得着为了万把块钱丢掉工作吗？”

“万把块？我一个月工资才这么多。”

陈太元买了简单的贴身衣服和外套，扔给了梁主任。

“不错，尺寸差不多。”

“需要关掉车灯吗？”

“哪儿来那么多忌讳，我又不脱干净……别关了，我还得看看伤口。”

一边说着，她一边将脏衣服全部脱下。让陈太元有点儿无法理解的是，这个不苟言笑的女人竟然戴着一副粉红色胸罩。外表冷如冰，内心热如火？

梁主任把包扎好的绷带摘掉，里面的伤口竟然已经全部愈合了！这让陈太元看呆了。

“直勾勾地看什么看！”梁主任呵斥了一句，套上衣服。

“你的伤口……真神奇！”

梁主任倒沉默下来，点燃了一根烟。“少废话，开你的车！”

在梁主任的安排下，陈太元开车驶向省城。刚跑出雷泽市，就在国道上遇到了一辆大车。从外观看就是一辆中巴，但实际上里面各种设备齐全。

两辆车停在了一条岔路的黑暗之中，从中巴上下来两个男人，非常恭敬地向梁主任问好。

梁主任吩咐道："后备厢里是一具C病毒感染者的尸体，带回去处理了。"

"是！"两个男人当即打开后备厢抬出尸体，放进了中巴，而后返回省城。很显然，他们是神秘的99局的人员，级别比梁主任低。他们会怎么处置吸血鬼的尸体呢？埋葬还是火化，又或者用来解剖实验？

自始至终，梁主任也没有向她的下属提起陈太元的事情。

交接清楚后已是晚上九点半，经历了这么刺激的一场搏杀，两人都没什么睡意。

"下面该谈谈你的问题了。"梁主任说，"你什么时候开始和吸血鬼有过接触的？为哪个机构效力？"

陈太元很不开心："卸磨杀驴啊，刚帮你做了事儿好不好？你就那么自信，不怕我跑掉？着什么急！"

梁主任倒是没反对，只是在考虑去什么地方合适。陈太元撇嘴说："你都把我家门撬开了，去我家吧。"

梁主任说："应该不会失窃，我让警察在你门上贴了封条。"

果然门上的封条还完好无损。房间内一片狼藉，梁主任耸耸肩对此表示遗憾。

"幸好人穷东西少，而且房间小，要不然得收拾到什么时候？"陈太元满怀恨意地看着凌乱的地面，梁主任却毫不见外地钻到卫生间里去洗漱了。

“还真不把自己当外人。”听着哗啦啦的淋浴声，陈太元猜测梁主任已经敢洗热水澡，说明她的伤口不仅仅愈合，而且彻底养好了。真是个怪物，陈太元暗暗咂舌。

等陈太元也洗完澡之后，两人更是没了睡意。

“事实上，我以前只和吸血鬼的尸体打过交道。”当两人对坐之时，陈太元再也无法回避对方的询问，只能选择回答问题，“那是京华大学生命科学院的一个秘密研究项目。尸体的来源我也不清楚，反正初次见到的时候我也很惊讶，想不到世界上还真有吸血鬼。当然后来也查明了，所谓的‘吸血鬼’只是受到了病毒感染——就是你所说的C病毒，从而产生了基因的变异。”

“糊弄谁呢？”梁主任不信，“区区一所大学的下属学院，竟然能秘密弄到吸血鬼的尸体，还不为外人所知？”

陈太元摇头道：“收回你的轻蔑吧，也把‘区区’二字收回去。”

“别看雷泽这座城市不大，但京华大学是国内一流大学，而它的生命科学院更是拳头院系。在这里，有国家顶级的生命科学技术实验室。至于里面带队搞科研的老教授，也是本领域内国宝级的科学家，是连国家最高层领导都非常尊重的大师级人物。我劝你，别想着挟持他们，套问所谓吸血鬼尸体的来路，这种老专家真的动不得。他们是国宝，是国家的命根子！

“你们单位是很牛，办什么事情似乎都畅通无阻、特事特办。但你要始终明白一件事，你们这种特权是国家给的。所以，你们要是去触碰国家的命根子，挑战国家机器的承受底线，到时候所谓的特权肯定随时给你们收回。

“一旦出了事儿，比如把某个老科学家吓了个心肌梗死、脑出血什么的，呵呵，或许你们的单位领导会把你推出去当炮灰、背黑锅，你信不信？”

梁主任上下打量了一下陈太元，仿佛重新审视了一下这个人：“你小子看事情的格局似乎不小啊。”

虽然嘴上不服，但她肯定打消了原有的冲动念头。

“至于你拿到的那瓶药剂，算是一种高效凝血药剂，可加速伤口愈合。”陈太元说，“但是同时，也对C病毒有些抑制作用。只不过这种作用并不稳定，还处在临床试验阶段。

“至于当时给李晓芬使用这个，主要是当时我这里没有止血药，形势危急，只能用这个。我说了，这药物具有强效凝血的作用，有助于伤口快速愈合。”

可以说，陈太元的解释几乎天衣无缝，甚至堵死了梁主任求证和调查的可能。她唯一可以调查的方向就是京华大学的相关科研项目负责人，但陈太元说了，那种国宝级的专家没法儿招惹。

“信不信由你。”陈太元做了一个非常无耻的总结陈词。

梁主任更是气哼哼地剥着橘子说：“我就算不信又能怎么样？你小子把话说得滴水不漏！但我总觉得你有什么猫儿腻。”

废话，陈太元本来就精似鬼，偏偏你又给了他半天的时间去构思应对之策，他当然说得很圆满。

陈太元撇撇嘴，心想有辙你想去。

时间渐渐推移，不知不觉到了后半夜。窗外的夜空依旧阴阴沉沉，秋风从窗子里送来阵阵寒凉，小公寓内的两人越发寂寥。喝了酒的梁主任倚在沙发里，将双脚交叠架在茶几上，越来越不把自己当客人。

“我的事儿交代完了，你呢，你又是怎么回事儿？”陈太元忍不住问。

这是梁主任的第三次沉默。

随后，她咕嘟咕嘟猛灌了半瓶啤酒，又狠狠地点上了一根烟。仿佛跟打火机有仇，大拇指几乎要把打火机的砂轮给按碎了，但越是着急越是打不着火。陈太元抄起另外一个打火机给她点着了。

“你之前问我是不是人，是吧?

“我也不知道自己还算不算人，也不知道自己和吸血鬼之间的区别有多大。可能压根儿没什么本质的区别。”

她一边说着，一边拿起一罐没打开的啤酒，貌似不太费力地单手抓握，易拉罐便砰然爆裂。

009

家族

单手轻易抓爆易拉罐的力量，足以把人震惊得脑袋麻木。

“我叫梁雪，来自 99 局——一个专门处理超自然事件的机构。”梁主任说，“我这样的被称为‘极限战士’，意思是在挖掘人的潜能极限，拥有不可思议的怪力。当然数量非常非常少，岳东省算上我只有两个极限战士，而有的省份一个都没有。”

“我们这些极限战士和吸血鬼的成因比较接近，只是我们变成这样不是因为 C 病毒，而是因为‘极限进化液’，更多的内容就需要保密了。

“所以说，我和吸血鬼没什么本质上的不同，也不知道自己究竟还算不算‘人’。怎么样，现在害怕了吧?”梁主任一边说一边看了看自己的拳头，吓唬陈太元。

陈太元摸着自己的脖子问：“那你也吸血吗？”

梁雪一愣，随即摇了摇头。

陈太元哈哈大笑道：“你不吸血，又是国家公仆，我怕你干什么？接着喝。”

不知不觉时间已到凌晨3点，梁雪的眼皮开始打架，看来极限战士也不能不睡觉。她毫不客气地霸占了陈太元的卧室，却把主人留在客厅里睡沙发。

关上卧室门，梁雪深深地呼了口气。一直以来她都不喜欢跟别人交往，因为潜意识里将自己视为怪物，而且外人也是这样看她的。久而久之，越发不愿与外人接触。

但是陈太元很特别，明明知道她的特殊却依旧淡然处之，将她当作普通人，这种感觉让她很舒服。

…………

同一个夜里，雷泽市区最南郊的雷音山脚下。

这是雷音山的北麓，常年不见阳光，阴暗潮湿，所以鲜有人居住，只有零星的几栋别墅隐藏在密林之中。

刚刚下过一场秋雨，让整座山都笼罩在蒙蒙的雾气之中。半山腰的那栋面积最大的别墅里依旧闪烁着昏暗的灯光。

一个瘦高的男子西装革履，过于一本正经，不像是在自己的家里。他的脸色略显苍白，狭长的眼睛，高高的鼻梁，嘴唇很薄，头发整齐地向后梳成了背头。

他一脸严肃地坐在沙发主座上，两侧分别坐着一男一女。这两人正老老实实地听他训话。

其中男人的体形微胖，身高一米七左右，微笑的脸庞上浓密的一字横胡非常显眼，看上去像是个精明伪善的商人。

而另外的那个女人不仅身材火辣，穿着更加火辣，紫色的紧身长裙，手中握着高脚杯，似乎非常享受杯中酒精带来的感觉。但就在刚刚，这感觉瞬间消失了，因为居中而坐的瘦高男人发了火。

“我让你们搜查邓普威的下落，你们是怎么查的？蠢货！”居中的男人阴冷地斥责，“你们不是说邓普威已经逃出雷泽市了吗？刚刚接到消息，他还在雷泽折腾。当然，以后他也折腾不起了——被当场击毙了。”

这是一个吸血鬼家族，而瘦高的西装男子正是他们的家族首领。

左右两个人面面相觑，均露出了惊讶的神色。其中那个微胖的男子摇头道：“这怎么可能，雷泽市的警方还能灭杀我们的人？”

而左边脸色发白的妖娆女人则眯起眼睛说：“更重要的是，邓普威偷走并使用了升级版‘血源’，实力应该更加强大。”

邓普威，就是被陈太元和梁雪一起击毙的吸血鬼。而所谓的“血源”就是梁雪所说的C病毒，而现在又出现了升级版的C病毒，听名字就知道更加厉害。

难怪一向自负的梁雪会被邓普威打伤，原来根源就在升级版的C病毒上！

若非邓普威的C病毒药效尚未完全发挥效力，加之头一天晚上被陈太元刺了一针，恐怕梁雪也不能全身而退。

“正常警察不可能杀死邓普威。”家族首领双目依旧阴沉地盯着门外，说，“传闻中的99局出现了。”

99局！这个词好似魔咒般，当即让其余两人感到脊背发凉。

他们都是C病毒感染者，都是吸血鬼！隐藏在黑暗之中，好似暗夜中的一头头猎物，而99局的极限战士就是猎人。甚至99局一直轻蔑地称他们为“黑暗种”，一见面必然灭杀。

微胖男子深深吸了口气：“来得可真快！”

家族首领冷冷地说：“应该是邓普威暴露了，才引起了99局的注意。”

“浑蛋，这个内鬼！”妖娆女人怒道，“盗走原本属于我的升级版‘血源’不说，还引发这么大的动静，让我们全都面临暴露的危险！”原来，这次他们一共弄到了两支升级版C病毒，其中一支原准备奖励给她，谁知竟被邓普威盗走了。

微胖男人摇头：“是啊，咱们抓取那些‘血食’一直都很小心，但邓普威却未必。这家伙既要躲着警方，又要躲着我们，总不免会露了马脚。”

所谓“血食”，就是被他们吸食血液的活人。每一支升级版C病毒从使用到完全吸收融合，其间需要吸食足足10个人的鲜血！为此，他们将目光盯在了深夜出入夜场的女子身上。这些女子容易下手，很多都是外地来的，就算某天消失了，身边的人也不会觉得太诧异，只会以为她去了别的地方，或者金盆洗手不干了。至少，她们身边的小姐或“妈妈”们一般不会报警。

从酒吧里走出来的李晓芬恰好是邓普威的第10个“血食”，他准备吸食之后就离开雷泽市，哪儿知道事情发生了那么大的转折。

“那么现在咱们该怎么办？”微胖男子小心地问。

家族首领凝眸说：“从雷泽市警方入手，盯紧一个被称为‘梁主任’的女人，她是99局在岳东省办事处的副主任。这女人实力很强，在极限战士之中属于优秀等级，你们单独一个人不是她的对手。”

“另外，据说一个叫李晓芬的女警，被邓普威咬过却没有感染而死。这女人有点儿古怪，你们也注意一下。”

听到这句，妖娆女子顿时惊呆了：“怎么可能？被邓普威咬过，竟然没死！邓普威可是用了升级版‘血源’啊，他的感染能力强大得无与伦比！怎么可能不被感染？那得有多强的免疫力？”

其实就连梁雪都不明白李晓芬为何能死里逃生。

家族首领沉闷地点头道："我也无法理解这件事儿，甚至怀疑那个女警根本没有被咬，要么就是邓普威在使用升级版'血源'后出现了什么差错。所以我还得想办法找回邓普威的尸体，一来要看看他到底发生了什么，二来不能让99局随意检查他的尸体。毕竟他的体内还残留着升级版'血源'。"

"细究起来，我们和99局的极限战士属于同源物种，这种升级的办法对我们有效，或许也会让他们借鉴。万一被他们研制出来新技术，个个实力翻倍提升，我们还有活路吗？"

两个手下同时倒抽了一口冷气。

010

新专案组

清晨，雷泽市难得遇到一轮耀眼的太阳。这座城市之所以被叫作"雷泽"，就是因为天上经常打雷下雨，而地上终年积水成泽，自古而然。不喜阳光的C病毒感染者选择在这里居住，这也是原因之一。

但是，今天的太阳真不错。

虽然起床比往日稍晚了点儿，但陈太元还是坚持在阳台上打坐吐纳了一段时间。

梁雪抱着双臂好奇地盯着陈太元的背影。

其实在陈太元的房间里，她已经看到了很多道家书籍，包括讲打坐吐纳之类修炼功夫的。本以为只是爱好，却不料陈太元还真的一直在修炼。

“这个有用吗？”看到陈太元收起了功夫缓缓起身，梁雪问。

陈太元回身露出一个淡然的微笑：“一来平心静气，二来益寿延年。前者我觉得挺有用处，修炼之后心境平和了许多。至于后者，哈，我还不知道自己能活多久。不过你瞧瞧那些道观里的老道士，都很长寿。”

一动不动当然平心静气，至于益寿延年，梁雪更是没有兴趣。自己的身体都有点儿非人类了，哪儿还管什么修炼养生。

陈太元一边穿外衣一边问：“下一步你该怎么办？回省城吗？”

其实他不太希望梁雪离开，因为只有通过 99 局，他才有可能再次接触到吸血鬼，也就有可能找到手机照片中女人的下落。

梁雪摇了摇头：“不，事情根本没完，可能只是刚刚开始。昨天那个吸血鬼的尸体经过我们实验室的初步检查，得出的结果非同寻常。他体内的 C 病毒呈现出极度强化的状态，这说明吸血鬼有可能初步掌握了升级变强的可怕手段。”

“而凭他个人的力量是很难研究制造出升级版病毒的，所以我们有理由怀疑，雷泽市藏有吸血鬼的一个窝点，也就是他们自称的‘家族’。”

升级版，更强的吸血鬼，而且有一个窝点……任何一个信息点都令人头皮发麻。但陈太元却心中暗喜，心想你不走就好，继续在这里调查，那么我只要黏在你身边，就肯定随时能得到有关吸血鬼的消息。

但梁雪话锋一转，严肃地说：“另外，我还得再搜查一个人。”

“什么人？”陈太元问。

梁雪百般不解，甚至有点儿敬畏地说：“经过尸检，吸血鬼的脖子里竟然还有一枚钢针没能取出！也就是说，他不但没有变到最强的状态，甚至还是带伤作战。脖子里扎着一根钢针，还能险些杀了我……如果真让他掌握了升级手段，那真是太恐怖了。我要找到钢针的主人。我很好奇，是什么人能够把钢针扎进一个升级版吸血鬼的脖子里。”

陈太元深深吸了一口气。

“能把钢针刺入他的脖子里，那就至少需要吸血鬼或极限战士的力量才行。”梁雪自言自语一般，“可是，没听说哪个极限战士是玩儿针的。开玩笑，难道是东方不败那样的存在吗？”

陈太元越发无语，心里默默骂道，你才东方不败呢。

不管怎么说，梁雪还得留在雷泽市一段时间，继续调查吸血鬼的老窝。她会同雷泽警方组建起一个新的专案小组。

“以后，我可能会暂时在雷泽市公安局工作。”梁雪说，“假如有关于专业方面的东西，说不定还需要你的配合，毕竟你们京华大学的生命科学专业被你吹得那么厉害。”

陈太元笑了笑：“不吹不黑，实事求是。你可以轻视我，但别轻视整个京华大学的生命科学院。其实要是有薪水的话，你可以在你的专案组里面给我个职位啊，兼职好了，反正我在大学里闲得很。”

“特聘专家？”梁雪想了想，竟然点头答应了，还认真地说，“嗯，专案组里确实需要一个真正了解这种事件，并且不会被吓到的专业人士。虽然你这人没别的长处，但至少胆子大，不怕事儿。”

那可不，还敢对着吸血鬼的胸口开枪呢。

“我帮你多申请点儿薪水，就当我给你交房租了。”梁雪很不客气地说，同时有点儿满意地看了看四周。

嗯，这公寓虽然很小，但是安心且静谧。晚上没有噪声，白天距离繁华区又不远。

“你这是要住我这里？我同意了吗？”

“你同不同意很重要吗？”梁雪撂下这么一句简单而霸气的话。

陈太元悲哀地发现，梁雪早已喧宾夺主。

至于说一个单身女人住在一个单身男人家里是不是安全，这种问题压根儿就不在她的考虑范围之内，她可是能手刃吸血鬼的“暴力女”。敢对老娘不轨？两根手指头轻松扯断你的小丁丁。

只不过陈太元还是担心，住得时间长了会整出什么意外来。

换好的新门锁，分好钥匙后，陈太元随梁雪一起去了市公安局，简单介绍了一下，马局长等人对陈太元的加入表示欢迎。

“其实我请他加入还有一个原因，”梁雪说，“吸血鬼事件太过于匪夷所思，传播范围越广，就越是容易引起社会的恐慌，所以要尽量缩小知情者的范围。”说完意有所指地看了陈太元一眼。

雷泽警方的几位领导也点头称是。

“所以，”梁雪说，“咱们要成立的这个专案小组，尽量还是以熟人为主。上次老罗他们几个已经接触过C病毒感染者，征求一下他们的意见，愿意加入的就加入进来，不做强求。而下次针对C病毒感染者的时候，他们不会是作战主力，只需要协调配合。”

“另外，相互协调、上传下达的事情也得有个人来做。”梁雪说，“那个女警察李晓芬就不错，被C病毒感染者咬了也没吓破胆，至少胆子是可以的。”

于是，李晓芬也被调入这个专案组了。

几番沟通下来，只有老罗和一个叫小白的年轻警官愿意加入专案组，其他人都不愿再面对“吸血鬼”。好在老罗是个老刑警，心理素质很好，枪法也不错，关键时候还是能形成一定助力的。而小白虽然年轻，但也是个不怕事儿的愣头青，关键是驾驶技术高超。

被调来的李晓芬最是充满斗志，发誓要抓住雷泽市所有的吸血鬼。她说自己被吸血鬼咬过了都不死，命中注定是吸血鬼的克星……哪儿来的自信?

马局长挂了个名义上的专案组组长，梁雪则是实际上的负责人。

“陈太元竟然成了我的同事？”李晓芬上下打量着他，觉得不可思议。

第二章

011

被跟踪

虽然对于梁雪成为她顶头上司这件事儿，李晓芬心里别别扭扭的，但一想到能进入这个神秘的专案组，便又热血沸腾了。

“参战的人手也太少了吧？”马局长说，“只有梁主任你带着老罗和小白，能行吗？”

梁雪点了点头：“人多了也未必有用，能开车，搞一些火力支援就行，真正抓捕C病毒感染者还是要我来。”

这话说得实在噎人。

李晓芬一听就忍不住了，赶忙问：“等等，为什么没说我？我呢？”

梁雪看看她：“小女生瞎掺和什么？你负责接打电话，就算执行任务也得乖乖留在指挥车里，你不算战斗人员。”

“凭什么……”李晓芬咕哝着说。

陈太元笑着补充说：“除此之外，还有电脑操控、会议记录、监听电话的工作，这些肯定都是你的活儿。”

“去你的，你又不是专案组长……”李晓芬刚抱怨了一句，结果这些任务还真的就被梁雪派给了她。

分工明确后，梁雪就带着老罗和小白到第一次发现邓普威的小区里展开搜查。想必凭借之前专业人员绘制的邓普威的画像，不难查出他的住所，再获取他的联系方式，曾经的通话记录等也不算难事儿。

李晓芬和陈太元留在专案组的临时办公室。陈太元乐滋滋地翻看一些卷宗，熟悉办公环境。

意外的是，邓普威一点儿消息也没有，他们甚至连“邓普威”这个名字都还不知道。

其实在邓普威成为吸血鬼之后，家族里就帮他做了妥善的安排，寻常的侦破手段很难查到他的线索。后来邓普威盗走升级版C病毒背叛了家族，他就更神秘了，连家族都找不到他，警方更难找到。

“看来今天要白费劲儿喽。”李晓芬伸了个懒腰，眨着眼睛说，“老陈，请我吃啥晚餐呢？”

“凭什么我请？”

“有没有一点儿风度？以前在酒吧里，你不是还主动要请我喝一杯吗？”

“你还记得啊，”陈太元笑道，“用你的话说，那不是为了骗你去开房吗。”

两人去了离公安局不远的地方吃烧烤，随后无功而返的梁雪、老罗和小白也加入进来。

冷漠的梁雪吃得不紧不慢，似乎还在考虑搜查的事情。

一口撸掉一支大串的老罗说：“梁主任，办案也不是一天两天的事儿，哪儿能像你这么着急？有些案子积压好多年都是很正常的，甚至包括命案。”

小白也点头附和：“对，而且这次是关系 19 条人命的超级大案，又牵扯到……那种怪物，侦破难度大一些也在情理之中。”

“你们不懂。”梁雪摇摇头，无奈地喝了一杯扎啤。

但是陈太元明白，梁雪担心加强版 C 病毒的扩散，导致吸血鬼的实力全面提升，那麻烦就大了，到时连梁雪都应付不来。但是这样恐怖的推测还不能对组员说。大家的心理压力已经够大了，不能再增加负担。别看老罗、小白和李晓芬都貌似镇静，其实心里都绷紧着一根弦。

只有陈太元的轻松不是装出来的，他像是暗夜之中的一粒萤火，是那片黑暗中唯一的光。

…………

饭吃到九点半，老罗和小白各回各家。当知道梁雪竟然和陈太元“同居”了的时候，李晓芬顿时惊讶得目瞪口呆。

“你们的关系发展得也太快了吧！”

对于这种猜测，梁雪压根儿懒得理会。

陈太元本想解释，但脑袋里忽然微微一震，仿佛有根琴弦被轻轻拨动了一下，他心中猛然一凛：这是超自然能量在自己百米内爆发时所产生的感觉！

也就是说，百米内说不定有吸血鬼！

在哪里？

应该是在街对面，可能潜伏在某辆车里。但究竟是哪辆车，还无法准确判断。为了不打草惊蛇，他也不能盯着对面观察。

陈太元转念一想：吸血鬼是怎么找到他们的？

可以说，上次与邓普威的激战，自始至终都没有第二个吸血鬼在场，事后警方也严格保密。那么，吸血鬼家族是如何得知邓普威被灭杀和陈太元他们有关的?

是来找99局的梁雪还是公安局的李晓芬?梁雪的身份自然不用说,而李晓芬虽然是第一接触者,还差点儿被邓普威感染而死,但她也只是个普通人。

陈太元暂时没有声张,盘算着得找个借口送李晓芬回去。万一吸血鬼的目标是梁雪呢?暗夜之中突然袭击,梁雪肯定身陷险境。

于是陈太元接着李晓芬的玩笑说:"你别乱说啊,雪姐这冰山大美女谁敢碰?还没接近就冻伤了。她就是嫌麻烦过来借住,顺便找人陪她喝酒。"

李晓芬眼珠一转,语气有点儿不确定:"这么爱喝酒啊。"

"要不你跟我们一起回去,咱仨接着喝。"

别说,李晓芬还真的心动了。一个人回宿舍太没意思。

梁雪有些嫌弃:"就你那小屋,能睡三个人吗?"

陈太元哈哈一乐:"大不了沙发让给晓芬,我睡地板,其实喝醉了睡马桶都不难受。你不是总说咱俩单独喝酒太闷吗?走啦,一起一起。"

虽然心里大吐苦水,但陈太元还是放下一颗心,兴冲冲地哄着她们往家走。

一路上陈太元都在留意自己的背后,他已经十分确定身后的那辆迈腾非常可疑。

那辆车不紧不慢地跟踪,哪怕路过较黑的路段也不开大灯。

梁雪也发现了端倪,所以一直都没开口,只静静地观察着。

大概走了20分钟,时间接近晚上10点,距离陈太元的住所已不远,这是一条河边小道,没有路灯。

突然,陈太元感觉到后面的车停下来,有人下了车。但很快车子再次启动,继续缓缓地保持跟踪。

难道车上不止一个人？要准备一前一后围堵？

梁雪低声打破了沉默：“注意，不要紧张，告诉你们一个可能不太美妙的消息——千万别紧张。”

两人一愣，当然陈太元是装的。

“别扭头——我们被跟踪了。刚才有人下了车，可能前面也会出现堵路的。”

“假如真是两个，你们找机会能跑多远就跑多远，别回头。”

陈太元问：“那你呢？”

“不用你管。”梁雪一如既往地孤冷。

012

立了头功

梁雪自认虽然不能同时战胜对方两人，但总能周旋自保。她所担心的是无法保护陈太元和李晓芬。

李晓芬有点儿紧张，但比寻常女子强了很多：“我有枪，能帮你的。”

梁雪有点儿出乎意料地看了看她，默默点了点头，心想这小警花还真行。

就在这时，身后的汽车停了下来，将河边小道堵得死死的。一个身材窈窕的女人从车里走出来，一言不发地向陈太元等人步步进逼。

与此同时，黑暗之中也飞速闪出一道身影。虽然体形微胖，但速度快得令人发指，李晓芬看得出这道身影的速度，和自己第一次遇到的吸血鬼邓普威不相上下。

越来越近，一男一女分别停在距陈太元他们10米外的地方。李晓芬感到一种强烈的对峙气氛，紧张得好似一个火药桶，只差一粒火星就能引爆。

难受，压抑，几乎快要窒息。这就是超自然存在的力量和威势，让人心悸。李晓芬作为现场唯一一个真正的“普通人”，承受的压力比任何人都大。

她掏出局里白天刚为专案组配备的大威力手枪，梁雪说这枪要对准吸血鬼的心脏，即使不能一枪毙命，也能把对方打得喘不过气来，战斗力大大降低。但吸血鬼可不是一动不动的固定靶。

这两个吸血鬼似乎并不在意李晓芬手中的警用手枪，只对梁雪的那把特制手枪还有一点儿敬畏。

妖娆的女人身穿一套简洁的暗蓝色紧身衣，体形越发显得美妙，手中拿着一把锋利的短刀。

微胖的男子则手持一柄一尺多长、小巧灵便的黑色斧头，脸上僵着笑容。看得出那斧头打磨得极其锋利，斧刃的另一端是一个尖锐的钢楔子，显然能变化出更多的招数，产生出更大的杀伤力。

其实他们的追踪目标是李晓芬，没想到，梁雪也在这里。梁雪自然是个棘手的对手，但在二打一的情况下，他们得手的可能性足足有八成。在他们眼里，李晓芬和那个陌生男人（陈太元）两个普通人，战斗力可以忽略不计。

“99局的杂碎！”妖娆女人咬着牙笑道，“我们一直苦于没有像样的对手，现在总算遇到了一个，但愿你别让我失望！”

这女人在被C病毒感染之前，是一名非常出色的武术师，在武馆教授女子搏击和刀术。如今成了怪力加身、速度惊人的吸血鬼，实际战斗力越发惊人。只不过她虽然战斗力强，但脑袋有点儿二，一句话就暴露了一个真相：他们知道梁雪的身份！

陈太元心中暗惊，梁雪的身份这么快就泄露了？莫非他们公安中有内线？陈太元不动声色。

梁雪冷笑："知道的还挺多，还知道些什么？"对方吐露的内幕越多，梁雪就越能判断消息泄露的来源。但另一边的微胖男人脑袋很灵光，当即呵斥道："少废话！"

说着，他瞬间发起进攻，而另一边的妖娆女人也配合默契，同时出击。

几乎就是一转眼的事情，梁雪的手枪对准目标连发三弹，其中一枪打在了妖娆女人的左胳膊上，她的衣服瞬间染红，但这并没有阻止她的进攻。

"嗖……"短刀画出一道凄美的光弧，在梁雪的上臂留下一道惨痛的伤口。陈太元和梁雪都看得出，这一刀非常专业，训练有素。

梁雪趁机飞起一脚，将女吸血鬼踹开。

而在另一边，李晓芬的枪也响了，却没能击中男吸血鬼。直到对方扑杀过来，李晓芬才慌慌张张地射出第二枪。

但是这次，竟然被她打中了！

不足一米的近距离射击，没有人会注意到陈太元悄悄把李晓芬的手向上抬了一下。即使是李晓芬，也在射击之后的后坐力中没有察觉。

这微微上扬的一枪准确击中吸血鬼的心脏，他被强大的冲击力撞退了两步，痛苦地倒在地上，手上的斧头也跌落在地。

李晓芬傻眼了，事实上大家都傻眼了。梁雪反应还是快，"嗖"的一下扑到男吸血鬼身边，狠狠一脚将他踩在地上。随即取出曾经锁铐过陈太元的特制手铐，将男吸血鬼反铐了起来。

竟然抓到了一个活的！

所有人都明白，这比死尸的价值高太多了。女吸血鬼当然也明白。

看到同伴栽了，她在十几米之外快速地将短刀飞掷过来，直取同伴的喉咙！

她的力道之大足以切断男吸血鬼的喉咙——她这是要杀人灭口。

好个狠辣的女人。

幸好梁雪反应及时，拉着自己的俘虏匆忙躲闪。短刀没扎进喉咙，却刺在男吸血鬼肥胖的肩头。

女吸血鬼见势，掉头就想撤。

她感觉自己轻视了不知深浅的李晓芬，没想到这个普通女子的枪法这么准。她明白，恋战的话肯定会吃大亏。

看到女吸血鬼要跑，梁雪自然奋力去追，无奈她距离太远，起步也晚。

陈太元暗中掏出一枚针，他也知道意义不大，因为在目前的距离下，飞针的杀伤力非常有限。即使他不怕暴露去追捕，也未必追得上。最重要的是，一旦他离开，男吸血鬼回过神来，很可能在反铐双手的情况下将李晓芬撞死。

一枚飞针悄无声息地飞出，远远地擦着女吸血鬼的衣服而过，没有任何人能够察觉到。

女吸血鬼蹿进了车里，快速发动汽车倒了出去。梁雪一枪打中车身，只能眼睁睁地看着她仓促逃跑。

“挺不错，战果丰硕！”毕竟抓了一个活的，梁雪收起手枪说，“咱们也别回去喝酒了，带着这浑蛋回公安局吧。对了，晓芬你这次表现出奇地好，别留在办公室了。”

刚才还惊魂未定，现在却得到了这样的鼓励，李晓芬心中百感交集。虽然心里一阵后怕，不过表面上可不能露怯，她得意地抬起娇俏的下巴说：“早就说了，你那是瞧不起人，女人何苦为难女人啊！”

“嘚瑟。”梁雪咕哝了一句，抓起男吸血鬼往回走，“还有，虽然咱们的专案组是临时的，所有人的职务也是暂时的，但功劳都会记录在档案里。这一次，晓芬你立了头功。”

李晓芬有点儿晕。

013

无法战胜的怪物

陈太元赶紧去小区里开自己的车来，带着男吸血鬼返回市公安局。一路上吸血鬼一言不发。

回到公安局，男吸血鬼被锁在了那把坚固的审讯椅上。事实证明，就算是吸血鬼也休想挣脱这个冷冰冰的铁家伙。

这是抓捕到的第一个活口，也是一次极其重大的突破。马局长连夜从家里赶过来，一边向梁雪等人祝贺，一边高兴地勉励李晓芬。

“行啊晓芬，真看不出你还有这能耐，好样儿的。”马局长大感脸上有光：你梁主任那么牛气冲天，说我们地方警力只是起到配合作用，瞧瞧，我们的同志，这叫关键时刻显身手！

在马局长看来，李晓芬这是为整个雷泽市公安系统争了光，赚足了脸面。

而事后证明，当这件事被秘密汇报到省公安厅之后，连省厅领导都觉得惊喜——看来在处理超自然案件上，咱们普通干警也一样大有用武之地。

可以说，李晓芬这个非常普通的名字，一下子就在岳东省警界暗暗地挂上号了，列入了重点考察培养名单。

…………

后面的事情看似简单——撬开这个吸血鬼的嘴巴，但实际操作起来才发现并非如此。无论如何，这个沉默的家伙脸上都始终挂着一成不变的笑容。

李晓芬回到自己的“本职岗位”上，对着电脑查询女吸血鬼开走的那辆车。监控显示，这辆车在距事发地点 5 公里外的地方就停下了。一道身影从车里面钻出来一闪而逝，再也没了消息。

虽然是套牌车，但李晓芬还是查出来，那辆迈腾汽车的车主名叫曹雨辰。这个“曹雨辰”恰恰就是被俘虏的男吸血鬼。他的现实身份是一家医院的主治医师，竟然还是社会上的体面人。曹雨辰的老婆是雷泽市第二中学的教师，女儿如今正在中学读书。

“明白了。”李晓芬摇着脑袋说，“当初吸血鬼家族发展他，只怕是为了方便从医院里弄到新鲜的血液吧。真是个好办法。”

不错，这确实是曹雨辰成为吸血鬼的主要原因之一。整个雷泽市吸血鬼家族的日常血液需求，基本上都是曹雨辰暗中供应的。

一旁的梁雪满意地点了点头：“他和他爱人都是知识分子，所以害怕身份暴露之后，连他的家庭都会蒙羞。当然，他可能更加害怕招供之后，其余的吸血鬼会伤害他的家人。”她想到了那个女吸血鬼要杀曹雨辰灭口。

“既然找到了症结，后面的问题就好办了。我发现晓芬的文职工作也是蛮不错的，调查的效率还挺高。”

李晓芬得意地笑道：“那可不，咱是全活儿。”

天色已经接近放亮，梁雪回到审讯室，被困在铁椅子上的吸血鬼曹雨辰一脸颓废，已经显得疲惫不堪。

“曹医生，真不开口吗？”

正在煎熬中想应付办法的曹雨辰，万万没想到，对方一开口就喊出了他的身份。

刹那间，一脸颓色的曹雨辰好似成了惊弓之鸟，浑身战栗。

梁雪继续打压：“你想想，假如市立医院和第二中学都知道曹医生竟然是个喝人血的怪物……你们两口子也就罢了，关键是你家女儿要生活在这么沉重的阴影之中……”

“咱们设想这样一个场景——你女儿在学校里读书，其余的孩子要么避而远之，要么调笑戏谑，当然更多的同学会骂她是‘怪物的孽种’……

“另外，你交代实情之后，你的同党就会残害你的家人对不对？但是你信不信，假如你不交代实情的话，这些事儿我也能做？！”

话说到最后杀气腾腾。

曹雨辰吓得脸色发白：“你们99局到底是不是国家机构，你怎么可以这么胡作非为！”

威胁犯罪嫌疑人家属的生命安全，这种事儿确实不是一般公务人员能说出口的，梁雪是个另类。

一旁的陈太元出来打圆场：“你也知道这是‘胡作非为’，你那些同伙正在胡作非为，正在威胁你家人的生命安全，还有一个已经当机立断要杀你灭口，你却包庇他们。老兄，你究竟是猪脑子，还是驴脑子？”

曹雨辰也愣住了，脑袋里开始疯狂地转，考虑得失。

陈太元补充：“你要是选择和警方、99局合作，警方肯定能为你的家人提供保护。”

曹雨辰脸色黯然：“你们能保护到什么时候？能保护我老婆女儿一辈子吗？”

梁雪冷声说道：“至少要到把你的同党全都抓住的时候。”

“不可能！”曹雨辰疯狂摇头，“你们不可能把他们全部抓住。今天逃走的那个小娘们儿那么能打，也还不是最厉害的，你们知不知道？！”

“能打就一定不会被灭掉？”陈太元心平气和地笑了笑，“你今天栽在谁的手里了？你比我这个警花小妹能打多了，但是结果呢？你还不是被她一枪轰在地上了？”

曹雨辰哑口无言。

陈太元正色道：“老兄，这不是冷兵器时代，不是拎着把剑就能寂寞如雪的时代。枪打不死用炮轰，炮轰不死还有核武器呢，对不对？”

梁雪忽然发现，陈太元还挺适合做心理工作。

曹雨辰战栗着：“我们血族有‘缄默法则’。谁要是不遵守这个法则，对外招供了家族的秘密，整个家族都会追杀我，并且追杀我的家人，不死不休。我只要不交代这些事儿，他们就会在外面照顾我的家人。”

陈太元乐道：“他们都要当场杀你灭口了，还会好心好意照顾你的老婆孩子？真是怪了。”

终于曹雨辰的心理防线崩溃了，他选择和 99 局及警方合作。

“我们这个血族一共五个人，家族首领名叫康俊彦，是个非常神秘的人物。你们见过的那个女人叫谢青萍，以前是练武术的，成了血族之后就更能打了。前些天被你们杀死的是邓普威，还有一个连我们也不知道名字的，从未以正脸出现过，不过连康俊彦都很畏惧他。”

康俊彦、谢青萍、曹雨辰、邓普威，外加一个神秘人。

这个神秘人确实够神秘的，极少在家族之中露面，即使出现也总戴着面具说几句就走。据曹雨辰观察，家族首领康俊彦似乎很难辖制这个神秘人，对其很尊重，但地位又不比他低，两人也曾因为意见相左而争吵过。

曹雨辰说：“我们都喊他‘导师’。‘导师’的实际战斗力我没见过，但肯定不差。两支升级版‘血源’都是他带来的，因此‘导师’自己应该已经用过了。”

“升级版‘血源’？”梁雪一愣。

“可以让我们血族变得更加强大，进化得更加完美的神药……”

“不就是升级版C病毒嘛。”梁雪冷声说。

“也可以这么说。”曹雨辰说，“被邓普威偷走以后……”

他一旦开了口就滔滔不绝。比如说吸血鬼想消化一支升级版C病毒，就必须吸食10个人的新鲜血液。

李晓芬惊诧：“这么说来，那19个夜场小姐基本上……”

“应该没命了吧，唉，反正康俊彦肯定吸食了10个女人的血。”曹雨辰心有余悸地说，“你们说邓普威这家伙呈现出升级的状态，那他肯定也吸食了。不过你们千万要记住，我是‘素食主义者’，我只从血库里取血，有时候甚至喝动物血液，但从不杀活人，真的，我对天发誓！”

他本来就有便利条件弄到更多的血液，加上又没使用升级版C病毒，所以说他没杀过人还确实可信。

至于19名小姐，目前已知至少死了13个。被野狗刨出来的三具尸体，肯定不是康俊彦害死的。当然，剩下六个估计也凶多吉少了。邓普威一死，那六条人命也就成了无头冤案，只能寄希望于野狗再立新功。

“这么说，只要抓住了那个康俊彦，这案子也就算是破了。”李晓芬狠狠地握紧了小拳头。

“别想得这么简单！”曹雨辰有些恐惧地说，“你根本不知道，实力真正提升之后的血族有多么恐怖。我和他的实力对比，就像儿童对成年人一样，毫无还手之力。”

李晓芬惊讶得嘴巴都圆了：“那他岂不成了超级老怪物了？！”

“他就是个怪物，无法战胜的怪物……”曹雨辰喃喃道。

014

眼熟吗

陈太元继续追问："康俊彦在社会上的公开身份是什么？"

曹雨辰："他是一个来自外地的大药贩子，以前也曾和我打过正常交道，咱们雷泽市很大份额的二级疫苗都是他私下供应的。由于有这种关系，后来他得到'血源'之后，考虑到我这里能够更加轻易地弄到血液，就把我也发展成了血族。"

果然能查到康俊彦的一些信息，说他是医药代表是小瞧了他，其实他是个大型医药代理商，极其富有。

"包括雷音山上那三套别墅也都是他买下来的，他不缺钱。"曹雨辰说，"我们一家住了一套，他和谢青萍住一套，邓普威自己独住。不过邓普威住的地方也充当仓库存放杂物。我们之所以住在那里，是因为气候比较湿润，阳光非常少。"

至于康俊彦和谢青萍住在一起，是因为在表面上，谢青萍是康俊彦的女人。但是事实上，曹雨辰觉得他俩应该没发生那种关系。

陈太元点头问道："那么，康俊彦现在应该已经跑了吧？谢青萍逃脱之后肯定向他汇报，说你被警方生擒，那么他俩会一起逃。"

曹雨辰摇头："康俊彦的行踪，我是无法确定的。但他说过，他要找到邓普威的尸体，因为牵扯到'血源'进化变强的事情，不想让99局也得到这样的技术。"

陈太元和梁雪很是好奇，康俊彦能用什么办法找到邓普威的尸体？难道每个血族成员的身体之中，都会和康俊彦这个家族首领有着什么暗中的联系？

曹雨辰摇了摇头："我也不知道他会用什么办法，康俊彦掌握着太多信息，不会向我们和盘托出的。而这恰恰是他管辖我们的一大优势。"

知道了这个吸血鬼家族的不少内幕，可谓收获巨大。梁雪则问出了更加关键的一个问题："你们怎么知道的我的消息？"

"都是康俊彦告诉我们的。他不仅知道你来到了雷泽市，而且还知道邓普威曾经和李晓芬警官有过接触，所以让我们多关注你们两位。但那是康俊彦自己的信息渠道，不会告诉我们的。"

"看样子，需要在公安局里面彻查一下了。"马局长并不为自己的单位推卸责任，"不过，有时候也未必是故意勾结。说不定这个康俊彦和某位干警是朋友关系，一不小心就被他得知了。当然，就算这样也是严重的泄密行为，我们会依照纪律严肃惩处的。"

梁雪点了点头，如鲠在喉，但又不得不暂时放下这个疑问，说："半夜1点多了，咱们去他们的住处搜查一下。当然说到做到，先把曹雨辰的老婆女儿保护起来。"

"感谢！"曹雨辰感激不尽，"请千万别告诉她们娘儿俩我是血族成员，她们并不知道这件事儿。"

至于真正行动，要等待99局派驻省城的主任秦汉升一起。抓住曹雨辰之后，梁雪就把这消息通报给了秦汉升，这是工作规定。秦汉升感到战果丰硕，而且也知道梁雪遭遇了一个吸血鬼窝点，势单力薄，故而带着四个精锐手下赶来支援，看时间应该快到了。

秦汉升是一个身手极佳的极限战士，实际战斗力甚至比梁雪还强一些。四个手下虽然是正常人，但都经过特训，善于格斗，心理素质和枪法都很好。

至于没有大规模地派警察去搜山，也是考虑到曹雨辰老婆和女儿的安全。如果数百名警察一起出动，万一康俊彦或谢青萍还在雷音山别墅附近，肯定就明白曹雨辰已经投靠了警方。到时候，这俩家伙恐怕会疯狂报复。

梁雪拨通了秦汉升的电话："还没到吗？"

电话那边传来一道沉闷且略显沙哑的声音："距离雷泽市公安局还有五六分钟路程。"

"哦。"梁雪想了想，说，"曹雨辰招供了，但有一条消息非常值得警惕。他说康俊彦试图寻找邓普威——也就是上次我送过去的尸体，还说可能采用什么特殊的办法去找。"

"开什么玩笑！"秦汉升冷声说，"尸体已经被剖开了，成了一堆烂肉。算了，我把留守的儿个人安排一下，让他们提高些警惕得了。不多说了，我马上到。"

电话挂了没多久，一辆商务车就停在了市公安局楼下。首先从副驾驶座下来一个身穿黑色制服的年轻男子，非常干练。这种制服乍看有点儿像警服，但实际上差别很大。

这人下车之后马上打开后排的车门，一个身材高大的男子款款走出，这才是秦汉升。均匀而健壮的身形，被他的平头和立领西服衬托得更加简洁干练。一副刚毅的面孔，络腮胡刮掉之后泛青的下巴使得刚毅之感越发强烈。

当然最醒目的一点是他眼下到嘴角的一道伤疤，这是连极限战士的超强愈合能力都无法抹平的伤疤。

他也穿着同样的制服，肩章却不一样。他略微整理了一下衣服，踩着锃亮的皮鞋走向大楼。

陈太元远远看到了这人，低声笑道："雪姐，你们这位秦主任好大的派头儿，我原来还以为你派头儿最大呢。"

"一边玩儿去。"梁雪呵斥道。

陈太元则继续调笑说："不过，这身制服挺好看啊，你咋不穿呢？"

"穿这么招摇干什么。"连梁雪都觉得秦汉升太摆谱儿。

陈太元笑了笑："可我觉得制服美女挺养眼的，你瞧晓芬穿警服的时候就更好看了……"看到梁雪投来鄙视的目光，他才识趣地闭嘴。

梁雪向大家介绍秦汉升，秦汉升大大咧咧地向马局长伸出一只手，不冷不热，高高在上的样子。

"这位是陈太元，京华大学的年轻学者，被聘入专案组做顾问。"梁雪说。

陈太元也伸出一只手，哪知秦汉升看都不看，只说："请马局带路，先去看看那个俘虏。"

说完秦汉升就背着双手先走一步，将所有人都晾在了后面，当然也包括陈太元。

陈太元有点儿尴尬地收回自己的手，揉了揉鼻子笑道："官儿不大，架子倒是不小。"

已经走到前面10步远的秦汉升忽然停下脚步，微微扭头，用他沙哑低沉的嗓音问："小子，你刚才说什么？再说一遍！"

"你耳背听不到吗？那我大声点儿。"陈太元笑笑，忽然提高音量喊道："我说你——架——子——不——小！"

一字一句，吐词清楚，声音洪亮。

秦汉升的身体没动，宛如一尊雕塑，但是身上却好似爆发出了一股强大的气势，以他为中心疯狂蔓延开来。

跟着他一同下车的两个下属马上走向陈太元，形成了夹击之势，仿佛一言不合就要将陈太元灭掉。

至此大家才意识到，梁雪的冷酷只是个人性格问题，而秦汉升等人才能真正代表99局的跋扈与嚣张！

气氛好似随时可能被引爆，梁雪忽然对秦汉升的两个下属斥责道：

“干什么？一来就要对我的专案组下手吗？”

那两人不敢擅动，只等秦汉升发话。

“老秦，别耽误了大事儿，吸血鬼的老窝还等着我们去端掉呢。”梁雪语气不悦地说。

秦汉升于是发出一声浓浓的鼻音，收起了一身的威势，和马局长直奔审讯室去看曹雨辰。

背后的梁雪轻轻松了口气，心想要不是今天真的有大事儿要做，按照秦汉升那睚眦必报的性格，陈太元肯定要倒霉。

陈太元倒不是很在意，只是比较感谢梁雪对自己的关心：“谢谢雪姐仗义执言。”

“你也少说两句！”梁雪冷哼一声跟了上去。

…………

不一会儿，秦汉升和梁雪带着下属直奔雷音山的那几栋别墅，时间已经接近半夜一点半。

这是99局和吸血鬼家族之间的战争，其余人都自然退后。陈太元要抓住这个机会单独和曹雨辰谈谈，这是最佳时机！

当然，这也符合他生命科学研究者的身份。

微冷的深夜，冰冷的审讯室里只有陈太元和曹雨辰两人。

陈太元坐在离曹雨辰一米远的地方。

“你觉得轰你一枪的那个女警察眼熟吗？”

曹雨辰马上陷入了思索，越想越觉得李晓芬和他记忆中的某个人有几分相似。但是一想到那个女人的身份，曹雨辰顿时把眼睛都瞪圆了：“你究竟是什么人？”

曹雨辰越是情绪激动，陈太元就越是觉得有意思。

015

昏迷

“我的身份你先别管，只需要回答问题就是了。”陈太元说完又补充一句，“当然我多少会给你些好处。和我这样一个研究生命科学的人交个朋友，对你没坏处。甚至在你被关押期间，我可以想办法从血库帮你弄袋血出来，怎么样？”

此时此刻提到“血”，简直是久旱逢甘雨，曹雨辰眼睛几乎要冒光。当然他也知道陈太元前面那些话有道理——和一个搞生命科学的人交个朋友，对他们这些C病毒感染者来说没有坏处。

曹雨辰微微点了点头。

“我首先确认一下，你是不是真的认识她。你说说看，她和这个女警察的一些差别。”

曹雨辰稍稍跟回忆对比了一下：“差别很大，相似度只有个三四成罢了。她比这位女警官稍微成熟点儿，大约……和梁主任年龄相仿，二十七八岁。我没见过像她那么能打的普通人。”

能打，几乎就是那个女子最大的特征，难怪曹雨辰记忆犹新。

而仅凭这一个特征，陈太元就足以断定其身份了——没错！

曹雨辰咽了口唾沫说：“大约半年前吧，那时候我才刚刚被发展成血族成员，谢青萍和邓普威还没被发展进来。你说的那个女人曾经出现在这里，和康俊彦打过一架。我当时吓坏了，根本帮不上忙。最后，是‘导师’出现帮康俊彦打败了她。”

陈太元的心顿时揪了起来：“她被打败了？结果呢？”

“不知道，应该是被‘导师’带走了……你别恼，我根本没参与，跟我完全没关系！”

曹雨辰已经因为陈太元的怒意而感到震颤。怒意升腾的陈太元仿佛一条狂龙，正要择人而噬。

这个陈太元究竟是不是普通人？他真的只是一个学者吗？

陈太元压制住心中的怒火，继续追问：“假如被‘导师’带走，结果可能会怎么样？”

“我觉得不会死吧，就好像你们抓住了我，难道不准备研究一下吗？血族应该也一样。看到一个如此强大的普通人，肯定也想研究研究。”

曹雨辰之所以知道那女子是普通人，是因为当时康俊彦问她是不是99局的极限战士，结果女人摇头否认，称自己是修炼功夫的普通人。

“小老弟，她……究竟是你的……？”

陈太元轻轻吸了口气，随便编了个瞎话：“她是我姐，从小被送去一个神秘的地方修炼。我去找她的时候才知道她已经离开，到了雷泽市。我在雷泽市也找不到她，只追查到她最后一次出现，似乎和吸血鬼有点儿关系。”

曹雨辰撇了撇嘴：“实在太可惜了。现在要想找到你姐姐，也只能从‘导师’和康俊彦两人身上着手。”

陈太元要求曹雨辰对这件事儿保密，连在梁雪面前都不要提及。

“对了，康俊彦的手是不是有残缺？”陈太元问道。

曹雨辰眼睛一亮：“左手小拇指没了！没错，当初他说就是因为和你姐有什么矛盾，结果被她切断了一根手指，甚至还追杀他追到了雷音山。真可怕，你姐姐修炼的是什么功夫，神乎其神哪。那时候的康俊彦虽然没有使用升级版‘血源’，但也不亚于现在的我啊。”

这就对了。

当初陈太元找到她最后出现的地方，只找到了一截断掉的小拇指，而且这小拇指极其坚硬，韧性强得离谱儿。为此，陈太元恳请京华大学的生命科学领域的大师袁教授帮助研究，袁教授研究发现，这根小拇指完全不同于普通人类的肌体组织，只有外形一模一样。老头子简直像是发现了新大陆，迅速向上级反映，一旦再出现另类的身体一定要交给他研究。

陈太元是袁教授的一个助理。

通过对比得知，那根小拇指应该属于吸血鬼。那么也就可以证明，照片中女子的消失和吸血鬼有关系。

"'导师'和康俊彦，找到他们其中的一个，或许就能找到她了！"

"至少我现在的目标已经非常明确。"陈太元心中那团雾霾消散了很多。

他准备去一趟雷音山碰碰运气，看能不能找到康俊彦。还没等他离开，就听到外面已经乱作一团。

怎么了，这是?

原来，梁雪他们开往雷音山的其中一辆车迅速返回了。车上两名99局战士急匆匆地要求市公安局赶紧安排最好的医院，抢救重伤患者！

"还愣着干什么? 梁主任受伤了，生命垂危！"

所有干警大吃一惊，梁主任是何等身份，怎么会伤得这么重，她不是刚刚过去吗?

"我们被袭击了……秦主任说了，梁主任受伤太严重，就算用我们办事处的营养池也未必能救活，但先找医院维持着吧。"

已经死马当作活马医了！

陈太元急匆匆地冲了过来。

"让开，我懂一些医术！"陈太元来到车边，发现梁雪已经昏迷，脸色惨白，毫无血色，蜷缩在后排一动不动。这时候的梁雪没有往日的英姿飒爽，她像是一个可怜的孩子，极其微弱的生命体征宛如风中摇曳的烛火，随时都可能熄灭。

怎么会伤得这么重？！陈太元急忙将梁雪从车里抱出来，在车旁的宽敞处就地而坐，并将梁雪抱在怀里。

99局的战士见状怒吼道：“浑蛋，你干什么？”

大家惊讶地看到，陈太元竟然把手放在了梁雪的胸口，轻轻按压起来。

陈太元没有理会，依旧静静地推拿，不过他的内心却没有这么平静。

“伤得好重，下丹田都险些震碎了，这得多大的力气！”

“目前人多杂乱，即使去医院也是无药可医，我也只能先维持一下，再想办法。”

大家虽然都各有想法，但却没有实际行动，毕竟没人敢碰垂危的梁雪。

警方准备好的车辆开了过来，马局长过来说：“小陈你不要折腾了，赶紧将梁主任送到车上，医院那边已经联系好了，分秒必争！”

两个99局的战士更是直接跑过来，要把陈太元拉开。

就在这时，奄奄一息的梁雪竟然闷哼了一声，发出了虚弱的呻吟！

尽管声音微弱，却仿佛平地一声雷，让所有人都惊呆了。难道，陈太元的土办法真的有效？

紧接着梁雪的嘴唇微微动了动，发出了疲惫而缓慢的声音：“太元……带我……走……”

不可思议！勉强清醒的梁雪竟开口要求陈太元带走她。

说完，梁雪再度陷入昏迷。原本苍白的脸上悄悄浮现出一点点血丝。

好家伙，陈太元竟然还是个能够起死回生的名医？

陈太元抱起了梁雪，对赶过来的李晓芬说：“晓芬，你开车带我。不是需要营养池吗？我们京华大学的实验室里也有。不过我不欢迎其他人来捣乱，包括 99 局的朋友。”

016

奇怪医术

对陈太元来说，梁雪这个刚认识不久的朋友，虽然和自己有过不愉快，但两次并肩战斗早让他们的关系发生了微妙的变化。梁雪生命垂危，让陈太元忧心忡忡。

车开出了不到 5 分钟，陈太元说："左转，去我家。"

"啊？"李晓芬一怔，"不是去京华大学吗？你家没有营养池啊！"

陈太元声音冰冷："什么营养池，京华大学也没有。"

"那……刚才你在说谎呀！"

你被骗的次数多了去了，只是自己不知道而已。

"可你为什么骗他们？"

陈太元阴沉着脸，低头看着怀中的梁雪。良久之后，缓缓说："雪姐应该是刚到别墅就遭到了袭击。"

"也就是说，对方对于雪姐的行踪掌握得很准确。"李晓芬有时候也很机灵。

"奇怪的是 99 局的其他人都不在场，这个时间掌握得过于巧妙。别人都没遇袭，唯独她赶上了，你不觉得有些玄乎吗？"

李晓芬禁不住打了个冷战。

“你怀疑……有内鬼？”

陈太元摇摇头：“曹雨辰曾说，康俊彦让他和谢青萍来盯着你和雪姐。这说明，康俊彦的消息非常灵通。雪姐也不是没有察觉。”

李晓芬忽然觉得，真正面对吸血鬼的时候并不可怕，最可怕的是自己身边可能藏着未知的坏蛋，他躲在暗处悄悄盯着你，平时和你关系挺好，关键时候就在你背后捅一刀。

陈太元继续说：“雪姐伤势极其严重，在那么艰难的情况下，她不说别的，径直要我带她走，为什么？”

李晓芬又灵光了一下：“除了你，她不相信其他人，哪怕是99局的人！”

车子开进了小区，陈太元抱着昏迷的梁雪，静静到了自己住的10楼。他拿出钥匙打开了走廊对面的一扇门。

“这也是你的房子？！”李晓芬惊讶。

陈太元示意李晓芬赶紧进来，关上房门后打开一盏昏暗的小灯，确保窗帘外看不到亮着灯。陈太元解释说：“这是和一个同事一起买的。她前阵子作为交流学者去了国外学习，让我帮忙把房子出租。这不，还没来得及租出去。”

又一次解释得天衣无缝。

李晓芬发现，陈太元做事非常小心谨慎。他把三个人的手机都拿出来关掉，取出手机卡。

这套房子的房门猫眼可以清楚地看到走道里的情况。假如有人在陈太元的门前晃悠，里面能看得一清二楚。

“真是狡兔三窟呀。两套房子的布局简直是为了反侦查……”李晓芬心中暗想，“老陈以前会不会是个江洋大盗啊，日子过得这么小心。”

陈太元把梁雪抱进主卧，同时命令说：“晓芬，你在门口留意着点儿，我想过不了多久就会有人找我们的。你别吭声就是了。”

“你呢，怎么救雪姐？这里连瓶消毒药水都……咦？还真有呢？”

陈太元从柜子里取出了一个大大的医药箱，全是些小号的瓶瓶罐罐。

“老陈，你有鬼！只要是个住的地方，你就藏着一个药匣子，太反常了！更重要的是，这是你同事的家，竟然也有这样……”

“出去看着门，我要给雪姐疗伤了。”陈太元打断她。

李晓芬气哼哼地来到门前，搬个小椅子坐下了。不一会儿，她的眼皮便开始打架。

也不知道过了多久，隐约听到卧室里传出了一声虚弱的呻吟，李晓芬一个激灵站了起来。推开卧室门，她惊呆了——

梁雪闭目躺在床边，脚对着李晓芬所在的门口部位，上身几乎赤裸着，只勉强用条小毛巾盖住了胸口，鼓鼓囊囊好似两座小山。

“老陈，你这个臭流氓！”李晓芬小声轻骂。

梁雪白皙的腹部上一个火辣辣的暗红色掌印十分抢眼，好像拔罐之后留下的红印，触目惊心。就是这狠辣的一掌，险些要了梁雪的性命。用陈太元的话说，这一掌险些震碎了下丹田。所谓下丹田是陈太元修炼术中的一个说法，人身上极其要害的一处，对修炼者和实力强大的格斗者来说都格外重要。

其实李晓芬不知道，这一掌最初黑紫如墨，现在经过陈太元反复不停地调息，才慢慢恢复到了暗红的状态——情况已经大大好转。

陈太元不敢有丝毫松懈，他一只手轻轻贴合在梁雪受伤的腹部，揉搓按压；另一只手则拿着中医用的毫针，在梁雪的身体上缓缓刺入。

“老陈这家伙，不但会按摩，还会针灸？他不会是个神棍吧？”李晓芬看得出神，没注意一个小纸团“嗖”地飞了过来，打在她的脸蛋上。

“偷看什么，别打搅我。”陈太元低声说。

李晓芬悻悻地回到门口，忽然听到外面窸窸窣窣似乎有动静。她静下心来，像一只机灵的小猫咪一样轻轻凑到了门口猫眼处。

这一看不要紧，李晓芬刹那间险些叫起来。

太吓人了……她的脑袋本能地猛然往回一撤。

017

小保姆

从猫眼中，李晓芬赫然看到了一张人脸，正与她对视着。

是 99 局的秦汉升，还有另外两个战士！

秦汉升的脸色有些难看，他转过身，冷冰冰地盯着陈太元的家门，说："敲门！半分钟之内没人开门的话，直接破门！"

李晓芬有点儿惊讶，也有点儿担心，但没有出声。谁能想到其实他们就在对面的房子里。

不一会儿，陈太元的房门就被强行打开。进去之后，秦汉升的脸色更差了。

"头儿，看样子他们没来，虽然他的车回到了这里。"

可陈太元要是没在这里，那么他停车之后带着梁雪去了哪里？

秦汉升脸色铁青地在房间里转了转，看到陈太元书架上那些奇怪的书籍，禁不住冷笑："书呆子，竟然还看这些，难不成指望着修炼成仙？"

李晓芬悄悄返回卧室，小声地说：“老陈，喂，你家被人砸门啦！”

陈太元脸色一黑：“流年不利……别管，假装什么都不知道。一刻钟之内你不要再进来，出去！”

李晓芬吐了吐舌头：“两次砸你门的一个在外面，一个在你面前，偏就知道对我凶。”

陈太元没理会她，专心致志地俯身治疗。现在他几乎灯枯油尽，满头是汗，汗水似乎蒸腾成了一股股的白气。

“好家伙，脑袋都成电烙铁了呀，这是有多烧脑啊，可别烧短路了。”李晓芬低声自言自语，站在门口不舍得离开，“老陈要是把脑袋塞进水盆里，能不能当热水器……”

不仅仅是脑袋，其实陈太元的眼睛也有些昏花。梁雪那半裸的曼妙身体，此刻对他没有任何吸引力。他不能有一丁点儿的私心杂念，一门心思要把梁雪救过来。

梁雪的状态更好了些。小腹上的掌印更加浅淡，从暗红变成了绯红。她那苍白的脸上，终于显出了一点点的血色。

“不过老陈的治疗办法真的有效，奇了。”李晓芬转身到房门口继续观察。

这时候，秦汉升已经带着手下走了出来。物业保安听到动静后急匆匆地上了楼。

“喂，你们几个是怎么进来的？！”

秦汉升等人没说话，只拿出一张临时补办的证件。

“公安局办案。1001 的户主陈太元，你们见到了吗？”

保安队长显然有些怀疑：“你们真是公安局的？公安办案咋总砸门呢？小陈老师很好的，他真的犯事儿了？”

秦汉升哪里理会他的问话，只说：“喊这两户的住户出来，看看他们有没有发现陈太元的行踪。”

“只问中间这户好了，对面那户常年不住人，业主还没入住呢。”

没有问到陈太元的消息，秦汉升眯着眼睛想了想，大步走向电梯：“走。”根本不理会保安队长封门的要求。

一个属下恨恨地说：“头儿，梁副主任现在下落不明，麻烦大了啊。咱们谁都不了解陈太元的身份，万一这家伙害了梁副主任，这责任可不好承担，总部恐怕也会怪罪下来。”

“只能去京华大学看看了。记住，不要硬闯，更不要对里面的老学究们动粗。”

他的两个手下都有点儿吃惊。以秦汉升的脾气，一向天不怕地不怕的，没想到面对文化人反倒小心起来。

“里面有的国宝级的科学家，一个电话能打到最高层。用旧时候的话说，就是能够上达天听，小心点儿好。”

看到秦汉升的身影渐渐消失，李晓芬总算是松了口气。

她不动声色地回到了卧室，恰好看到治疗的最后关头，陈太元本来稳健有力的手竟然在微微颤抖。

终于，陈太元狠狠地喘出一大口浊气，手中的毫针也放在了一边。随后一脑袋扎了下去，脸贴在了梁雪白净的肚子上。

疲惫至极。

梁雪的情况好转了很多，沉睡中的呼吸也更加均匀。

李晓芬赶紧跑过来，晃了晃陈太元的肩膀：“感觉怎么样？”

陈太元头晕眼花，揉着脑门：“还好，就是比较累。不过雪姐的命算是保住了，也多亏了她自身的恢复能力极其惊人。就目前的状态来看，快则半个月，慢则一个月，她应该能醒过来。”

“还得半个月以上啊！不过，老陈你挺厉害啊。”

陈太元虚弱地摇头："你不懂……反正以后要多麻烦你了。"

李晓芬心里顿觉不妙。

果然，陈太元安排说："雪姐现在还不能露面。这半个多月里你得好好照顾一下。每天晚上擦拭一下身体，换一下内衣。"说完留下一个"懂吗？"的眼神，便酣然睡去。

李晓芬气得咬牙切齿："我是警察，不是小保姆！"

018

猜疑指向

天还没亮，陈太元就醒了过来，前一天的疲惫一扫而空，伸个懒腰便又龙精虎猛。

尴尬的是，他竟然和梁雪睡在一起。梁雪赤裸着上身，只盖了一条毯子。

李晓芬在外面的沙发上睡得很沉。

陈太元没打扰她，悄悄回到了自己家，找出日常用品搬了过来。

听到动静，李晓芬也揉着惺忪的睡眼醒了过来，恰好陈太元刚关上了房门。

"老陈，你干吗呢？真让我在这儿过日子啊。"

陈太元讨好地笑："你是人民警察，当然要保护人民的安全啦——雪姐也是人民一员。再说了，她是临时专案组的领导，你是她的手下，所以照顾她也是你义不容辞的责任。”

“你写个条子，向马局长简单说明情况，我去帮你请一个月假。”

“你去帮我请假？也就是说我躲在这儿，你出去优哉游哉？”

“什么叫优哉游哉，我出去是要冒风险的，而且要跟秦汉升等人周旋。”陈太元义正词严，“这件事儿挺危险的，但我毕竟是个男人，总要多承担一些。再说了，由你照顾雪姐也更加方便。”

貌似很有道理，李晓芬竟无言以对。

陈太元说：“你就在房间里吃喝玩乐，无聊的时候上上网，不要轻易出门。秦汉升这些人的本事大得很，搞不好随时偷偷盯着这些屋子呢。”

李晓芬听出了弦外之音，紧张地问：“这么说，你觉得是秦汉升那家伙下黑手害了雪姐？”

真要是这样，那可就太吓人了。堂堂99局岳东办事处主任谋害副主任，这种自相残杀简直骇人听闻。

不过话说回来，他们早就怀疑99局出现了内鬼，要不怎么家族首领康俊彦能及时知道梁雪在雷泽市的消息，知道李晓芬被吸血鬼咬过，这些事儿梁雪都曾向秦汉升汇报过。而且这次梁雪跟着秦汉升刚到那里就遇袭，谁干的？谁能把梁雪的行踪掌握得这么清楚？显然99局内部人的嫌疑最大。

“更重要的是，”陈太元稍稍严肃了起来，“能够一掌把雪姐险些打死，这人的实力不容小觑。秦汉升是有这样的能力的。”

这一定不是个凡人。

李晓芬紧张地说：“那咱们就这么坐以待毙，任凭秦汉升在外面招摇吗？”

“暂时也只能这样。要找到99局总部，也就是他的上级，只能等雪姐醒来。”

至少要苦熬半个月。

还有让李晓芬有些不解的是，之前梁雪被陈太元按摩一阵子还能说句话，现在怎么酣睡过去一言不发了？

陈太元告诉她，当初梁雪是拼尽了全力，好像垂死之人的回光返照。而现在的昏迷，才是最正常的状态，身体各项机能正在睡眠之中缓缓恢复。

幸好是梁雪，换作普通人，就算勉强被救回来，也可能会留下严重的后遗症。

“那你千万小心点儿。”李晓芬关切地说，“你就是个文化人，秦汉升不会对你手软的。”

“至少他不能明目张胆地抓我吧，毕竟是雪姐要我带她走的，很多人都能做证。秦汉升如果要见到雪姐，我也可以用京华大学实验室来推辞。那可是国家重点科学实验室，闲人免进。而且实验室的袁教授肯定会帮我的。”

李晓芬不由得羡慕起来：“真想不到，你们这些文化人竟然有权挡住 99 局这样的强势部门。”

“最高层很清楚，脑袋比拳头更重要。”说完陈太元指指自己的头。

“瞧你得意的……”李晓芬咕哝道，“有价值的也是袁教授那样的大科学家，又不是你。你还是小心点儿，万一秦汉升下黑手呢？”

“自求多福呗。”陈太元摊手，“所以我才自告奋勇去第一线，让你留在这里照顾雪姐啊。我还会时不时回来的，想办法给你弄一部新手机来用。”

陈太元又看了看昏迷的梁雪，他从药箱里取出一个小瓷瓶交给李晓芬：“你每天晚上给她喂一粒。我会尽快从外面弄来一些高热量的流食，在这之前你每天给她喂一点儿米汤稀饭就好。”

李晓芬看着自己手中的小瓷瓶，心想这都什么年代了，偏偏这种中药小丹丸竟然如此见效，神了。

还没来得及问陈太元这瓶药的来路，李晓芬发现他早就已经跑掉了。

…………

陈太元拿着李晓芬的请假条直奔市公安局，交给了彻夜没回家的马局长。而马局长看到了陈太元，简直像是看到了救星。

“小陈，你可来了！梁主任怎么样了？这种秘密部门的同志，可千万不能在咱们的辖地上出事儿啊！”

陈太元赶紧安抚道：“雪姐已经度过了危险期，您放心吧。”

马局长顿时大大地松了口气。

但陈太元随即说：“不过马局长您也知道，我现在担心的是什么。”他颇为玩味地盯着马局长的眼睛。

不愧是老警务，虽然被几十年的官场生涯打磨得浑圆无棱，但马局长还是心领神会地说：“我……明白你的意思。但是没有证据的事情不能乱猜。事关有关部门的上级同志，又不属于我们公安系统，一旦搞不好就会造成非常恶劣的影响。”

陈太元点头道：“我不会妄下定论，但我也不会把雪姐交出去，我得确保她安全醒来。”

马局长手指轻轻敲着桌面：“这件事你得跟秦主任解释。哦，这是晓芬的字迹，没问题，让她帮忙照顾梁主任一段时间好了，我们全力支持。不过，请务必保证晓芬的安全。”

就在这时候，马局长的门被一脚踢开了。秦汉升脸色铁青地出现在门口，冷冷地盯着陈太元，眼睛仿佛要喷火。

“小子，梁雪呢？你把她藏在哪里了？！”

“京华大学实验室。”

“少他娘的胡扯，实验室里根本没有！”秦汉升怒道。

019

高于一切

陈太元早就猜到，秦汉升肯定会去京华大学查探，所以没进公安局大门的时候他就打电话向京华大学的实验室询问了情况。

“你进去查了？”陈太元微笑着说，“实验室内部你没进去吧。”

“你别管进没进。实验室的女负责人说，你压根儿没把梁雪带过去！”

“我们实验室有义务向你交代真实情况吗？那里的一些研究项目属于国家机密，什么事儿都如实告诉你的话，那负责人就违反保密规定了，还得受处分呢。我要是问你们99局的机密，问你们正在搞什么研究项目，你会原原本本告诉我吗？”

秦汉升发现，和陈太元斗嘴太不明智。

“我不管你怎么说，把梁雪交出来。”秦汉升直奔重点，“她是我们99局的人，我又是她的顶头上司，有责任保护她的安全。”

陈太元冷笑：“连你的下属都说了，就算用你们99局的营养池也救不活雪姐，你赤手空拳的，打算怎么救呢？你居心何在？”

“那我至少需要见到她，确定她还活着接受治疗。”

“可以，但不是现在。”陈太元说，“雪姐已经跟我说了，她怀疑你们之中有内鬼偷袭了她，所以我现在不能把她交给你。”

秦汉升大怒：“你胡扯！我们岳东办事处光明磊落，哪儿有这种破事儿，梁雪也不会这么说！”

陈太元点了点头：“是的，我要是被这样怀疑，也会像你这么说的。”

秦汉升险些被噎死。

“总之，等到雪姐醒来，她自然会主动找你们。”

“那她要是一直醒不来呢？”

“40天。40天后她还是醒不过来，我会放弃治疗，并且带你去见她。”

秦汉升死死盯着陈太元，仿佛一只老猫盯着老鼠，想要顷刻间把陈太元撕碎。而后，他一字一句地咬着牙说：“我可以把你抓起来！”

陈太元毫不在乎地说：“那好，把我铐起来得了。但如果雪姐因为抢救不及时而有个三长两短，责任可在你不在我，到时候你能如实汇报就行。”

秦汉升几乎要气炸了，想到各方利弊的牵制，他决定暂时放过陈太元。他不甘地用手指点点陈太元的脸，没有说话。

那意思很明显——咱们走着瞧！

他们走了之后，马局长轻叹：“小陈啊，你这是何苦呢。他们这些人，你防不胜防。还不如带他们去你们的实验室一趟，让他们知道梁主任没死，反正他们也带不走人。”

陈太元有苦难言，只能对马局长笑笑：“谢谢马局长关心。不过现在毕竟是法治社会，他们就算再厉害，难道还能真的把我铐上带走啊？”

秦汉升还真就是这么想的！

他的车驶出了市公安局之后，便低声怒道：“盯住陈太元，看他究竟能到哪里去。要是长时间跟踪之后依旧不见梁雪，那就……”

说到这里，秦汉升双手做出了一个狠狠抓握的姿势。

没多久，两个下属就在无人处悄悄下了车，折返回来盯紧了市公安局的大门。而秦汉升的车则停在了市公安局后门的不远处，不信堵不到他。

陈太元已经料想到自己一出门就会被盯梢，所以就一直在局里面待着，吃饭，睡午觉，再办会儿公。

秦汉升越等越焦急，终于看到陈太元从后门走了出来，他找了一辆公共自行车，慢悠悠地往京华大学的方向骑去。

路窄车多，秦汉升几次接近陈太元，都被红灯拦了下来，结果又被甩开了好远。

陈太元当然知道秦汉升一直在追着他，他乐滋滋地把自行车停在京华大学的门口，回头得意地笑了笑。

等秦汉升追到京华大学校门口时，陈太元却已经不见了。

“肯定去了后面那座实验大楼！”秦汉升气哼哼地冲到后面，结果又被拦在了门口。

“对不起，陈太元老师没有来这里。”

秦汉升几乎要抓狂，老子亲眼看到他的身影一晃进了实验室大楼的正门，你还说他没来?

“你再说一句试试！”秦汉升爆发出强大的气势，如猛兽般可怕。

对面的负责人是个30多岁的知性美女，她不紧不慢地扶了扶黑框眼镜，说：“假如你继续捣乱，这里的安保人员会‘请’你出去。不管你是哪个部门的，都没用。”

一向都是他秦汉升如野马般横冲直撞，哪儿吃过这样的瘪？还是两次。人家都说“秀才遇见兵，有理说不清”，现在他是兵遇秀才，反倒要束手束脚了?

“给我闪开！”秦汉升一怒之下吼道，他的下属默契地掏出了两把手枪，对准这个年轻女人。

这个戴黑框眼镜的女人显然有点儿错愕，却没有任何畏惧，她扭头看了看二楼的走廊护栏。紧接着，四名身穿特殊制服的汉子整齐划一地出现，手持微型冲锋枪对准了秦汉升等人！

“这里受到军方保护。”女负责人声音不卑不亢，波澜不惊。

秦汉升不得不镇定下来：难道要在这里来一场枪战？他确信足以干翻对方，但以后呢，怎么收场？99局再厉害，也不能公然挑战军队。

女负责人冷笑一声，抬手指了指对面的大屏风，说：“认识这几个大字吗？你琢磨琢磨其中的分量。”

秦汉升上一次过来就已经看到了这几个字，只是没怎么走心。现在被刻意提醒了，越看越觉得这几个字的分量非同一般，甚至有些触目惊心。

因为，一般机构不配悬挂这几个字——

“国家利益高于一切！”

020

火辣袁晴

以国家利益为唯一导向，被军方派遣正规军持枪保护，这种机构还是别招惹为妙。

这女负责人既然掌管这么大一摊子，自然也不是莽撞愚鲁之辈。看出秦汉升有退意，她马上给了一个小小的台阶：“咱们都是特殊机构，我看就别搞什么冲突摩擦了。不如你汇报给你们的总部，让咱们的上级相互协调一下再说。”

虽然语气还是比较硬，但至少可以让秦汉升见好就收。于是秦汉升冷哼一声，带着两个手下转身而去。

虽然两次都没有进入实验室，还感觉被戏弄，但秦汉升开始相信梁雪还真有可能被安置在了这里。既然找到梁雪也没有办法救治她，不如就暂且信了陈太元，40 天后再做打算。

“我看，咱们还是把精力集中在抓捕吸血鬼上面吧。能一掌把梁雪打成那样，这个吸血鬼真是非同寻常，肯定是升级之后的家伙，你们要小心行事。”秦汉升在学校外布置任务，“现在先去雷音山，彻底搜查一下吸血鬼的住处，虽然警方在那里布置了警戒，但也防不住吸血鬼卷土重来。干这种活儿，还得靠咱们。”

“头儿，这边的情况要不要向总部汇报？特别是梁副主任这件事儿。目前咱们只是在总部备了个案，总部并不知道现在的形势多险恶。”

秦汉升摇了摇头：“听说西边爆发了‘僵尸袭击案’，极限特战队的‘八龙将’派出去了四个。总部现在也是焦头烂额，咱们还是尽量自己把事情处理妥当。除非真的形势堪忧，再向上级请求支援。”

两个手下同时吸了一口冷气。

…………

实验大楼里面，女负责人已经得意地走回了自己的办公室。别看已经 30 多岁，但她的体形姿态保持得当，知性中透露出让青涩少女无法比拟的成熟美。

刚刚在衣架上挂好自己的外套，她就被办公桌后椅子上多出来的一个人吓了一跳。那人有点儿嬉皮笑脸地看着她，手里正拿着一把水果刀娴熟地削苹果，正是陈太元。

“死鬼！”女负责人瞪着陈太元，没好气地说，“你还真来了呀！我说那个什么秦主任那么气冲冲的，一口咬定你进来了……好哇你，平时懒得到姐姐我这里来，这时候学会拿我做挡箭牌了是不是？”

一般来说，女人对男人说出“死鬼”这两个字的时候，他俩的关系往往就非比寻常。

陈太元笑着把削好的苹果递过去：“我又没让你帮我拦着他，是你自己不让他进来的。”

这女人白了陈太元一眼，笑着问道：“你怎么跟那些人结下梁子的？来头儿不小呀，一个个凶神恶煞的。凌晨他们就来过，说是什么 99 局的。我问了老爸之后，才隐约知道这个部门挺不一般的。”

她老爸既然能接触到 99 局的信息，自然不是凡人。事实上，她老爸就是生命科学实验室的总负责人，大名鼎鼎的学术泰斗袁石清，陈太元在学校里正是他的下属和助手。

至于眼前这个大美女，名叫袁晴，京华大学里的顶级美女教员，也是最资深的“剩女”。国内顶级大学的博士生，一流大学老师，相貌身材一流，父亲又是世界闻名的大科学家，有这样的条件，袁晴眼光高也实在正常。

但其实，袁晴心里早就有一个人了，不过似乎对方没瞧上她！

人家都说男追女隔座山，女追男隔层纱，可袁晴怎么觉得自己面前还是座大山呢？

陈太元笑着给自己剥了个橘子，说：“咱们市里出现吸血鬼了——就是那种病毒感染者，实验室正在研究的那种。99 局的人是来抓捕这种怪物的。”

“抓捕……活的？”袁晴眼睛一亮。

“嗯，活的，而且是一整个吸血鬼家族，警方还不敢公布这件事儿。”

“一定要抓个活的，让我好好研究一下。”袁晴转着眼珠，嘴角越来越上扬。

看到她这表情，陈太元就知道研究遗传学的袁晴肯定又在胡思乱想了，比如吸血鬼配种啊什么的。

陈太元打断她的异想天开：“你别想着掺和进来啊，很危险的。我现在怀疑秦汉升要害死雪姐，也就是他的下属，所以不能把人交给他。”

“哟，都喊上雪姐了……”袁晴这话带有三分幽怨。要不说女人善变呢，刚才还兴致勃勃地琢磨吸血鬼呢。

“那……我还喊你晴姐呢。”陈太元辩解。

“你的意思，我和你刚认识一两天的女人是一样一样的喽？”

“怎么可能？”陈太元揉揉脑门儿，“我和她只是普通朋友。”

袁晴的脸色稍微好看了点儿：“那和我呢？”

“咱俩可是好兄弟啊！”

“浑蛋……”袁晴咬着嘴唇说，“小元元，你至于这么绝情吗？姐姐我是年龄大了点儿，但也没大你十岁八岁的吧？名满天下的吴瞎子都说过，姐姐我可是超级旺夫相，最能应了‘女大三抱金砖’这个说法儿！”

对于“小元元”这个称呼，陈太元一直很头痛，但他也管不住袁晴的嘴。

“你可不止大三岁，是六岁啊。”

“那你就抱两块金砖呗！”

“其实不是年龄的事儿啊。”陈太元摸着心脏的位置说，“你知道的，我这心里有座坟，葬着一个未亡人。”

“你别拿子虚乌有的事儿来当挡箭牌，想凭一张照片就阻挡我的追求？”原来，袁晴果然是对陈太元有意。

“不行，我得重新考虑一下策略了。明天我就搬到我妹妹的那套房子里去，跟你门对门做邻居，加速培养一下感情。”

那套房竟然是袁晴妹妹的！

“不行！”陈太元像是被踩了尾巴的猫，“那个……那个雪姐就住你妹妹那套房子里呢。还有一个小女警照顾她。”

袁晴的脸顿时拉了下来：“浑蛋，拿我家的房子养别的女人，还一下子养了两个。不行，我必须回去看看，今天晚上就回去！”

陈太元苦着脸说：“别啊，你要是回去住了，秦汉升很容易就能发现。到时候，雪姐也会暴露的。”

袁晴得意地抱起双臂："我才不管，有本事你咬我呀。"

021

夜行衣

陈太元看到袁晴主意已定，只好说："算了，那你要是去，顺便买点儿生活用品吧。另外房间里的有线电视好像欠费了，你也帮忙交上吧。"

"什么？"拿着小镜子照来照去的袁晴手一顿，"她们俩占我家的房子、抢我的男人，还要花我的钱？这是什么道理？"

"房子和钱是你的，男人啥时候也成你的了？"

"迟早的事儿。"袁晴继续对镜贴花黄，慢条斯理地说，"要是不让我去也行，那你晚上请我吃饭看电影。"

"吃饭可以，看电影改天吧。晚上我得去雷音山那边看看，你不是总想要吸血鬼的样本来研究交配繁衍吗？"说完，陈太元眯起眼睛琢磨，找到吸血鬼还得靠秦汉升。

陈太元回到市公安局，找到专案组里的小白帮他调取了监控，不一会儿便查到了秦汉升的行踪——雷音山别墅。巧合的是，专案组的老罗正带着一些普通警察在雷音山负责警戒工作。没办法，梁雪和李晓芬不在，只能老罗挑大梁了。

小白还打听到，秦汉升已经在雷音山别墅和老罗碰了面。陈太元叮嘱他，一定要注意保密，不要把自己的事情告诉秦汉升。

知道秦汉升去了哪里，事情就好办了。眼看天色已经昏沉，陈太元请袁晴吃完饭后便一起回家取东西。

“还真去啊。”

“废话。你要是请我看电影，我就没时间去了。”

袁晴也不理陈太元，径直上楼，马上就要见到“情敌”了，她心里有种说不出的感觉，甚至还有点儿小小的兴奋。她轻轻打开了房门，看到沙发上一张懵懂的脸，挂着些许惊讶。

“你是谁呀？”李晓芬警惕地丢下了玩游戏的手机，从沙发上站起身来。刚才听到开门声，她还以为是陈太元回来了，哪知道却是个大美女。

袁晴盯着李晓芬左看右看，忽然咧嘴道：“这个小元元还说没有猫儿腻！金屋藏娇呢，跟他手机照片上的小情人长得很像啊……别想瞒过我的火眼金睛！”

李晓芬更诧异了，这个美女姐姐要干吗啊？发疯了吗？

…………

陈太元回到在家的储藏室里，准备收拾一点儿东西再去雷音山。他翻出了一个旧纸箱子，拿出压在箱子底部的黑塑料袋，里面是一身黑色衣装，和反恐特警的作训服差不多。最重要的是，还有一个黑色的头罩，只露出眼睛。

“好久没用过这身行头了……”陈太元抓起这袋衣服悄然而去。

来到雷音山下，陈太元找了个偏僻之处穿上这身行头，黑夜之中不仔细看几乎看不到他。

天色已经完全暗了下来，行走在茂密的松树林中，难得看见明亮的月光，陈太元脚步轻盈如猫，不多时就看到了第一栋山间别墅。这里是吸血鬼邓普威的住处，位于最下方。

远远望过去，只见几名警察正在门口防守，带队的就是老罗，并没看到秦汉升的身影。

陈太元没有惊动他们，而是慢慢在黑暗之中接近别墅。结果，听到两名警察正低声私语——

“瞧那些人傲气的，跟二五八万似的，跩什么跩。”

“谁叫人家能打呢，连吸血鬼都打得过，自然牛气。”

“牛气？昨天那个什么梁主任怎么被吸血鬼打成了那样？哼，希望刚才那几个上山之后，别再遇到吸血鬼才好。要是一不小心被吸血鬼吸干了血，那就成笑话了。”

带队的老警官老罗低声呵斥：“你们少在那儿抱怨！执行任务呢，咱们和 99 局有共同的的敌人，要做好配合。”

年轻的警察不敢再吭声。

既然秦汉升不在这里，陈太元猜测他可能刚离开不久，于是他继续在树林之中向上穿行，不多时就到了第二栋别墅，也就是曹雨辰之前的住所。

如今，曹雨辰的老婆、女儿已经被警方安全转移，所以这里也是一栋空房子。秦汉升自然没有停留，而是直奔最上面的那栋别墅。那是“家族首领”康俊彦和谢青萍的住所，也该是价值最大的一栋。

陈太元已经能隐隐约约地看到最高处的那栋别墅，由于山路弯曲盘旋，大约还有 400 米的路程。

022

实验室遭袭

“门口站着的是昨天把雪姐送回市公安局的那两个，今天跟着去京华大学里闹事儿的另外两个没看到，应该被秦汉升带进了别墅里面。”陈太元一边观察一边在树林之中穿梭。虽然山路崎岖，但陈太元走得如鱼得水，好像他从小在山间长大一样。

正当他高速奔走了近百米时，他突然警惕地停下了脚步。脑袋里忽然微微一震，心弦再次被拨动——超自然力量所产生的微妙感应又出现了！

陈太元一惊，抬头看了看上方的别墅——自己距离那栋别墅的直线距离至少百米，并不在自己的感应范围内。

怎么回事儿？

难道吸血鬼就在身边？！

陈太元静下心来仔细地感应，他大致判断，前方六七十米的位置，恰好也是别墅的方向。怪了，这个方向就在下山的公路旁，距离那栋别墅也非常近。

陈太元向上挪移了三四十米又停下来，就着穿透树林的月光，他看到不远处一块大石头的后面，蜷缩着一个鬼鬼祟祟的人影！

他忽然又感觉到了一股能量的轻微爆发，在山路的另一边，和那块大石头隔路相对。

小路一左一右各埋伏着一个！

而且后面暴露的这个人在路边一棵大树上，陈太元看不到他的身影。

这是要干什么？

假如他们畏惧秦汉升等人，应该选择马上潜逃才对。但他们不但没有逃走，反而在这里蹲守，莫非……

吸血鬼要袭击秦汉升！

“好大的胆子啊！”陈太元琢磨着，“昨天的袭击就险些害死了雪姐。等等，也不对，如果他们要袭击秦汉升的话，那秦汉升就不是内鬼了？或者他是要在这里与秦汉升合谋，把其余几个99局的战士一网打尽？”

“另外，眼前这个蜷缩着的家伙是谁啊？看身影是个男的，那就不是谢青萍……”

那这个人就是曹雨辰所说的家族首领康俊彦，而知道手机照片中女子下落的正是康俊彦和“导师”，所以不管是哪个，都是陈太元急于寻找的。

“你们等着，那我也等，这叫‘螳螂捕蝉，黄雀在后’，看你们能玩儿出什么花招来。”陈太元寻思着。

…………

而在上方的别墅中，秦汉升正带着四个手下仔细搜查。房间里的装修当然非常精美，只是处处冷色调，而且由于天气潮湿，平时不喜阳光，不怎么开窗，这房间更显得阴暗，弥漫着淡淡的霉湿气味。

除了一些现金，秦汉升并没有在别墅里发现什么，曹雨辰交代的被康俊彦吸血害死的10名女子的尸体也没有任何踪迹。看来吸血鬼很谨慎。

“头儿，看样子没什么好找的了。”一个99局的战士说，“要不然您回去休息一晚，我们几个留在这里就行。”

另一个点头说：“也是，毕竟吸血鬼昨天知道我们在全力搜捕，加上还对梁副主任动了手，估计都逃之夭夭了。我们几个留在这儿估计也没什么问题。”

“不行，梁雪已经受了重伤，我们不能再有损失了。咱们这次的对手实力很强，你们都要跟着我，不能再给对手任何可乘之机。”

两个人都用力地点了点头。

想到昨天听到梁雪在树林中的呼喊，大家匆忙赶过去时，发现她已经倒在地上，血流如注，奄奄一息，身边只有秦汉升。

可能没有人会料到陈太元能救活梁雪。

秦汉升的电话忽然响起，看到来电号码，他的脸上有点儿小小的诧异——总部岳东办事处怎么来电话了？

“头儿，遇袭……咱们的实验室……C 病毒感染者……”电话那头传来虚弱的声音。

秦汉升的脑袋顷刻间变大了！

实验室遭袭了？

99 局在岳东省的省城特设了一所实验室，交由岳东办事处代管，岳东办事处也因此在各省办事处之中的地位才显得高了不少。

秦汉升派遣了四个手下荷枪实弹地保卫实验室，另外还有一支 10 人的内卫队伍，也都配有枪支。如此严防死守，竟然也会遭袭。

电话中汇报的手下显然已经重伤，回拨回去也无人接听，其他人呢？一个电话也没有，难道被人一锅端了？秦汉升赶紧联系实验室值勤的人，但是没有一个接听应答！

完蛋了……秦汉升的脸色变得极其难看。

C 病毒感染者……秦汉升瞬间想起来，昨天在来雷泽市的路上，梁雪曾提醒他，要小心吸血鬼家族首领夺取邓普威的尸体！

没错，肯定是这样，因为邓普威的尸体就在那所实验室里被解剖研究！

当时秦汉升并不太在意，万万没想到对方竟然真的找到了实验室。

秦汉升面如死灰：“这群浑蛋吸血鬼，竟然声东击西偷袭了咱们的大本营！”

两个手下也大惊失色。

秦汉升镇定下来，布置安排：“我们立刻回去，马上！这里暂时不要管了，他们已经去了省城，咱们继续在这里搜查也没有意义。”

根据地被端不仅是损失严重的问题，同时还牵扯到整个99局的脸面。要知道，秦汉升可是个好大喜功的人。

当听闻雷泽市存在吸血鬼，而且存在升级的病毒时，秦汉升就觉得机会重大，如果能抓住这些吸血鬼并得到升级版C病毒，必将立下大功。

不承想，刚到雷泽市就遭到了重创，副主任梁雪险些重伤不治。这可是主导整个行动的秦汉升最大的责任，所以事后他并没有及时上报给总部，说到底是怕丢人。秦汉升还在想着先把情况瞒一阵子，然后自己抓紧时间抓捕了整个吸血鬼家族，到时候功过相抵。当然，如果陈太元真的救活了梁雪，那就更加完美了。

可事情偏偏不能如他所愿。如果细究起来，秦汉升没有听从梁雪的提醒，这又是一个玩忽职守的罪名。

该死，简直乱成了一锅粥，秦汉升又气又恼。

023

形势剧变

秦汉升带着手下急匆匆地离开别墅，直奔山下。

“秦汉升这是怎么了？”藏在不远处的陈太元不敢擅自行动，他再次环顾了一下周围的环境：不好！秦汉升如此仓促地下山，肯定会被两个吸血鬼左右夹击……危险了！

等等……吸血鬼真的会袭击秦汉升吗？如果秦汉升是内鬼，那就是要……谋害他的四个手下？陈太元没有再往下想，反正无论如何，受害者肯定不算坏人。敌人的敌人就是朋友，吸血鬼要陷害的，就是陈太元要拯救的。

于是陈太元拿起早就准备好的一块石头，对准了远处那棵大树“嗖”的一下砸了过去。虽然未必能砸中对方，但至少能提醒被袭击的人。

陈太元又用另一块石头，砸向了大石头背后潜伏的家伙。

其实他手中还有几枚特制的飞针，但万一没把对方扎死，就起不到警示作用了。石头至少能带来响动。

两道声音几乎同时响起，是石头穿过树叶的“哗啦”声和一声低低的“啊”。

果然，秦汉升几个人刹住了脚步。但由于五个人本来高速行进，突然停下来反而相互撞在了一起，脚步大乱。

大树上“嗖”地冲出一道人影，手中闪烁出的刀光直刺秦汉升！

“是谢青萍！”无论是体形还是招式，还有那把短刀，陈太元都记得很清楚。

谢青萍既然直接出手对付秦汉升，也就意味着秦汉升没有和吸血鬼勾结！

原本计划左右夹攻的伏击，因为被陈太元一块石头砸中了后背，躲在大石背后的吸血鬼惊吓之余忘了出手配合。陈太元亲自冲过去，一个人便控制住了他。

秦汉升果然不是好惹的，实际格斗能力也强于梁雪。据说在成为极限战士之前，秦汉升本是某野战部队侦察连的尖兵，格斗技术非常娴熟，就算曾经练武的谢青萍也不是他的对手。

“刺……”谢青萍占了偷袭的便宜，一刀刺中，但被秦汉升躲过了心脏要害，只是刺入了肋间。

秦汉升则冷笑一声，一拳重重砸在谢青萍的左脸，顿时响起可怕的“咔嚓”声，谢青萍的脸被砸得变了形。

谢青萍的身体轰然飞出，都有些神志不清了，秦汉升的力道太大了。虽然从力量对比上来看，他俩算是一个级别，就好像正常男人打一个正常女人，秦汉升当然有优势，再加上身后四个带着特制手枪的下属，这优势可就大多了。

陈太元这边，却被巨石背后的家伙给挡住了去路。

月光穿透了松树林照下来，陈太元看清了对方。

这家伙比陈太元的全套武装还严实，裹着一身黑衣黑斗篷，戴着银白色的金属面具。虽然面具是半截的，只遮住了鼻子以上，但也无法让人分辨出他的真容。

不过从这个打扮加上身材等特征，陈太元当即想到了曹雨辰的供述，这就是那个身份神秘的——“导师”！

“你是什么人？”“导师”故意压着声音问道，但听得出是个男人。

“导师”对于突然出现的陈太元非常吃惊。因为刚才那记石头的袭击非常有力，隔着那么远都能让他感到沉重的力道。拥有这种力道的绝非常人，难道也是极限战士？

这是情报之中唯一的也是最大的失误，严重打乱了一切计划。

陈太元没说话，从容地做出了一个起手式。这年头，打架之前还这么规规矩矩摆架子的真不多见，古朴而传统呢！

倒是对面的“导师”为之一愣，随后便严肃起来。因为此时此刻，陈太元身上忽然爆发出了一股恐怖的、侵略性的气息，仿佛洪水般冲向了“导师”。甚至，就连巨石那边的秦汉升等人也感到了巨大的压迫感。

“导师”隐隐感到不安，这看似滑稽的场面他见过。

半年前，那个非常能打的女子，甚至连普通吸血鬼都不是她的对手。康俊彦那时候已经是一个经过特训的强大吸血鬼，却依旧不是她的对手。最后，还是“导师”加入，二打一才把那个女子击败。

也正是那次之后，“导师”接触到了真正的修炼强者，知道通过修炼竟然也能达到那种可怕的超自然状态，简直匪夷所思。

现在从陈太元的身上，“导师”再次体会到了当天的感觉，甚至有过之而无不及。

此时的陈太元宛如黑夜中的豹子，他以超乎想象的极限速度扑杀过去，形成的可怕压迫感令人喘不过气。

“导师”瞬间明白，眼前这个家伙更加强大！

“轰！”

陈太元一掌切下，“导师”奋力举臂格挡，竟爆发出了钝器对击般的沉闷声响。而紧接着，两人的每一次对击都如此沉重，骇人听闻。

当然，陈太元也小心起来，不敢有任何闪失。他已经感到，这个“导师”真可谓是自己的劲敌。

“不愧是升级之后的吸血鬼，果然是块难啃的骨头！”

“曹雨辰、谢青萍这样的吸血鬼与之相比，简直就像是少年儿童对上了粗壮大汉，差距实在不小。”

但是陈太元不知道，自己带给“导师”的震惊更大。一个正常修炼的人，实力竟可以达到这样的境地。

两人都不敢轻举妄动，互相对峙着。不过也不要紧，陈太元觉得自己一方迟早会获胜。只要自己死死牵制住“导师”，那么秦汉升带着四个手下，早晚能收拾了谢青萍。到时候，秦汉升再带着人来支援，“导师”

势必在劫难逃。

“你逃不掉！”陈太元故意以尖细的声音说，“那边你的同伴，不是他们的对手！”

“导师”眼神一缩，冷冷笑道：“你确定？”

这笑容颇有深意，面具之后的眼神之中仿佛带有一些戏谑，陈太元的心中顿时升起一丝不祥之感。

就在这时候，石头那边忽然响起了一声闷吼，仿佛野兽遭遇重创之后那种愤怒而无力的咆哮——正是秦汉升的声音。

“是你！”秦汉升惊讶之后再度发出一声闷吼，也伴随着一次重重的打击，是骨头断裂声——秦汉升的骨头断了！

紧接着99局的其他几个战士的惨叫此起彼伏，他们一个个都遇害了！

想不到形势变化得这么快，刚刚还占据绝对优势的秦汉升一瞬间就被彻底打击，假如他也被轻易杀死，谢青萍必然过来支援“导师”……完蛋，陈太元自己反倒危险了！

024

狼狈

怎么会这样……陈太元心中暗呼不妙。手头一个闪失，肩膀上被“导师”一拳击中，直把他砸了一个趔趄，倒退了好几步。

肩头火辣辣地疼，陈太元怀疑自己肩骨被砸裂了。而“导师”则趁势扑杀，出招越来越迅疾，令陈太元苦不堪言。他瞅准机会突然一个反击扫中了“导师”的腿，“导师”跌倒在地，随后被陈太元在他腰间补了一脚。

虽然暂时占到了一点儿便宜，但假如一直是这个状态，陈太元迟早要倒霉。因为秦汉升等人已经没了动静，谢青萍则随时可能杀过来协助“导师”。

秦汉升到底遭遇了什么？

原来就在一分钟之前，秦汉升还压着谢青萍打，若没有吸血鬼特有的抗击打能力，谢青萍本早已支撑不住。

99 局的四个战士准备好协助秦汉升。可就在这时，意外发生了——站在秦汉升背后最接近他的一个 99 局战士，突然从腰间掏出一把匕首，对准秦汉升的后心狠狠刺入！

背后一刀，谁都无法料想到。秦汉升惊恐地转过身，将那人的手撞开。“是你……”他无论如何都没想到，这个一直跟着自己、始终毕恭毕敬喊自己“头儿”的家伙，竟然会对他背后下黑手！

这家伙名叫洪英，平时很老实，话不多说，仿佛一块木头疙瘩。万万想不到，他竟然会和吸血鬼有勾结。

其余的事情也都明白了——为什么吸血鬼会知道梁雪的动向，为什么昨晚对梁雪的行踪那么清楚，为什么梁雪被袭后不让 99 局的人继续接近自己，而是希望被陈太元带走。

当然也能明白另一件事儿——为什么康俊彦有信心找到邓普威的尸体，并且真能做到。

这一切，都是因为洪英和吸血鬼的里应外合。

包括今天的袭击，洪英也是直接参与者。他把秦汉升的行踪早就告诉了远在省城的康俊彦，于是康俊彦算准时间在省城动手，同时让“导师”和谢青萍埋伏着。康俊彦特意让重伤的人给秦汉升打电话汇报实验室遇袭的情况，而秦汉升也必然慌慌张张地下山返回省城，这样“导师”和谢青萍就能在小路上顺势截击……几乎是完美无缺的计划——假如陈太元没有出现的话！

假如陈太元真的没有出现，那么梁雪、秦汉升等人已经死绝，而“导师”、谢青萍和洪英也已经事了拂衣去，谁也不知道究竟发生了什么。

面对洪英的背后捅刀，秦汉升暴怒。可是尚未等他动手，谢青萍已经从他背后再次捅刀。虽然谢青萍这一刀没捅到要害，但洪英接下来踹在秦汉升肋部的这一脚，把他彻底击败了。秦汉升的身体飞出老远，两根肋骨应声而断。

好大的力道！

洪英是早已被吸纳的一名吸血鬼！！

99局中竟然潜伏着吸血鬼，这简直是天大的笑话。

而且这个内奸下手狠辣，一转身又把屠刀伸向了自己曾经的战友——那三个战士甚至没有回过神来，就被洪英和谢青萍斩杀了。

残忍狠毒的家伙！

也许他们这些吸血鬼在身体发生变化后，心态也随之改变，自觉比常人强大了太多，故而就该高高在上，拥有对别人生杀予夺的权力。再加上长期饮血的阴森毛病，心理不出现扭曲才怪。

彻底解决了三个战士后，洪英和谢青萍马上又来找秦汉升。

此时的秦汉升正艰难地试图站起来，并且想要掏出自己腰间的手枪。可还没等他摸到手枪，洪英便伸出一只手把这个老领导拎了起来，死死地掐着秦汉升的脖子，力道惊人。而秦汉升在窒息中彻底失力，双手都无奈地垂落下去。一向自以为强大的他，现在终于感受到了什么是无力感。

“果然还没死！”洪英狞笑，双目渐渐变红，露出了两颗狰狞的獠牙，“狗东西，平时对老子指手画脚，早就受够你了！”

秦汉升无法喘息，脑袋里昏昏沉沉，几乎已经绝望。当然他也想大骂几句，但根本发不出任何声音。

洪英更加得意地阴笑：“梁雪就是被我设计的；现在你也会死在我的手中，哈哈哈……你给我去……啊！”

刚要说“你给我去死”，同时准备用阴森的獠牙咬断秦汉升的颈动脉，哪知眼睛猛然一痛，半边世界陡然消失。紧接着，一股热乎乎的液体从眼眶之中流出……他瞎了一只眼！

飞针，是陈太元的飞针。

为了抽空甩出这枚飞针，陈太元再度被“导师”击伤。“导师”握指成爪，在陈太元的胸口抓出血淋淋的四道口子，夜行衣和里面的衬衫直接被抓破，鲜血开始不停地流淌。

虽然代价沉重，但这枚飞针还是起到了巨大的作用。洪英的手松开了，痛苦之中疯狂捂住自己的眼睛。几乎要倒下去的秦汉升一边贪婪地呼吸新鲜空气，一边掏出那支特制的手枪，对准洪英的心口“砰砰砰”连续三枪！

三枪之中的两枪穿透肋骨，准确将洪英的心脏击碎！

就在他再度艰难地抬起枪，准备射向谢青萍的时候，谢青萍却好似一阵阴风般闪现，手起刀落，将秦汉升持枪的手臂斩落。

秦汉升拼尽自己剩余的全部力气，拼命向山路下方滚动，狼狈不堪。由于手腕断掉疼痛难忍、失血过多，他的神志也进一步模糊。

迷迷糊糊之中，他似乎觉得自己停止了滚动，被什么人给抱了起来。哦，好像是那个身穿夜行衣的怪人。

确实是陈太元抱住了他。虽然陈太元被“导师”再击一掌，却硬生生地挡在了秦汉升和谢青萍之间。尽管陈太元已经多处受伤，但他依旧对谢青萍具有强大的压制力！

“轰……”陈太元一掌拍击在谢青萍的肚子上，谢青萍的身体好像是断线的风筝一般飘飘摇摇倒飞出去，重重落在了七八米之外！

“想跑？妄想！”“导师”冷哼一声，以更快的速度追杀而来。抱着秦汉升，陈太元的速度根本不可能快起来。

怎么办？

眼看着就要被“导师”追上，陈太元也几乎到了山穷水尽的地步。就在这时，山路对面影影绰绰地冲上来一大批人——老罗带队值勤的警察！

真是好样儿的。

陈太元二话不说，将秦汉升远远地丢了过去，也顾不上会不会给秦汉升带来二次创伤，反正他身上的伤也不少了。然后，陈太元一个闪身冲向旁边的树林中。

为什么没跑向老罗他们？因为陈太元不想害死老罗和大批的警察！

就算这七八个警察加在一起也不够“导师”和谢青萍杀的。“导师”的目标很明显是陈太元，他离开，老罗等人才算是安全。

充大头、做大侠是要付出代价的，陈太元现在非常危险，也非常狼狈。一旦逃到山林深处，便没有人能帮助他，只有拼尽全力逃脱“导师”和谢青萍的联手追杀。

025

可恶的女人

一阵激烈的枪声后，老罗看着两个吸血鬼消失在树林中。

“罗队你看，是……那帮杂碎，真狠啊，竟然砍断了他的手！”一个警察大喊了一声，非常惊讶，“这不是那个秦主任吗？”

这些新抽调来的警察都接到了通知：吸血鬼虽然可怕，但大家也不用过于担心，因为咱们有秦主任这样强大的极限战士。现在看到秦汉升这副模样，大家自然惊恐不已。

其实老罗更加吃惊，他强作镇定：“赶紧止血，送医院，你们去上面看看其余几个。”

结果不到半分钟就传来了消息——上面，99局那四位战士也都遇害了，应该没有生还的希望！

秦汉升断臂且昏迷，四个下属全部身亡，这个结局直把老罗震惊得心寒。

“罗队，其实我……”一个稍微年轻点儿的警察哆哆嗦嗦地抽了根烟，说，“我觉得，刚才我真的打中了那个歹徒，但……但那家伙继续跑……”

他看得没错，他是打中了“导师”。但“导师”只是身体微微一颤，便继续追击陈太元而去。这种可怕的防御力，现场除了老罗见到过，其余的都一无所知，难怪个个面如土色。“枪打不死”，这种情况具有强大的精神冲击力，而且是亲眼所见。

老罗深深吸了口气，指挥两个人开车赶紧带着秦汉升奔赴医院，同时也把其余四个战士带着，不能放过任何一丝抢救的可能，这其中也包括吸血鬼洪英的尸体。

“罗队，那我们呢？”剩下几个人都在问。很显然，大家都想离开这个可怕的地方。就算是再穷凶极恶的匪徒，咱们也能甩开膀子跟对方干一架。可问题是咱们遇到的不是人，是妖怪啊！

“继续守着！”老罗的倔劲儿上来了，咬着牙说，“市局 20 分钟之内会派遣足够的警力过来，还有一队武警！”

老罗心里一直在琢磨：刚才那个穿着黑衣戴着头罩，把秦主任扔过来的人是谁？似乎对方正在追击他，搞不好他们还要交手。那人的速度可真快啊，一点儿不比吸血鬼慢。

也许，他是 99 局派来支援的？

可要是 99 局派来的，他为啥还蒙着面呢？

神神秘秘的，让老罗想不明白。

众人也都觉得夜行侠很厉害，却不知这位大侠此时的状况非常糟糕。

他被两个吸血鬼追着打。

按照实力对比，陈太元和“导师”倒也算是半斤八两。可为了救秦汉升，他白白遭受了几次打击，渐渐处在了下风。再加上一个善于搏杀的谢青萍，陈太元劣势明显，只能不停地跑。

最要命的是，现在是夜晚，吸血鬼的最佳战斗时间。

“浑蛋，有本事等天亮了再打，我一个打你们两个！”陈太元心中暗恨。要是大白天的话，对方对着太阳会目眩头晕、皮肤不适，时间长了甚至可能失明并且皮肤溃烂呢，战斗力自然会大大下滑。可在深夜，连视力他们都比常人强了太多。

背后咬得很紧的“导师”冷笑：“你对我们倒是很了解，更不能让你逃脱了。”

陈太元没吭声，心中却感觉不妙，因为自己的体力正在飞速下降。

由于快速奔走，动作过于剧烈，陈太元的伤势一直没得到修复，肌肉反而被拉扯得越发疼痛，胸口的抓痕也不断地流血。

不过陈太元知道吸血鬼有个无法弥补的缺陷，那就是他们一旦长时间战斗或者高速奔袭，其间就必须吸食新鲜血液作为能量补充。如今在这荒山野岭中，不信“导师”和谢青萍能遇到活人！

果然，又追击了一段时间之后，谢青萍开始体力不支，赤红的双眸渐渐变淡，这是强大血力开始降低的表现。

就在这时，谢青萍暗淡的脸上忽然浮起狰狞的笑容：“浑蛋，你终于落入圈套了！”

什么？陈太元心中一怔，“啊”的一下硬生生刹住了脚步。好家伙，前面竟然是一个断壁悬崖！再往前几步就摔下去了。

虽然计谋没得逞，谢青萍却还是保持着得意的神色，冷笑道：“我在这里住这么久，比你熟悉地形。现在你被我们两个撵到了这个断壁前，有种你倒是继续跑啊。跑得倒是挺快，跟兔子一样！”

陈太元确实忽略了这一带游人罕至，而谢青萍等人长期居住在此，且要考虑随时撤逃，早已对地形掌握得非常透彻。

谢青萍得意地晃了晃手中的短刀：“别看了，100多米深，大约相当于40层楼的高度。除非你会飞，否则必死无疑。”

陈太元只能静下心来，小心应对着两个步步进逼的对手。不过或许为了保险起见，“导师”带着谢青萍在10米之外停下了脚步，显然非常谨慎，反正陈太元跑不掉。

“你很强大。”“导师”说，“正常人能达到你这样的程度，世所罕见。我曾见到过一个，和你非常类似。”

陈太元的心微微一颤，保持镇定地问：“哦，我竟然还有同类吗？

不知道是什么人。”

他故意和照片中的女子撇清关系。

“导师”微微点头：“原来你们不是来自同一个地方，更有趣了。真想不到，天底下凭借修炼就能达到如此强度的流派，竟然还不止一个？！好，非常好！”

“好什么？”陈太元冷笑，“我们这样的人多了，岂不正是你们这种怪物的克星？”

“嘴硬，也不看看是谁克死谁！”谢青萍怒道。

“导师”打断了谢青萍，接着和陈太元的话题说：“你们这样的人多了，我的研究标本也就多了。标本越是多样化，越能通过对比研究更快地产生结果。”

标本？陈太元的心猛地缩了一下，冷冷地盯着“导师”，说道：“怎么，准备将我做切片研究？这么说，前面被你抓到的那个，已经……”

陈太元其实已经不经意爆发出了一股荒蛮野兽般的狂野气息。

“导师”摇了摇头：“不，她是我们发现的第一个奇怪样本，得到之后就被那个可恶的女人带走了……总之，你会是我亲自研究的第一个样本。这次，没有人能从我手中抢走你了。”

陈太元一愣，他的意思是那个女子被什么人或势力给带走了？

这算不算是个好消息？“导师”没说她已经死了，而是说被某个“可恶的女人”给带走了。听得出，那个“可恶的女人”可能比“导师”还生猛。虽然可能还是很危险，但她也许还活着，这对陈太元来说是个巨大的安慰。

“你什么意思？”陈太元故作好奇。

“你没必要知道，因为你注定是我的研究标本。”“导师”狞笑，半截面具下露出了两枚尖锐阴森的牙齿，“我很好奇，你们这种人究竟有什么奥秘。我现在如果能再得到你们的奥秘，实力或许会再度飙升。到时候，天下之大谁能奈何得了我，嘿！”

陈太元笑了：“也说不定你会成为我的研究标本呢！你的血气也在下降，别以为我看不出来。至于她，战斗力能保持以前的一半就不错了。”

跑了这么远，拖了这么久，其实陈太元就是为了耗尽对方的血气。

026

舆论震惊的前奏

“看来你对我们的了解程度，超出了我的预料。”“导师”笑得越发神秘起来，“我对你也越来越感兴趣了。至于说吸食人血，你觉得……难吗？”

一边说着，“导师”忽然一把抓住了谢青萍的脖子，而毫无防备的谢青萍完全手足无措。当她反应过来的时候，“导师”一掌拍晕了她，而后，长长的尖牙猛然刺入了她白皙的脖子！

一个戴着半截面具的男吸血鬼，在月光下吸食一个美艳女人的血，阴森诡异。从未听说吸血鬼之间竟然还能相互吸血，这算什么？

陈太元感受到了真正的威胁！

气息，是一种可怕的气息！“导师”身上爆发出了前所未有的强大气势，而且还在疯狂地攀升，连他身上的伤口也在快速愈合。是的，吸食人血就能让他们的战斗力提升、伤势加速复原，但吸食吸血鬼的血液会让这种效果倍增！

如果说刚才的“导师”像是一只凶狠的狼，那么现在，这只狼正在变成一只凶悍的猛虎。

大变态，恕不奉陪……陈太元盘算着，准备全力冲出。

但是，“导师”不给他这个机会。虽然他没有放下谢青萍，但身体却以更加恐怖的速度横移过来，死死地挡在了陈太元的面前。一爪倏然抓落，气势强大得令陈太元近乎窒息，不由得猛然倒退两步。

速度太快，恐怖绝伦！

力道更猛，明显胜过其巅峰时期！

“导师”邪笑着抬起头，轻轻丢掉了昏迷的谢青萍，并轻轻擦了擦带着血迹的嘴。月光映照在银白色的面具上，显得越发诡谲。

谢青萍则倒在了他的脚下，脸色苍白，不知死活。

此时，“导师”攥了攥拳头，似乎非常满意自己现在的力量。他狞笑着注视陈太元：“其实，我更想知道一旦吸食了你这种修炼者的血，会对我产生多大的效果。”

这才是真正的恶魔。

话音未落，“导师”的身体化作一道残影，再出现时已经到了陈太元的面前。陈太元左手一掌斜斜地切落，势大力沉，却被“导师”单臂轻松格挡，爆发出了沉闷的对击声。随后在陈太元稍一窒碍之时，“导师”那只手就反转过来，如铁钳般死死地箍住了陈太元的手腕。

好大的力气，根本挣脱不得。陈太元另一只手出击，却又被“导师”一次次化解。要不是陈太元的招数繁复而精妙，这种态势早就无法持续下去了。终于，陈太元有了机会，右手倏地多出了一枚小小的手术刀！

近身搏杀最有杀伤力的武器。

“嗖……”手术刀轻盈地滑落，“导师”的手腕被划开了一道细小的伤口！

假如在正常人手中，哪怕这手术刀再锋利一倍也划不动“导师”的身体，但陈太元的力道足够了。而且，陈太元早就瞅准了他的血管！

血液，吸血鬼力量的源泉。

血管被划断，血液瞬间飞溅，“导师”再也顾不得去抓陈太元的手，而是拼命按住被切开的手腕。只要阻止血液不往外流淌，自愈力能快速止血，并在3分钟之内让伤口完全愈合。

可这止血的10秒钟内怎么跟陈太元战斗?

所以陈太元抓住了这个短暂的机会，手术刀在“导师”面前虚晃一招便趁势蹿出，冲向悬崖的另一边。

一时间“导师”不能轻举妄动，他快速地判断两三分钟之后还要不要继续追击陈太元。

此时，远处山脚下已经响起了刺耳的警笛声。远远地看过去，足足20多辆车呼啸而来，超大的阵势。大车小车加在一起，大概有上百名警察吧? 肯定也携带了火力强大的武器。

“导师”还不想真的“扬名天下”。今天已经做得够过火了，一旦自己的形象暴露，以后更会寸步难行。如今陈太元正在往山下跑，距离警方的队伍越来越近，真要追上他，说不定都杀到警察中去了。

“算你小子命大！”“导师”恶狠狠地盯着陈太元，血红的眼睛里几乎能瞪出火来。

说着，“导师”终于放弃了陈太元，转身去找昏迷的谢青萍。她还没死，只是大量失血导致了昏厥。

谢青萍的身体好似一个背包般被“导师”轻松地扛起，几个闪身便消失在了茫茫夜色中。

山下，车辆云集，将这座城市宁静的夜空撕得支离破碎。老罗终于松了口气，毕竟人多可壮胆。而且马局长来到现场之后，老罗的肩头也瞬间轻松了许多。

“没想到形势竟然这么严峻。”马局长愁眉深锁，“先是折损了一个梁主任，现在秦主任也昏迷了，其余四名同志更是当场牺牲……雷泽怎么招来了这么一批杀人不眨眼的禽兽？”

“今天这件事儿只怕是很难瞒住了吧。咱们要做好应对舆论问责的准备了。”参与案件的贾副局长提醒道。

马局长点头：“是啊，这方面要和市里结合。至于秦主任他们的伤亡情况，我们无法和99局联系，所以也必须马上向省厅通报，请上级部门协调。我最担心的还是那些潜逃的凶犯，一天不捉拿归案，就指不定搞出什么大案子来。”

贾副局长等人暗暗撇嘴，捉拿归案？连秦汉升和梁雪这样的极限战士都不行呢。“咱们这边，也没有对付这些怪物的高手啊。”

哪知道一旁的老罗掐灭了手中的烟头，说：“其实，我们看到一个身穿夜行衣、戴着反恐头罩的人和吸血鬼打起来了。虽然被追杀，但二对一，那个夜行者是非常厉害的。”

哦？这倒是件神奇的事儿。假如警方能得到这样一个神奇高手的协助，当然是大喜事儿一件。

“仗剑而行的暗夜游侠？惩恶扬善的江湖高手？扯淡，做好事儿就不能和警方协调一下吗？”贾副局长冷哼道。

老罗插话说：“虽然没看得太仔细，但我觉得那身衣服好像咱们的特警服，会不会是公安厅甚至公安部的高手来执行任务？又或者是秦主任他们那边的高手？”

这谁能知道？

现在大家都已经可以预见到，整个雷泽市乃至全社会都可能因此震动了。别说吸血鬼这样的怪物，就只是 19 人连环凶杀案的案犯再度作案，也够吓人的。

“不能这么被动。”马局长背着双手自言自语，脑袋里原本蛰伏着的那个应急方案再度浮现了出来。

027

她是怎么回事儿

其实没等到第二天，警方大规模行动且爆发枪战这件事儿就在雷泽市风传开来了。

随后“枪战中死了四名战士，一个负责人被剁手”的事情也被渲染出来，两个消息的汇合顿时引爆了市民的激情，各种猜测层出不穷。

人民群众的智慧是无穷的，马上便有人联想到了当初 19 名夜场小姐的命案。

“当初杀死 19 名夜场小姐的杀人狂其实是一个犯罪团伙！这个团伙穷凶极恶，甚至敢和警方发生枪战！”

“对，枪声就是在雷音山爆发的，我当时听得清清楚楚。”

“凶徒不但和警方开战了，甚至还打死了四个警察，砍断了刑警队长的手，太残忍了。这消息肯定没错，我老姐就是市立医院的护士长。”

“什么警察，穿的制服乍一看像警察，其实那是某个秘密机构的人员，甚至可能是国安部的特派员……我的消息来源？肯定准啊，我当时就在市立医院包扎手指头呢，亲眼看到那些人被抬进来抢救……反正雷泽这回麻烦大了，连上头派来的专案组都全军覆没了。”

“太可怕了，凶杀犯不会流窜到我们小区吧？”

“天哪，我还在单位值夜班呀，吓死宝宝了！”

…………

整个雷泽市的舆情被引爆了。

好在马局长一开始并没打算隐瞒，及时上报了事态的进展，所以雷泽市高层对这件事儿有着心理准备。领导们都明白这其实根本不是公安局的责任，超自然案件本就应该由国家秘密机构来处理。问题是普通群众不明所以，肯定会把责任压在警方和政府身上。

“老马，你说的那个女同志究竟联系到没有？”市长的电话接二连三打过来。

马局长这是想让李晓芬出来顶一阵子。

这倒算是个临时堵口子的办法，虽然只能暂时起作用，但对于稳定人心还是有好处的。

他当然打不通电话，因为现在的陈太元正躲在自己的家里。甚至，住在对门的李晓芬也不知道他已经回来了。陈太元来到家里是为了寻找那种高效凝血药剂，将胸口被导师抓出的抓痕处理一下。肩膀的疼痛已经开始减缓，骨头没有碎裂也算是万幸了。

脱掉并藏好了夜行衣，露出了健壮的上半身。药物涂抹上去，火辣辣地疼，但是疗效明显。陈太元盘腿坐地使用特殊的手段调息，伤口愈合的速度更快。不到一个小时，所有的创伤大体痊愈。陈太元拿着热毛巾大体擦了擦汗渍和血迹。直到这时候，陈太元才躺在自己的小床上，回顾今天晚上的凶险，心有余悸。但是最让他关心的，无疑还是照片中那个女子的线索。

月亮透过窗子洒落进来一片银光，将陈太元包裹了起来，沉静如石。

“听‘导师’的意思，她应该没事儿，至少应该没有出现灭顶之灾……”

“至于‘导师’口中所谓的‘可恶的女人’，又是什么来头儿？她的实力不会弱于‘导师’，否则不可能从他那里把人抢走。”

“怎么能再找到‘导师’呢？99局的岳东办事处几乎全军覆没，如果他们总部来人调查，说不定会有头绪。但是这法子也太慢、太被动了。”

他没想到的是，天明之后这事情就不被动了。

陈太元摸了摸胸口的伤痕，已经慢慢结痂。虽然没开灯，但对着镜子还是能看出这几道抓痕的样子。很吓人，和此前已经有的那道奇怪的抓痕刚好交错，形成一个叉号。

“哎，似乎得跟晴姐联系一下，她还等着吸血鬼的消息呢。”陈太元心想。毕竟是袁晴将他送到了雷音山下，知道陈太元准备去那几栋别墅里“调查研究”。她可不知道，陈太元敢于和吸血鬼正面死磕。

“该怎么忽悠她啊，总不能说我和吸血鬼打了一架吧？”陈太元苦笑，将一个不太常用的手机卡塞进手机里面，拨通了袁晴的电话。

电话拨通了，结果铃声竟然在对面那套房子里响了起来！

“没走啊！”陈太元有点儿头大了。袁晴竟然住在那里了？里面已经住着李晓芬和梁雪了，袁晴现在也要住进去吗？太挤了吧。

袁晴能和李晓芬合得来吗？

稍稍犹豫了片刻，电话那边的声音中带着些亢奋，这女夜猫子哪儿有一点儿困意？“小元元你在哪里？”

“门口，都听到你在里面咋呼了。”陈太元没好气地挂了电话，取出钥匙自己开门，恰好对上袁晴那阴沉的脸蛋。

“进来！”袁晴显然有点儿不高兴，甚至伸手想去拧陈太元的耳朵。当然是被陈太元不动声色地躲了过去。

关上了门，陈太元直接打开了灯。此前为了躲避秦汉升的搜查，他们在夜里只是开一盏小夜灯，毕竟物业管理都对秦汉升说了，对面这一套房子常年没人住。

但是现在不必担心了，因为秦汉升那家伙正躺在医院里生死未卜。李晓芬这时也凑了过来，有点儿迷迷糊糊地揉着眼：“老陈呀，这大半夜的……你咋开大灯了呢，不怕秦汉升那些人找到啊？”

虽然迷糊，但基本的警觉还是有的。

陈太元这才意识到又得编瞎话了，说道：“别提了。我本来准备去雷音山别墅那边查探一下，结果刚到那儿就听到山上‘噼里啪啦’一阵枪响啊，简直吓死宝宝了。我抱着脑袋就逃，结果自己崴了脚。再后来我就看见几个警察抬着秦汉升他们，全都送往医院了。据说秦汉升半死不活，四个手下也全死了。他们都这德行了，哪儿还有能力来找雪姐的麻烦啊？别担心了，该怎么开灯就怎么开灯。”

“没出息，亏得整天吹嘘自己练过点儿武术呢。”李晓芬双手食指向下戳。

不过没有了秦汉升的威胁，李晓芬心里倒是轻松了不少。当然，究竟谁才是内鬼呢？这一点她是不知道的，陈太元也没告诉她。

袁晴终于忍不住了，道：“当我是空气啊！小元元你给我坐下，老实交代她究竟是怎么回事儿！”

说着，如葱的手指带着淡淡的幽怨指了指李晓芬。

028

急缺一个大英雄

“什么怎么回事儿？”陈太元满腹不解地看了看袁晴。

袁晴扶了扶黑框眼镜，乜斜着一对媚眼说：“你手机照片里的那个女孩子，和晓芬长得很像，咋回事儿？”

原来是这个啊……陈太元本觉得不是什么大事儿，李晓芬却好奇起来。其实今天晚上袁晴刚刚进门，就对着她的脸蛋看了好久，李晓芬问怎么了，袁晴什么都没说。而现在袁晴这么一问，李晓芬心里登时明白了好多。

“或许，老陈有自己的爱人吧，刚巧我和他爱人长得有点儿像。难怪这家伙在酒吧遇到我之后，就老说我像他曾经的朋友。我当时还以为是他接近女孩儿的套路呢。”

“这么说来，老陈和我交朋友其实只是‘睹人思情’啊。李晓芬啊李晓芬，人家一直把你当成恋爱替身了呢，你这傻子。”

姑娘家的心思总是很复杂的。大家本是普通朋友，关系也还没有到恋人的程度，怎么就想到“恋爱替身”这个词了呢？心底怎么就有了一点点淡淡的酸楚了呢？退一步讲，就算别人把你当成了曾经的爱人，那你不加理会就行了呗，管这么多干吗啊，反正对方又没有恶意。

悲伤不能这么说来就来啊。

陈太元倒是没太在意，笑道：“天底下相似的人很多啊，我第一次见晓芬就这么说了，不知道晓芬还记不记得。”

李晓芬点了点头，竟然已经没了睡意，抱着双臂坐在了沙发里。

袁晴则神神秘秘地贴近了陈太元，附耳说："喂，不会是因为一直找不到那女孩子，就准备找晓芬做个代替吧？这是很危险的，搞不好就会擦枪走火，实在是姐姐我的一大劲敌。"

陈太元没理会她俩，而是去了卧室看看梁雪的情况。看得出李晓芬照顾得很周到，梁雪躺在床上的姿态被调整得非常舒适。陈太元不知道的是，每隔两小时，李晓芬还会为梁雪轻轻按摩一下——植物人就是要这么照顾的。虽然梁雪的身体机能正在恢复，但李晓芬依旧尽心尽力。

陈太元掀开了梁雪身上的毯子，掀起衣角露出受伤的腹部。还好，掌印又淡了一些。

"不愧是极限战士。"陈太元暗想，"我再多给她按摩几次，苏醒过来的时间会更快。"

一边想着，陈太元一边把手贴在了梁雪平坦的小腹上，缓缓发力。表面上看好似爱人之间的摩挲，但实际上非常消耗他的体力。

而在门口，袁晴好奇地瞪大了双眼，不可思议地摇头："天哪，这样也算是治疗吗？这就是耍流氓啊。"

陈太元白了她一眼，示意她没事儿就到一边玩儿去。但袁晴不乐意，非要凑过来，托着下巴笑眯眯地说："小元元，你这招儿能治月经不调吗？姐姐需要你的帮助。"

"我看你气色好得很，哪儿有一点儿不调的样子！"

"不解风情，这不是为了创造个机会嘛……"袁晴咕哝了一句恨恨地走了。

陈太元给梁雪治疗完走出卧室，却看到袁晴和李晓芬都没睡意。陈太元知道，袁晴对李晓芬这个潜在的"小情敌"其实没有什么恶意，她也不是个斤斤计较的小女人。

“睡不着了，你说说今天的所见所闻吧。”李晓芬说，“99 局会栽那么大的跟头，实在是不可思议。唉，原本觉得雪姐够倒霉了，现在看来秦汉升才更倒霉。”

虽然梁雪曾经濒临死亡，但现在已经转危为安。反倒是秦汉升断了一只手，可再也长不回来了。陈太元还不知道，后来警方在战斗现场找到了被斩落的那只手，有可能会将那只手臂再接上。但就算成功接上了，那只手以后也不可能像从前那样发力了。

李晓芬继续说：“咱们原来都怀疑秦汉升是内鬼，现在倒好，他本人生死未卜，他四个手下也全死了。”

内鬼是洪英，但不能告诉李晓芬。

袁晴则在旁边有些不开心地表示，连个吸血鬼也没找到，还怎么进行她伟大的吸血鬼配种研究计划?

其实，也不是没有可供研究的尸体样本啊，那儿不是还有一个内鬼洪英吗?陈太元得想个办法，既不能说得太明白，又能帮助袁晴拿到这具尸体，因为袁晴的研究也能帮助案情快速破解。这事儿还得袁晴亲自来说。

于是陈太元开始诱导:“这个，我回头向市公安局和医院方面提一下，看看咱们能否研究一下秦汉升那几个下属的尸体。比如被吸血鬼抓伤或咬伤什么的，说不定也能有所发现。”

袁晴显然兴趣不大，她哪儿知道陈太元要送给她一具刚刚断气的吸血鬼尸体?

李晓芬则更关心她自己是不是可以正大光明地离开这里，回局里上班。待在这小房子里面可真闷，难受死了。

“可以，只看你自己的意愿。”陈太元笑道，“但是我劝你想清楚，假如你现在和你们局领导联系的话，说不定会引来一点儿小麻烦。”

“什么麻烦?”李晓芬的眼睛瞪得圆圆的，不明所以。

“今天的事儿你肯定瞒不住了吧。现在整个雷泽市都处于恐慌中。不，可能会惊动全国。敢杀死几十个人的怪物吸血鬼，会给广大市民造成多么大的心理恐慌。这种家伙一天不被擒获，大家就一天不会消停。”

李晓芬满腹不解：“可这跟我有什么关系，有什么好麻烦的？”

陈太元笑着分析了一下，说：“总之马局长也好，市领导或省厅领导也罢，总要拿出一个装点门面的……英雄，对，就是英雄模范人物。一来是以此堵住悠悠众口，免得大家说公安机关不作为；二来则是稳定民心，让广大市民看到官方还是有能力对付这些犯罪分子的，让大家不要过度惶恐。”

“你的意思是，他们要拿我搞形象工程啊？！”

“这不是形象工程，是非常必要的。”陈太元说，“你想过大恐慌所产生的连锁反应没有？假如人心惶惶不敢出门，恐怕雷泽所有夜间营业的场所，生意就都完蛋了。还有，孩子们要不要停课？夜间工作的人员还敢继续上班吗？医院、交通、电力……”

李晓芬也跟着陈太元的思路考虑，越想越觉得严重：“但我一个女孩子家出面，老百姓会相信吗？要说招牌，还不如找罗队那样的呢。”

“错！”陈太元道，“别人没拿下过这种凶狠的歹徒，但你做到了，是你一枪打晕了吸血鬼曹雨辰，警界中唯一的一个。”

“所以说，把你树立为模范典型是合适的，而且实事求是。

“另外，越是找个五大三粗的汉子，市民们越未必能相信。反而找你这样的女警，人家会本能地觉得——市公安局说的肯定是真的！要是假的，就不会找个女孩子出来了，肯定找个男的吧，你说是不是？”

李晓芬：“但是，这些都是老陈你的猜测，马局长未必会这么干的，你又不是马局长肚子里的蛔虫。”

陈太元耸了耸肩膀，意思是你不信那我也没办法。

029

奇怪的冒犯

警方现在的确急缺一个大英雄，能够和吸血鬼过过招的超自然大英雄，而李晓芬是警界之中最有说服力的。

李晓芬左思右想，架不住她天性活泼好动，哪里能在这个小房间里一直憋着，于是她打开了自己的手机。这倒好，一个个未接来电提示蜂拥而至。没过几分钟，市局的一个电话就打来了——

“我的亲妈啊，您老人家可算开机了！”竟然是专案组的小白，“大家找不到你和陈老师，马局就让我们24小时不停地拨打你俩的电话，我可从没想过打电话也能把人打吐了……活祖宗啊，市里面明天一早开新闻发布会，你得来啊！”

真让陈太元猜对了！

她捂住手机话筒，龇牙咧嘴地低声说：“老陈你说的一点儿都没错啊！”

袁晴在一旁撇了撇嘴：“他可鬼着呢。”看到陈太元瞪她，她马上又笑眯眯地补了句，“不过姐喜欢。”

既然联系上了，李晓芬就甭想脱身。马局长的声音响起来：“晓芬啊，赶紧到市局里来一趟，辛苦一下。当时你和小陈同志出去就是为了躲着秦主任嘛，现在秦主任重伤昏迷，你大可不必担心，赶紧回来，局里面有重要任务。”

李晓芬谨慎地问：“什么任务？”

马局长：“是这样，局里决定将你上次抓捕曹雨辰的事情公布出去。

现在这伙犯罪嫌疑人的气焰实在太嚣张了，不打击一下不行。把你树立为打击犯罪的模范典型，可以鼓舞士气、振奋军心，更能安定民心……”

“等等！”李晓芬打断了马局长的话，说，“可我总觉得不是什么好事儿呀。”

“当模范典型怎么不是好事儿了？”马局长的语气严肃起来，“这份荣誉是要记入档案的，对你的提干发展也有好处……再给你个小惊喜，局领导班子准备任命你为刑侦支队重案大队的副大队长。晓芬同志，担子不轻啊，一定要努力……”

成了副大队长了？李晓芬有点儿晕。虽然大队隶属于支队，但毕竟李晓芬还年轻得很啊。哦哦，突然她和老罗成了正副职搭班子了。

没等李晓芬再反驳，马局长就言简意赅地做了总结陈词，要求李晓芬马上回到市局报到，并说这是命令！

而挂了电话之后，马局长就对面前的几个局领导班子成员说：“几位都听到了，晓芬这孩子机灵着呢，不肯轻易就范。所以我就以咱们领导班子的名义，提前答应任命她为重案大队的副大队长了，大家没有意见吧？”

一个个都没意见，贾副局长更是撇嘴说：“这破事儿要是摊到别人头上，别说副大队了，就是给个正大队也不干啊，就这么着吧。”

公寓这边，李晓芬越琢磨越不是滋味，皱着眉头问：“老陈，要是我成了什么英雄，会不会树大招风呀？”

“当然会，人怕出名猪怕壮嘛。”陈太元说，“而且吸血鬼家族要想报复，也肯定先从你这里下手吧。以后再出现这种案件，大家肯定会先想到你，毕竟你是侦破超自然案件的大英雄。”

李晓芬不住地点头，心想既然选择了做警察，就别怕犯罪分子的打击报复。领导让冲在前面，那就冲呗，这是我热爱的工作啊。

只有一点让她担心："老陈，以后你要在我身边，知道不？"

"你都要荣升副大队长了，手下的警察多着呢，要我这个百无一用的教书匠干什么？"

"可是你会疗伤啊，连雪姐那种重伤都能治好。以后我要是有个三长两短，没准儿就被你救活了。再说了，你不是还练过武术嘛。"

陈太元对李晓芬说："虽然我不太赞同你去充这个大头，但既然你选择了这一条路，就只管走下去吧。也不要怕什么吸血鬼，记住一句话——一切超能怪都是纸老虎。加油干，我看好你。"

陈太元的话让李晓芬仿佛吃了一颗定心丸，她稍微收拾了一下便准备回市局报到了。李晓芬总觉得陈太元最后那句话有点儿不对劲儿，一时间又想不出什么问题。

她有点儿担心地看了看床上的梁雪，说："老陈，那你要照顾好雪姐啊，我有时间也会回来的。"她就是个豆腐心，这段时间让她的感情早就发生了变化。

"早去早回哦，我一个人在这里有点儿怕怕的。"眼看着陈太元要送李晓芬回公安局，袁晴拍着鼓囊囊的心口说。其实陈太元知道她的胆子向来很大，秦汉升的枪都吓不住她。

袁晴表面上紧张兮兮的，其实心里早乐开花了：这可是和小元元难得的独处机会，深更半夜孤男寡女的，啧啧……不对，这儿还有一个呢！

想到这里，袁晴不由得跑到卧室里去看梁雪。这个睡美人微闭着双眼，呼吸平静如常，在灯光之下越发娇艳。要说容貌，梁雪和袁晴不分伯仲，而且都是御姐。只不过袁晴是由内到外都火辣辣的，而梁雪恰恰相反，冷若冰霜。

"极限战士。"袁晴好奇地伸出手，在梁雪的胳膊和脸蛋上掐了掐，多嫩的皮肤啊。她自言自语道："皮肤硬度和常人无异，比吸血鬼的柔软。

这么说来，极限战士使用的药剂比吸血鬼的C病毒要高一筹。”这就开始专业分析了。

“但是考虑到C病毒出现了升级版，情况就不好说了。”

“嘿嘿，真想给她检查检查啊。”袁晴兴奋地脱口而出，她不知道，就在今天傍晚时分，梁雪已经恢复了模糊的神志，只是无法开口说话而已！

也就是说，现在大家说的话，梁雪都已经可以隐约听到。

陈太元为她治疗，李晓芬为她护理，哪怕她表面冷若冰霜，心里头其实也暖烘烘的。

可是这个袁晴竟然想要把她当作研究对象，这要是能动，袁晴就死定了！

030

眼花缭乱的世界

陈太元开车带着李晓芬，不一会儿就接近了市公安局。

“优秀干警？警界英雄？超自然大英雄？真扯呀。”李晓芬还没有真正回过神来，“大家都只知道我一枪打晕了曹雨辰，但只有我自己最清楚，那一枪是蒙的。”

哎，会不会真的像老陈说的那样，吸血鬼们会先来找我报复呢？

别看李晓芬有时候迷迷糊糊，但实际上她可以说是冰雪聪明，陈太元也说她“有灵性”。

还是感觉怪怪的，她不由得仔细品咂了一下陈太元在家里说的最后一句话。她猛然颤了一下，一把抓住了陈太元的胳膊，这一下险些让陈太元把车开到路边的阴沟里去。

“干吗？要疯啊！”陈太元紧急刹住了车。

李晓芬死死盯着陈太元，仿佛要从他的眼睛里看出什么东西来。良久，她一字一句地说：“老陈，你那句话有问题！”

陈太元丈二和尚摸不着头脑：“又怎么了？”

“你说，一切超能怪都是纸老虎？”

陈太元点头，忽然他意识到也许自己说错话了。

李晓芬眯起眼睛：“你为啥不说一切‘吸血鬼’，而要说一切‘超能怪’呢？嗯？难道说除了吸血鬼，还有别的什么超自然怪物？！”

陈太元摇了摇头：“吸血鬼就是超能怪。”

“那你为什么要用这个怪怪的新词代替吸血鬼呢？”李晓芬穷追不舍。

“其实这句话是毛爷爷说的，原话是‘一切反动派都是纸老虎’。我只是为了押韵，才把‘反动派’换成了‘超能怪’。你听，‘反动派’和‘超能怪’多押韵啊，念起来超顺，要是用‘吸血鬼’就没这么押韵了。”

“押你妹的韵……”李晓芬抱着胳膊不说话了。直到陈太元重新启动，开了几分钟之后，她忽然幽幽地叹了口气，刚才的恼怒化作一股淡淡的哀伤：“算了，我觉得咱们两个也成不了真朋友，总好像隔了点儿什么。”

陈太元没有说话，沉默地开着车。

眼看着就要到市公安局的大门，陈太元忽然“嘎吱”一声在门前路边刹住车，扭过头认认真真地说：“晓芬，谁都有点儿小秘密，我也一样。

有些事儿不是不想说，只是我有自己的苦衷。你只要知道我对你没有坏心思，这就行了。”

李晓芬俏皮地吐了吐舌头，说：“刚才我故意说气话呢，你别往心里去。好啦，赶紧回去歇着吧，我要去加班了。”

刚要拉开车门，陈太元一把抓住了李晓芬的手，说：“我再跟你解释一下刚才的那句话。超能怪不等于吸血鬼，因为这个世界上的超自然怪物，不止吸血鬼一种。咱们国内还曾出现过一种‘僵尸怪’。”

李晓芬听得有点儿阴森森的。僵尸？比吸血鬼还吓人。吸血鬼好歹有神智、有理性、有人类的思维，可僵尸……

陈太元说，僵尸也是一种病毒感染所致，他们没有神智，速度虽然比吸血鬼慢，但力气惊人，防御能力也更加强大。

“很多年前，俄罗斯不就传出过赤塔僵尸事件吗？后来专家研究解读，认为那是俄军方用战士肉身做的强化实验。结果实验失败了，导致接受实验的战士神智丧失，成了力大无穷、见人就杀的僵尸怪物。这些东西都是纸老虎，说到底都是从实验室里走出来的。”

李晓芬还是头一次听说这种事儿，小小的畏惧中带着浓郁的兴致。她甚至突发奇想，如果僵尸和吸血鬼打起来，那就好看了。

但陈太元却说：“只能说，这世界神奇的东西太多了，超乎你的想象。别什么事儿都傻乎乎地应下来，要知道对手可能会很强大。”

“今后这种超自然的东西恐怕会越来越多。科技发展得越来越快，黑暗技术也会随之进步，各种奇怪的研究层出不穷。有的是民间利益集团在偷偷搞实验。”

李晓芬听得目瞪口呆。

这可不是好事儿，一旦某种技术流传到社会上，搞得到处都是吸血鬼、僵尸……那场景就太吓人了。

陈太元撇嘴说：“其实，现在已经出现了泄露的苗头了。按道理说，谢青萍、邓普威这样在社会上属于比较底层的人物，特别是邓普威，但就连他们都能接触到C病毒，甚至是升级版的。”

可想而知，问题有多严峻。

李晓芬想不明白：“谁制造的这些家伙啊，为什么呀？制造一堆不人不鬼的怪物，很好玩儿吗？”

“为了利益，为了野心。”陈太元总结一下，但又觉得不够全面，“当然，也有单纯为了研究人体极限的，试图促进人类的超级大进化。”

就像99局的极限进化液，从名字就能看出，其研制者把秦汉升和梁雪这样的战士认定为人类进化的更高层次。

李晓芬自言自语：“利益、野心、科学……唉，这个世界究竟是怎么了，让人眼花缭乱的。除了吸血鬼、僵尸，还有什么其他非常强大的存在吗？”

陈太元点点头：“有啊，那就是——武林高手！就像我一样！”

“去你的吧，要是公平格斗，说不定我都能把你放倒了。”李晓芬得意地皱了皱小鼻子，“有时间的话，切磋切磋？别研究那些花里胡哨的‘武功’了，回头我教你一些擒拿格斗，超实用的。”

陈太元哈哈一乐：“行啊，有时间向你请教。”

但是恰恰相反，陈太元正一直在犹豫着，是不是该教李晓芬一些功夫。以后这丫头可能会遭遇更多的困难，多学点儿本事总没有坏处。

陈太元和李晓芬一同走进了市公安局，因为他还需要“借用”99局那几个人的尸体。他清楚，洪英的尸体很有研究价值，京华大学实验室里就缺这种研究样本。

当然他也想知道秦汉升的状况。

虽然已经是凌晨，但市公安局里依旧十分热闹。值班的干警人数猛增，没出差的局领导班子成员也都悉数到场了。

这些人看到李晓芬之后一个个眼睛放光，看得她挺不自在。

031

大英雄发布会

大概有半个晚上，领导们都在游说李晓芬，“希望你能着眼大局，从市局乃至全市的整体利益出发”“充分发扬我市公安系统一不怕苦、二不怕死的优良工作传统”“以高度的责任感和使命感”……劝她接下这个任务。

“人怕出名猪怕壮，那些坏蛋报复我咋办呀？我一个小女生。”李晓芬装傻卖萌地瞪着眼睛，又看了看陈太元，似乎在征求陈太元的意见。

而看到陈太元没什么表示，她又低着脑袋说：“再给我十来分钟考虑一下吧。”于是她被允许到对面的办公室里考虑。这些局领导也都不是省油的灯，眼光毒辣得很，看得出李晓芬似乎很在意陈太元的意见。所以马局长撺掇道：“小陈老师，一会儿你帮着劝劝晓芬，年轻人拿不定主意也是正常的。不过你们都年轻，共同语言多一些。”

陈太元打算漫天要价，却又貌似老实忠厚地说：“行，但我觉得咱们市局的任命不合理。重案大队的副大队长，一个副职啊，换了我反正不会干的，不值当冒这个险。”

一群局领导感到眼前发黑，心想李晓芬作为当事人都还没说啥呢，你倒是急什么？

而陈太元则继续说：“当然，官大官小不是主要问题，问题在于你们要树立这个典型，这个‘超自然大英雄’，竟然只是个副大队长，人家怎么看待她的正大队长啊？我知道老罗是个好样儿的，但是让一个‘超自然大英雄’给他当副职，我看他的压力也够大的吧……”

叽里咕噜说了一大通，乍一听起来还很有道理。一群局领导对视了一下，看样子这事儿能谈。终于马局长点头说：“给老罗换个岗也成，让晓芬暂时兼任重案大队的正大队长，正式任职程序回头补上。”

勒索成功。

陈太元又趁热打铁说：“另外，99 局那几个人的尸体，我们京华大学的实验室希望参与研究一下，能得到 具更好。通过对死者身上伤口的检验，或许能找到有关 C 病毒感染者更多的信息。”

其实要不是担心 99 局索要尸体，马局长更想把这个烂摊子丢出去：“可要是将来 99 局索要尸体怎么办？”

“放心，雪姐会同意的。”

“这可作不得数，梁主任毕竟还昏迷着。”马局长在这件事儿上很严谨，“除非有她或秦主任的书面授权许可。”

陈太元想了想说：“如果当成普通凶杀案，市公安局的法医是要对受害者尸体展开调查的吧？”

马局长心领神会：“这样吧，我们警方的法医做一些调查，聘请京华大学的专家进行‘指导’，但是尸体是不能被你们带走的。”

成交。

李晓芬也没想到，陈太元竟然帮她“争取”到一个大队长的正职。

她有点儿尴尬地压低声音说：“你干吗呀！我就是逗他们玩儿呢，

难得有个捉弄全体局领导的机会，你怎么给我要职务去了？”

“我这么帮你，你还不乐意啊？”陈太元笑道，“升官发财，多好的事儿。”

“太庸俗了吧！”李晓芬龇牙咧嘴，“老陈你这家伙要是进入公安队伍，肯定会是个腐败分子。”

经过简单的休息，李晓芬睡眼惺忪，迷迷糊糊地到了新闻发布会现场。

到处乱哄哄的，各式提问花样百出，所有人都显得很恐慌。

发言人贾副局长先亲口承认了：存在C病毒感染者，虽然有吸血鬼的特征，但不是真的吸血鬼……这简直是越抹越黑啊！

怪力无穷、速度奇快、枪打不死、杀人如麻，而且吸食血液……这跟传说中的吸血鬼有本质区别吗？

现场的人一个个交头接耳、情绪复杂，恐惧的气氛笼罩着整个大会议室。局里早就预料到民众可能会产生一些恐慌，但没想到会这么严重。

此时，《雷泽晚报》的女记者站了起来，恳切地问：“请问贾局长，面对这么凶残的歹徒，警方有能力制伏吗？坊间盛传昨晚连上级派来的工作组都全部折损了，咱们市局的警力够用吗？”

这是大家最关心的问题。能不能对付吸血鬼？假如警方都办不到的话，问题就大了。

贾副局长沉稳地说：“请大家放心，警方必将不遗余力地打击这些犯罪分子，挖出他们背后的根源。至于说能力问题，同样请大家放心，事实上我们已经抓捕了一个C病毒感染者，也就是所谓的‘吸血鬼’！只是出于办案需要，才没有对外公布！我们能抓捕第一个，就能抓捕第二个！”

“哗……”全场沸腾。

当然警方要员们也都知道，这个消息会是整个发布会最大分量的炸弹，一经公布必将震撼全场。

在记者的提问下，贾副局长说：“抓捕吸血鬼的警官，今天也来到了现场，可以请她和大家见一见。”

顿时，所有人的好奇心被提到了嗓子眼儿上，心想究竟是多么强壮有力的警官，才能生擒吸血鬼啊。

李晓芬那曼妙的身影出现了，大家根本没想到会是她，依旧一个个伸着脑袋盯着出入口，等着那位超自然大英雄的出现。

贾副局长有点儿尴尬地说：“这位李晓芬同志，就是我们刑侦支队重案大队的大队长，也是生擒吸血鬼的警官。”

现场瞬间死一般寂静。

所有人目瞪口呆地盯着台上的李晓芬，心里同时浮现出一个相同的念头——就她？！

“大家可能以为会是一位孔武有力的男人吧？事实上，确实是晓芬队长制伏了歹徒。”

顿时，大家从疑问变成了好奇。就好像当初陈太元猜测的那样，假如故意找一个五大三粗的汉子出来，大家反倒未必相信。造假的话，怎么会选择让这样一个娇滴滴的大姑娘出面啊？所以这个小警花抓捕吸血鬼的事情肯定是真的，那她是怎么办到的？

李晓芬清了清嗓子，对着话筒说了今天最重要，也是最经典的一句话：

“大家好，我只想告诉大家一句话——一切吸血鬼都是纸老虎！”

原本的议论之声瞬间消失，发布会现场寂静一片。

后来，这句话成了警界内部的一句通用语，不少老百姓也都口口相传，用来壮胆。这句话的传播效果远远超出了李晓芬自己的预料，同时也成了她的“李氏名言”。当天所有的媒体报道都直接以“一切吸血鬼都是纸老虎”为大标题。不但吸引眼球，而且便于稳定广大市民的情绪。

“说到底，这些所谓的吸血鬼只是一群病患。大家畏惧他们，但实际上我更可怜他们。他们不是正常人，不敢面对阳光，不敢享受正常人的生活，一辈子都笼罩在阴暗之中，都要被嗜血的冲动奴役。所以说，他们只是一帮倒霉蛋、可怜虫！”

当大家都把吸血鬼想象得无比可怕的时候，谁能把“倒霉蛋”“可怜虫”和吸血鬼挂上钩？可见这位小李警官的胆子真大啊。

“这些C病毒感染者其实并不敢明目张胆地袭击别人。昨晚的遭遇，哼，那只是他们被警方包围后的垂死挣扎。正常情况下，这些见不得光的家伙为了保持行踪隐蔽，不会肆无忌惮地袭击普通人。所以，也请大家不要过于担心。”

还别说，李晓芬的这番话真的起到了作用，不少人都感觉心安了许多。于是再度审视台上这位年轻的女警官时，不由得觉得她威武霸气了几分。

这就是英雄的气场啊。

第三章

032

终于发现了

在得到市局的授权后，李晓芬公开表示："我可以负责任地告诉大家一件事儿，不光警方会对付这些家伙，其实我们雷泽市还有一个神秘的存在——夜游侠。他丝毫不弱于吸血鬼，也曾协助过警方的战斗。"

"夜游侠"无疑是另一颗重磅炸弹，会场上的人们再一次热烈地讨论起来。

"不过，关于夜游侠的身份，警方也不知道，只看到他穿着一身类似特警服的黑衣，戴着反恐头罩。当然借此机会，警方也希望这位神秘的侠士和警方联系。假如您不愿透露身份的话，警方保证会为您严守秘密。希望我们团结合作，更加有力地打击犯罪分子！"

这个声明简直就是寻人启事，马局长等人很清楚，把晓芬推到前边就是个掩人耳目的手段，而那个神秘的夜游侠才能真正对付吸血鬼。眼下秦汉升重伤、梁雪昏迷，警方还能找谁帮忙?

于是，新闻发布会上两个横空出世的大英雄极大地安定了这座原本躁动不安的城市。

…………

回到了小公寓里，李晓芬扎起一条围裙做菜。这么年轻的女孩子擅长厨艺，真是很难得的，连中午回来蹭饭吃的袁晴都倍感惊讶。

其实这顿饭是为李晓芬庆祝升迁的，不过得她亲自动手。

李晓芬一边炒菜一边好奇："老陈，你昨天不是在雷音山脚下，听到打斗声了吗？"

陈太元答应着，不知道李晓芬要问什么。他和袁晴都没看今天发布会的内容。

李晓芬："今天发布会之前，马局长要求我临时加上'神秘夜游侠'这件事儿。原本市局对这件事儿捉摸不定，不知道公布出来是否妥当，但是最后还是说了，希望能和夜游侠合作……对了，你昨晚听到这个夜游侠的消息了吗？"

啊！给我公布了！陈太元心头一紧，但表面上假装无所谓："没啊，什么夜游侠？"

"是老罗他们看到的。"李晓芬说，"说那个人独战两个吸血鬼啊，可厉害了。"

一旁的袁晴来了兴致："还有这么厉害的家伙，是正常人还是C病毒感染者呢？"

李晓芬摇头："不知道，不过估计是个好人吧。"

他们在这边漫无目的地闲聊，躺在卧室里的梁雪却心潮起伏！

她听到了大家的谈话，知道秦汉升重伤，四个下属全部死亡。洪英那浑蛋既然能谋害她，也能谋害秦汉升等人，迟早的事情。而且，袭击她的那个吸血鬼实在太强大了，她和秦汉升根本不是对手。所以，秦汉升等人遭袭并不让她意外。

让她意外的是李晓芬口中所谓的夜游侠！

她检查过邓普威的尸体，在脖子里找到了一枚飞针，所以她怀疑，这会不会是同一个人。可是即便她现在疑问再多，也说不出一个字来，只能干着急。

不一会儿，李晓芬进来给她喂饭。其实她现在这种状态，根本消耗不了多少能量，每天吃一点儿流食就可以。李晓芬照顾得很仔细，她把梁雪扶起来靠在自己身上，一勺勺地把饭送进嘴里。每隔不久李晓芬还会给她按摩身体，让她全身的筋肉保持最佳的状态。所以说，即使梁雪再冷漠，也对李晓芬充满了感激。

陈太元进来要为梁雪按摩治疗，他对李晓芬说，今天是最后一次治疗，稍后只要静心休养就行，这些话在梁雪听来，不知怎么的，心里头竟有些小小的失落。

为什么会失落呢？梁雪也说不清楚。不过每次陈太元给她按摩的时候，那种浑身通泰的感觉简直难以言喻。除了这种纯肉体本能的不舍，精神上呢？梁雪只觉得，只要陈太元在她身边，她就会觉得极其安全、踏实。

能让“暴力”梁雪产生安全感，可真不是一件容易事儿。

陈太元的手掌里似乎握着神奇的力量，每当贴近她的小腹时，那力量便从陈太元的掌心喷发，而后缓缓渗入她的体内，如同一股暖流，在小腹部位盘亘流转，再蔓延到身体四周，四肢百骸通泰舒爽。至于蔓延的线路，梁雪隐约感觉像是中医药学里面描述的经脉。

陈太元肯定不是常人，他有时候说自己只练过几手三脚猫功夫，有时候又说自己是武道高手，结果真真假假、虚虚实实，把自己都给忽悠了！

等醒来之后，一定要好好问个清楚。

…………

午餐之后，李晓芬去了市公安局，而袁晴则去配合法医检查几具尸体。结果不出陈太元所料，袁晴也发现了其中的异常！

在检查洪英尸体的时候，明显感觉这具尸体的硬度与正常人不同，反倒和C病毒感染者有点儿类似。这样一个发现震惊了她，也震惊了现场的几位法医。

袁晴立即检查其他特征，结果发现洪英两颗獠牙的牙龈构造也和常人不同。平时看不出太大的区别，但这两颗牙齿可以伸长一些。

吸血鬼！

当袁晴拿到洪英的血液样本分析之后，得出的结论是确凿无疑的——洪英竟然真的是吸血鬼！

这结果太出人意料了。警方的法医还不相信，但取出血液样本分析之后，发现和曹雨辰的血液样本真的一模一样。

“不愧是京华大学的专家，当场察觉到了问题的不对劲儿，佩服……”

“袁教授虽然年轻，但却真的学术精湛。哎，在学院里专门做学问好啊……”

袁晴没心思听这些赞誉，她直接打电话给陈太元：“喂，我有重大发现了！你根本无法想象，99局那四个牺牲者之中，竟然有一个吸血鬼！你没听错，是吸血鬼！”

033

暗杀

袁晴的这个重大发现，使案情同样发生了重大变化。当然，这也是陈太元让袁晴参与尸体研究的本意之一。

99局岳东办事处内部存在吸血鬼，那么梁雪、秦汉升等人的被袭就有了非常合理的解释。

现在，袁晴想把洪英的尸体带回去研究，警方却忌惮99局而不允许。袁晴只好等待99局再次派人来的时候协商共同研究。

随着样本的增多，京华大学实验室的研究也有了新的进展。在这个实验室里，虽然不研制升级版C病毒，但是研究“解药”。也就是说，一旦有人中了C病毒，看看怎样能将其恢复正常。

有人处心积虑要变强，有人却一心一意要将其恢复正常。因为京华大学的科研团队始终认为，任何通过药物干涉人类正常进化的东西都是不合理的，无论是99局的极限进化液，还是吸血鬼们的C病毒。理念不同导致研究方向也不尽相同。不过，陈太元倒是赞同京华大学科研团队的观点。就好像C病毒这样的东西将人变得半人半鬼、不伦不类，值得吗?

据袁晴说，实验室已经产生了阶段性的成果——一种新型“治疗型”药剂，初步命名为“归零”。

“归零”，顾名思义就是将C病毒从人的身体中给净化掉，使其身体恢复原状，而原本所有的特殊状态全都消失，一切归零。

“假如被C病毒直接传染，也就是所谓的发展为新吸血鬼的话，‘归零’的治疗效果尚且不得而知，可能有些不稳定。”袁晴说，“但如果只是简单地被咬伤而导致的轻微感染，哪怕感染时间已经过去一周，超低剂量的‘归零’也足以保证将病毒消除。”

就好像上次李晓芬被邓普威咬伤，半小时之内若不涂抹陈太元的那种药品，就可能导致无法治疗的重大感染。那种药品正是京华大学实验室的研究成果，同时也是“归零”的前身。如今，这种药物的作用大大升级了。假如有人被咬伤，官方有足够的时间可以救治被咬者。

“有了晴姐牌‘归零’药剂，妈妈再也不用担心我被咬伤了。”陈太元乐道。

“又贫。”袁晴抿嘴一笑，但马上又有点儿得意地说，“至于说‘归零’的效果稳定性问题，其实咱们可以从另一个角度考虑。”

陈太元意识到了其中的重要性，眼睛一亮：“你所谓的不稳定，指的是……”

袁晴说道：“就是说C病毒感染者被注射了‘归零’之后，体内的C病毒有可能被过度分解，从而导致……死亡。我还不敢直接在曹雨辰身上做实验，担心一不小心就弄死了他。”

陈太元大喜：“这么说，‘归零’也可以是吸血鬼的剧毒啊！一针管子‘归零’注射下去，就算‘导师’或康俊彦那种升级版的也得跪啊！”

真是个好东西。

不过袁晴又给他降降热度，说：“可前提是你得有办法将‘归零’给他们注射进去。像你这样的奶油小生，哼，敢拿着注射器接近吸血鬼吗？”

陈太元笑了笑：“我是不敢，但雪姐是极限战士啊。等她醒了，给她几支‘归零’，岂不是等于多了一种强大的武器了？”

袁晴撇嘴：“想得美，你以为‘归零’是大白菜呢？这东西贵得吓死人，你卖俩肾都换不来一支。”

虽然袁晴嘴上这么说，但假如真的需要，实验室肯定会不吝赠予的，否则这研究还有什么价值。

所以当陈太元提出要求之后，袁晴并未拒绝。她答应回头弄几支“归零”送给陈太元三人做防身利器。

“下午还得去医院里面做研究，唉，可惜99局还是没人来，洪英的尸体不能带回京华大学实验室，真麻烦。”袁晴抱怨着。

她说的只是麻烦，但陈太元心中却是不解。因为已经过去了三四天，99局还是没人来，这太不正常了。要知道，整个岳东省办事处全军覆没啊，秦汉升和梁雪生死未卜，省城实验室被毁，99局总部一点儿都不关心吗?

市公安局也向省公安厅汇报了，但公安厅却无法和99局取得联系。他们的系统非常保密，只认识秦汉升和梁雪。

无奈之下，等待一天之后省厅干脆直接上报了公安部，而最后得到的回复是：99局正在执行极其重要的任务，无暇他顾。99局总部表示已经知道了岳东省办事处发生的情况，感谢警方的配合，随后他们会自行处理相关事务。

自行处理……既然99局要自己处理问题，可是为什么始终不见有人来？难道99局如此不在意下属工作人员的性命？难道不怕吸血鬼之祸疯狂蔓延，甚至造成大面积的恐慌?

“很不正常。”陈太元捉摸不透99局总部究竟在想什么。

袁晴悠悠地说：“连上头都说了，人家在执行‘极其重要’的任务呢。说不定是拯救全人类……”

“你就别瞎扯了。”陈太元撇了撇嘴，但心里却有点儿着急：原本他想等着99局派人过来，那么来的人必然会找“导师”和家族首领康俊彦。

这样一来，陈太元才能和吸血鬼保持关联。

可是现在 99 局一直按兵不动，这就导致陈太元几乎无处下手。

这也就意味着他找不到手机照片里的女子了。

这样的疑惑不解纠缠了陈太元一晚上。

第二天早晨，刚到单位的李晓芬忽然打电话过来：“老陈，不好了，出大事儿了！”

陈太元一边刷牙一边嗯嗯着，将手机音量调到最大，含糊不清地问怎么了。

李晓芬好像有点儿上气不接下气地说：“死了！秦汉升死了！他凌晨被暗杀了！”

“噗……”陈太元一口牙膏水喷了出来，怔在那里良久没有说话。

而李晓芬则急切地说：“局里面正在调查，但肯定是吸血鬼干的。他们既然来暗杀秦汉升，我担心他们也会对雪姐下手！你多提高些警惕……好了，不多说了，我还得去谋杀现场呢，真该死……”

陈太元仓促擦了一把嘴巴道：“等等，大体情况说一说啊，我也好有点儿准备。”

李晓芬于是简单介绍了一下，原来在正常情况下，单独一个病房的秦汉升很少受到打扰。而且由于状态恢复得不错，所以现在基本上以休养为主。因此，医护人员每隔两个小时才去检查一下。

今天早晨 8 点多，一名医生上班查房，发现秦汉升已经死了。

喉咙被利器切断，血液洒满了整个床单，简直把医生吓了个半死，当场号叫起来，惊动了整个大楼。

陈太元更加好奇：“早晨 8 点多才发现，医院每隔两个小时检查一次，那岂不是说天亮以后才下的手？”

这不是吸血鬼的风格啊，他们往往在夜里活动。

“不对吧，”陈太元继续说，“怎么是医生先发现的？你们公安局不是派了几个警察轮流保护吗？”

“不是这样的。当然，你这家伙总是能迅速抓到关键。”李晓芬说。

034

主动与被动

其实，医院发现秦汉升被杀之后当即做了两件事儿，一件是马上寻找警方人员，同时向市局打电话报警；另一件就是着手内部调查。

但是，两件事儿都出现了令人惊诧的结果。

首先，院方竟然找不到当天值勤的两名干警。最终还是通过医院的摄像头，发现两名警察竟然被一道黑影袭击，当场昏厥过去并被拖走。后来，在医院后面小树林的冬青丛里找到了他们，这小树林平时没人进来，更别提冬青丛了。

同时找到的，还有当夜的值勤护士！

这个护士负责秦汉升的病房，每两个小时进去检查一次。她是被弄晕了之后拖到这里的，所以秦汉升被发现死亡已经是天明之后。

“根据监控记录，凶手是凌晨 4 点多进来的。”李晓芬说，“那时候是大家最松懈、最疲惫的时候，所以护士缺失了清晨 6 点的那次查房，大家也没太注意。”

监控最后显示，一个身穿白大褂、戴着医生帽子和大口罩的家伙进入了秦汉升的病房。仅仅一分钟之后又走了出来，随后便不见了踪影。

根据凶手的大体影像可以判断出，袭击警察和杀死秦汉升的并非同一个人，也就是说至少有两个吸血鬼。这两个吸血鬼经过老罗和曹雨辰的辨认，证实正是康俊彦和“导师”！

袭击警察的是“导师”，而亲手杀死秦汉升的则是康俊彦。

好家伙，两个升级后的吸血鬼大魔头都来了，陈太元一边思索一边问：“那两名警察和护士怎么样了？”

“那个小护士被吸了很多血，现在正抓紧时间输血呢——幸亏是在医院里啊。唉，我那两个同事也被咬了，我看情况也不妙。”李晓芬为难地说，“你不是说，被咬过之后要在半个小时内医治才行吗？可从他们遇袭到现在都四五个小时了。老陈，你还有没有别的办法救救他们？”

陈太元一拍脑袋：“万幸万幸，等着，我这就过去。雪姐这里短期内不会有事儿的。”

说完，陈太元到对面叮嘱袁晴要小心，随后拿起一支“归零”跑了出去。真是万幸啊，刚刚研究出来的新成果，昨晚袁晴才从实验室里带出来，非常珍贵。

警察和护士是被咬之后有轻度感染，所以不需要太多。一支“归零”的剂量，足以提供给四个感染者使用。

救命的东西啊！

…………

但是在医院里，被咬的三个人却深深陷入了无边恐惧之中。两名警察更是干脆把自己铐在了椅子上。

所以，当李晓芬和局领导等人来到这里之后，一个个都愣住了。

“马局，按程序办吧，关到审讯室里观察两天，还是……”其中一个有些沮丧地摇了摇头。

李晓芬见状哈哈大笑：“瞧你们那㞞样儿！放心吧，京华大学的陈老师正带着他们刚研发出来的全新药剂赶过来。被咬之后一周之内注射，都能救回来，哈哈哈……本想看你们哭鼻子呢，哎，没想到你们俩还算条汉子。”

马局长在一旁叹道：“我觉得这件大案从头到尾，咱们简直是一步一个坎儿，唯独和京华大学合作、和小陈合作是最正确的一个选择。要不是同意他们一起研究，现在谁能来救咱们？万幸啊！”

不一会儿陈太元来到了医院。

“归零”是一支盛放在特制不锈钢注射器里的药剂，拔开前面的套头之后就可以直接使用，非常简便。每人注入 1/4 的剂量，而后再做血液化验。两个警察将信将疑，依旧忐忑不安。刚才他们的化验结果表明，血液中的红细胞呈现出惊人的变化，有点儿类似于溶血性贫血，但又似是而非，非常古怪，和曹雨辰的血液化验结果比较接近。

如今仅凭陈太元小小的一针，就能解决问题？

让所有人惊喜的是，化验结果显示——他们的血液完全恢复了正常！

陈太元点点头，心里松了口气——总算证明是有效的了！

有了“归零”，广大民众的恐慌情绪势必会大大降低！

被狗咬了确实可怕，但更可怕的是得了狂犬病，不是吗？

但是当“归零”出现之后，被传染的担心可以消除了，恐慌程度瞬间骤降一半。

“马局，警方可以再开一次发布会。”陈太元对马局长说，“对外公开宣布，我们已经掌握了医治办法……嗯，这样吧，我在发布会上做一个现场解说，以京华大学科研人员的身份出现，会更具有说服力。”

“好，我们马上安排！有了这个消息，想必雷泽市的市民基本上就安心了。”马局长刚才就想这么做了，只是不清楚京华大学的态度，现在陈太元主动提出，他真是求之不得。

而陈太元选择亲自出马，也有他自己的打算，他要主动寻找吸血鬼。他有信心，只要宣布自己掌握了消除C病毒的药剂，“导师”肯定会主动来找他！

到时候，他只要在家里等着吸血鬼上门就行了。看起来好似守株待兔般的被动套路，但实际上却非常主动。

给小护士注射了“归零”之后，陈太元来到了秦汉升的病房。此时病房已经被牢牢封锁，气氛压抑至极。

房间里，洁白的床单被血液染红了大片。秦汉升的脖子上有一道细细的伤口，很深，血液都是从这里流出的。

“应该是手术刀之类的利器划破的。”陈太元想，“从枕头的凌乱扭曲可以看出，秦汉升死前有过短暂的挣扎，或许意识朦胧之中感觉到了危险，但却没有反抗成功，毕竟他还处在昏迷中。”

看过现场的人都能脑补出那个恐怖的画面——吸血鬼用一只手按压住秦汉升的脸，令其不得动弹；另一只手拿着锋利冰冷的手术刀，在他的脖子上轻轻地一划……

035

守株待兔

黑夜，雷音山南麓更往南，一个貌似农家乐般的小院。一男一女对坐在院子里感受黑夜之中山风的吹拂，另一个身穿黑袍戴着半截面具的神秘人则从正屋走出，眼神凝重。

“导师”、康俊彦、谢青萍。

谢青萍的脸似乎有点儿难看，虽然吸血鬼的恢复能力惊人，但她被秦汉升击中了面部，脸部骨骼断裂扭曲，所以看上去丑陋狰狞。而且她现在的状态也很差，因为和陈太元战斗的时候，被“导师”吸食了血液，导致她的超自然能量下降了近半。虽然她心中非常记恨“导师”，可却敢怒而不敢言。

看到“导师”出来，康俊彦冷声说：“下一步你准备怎么办？现在你们的总体目标应该已经达到了。”

谢青萍则有点儿急切地说：“我建议马上出逃，尽快离开国境，再拖下去恐怕难以脱身。”胆量随着实力的降低而降低，她现在只想着赶紧脱身为妙。

“导师”摇了摇头：“我说过，你们想要出境根本没有什么难度，我有一万种办法把你们送出去，没出息！”

康俊彦冷笑：“是，你神通广大、手眼通天。可我们不同，我们只想活下去。邓普威、曹雨辰、洪英……一个个的都完蛋了，青萍上次也险些栽了。”

“导师”摇了摇头：“我知道你们逃离心切，但现在必须再做最后一件事儿。刚才雷泽市警方发布消息，声称找到了对付‘血源’的办法。甚至，已经将被咱们被咬伤的三个人全都治好。能够抑制‘血源’的药剂，你们应该知道这意味着什么。”

这意味着，C病毒的克星出现了。

“我们难得完成一次跨越式的进化。而我和俊彦更加难得，完成两次进化！”“导师”说，“但假如遇到了这种被命名为‘归零’的新型药剂，那么此前的一切努力和辛苦都白费了。我们会被瞬间打回原形，而且身体会因为反复变化而崩溃。‘归零’这种东西，是我们共同的敌人。”

谢青萍问：“这种‘归零’药剂，现在在……”

“京华大学生命科学院。”“导师”说，“一个姓陈的年轻学者，真是不怕死的小东西，竟敢在新闻发布会上出现，想出名不要命。”

康俊彦继续冷笑：“洪英活着的时候说，当时他配合你袭击了梁雪，本该看着梁雪等死。但是送到市公安局之后，竟然被一个叫陈太元的家伙给救了，至今不见踪影。秦汉升专门带人找过，也一直没找到。难道说，就是这个人？”

“没错。洪英还说，当初那个李晓芬被邓普威咬了之后，就是陈太元帮她治疗的伤口。”

“导师”微微点了点头，神色凝重：“不但能疗伤，还能研究出‘归零’这样的奇怪药剂，看来这个陈太元是有些真本事。我现在忽然对他感兴趣了。”

“你的兴趣点倒是不少。”康俊彦不屑地说，“此前还对那个什么夜游侠感兴趣，现在又对这个陈太元感兴趣了。”

只不过康俊彦等人不知道，夜游侠本就是陈太元。

“导师”并不理会康俊彦的戏谑，说：“无论是夜游侠还是陈太元，都会对我的行动造成障碍。这种人既然不是我们阵营的，就必须死。”

尽管心中诸多疑虑，但为了能神不知鬼不觉地溜出国境线，康俊彦和谢青萍还是答应最后一次出手，毕竟“导师”有帮他们脱身的本事。

“今天凌晨就动手，先找到这个陈太元。”“导师”说着，攥紧了拳头，“然后，也别忘了夜游侠。我有种预感，一旦找到这个夜游侠，获悉他修炼的办法，将会对我的进化产生很大的帮助。”

康俊彦当即表示拒绝：“不，抓到这个陈太元之后，我和青萍就要离开。什么夜游侠，要抓你自己去抓。”

“导师”微微叹息：“可是，我一个人实在很难抓到这个神秘的家伙。他的格斗实力非常强，不亚于你我。想要抓到他的话，你我联手都未必保险。放心，还有别的人手会帮助我们，今晚就到。”

看到康俊彦依旧拒绝，“导师”威胁道：“如果不干，出境的事情你们自己想办法，咱们谁也别帮谁！如果这次顺利的话，等你们出境之后，我再多给你们300万。”

康俊彦虽然有钱，但出境的事情却不是花钱就能搞定的，他和谢青萍不得不先答应下来。

果然不出陈太元的预料，他成功地成了吸血鬼们的目标。

…………

新闻发布会结束后，陈太元和李晓芬回到家里吃饭。现在李晓芬也喜欢上了有家的感觉，而且她和袁晴挺合得来，越来越像姐妹一般。

袁晴回来得稍晚，回家之后便把多出的那支“归零”交给了李晓芬。不锈钢注射器造型，针头上带着一个硬套。把这小套子拔开，便露出了一枚坚固异常、口径较大的注射针尖儿。推送的地方还有一个小小的卡子，只有将之打开才能推送注射。很方便随身携带，像是带着一支加粗的签字笔。

看着这支精致的不锈钢注射器，李晓芬有点儿发愣：“给我这个干什么，让我治病救人吗？”

“当然不是。你忘了？你现在是警方推出的英模代表，树大招风，平时多注意一下。这东西带在身上，万一面对吸血鬼的话，也能起到防身作用。你看见那针头儿没有？特制的，能扎进吸血鬼的身体。”

李晓芬哑然失笑：“第一次听说带着医用器械防身的。”

陈太元心中暗笑：少见多怪了吧？还有人随身带着手术刀和三棱针呢，只不过你不知道而已；而且其中一枚三棱针还救过你的命。

袁晴佯装生气：“不想要就快还给我，好贵的，姐姐我心疼得要死。”

“那就多谢啦。”李晓芬做了个鬼脸马上收了起来，白给谁不要啊，“对了，一会儿我再去单位里加个班，可能回来得晚一些，晴姐你别把门锁死呀。”

“怎么这时候加班？刚才没听你说。”陈太元随口问了句。

李晓芬嘴巴里塞满了饭菜，鼓鼓囊囊地回答：“这不是刚接到短信嘛，厅长明天要来这里督导案件进展情况，马局让我先准备一下汇报发言稿。”

“还有心思弄发言稿呢，死了那么多人呢。”袁晴咕哝着，她最不喜欢繁文缛节的东西，须知时间就是生命啊。

陈太元笑了笑：“晴姐你就别要求过高了。面对生猛恐怖的吸血鬼，上头有领导愿意冒着危险来视察就已经不错了。”

“哦，也是……”袁晴嘴上这么说，但其实心里并不认同。

李晓芬刚一走，袁晴大小姐又盯上了陈太元，不想让他回自己家。袁晴柔情似水媚眼如丝，搞得陈太元几乎想要直接举手投降。

连里面卧室里一动不动的梁雪都听到了。“你不许走！晓芬被叫走了，我一个人害怕。”梁雪真想起来吼一句：我不是人啊！

036

究竟是谁守株待兔

刚留下来10分钟，陈太元就后悔自己心太软，袁晴一会儿凑过来吃点儿零食，一会儿故意挨着他看电视。昏暗的夜灯下，袁晴就像一枚香软柔滑的大炮弹，试图一举攻克陈太元这座顽固的小堡垒。

“喂喂，陈大夫，腰有点儿酸，给按按呗。”

“没力气。”陈太元翻看着手机没理会。

袁晴不乐意了：“你这是什么意思啊？给梁雪按全身都那么来劲，凭啥给我按一会儿就不行啊？”

说着，她直接趴在了陈太元的腿上：“按！按不好就不许停。”

陈太元哭笑不得，只好用拇指和食指掐在了她后背的腰眼上。刚一轻轻发力，袁晴就忍不住娇哼起来：“好舒服，就这样，别停……”

陈太元一边阴险地笑，一边用手在她脚心上按了按，暗中发力按压几个加速犯困的穴道！终于，袁晴受不住困乏的诱惑，昏昏沉沉地睡了过去，连陈太元将她抱到床上都毫无察觉。

时间接近半夜1点，陈太元刚准备休息，却听到了门外似乎有动静。这个时间会是谁？

陈太元蹑手蹑脚到了门口，透过猫眼向外看，顿时来了精神。对面他那套房间的门，竟然从里面打开了一道缝儿！刚刚的动静就是开门声，这声音他太熟悉了。

门缝儿被推开得更大，一道身影闪现出来，轻盈而迅速，这不就是吸血鬼谢青萍吗？！

原来，谢青萍从下面偷偷攀爬上来，从窗户跳到了陈太元的家里。

敢只身前来，是因为“导师”和康俊彦都觉得，陈太元无非就是一个大学老师，谢青萍肯定是手到擒来。

可是谢青萍在这小房子里搜了个底儿朝天，也没找到陈太元的踪影。看来，当初洪英给的消息不错，陈太元没有住在这里。谢青萍想着，推门走了出来，并且转身将门关上。

但是谢青萍并不知道，自己的一举一动都在陈太元的眼皮子底下。

她没有选择乘坐电梯，而是走消防步行梯下楼。刚刚走进了 10 楼的防火门，陈太元就悄无声息地跟了上去。谢青萍也根本没有察觉到陈太元的存在！

陈太元的速度轻快而动静全无，让人怀疑他是不是像猫科动物那样，脚爪上长了肉垫。

一直走到了 8 楼，谢青萍继续转身向下走的时候，忽然感觉到了背后不对劲儿。她猛然转身一看，却没看到任何东西——因为陈太元速度比她更快，一直保持在她的身后！谢青萍转身他就转身，谢青萍走路他就走路。

而这一转身的刹那，给了陈太元出手的机会。

他左手一把抓住谢青萍的头发，狠狠地向墙壁上按压，右手则呈手刀状，猛然劈砍在她的后脖子上。

“轰……”谢青萍的身体虽然强悍，但陈太元的手劲儿更强。谢青萍直感觉到天旋地转，就像常人被狗熊拍了一爪子一样。她想奋力地呼号几声，但是神志好像有点儿不清楚了。

陈太元本想一记手刀将谢青萍直接砍晕，现在看她也只是有些神志不清，陈太元便掏出那支剩余了 1/4 的“归零”药剂，精准地刺入她的颈动脉，推送了进去！

这些剂量肯定不足以完全消除谢青萍体内的C病毒，但也能起到很大的作用，谢青萍全身的任何一个部位都会产生剧烈的反应。

果然，谢青萍感觉自己的脑袋天旋地转，分不清东西南北。舌头好像肿了，双手双脚像喝醉了一样不听使唤。

更令她害怕的是，她的身体也跟着发热滚烫起来。平时吸血鬼的体温比常人要低不少，但现在一下子升高到了40摄氏度，这是具有极强的杀伤力的。她感觉自己的身体快要变成一个大熔炉，滚烫的血液要将身体内的一切都彻底熔掉。

伴随着无尽的痛苦，随之而来的是浑身的酸软无力。

“俊彦救……救……”低声喊了几下，她的眼皮也沉重地垂下来，像高烧不退的病患那样昏昏沉沉地睡去。但即便是在睡梦之中，她也要承受着可怕的煎熬。

直到这时，谢青萍都还不知道是谁袭击了她。

“晴姐的判断不错，适量‘归零’注入之后，会让吸血鬼产生强烈的不适感，疼痛、嗜睡、昏迷……这种状态至少要持续几个小时。

“这剂量太少了，要是整整一支的话，说不定就能将她体内的C病毒彻底消除了。”

“现在该把她放在哪里呢？”陈太元扛起谢青萍开始琢磨。

放在袁晴那边肯定不行，还不把她给吓死啊。再说谢青萍只是暂时昏迷，等她醒过来，肯定会伤害到袁晴和李晓芬的。

陈太元估计此刻家族首领康俊彦就在楼下，刚刚谢青萍还喊他来救命呢。如果谢青萍长时间不下来，康俊彦会不会上楼来查看呢？

想到这里，陈太元扛起谢青萍直奔地下室。

陈太元用尼龙绳将谢青萍包裹成了粽子，在她的嘴巴上贴上了透明胶带。随后，陈太元再度取出了自己的那套夜行衣。被“导师”抓破的胸口已经简单缝补过。

他走到外面，在黑夜中静悄悄地观察，并未发现异常。于是沿着墙根儿转到楼后，因为谢青萍是从楼后攀爬上去的。终于在不远处，接近小区围墙的地方，一道蹲在冬青丛后的人影落入了陈太元的眼里。“地方选得倒是不错，可惜刚好在我常用的停车位旁边，也算你倒霉了，活该一眼就被看出来。”

陈太元正准备悄悄摸过去，谁知李晓芬竟然开着他的车加班回来了。

眼看着车子停下，李晓芬下车还来不及关门，一道瘦长的身影就出现在她的身边。

康俊彦无论如何也想不到，居然碰到了他们家族的仇敌李晓芬！

究竟是谁在守株待兔啊。

037

人山

原本康俊彦看见有车停过来，心里还很生气，车头刚好挡住了他观察 10 楼的视线。他刚要挪个地方，却发现车上下来的是李晓芬！

李晓芬，警界捕捉吸血鬼的大英雄！

康俊彦当即绕到李晓芬的背后，轻轻探手捂住了她的嘴巴，另一只手将她迅速推回尚未来得及关门的车里面。

李晓芬大惊失色，康俊彦则俯身在她面前，张开唇色发白的嘴巴，露出吓人的獠牙。

“小姑娘不要叫，否则我马上咬死你，吸干你的血……

“哎，还以为你有多么强悍呢，还说什么超自然的大英雄，啧啧，竟然就这点儿力道。看来公安局也是没辙了，用你来骗人的吧？但我就好奇了，你是怎么抓住曹雨辰的呢？瞎猫撞见死耗子？

“对，这样就乖了。我松开手，但你千万不要叫哦。如果你敢叫第一声，我伸手就能掐死你，不要拿自己的性命赌博。”

李晓芬虽然胆子不小，但此时也已经吓得花容失色，小脸蛋惨白惨白的。她快速地回忆，通过对方的容貌判断，她觉得和曹雨辰交代的那个家族首领康俊彦差不多。

“你是康……”

“看来曹雨辰那浑蛋都交代了啊。”康俊彦冷笑，“没错。既然知道我的身份，你那些小动作更应该停下，不要自讨苦吃！”

说着，康俊彦狞笑着抓住了李晓芬的手腕，他发现李晓芬正试图悄悄打开自己小腹上的挎包。康俊彦把手探入挎包，触摸到了一个冰冷的东西，一把警用手枪。

“找死吗？”康俊彦将手枪扔到了冬青丛中，而后一只手狠狠掐住了李晓芬的脖子，使得她的脑袋高高扬起倚在座椅靠背上，几乎喘不过气来。

“我没……”她奋力地挣扎着，但越挣扎越是感觉浑身脱力，动弹不得。

康俊彦再一次狠狠地警告她：“实话告诉你，就算是手枪对我也没用——哪怕你能击中我的要害。你以为，我是曹雨辰、邓普威那种货色吗？蠢货！”

说着他愤然松开手，准备坐到汽车的后排座上去等，而坐在前排的李晓芬只能乖乖听话。一会儿等谢青萍回来了，大家一起离开这里。

李晓芬大口大口地喘气，心有余悸，她觉得自己刚才已经接近死亡了呀，那感觉和上次邓普威试图咬自己的时候差不多。

可现在就算没被掐死又能怎么样呢？自己也成了困兽，毫无办法。而且她知道康俊彦没有吓唬她，只要她敢喊一嗓子救命，康俊彦肯定能当机立断一招杀死她。

该怎么办呢？手枪被扔掉了。

康俊彦可不是一般的吸血鬼，而是使用过升级版C病毒的。

刚才她试图打开挎包真不是为了拿枪，而是要去拿那支“归零”！

下午吃饭的时候，袁晴才把这东西交给她。虽然不知道是否真像袁晴说的那么神奇，但老陈说管用应该不会错吧，老陈可从没对她说过瞎话。李晓芬还是那样天真。

“归零”，现在是她唯一的防身武器了。可是她还是有些忐忑，不敢去拿。直到康俊彦站直身准备去车后门，她才迅速从挎包里取出这支不锈钢注射器，并且迅速去掉了前面的套头，打开了卡子。

正在李晓芬琢磨着怎么找机会把“归零”注射进康俊彦的身体时，一道黑影风一般扑杀过来。康俊彦惊讶之余反手一拳击出，手腕却被对方抓了个结结实实，紧接着对方则伸出一枚小小的手术刀，挡住了他进攻线路的同时，手腕一转，“唰”的一下割破了他的手背。

虽然只是轻伤，但却把康俊彦足足地吓了一大跳。最重要的是他的一只手被对方抓住竟然挣脱不开，这是何等强大的力道，普通人没这个本事吧。

“是你，夜……”惊讶之余的康俊彦还来不及做任何反应，他的屁股上又感到微微一疼。

是李晓芬！

没错，看到康俊彦和别人打斗起来，李晓芬不管三七二十一将注射器扎在了康俊彦的屁股上。足足用尽了全力啊，这才能勉强刺入，可见升级版吸血鬼的肌肉多么坚硬。而后她毫不犹豫地把一整支“归零”全部推送了进去。

“啊……”康俊彦咧嘴一号，反手扯住了李晓芬的衣袖，奋力一甩。于是她的身体不由得向前猛然倾倒，脑袋狠狠撞在了方向盘上。

“砰……”她晕倒了，不省人事。

不得不说，李晓芬的那一击也是非常致命的。当一整支“归零”推进去之后，康俊彦的身体就开始发生变化——“归零”的作用就是这么迅速而霸道。一股火辣辣的痛感从屁股开始蔓延，直至全身。他哪儿还有心情和夜游侠战斗，转身要逃，但是却被陈太元一拳砸中了后脑。好像被犀牛冲撞了一样，康俊彦只觉得自己的身体飞了起来，浑浑噩噩地分不清东西南北。

相反陈太元越战越勇，原本势均力敌的态势变成了一边倒的压制。

何况此时，“归零”的作用也越来越明显。康俊彦浑身剧痛，发高烧一般酸痒难忍，他的心理恐惧也越来越大。

这种状态下，怎么跟陈太元打？

“轰！”陈太元一腿扫中了康俊彦的腰，将他的身体狠狠撞飞到小区围墙上。这墙是一排不算太结实的水泥柱栅栏，结果被康俊彦撞断了好几根。康俊彦的抗击打能力极其可怕，他翻身起来一骨碌向外蹿出几十米，疯了一般冲向小区外那条小路的拐弯处。

陈太元当然要穷追不舍。当他跟着康俊彦冲过拐角后，迎面而来的是一股森寒刺骨的杀意！

不好……陈太元心中一声暗呼，堪堪挡住了对方的一击，双臂被震荡得酸疼。而当他躲过这场袭击之后，袭击者已经趁势挡在了他的后面，断了他的退路。

“导师”！

原来，康俊彦在小区里面策应着谢青萍，以备不测；而“导师”则在这条小巷子里的一辆车上等着，准备得手之后随时撤离。如果陈太元不在这里，他们将会一起到京华大学里寻找。

如今“导师”堵在了陈太元的后面，而浑浑噩噩的康俊彦则倚在前面那辆越野车的车身上大口喘息。不愧是升级后的吸血鬼，抵抗能力实在太强大了，一整支“归零”竟然没有让他倒下。

“没用的废物！”“导师”冷哼一声。

“是……是他们说的……‘归零’……”康俊彦气喘吁吁地为自己辩解。

“导师”的眼神猛然一收，凝视着陈太元：“朋友，你竟然拥有这种东西？”

哼，“归零”刚刚在京华大学里研制出来，夜游侠怎么得到的？难道说，夜游侠就是京华大学里面的人？又或者是警方的人？

“不是他，是……李晓芬……”康俊彦补充道。

“导师”心想这究竟是什么关系，有点儿乱啊。

不过无所谓，只要擒住了夜游侠，一切便都可以搞清楚。而且“导师”很有信心，因为在他一个手势之下，前面那辆越野车的后门打开，露出了一座“人山”。

这座“人山”让整条街道在瞬间陷入了一股暴烈的压制感，令人窒息。陈太元的心也“咯噔”一下，瞬间跌至谷底。

038

野兽凶猛

越野车的后面一排是放倒的，否则根本装不下这么一个超级大块头。也难怪他必须坐在后面，因为他根本进不去两侧的车门！

这是一个身高近乎两米二的壮汉，蛮横虬结的肌肉让他身上的霸道感数倍膨胀。他的身高等于世界级篮球中锋，再融合了世界健美先生的肌肉块，可以想象会形成何等恐怖的视觉冲击！

这家伙的体重肯定不下 300 斤。面对这样一座“人山”，无论吸血鬼还是陈太元，都变成了娇小的少年。

越野车震颤了一下，“人山”的一只脚迈了出来，宛如巨人踩踏地面。而当他走出来并且站直的时候，压制感又提升了一截。

光头，皮肤微黑，圈嘴胡子没有刮干净，留下了半厘米长的胡楂儿。穿着一条宽松的短裤，上半身则不着寸缕。而最让人在意的则是那双铜铃般的眼珠子，非常有神，在黑夜中闪烁着光芒。

看到陈太元有点儿惊讶，“导师”在背后得意地冷笑：“夜游侠，为了抓你，我可是花了不少的代价才把山奴请来助阵，算不算一个小小的惊喜？”

竟然是专门为了对付陈太元而请来的高手！

“山奴”？名字那么古怪，体形如山的奴隶？可这么一个大家伙会是别人的奴隶吗？怪事儿。

山奴一步一震颤地向陈太元逼近，在距离陈太元十几米的时候才停下，露出了一个残忍的笑意。他拍了拍大光头上阴森可怖的狼头刺青，咧嘴笑道：“听‘导师’说你小子有点儿奇怪本事，和‘那个修炼者’差不多。陪老子玩几招，看看你究竟有多少斤两。”

陈太元微微一怔，问道：“‘那个修炼者’是谁？”

上次和“导师”短暂交锋，就曾听“导师”说照片上的女子被带走了，而且是被一个“可恶的女人”带走的。而现在这光头“人山”说“那个修炼者”，说的是不是照片里的女子？难道他也认识她？

“导师”此时则打断了山奴的话，说：“别废话！你我联手，3分钟之内结束战斗。”

山奴点头狞笑着，忽然攥紧双拳猛然发力，令人目瞪口呆的情况发生了——

只见这家伙的身体发生了剧烈的变化，嘴巴向前突出了很多，身体的肌肉则开始夸张地膨胀，甚至皮肤上生长出细密的长毛！

他张开大嘴，向前突出了很多的嘴巴里露出了狰狞的牙齿。这不是他原来的牙齿，而是突然变出来的。

这……这还是人吗？

月光照在这座“人山”的身上，地面上的影子如同魔鬼般扭动，令人毛骨悚然。与此同时，强大的气息不停攀升，宛如地狱的魔王要破地而出。

短短几分钟，山奴完成了人类向野兽的变化。

陈太元和吸血鬼打过这么多次的交道，而且以前也曾见过僵尸，但像这种野兽化的怪物还真是头一次见到。

山奴晃了晃脑袋，咔咔作响。他露出尖锐的牙齿笑道：“胆子倒是不小，见到老子的模样竟然还能保持镇定。”

陈太元的鼻孔发出一声轻蔑的嗤笑，随后身体就好似一道利箭般冲向山奴。虽然对方的体形庞大，但体形并非决定战斗结果的唯一因素。

“砰！”

与山奴短兵相接的陈太元忽然低头俯身躲过了山奴的一记摆拳，趁势猛击山奴的小腿。这种体形巨大的怪物，下盘往往都是弱点。只要将其击倒在地，一切便都好说了。但是，陈太元想得过于美好了。他的腿结结实实地扫中了山奴的小腿，爆发出了沉闷的撞击声，但山奴却岿然不动！

相反，陈太元的小腿却一阵剧痛，像一脚踢在了铁棍上。他一个趔趄倒在地上。

“哈哈哈，力道还可以，比那个女修炼者强了不少。”山奴兴奋地笑起来，抬起一条腿猛然踩踏下去，脚心直奔陈太元的心口。

陈太元匆忙翻身滚动，堪堪躲过了这一记猛踩，但刚才躺过的那片地面上赫然多出了一个半寸深的脚印！

要知道，这是一条柏油马路。山奴好似一台猿形压路机！

让陈太元震惊的是，山奴虽然体形庞大，但却没有想象中的笨拙。相反，他的动作如同猿猴一般灵敏，至少速度快于普通成年人。可以想象一个拥有短跑运动员速度的庞然大物，是何等地恐怖。

更要命的是，“导师”也没有闲着。就在陈太元狼狈躲避山奴攻击的时候，“导师”也参与进来对其实施围杀。二打一，稳胜的局面，也许陈太元两分钟都难以支撑下来。

陈太元几乎陷入了生死一线的绝境。

不远处的越野车旁，康俊彦总算是松了口气，他钻到了汽车里，咕哝着：“王八蛋，这个山奴这么能打，竟然还一直让我们几个卖命……”

由此可见，康俊彦此前并不熟识山奴。

与此同时，李晓芬在车里晕晕乎乎地醒了过来。她昏昏沉沉地记得，似乎有人和康俊彦打了起来，她趁乱在康俊彦屁股上扎了一针。随后，她就昏迷了。

那个人到底是谁呢?

“人呢? ”李晓芬诧异着，忽然被吓了一跳。看清楚身后两个人影，她这才长长地松了口气，是小区门口的两位保安。这两位听到打斗声，跑来一看，一位女警察竟然被打晕了，趴在方向盘上。

连警察都被打晕了，太可怕了……这俩保安没敢擅动现场，甚至不敢触碰李晓芬，只是急忙拨打 110 报警。所以，此时警察们已经在赶来的路上了。

“姑娘你没事儿吧? ”一个保安大叔惊讶地询问，“我们担心……没敢扶你，但是报警了。”

“没事儿，谢谢你们。”李晓芬揉了揉疼痛的脑门儿，大事儿没有，但脑袋好疼，脑门儿上肿了一个包呢。

“哎呀，我的枪！”总算想起来了……李晓芬马上跑到对面的冬青丛里，扒拉了好久总算找到了自己的手枪。吓死了，要是丢了枪责任可就大了。

手里握着枪，胆子也就大了些，她回忆着昏迷之前的情景，好奇地想：康俊彦到哪里去了? 谁救了她一命呢? 说不定是……夜游侠?

想到最后面这三个字，李晓芬的眼睛顿时冒光。是的，一定是这家伙吧，不然谁打得过升级版的吸血鬼康俊彦呀！

可是，夜游侠和康俊彦去了哪里? 而且自己那一支“归零”好像全注射到康俊彦屁股里了，起作用了吗?

039

人间灾难

就在李晓芬胡思乱想的时候，夜游侠陈太元正在绝望中鏖战，险情连连。

拳打脚踢都不顶用，手术刀也根本伤不到对方的要害。

陈太元好不容易把手术刀捅到了山奴的心口，刀头都已经全部捅了进去。要是换作常人，心脏已经受损了；但这么“浅”的伤口，在这座“人山”身上根本没啥反应。

唯独有一次手术刀险些刺到山奴的眼珠子，但这引发了山奴更大的怒火。

一次次徒劳的攻击，反倒给“导师”制造了很多袭击的机会。陈太元身上多处受伤，举步维艰。

“小子你认命吧！”山奴越发狰狞起来，“虽然‘导师’这王八蛋希望抓活的，但你要是再不束手就擒，老子可不管这些了！”

“山奴！”“导师”微微一惊，试图制止。他这么大费周折地把山奴请来，可是为了活捉夜游侠的。但是陈太元的麻烦程度超乎了他的想象，直到现在依旧难以拿下，反倒还给他们制造了几次不小的危机。

眼看着山奴渐渐狂躁起来，“导师”的话对他已经不怎么起作用了。陈太元不知道的是，山奴的“兽化”是有时间限制的，也是有代价的——

他的兽化时间最多不过半个小时，随着时间的延长，他的神志会越来越模糊，越来越失去理智，越来越接近于一头真正的野兽！

也就是说，山奴随时会变成一头没人能驾驭的疯狂野兽。而陈太元在他身上划出的多处伤口和飞溅的鲜血严重刺激了他，加速了他失控的进度。

“浑蛋，这家伙已经不是人了吧，我才不跟野兽打架，恕不奉陪。”陈太元决定不再恋战，尽早离开。

终于，一个难得的机会来了——陈太元苦心腾挪，使得三人的站位出现了一定的问题，山奴那庞大的身躯一转身挡在了陈太元和“导师”的中间！

好机会！陈太元心中暗呼一声，扭过头风一般向后飞奔。而“导师”想要追击他就必须先绕过那座“人山”，势必晚了一步。而更让“导师”破口大骂的是，山奴竟也甩开膀子疯狂追击陈太元。

并不宽敞的小路，山奴像一台推土机般往前推进，身后的“导师”速度再快也无法施展。

所以，陈太元奋力奔跑之下竟然拉开了 30 米的距离。当“导师”终于绕过了山奴，也已经晚了一步。

“好险啊……”逃出必杀之局的陈太元心有余悸。幸亏康俊彦那浑蛋被晓芬给弄晕了，否则三人联手，陈太元便绝无任何生还的机会。

就在胡思乱想中，陈太元的眼前猛然亮了起来。昏暗的路灯早被甩在了身后，面前呈现出的是……一个烧烤广场！！

虽然已经到了秋季，而且还是凌晨，但大排档的顾客依旧不下百人。

不好，发了疯的山奴如果追过来，一定会造成“大屠杀”，他随便抡起一拳，就能轻松砸碎一个壮汉的脑袋；一次不费力的碰撞，就能撞飞一个成年人。想想刚才在柏油马路上踩出的脚印……画面可怕得无法想象。

陈太元咬着牙猛然停住，险些撞在了一个醉汉身上。

“赶紧滚！”陈太元骂了一句，但醉汉怎么能听明白呢？他只好一把抓起这个满嘴酒气的家伙举过头顶，猛然扔到了对面。不管怎么说，你不能挡着山奴的路啊，否则肯定被瞬间撕成碎片。

现在陈太元已经不能继续向前冲了，他改向右，沿着烧烤广场的边缘行进，希望把山奴吸引过来。

但是已经晚了。

失去理智的山奴看到烧烤广场烟雾缭绕，第一反应就是……吃！

还真是野兽的做派啊，进食和交配永远排在最优先的位置。特别是闻到那扑鼻的烤肉香气之后，这狂兽毫无理智地冲过去，抓起一张桌子上的铁钎子，一口撸掉了三个大串儿！

“王八蛋，找死啊你！”吃饭的一个痞子头晕沉沉地怒骂，抡起一个啤酒瓶子就站了起来。

山奴挥起手中的烤串儿铁钎子，“嗖”的一下全都扔在了痞子身上，痞子的肚子上顿时被穿了好几个血窟窿，惨叫连连。

而山奴则一脚踢飞了那张小桌子，酒菜哗啦啦地飞溅得到处都是。大家的眼光都被吸引了过来：一个恐怖的庞大身影跨步飞奔到烧烤箱前，抓起半生不熟的肉，肆无忌惮地往嘴巴里送。

烤串儿师傅吓得半死，回过神来抱着脑袋乱窜。山奴则疯劲儿十足地一脚把两米长的大烤箱踢飞，炭火撒落四周，烧伤了不少顾客。

好像是吃饱了，山奴开始把魔爪伸向了周围的人群。此时，他已经沦为一头疯狂的野兽了。

意识到危险的人们四散逃窜，可他们的速度哪儿有山奴那么快?

“砰！”山奴抓起两个人撞在一起。一个人直接撞死，另一个则撞成了半残。

人砸人的“游戏”极大地刺激了山奴，他兴奋地去抓另两个人。

对这头狂暴的野兽而言，这只是一场有趣的游戏。

而对现场的人类而言，这是一场人间灾难。

040

两边战场

“山奴，滚回来！”不远处的“导师”怒吼道。浑蛋，杀普通人有什么意义和价值？而且，夜游侠肯定已经逃脱了！

但是山奴根本没有理会，疯狂的能量在体内流窜，支撑着他一切不可理喻的行动。

“导师”万分着急，但也不能冲过去制止山奴，那样他也会暴露在众目睽睽之下。而且，就凭他的力气，短时间内也控制不住山奴。

就在这时，警笛声也已经越来越近。不宜久留了……“导师”咬了咬牙。

这些警察是和李晓芬碰过面后赶来的，指挥中心的电话指示——烧烤广场出现了异常怪物！有市民报警称，一个猿猴模样的怪物在烧烤广场肆无忌惮地伤害群众性命。

这些警察都傻眼了，瞧瞧人家晓芬同志，虽然被打晕了，但真敢和吸血鬼正面战斗啊！

是的，她被吸血鬼给打晕了，但吸血鬼也被她注射了一管子药剂，大家算是“打平手”了吧？而且李晓芬说，这是吸血鬼的家族首领，比那个曹雨辰厉害多了。

李晓芬声名在外，亲自带队去烧烤广场围捕猿形怪物自然当仁不让。

…………

听到警笛声越来越近，烧烤广场附近的“导师”也心觉不妙。发疯的山奴没个十几分钟不可能消停下来。而康俊彦昏迷不醒，谢青萍更是杳无音信。

“这群成事不足败事有余的混账东西！”“导师”暗骂一句，转身奔回来时开的那辆越野车。要赶紧开车离开这里。至于山奴，他决定舍弃！

没错，舍弃。

虽然山奴的战斗力非常强，但现在看来也就是一个没脑子的畜生。这种混账东西，还不如康俊彦这样的狗腿子好用呢。而且山奴知道“导师”的秘密不多，又不是他的嫡系手下，反倒是康俊彦不能留给警方。

而且康俊彦被注射了“归零”，这可有极大的价值，正好可以带着他回去研究，说不定就破解“归零”的奥秘了。

至于谢青萍，算了，她的价值还没山奴高呢，去死吧。

只不过当“导师”返身接近那辆越野车的时候，却发现警方提前一步到了那里。李晓芬正带着警察在车前车后查看，结果发现车里面躺着的可不就是康俊彦吗？！

哈哈哈，浑蛋，刚才你还威风八面的，现在倒霉了吧。一看你这副㞞样儿就知道“归零”起作用啦！

虽然“归零”让康俊彦头昏脑涨、浑身滚烫，但他毕竟升级过，迷迷糊糊之中听到了动静，也感受到了威胁，于是他强醒过来，露出尖锐的獠牙疯狂扭动，蹿出了越野车。

一个胆子最大的警察试图去制伏，因为他听李晓芬说已经把“归零”

注射到他身体里了，吸血鬼的战斗力应该会大打折扣。哪知道刚刚接近过去，就被康俊彦随手一爪子拨开。

随意的一拨，身高接近一米八的壮汉就被拨得陀螺般转了好几圈，“扑通”一声滚落在地，还摔折了一条胳膊。

好家伙！人家说老虎吃刺猬无处下口，现在的形势是一群小兔子要吃刺猬，更无处下口，而且力气也没“刺猬”大。

李晓芬二话不说掏出了自己的手枪，毫不犹豫地开火猛轰！

“砰砰砰……”

她知道，自己想打也打不死康俊彦。这种枪除非打中心脏，才能重伤曹雨辰或谢青萍那样的吸血鬼。而对付康俊彦，哪怕是心脏部位都够呛。当然，打眼睛上肯定能打瞎，但晓芬不认为自己的枪法有那么好。

她现在对准康俊彦的脑袋，想要通过子弹的强大冲击力带给康俊彦剧烈的脑震荡。反正康俊彦已经昏昏沉沉了，不信这么大的冲击力不能打晕了他。

果然，在子弹的强势冲击下，康俊彦的脑袋仿佛被棍子捣了好几次——“归零”的效能同时在他体内四处作乱，他的防御系统已经彻底崩溃。

“扑通！”

在挨了四枪之后，这个吸血鬼家族首领终于倒地陷入昏迷。

李晓芬拿出手铐把康俊彦反手铐了起来，她怕一个手铐不顶用，又马上招呼同事再拿来两个。

看着果断行动的李晓芬，警察们都叹服了！

要说以前那些事儿，被邓普威咬伤，但最终没死；活捉了曹雨辰；还有刚才李晓芬自己说的，将一支“归零”注射到康俊彦身体里……大家其实都有些半信半疑，但这次可是亲眼见到啊！

面对吸血鬼的家族首领，李晓芬毫不畏惧，“砰砰砰”几枪将康俊彦直接撂倒！动作干净利索，态度从容大度。

果然是保护市民的超自然大英雄。

但李晓芬没想这么多，她指挥着大家把康俊彦送到警车上，要带回去交给老陈和晴姐好好研究。现在，她对京华大学的科研力量才真的佩服了。

“留下他，饶你们不死。”不远处的路灯下走来一道黑暗的身影，戴着半截的面具，声音低沉地叫住李晓芬。

所有人都为之一惊，警察不由得拔出手枪。李晓芬示意大家不要轻举妄动，因为她知道对面的这个人就是“导师”。警方的枪械根本打不中敏捷如鬼魅的“导师”，就算偶然打中了也打不死。

“‘导师’？”李晓芬虽然紧张，但表面上保持着镇定。

“李晓芬吗？康俊彦说，是你把‘归零’注射到他身体中的？有种。既然撞上了，那么跟我一起走吧。”

李晓芬顿时心中叫苦：哎呀妈呀，这要劫走我吗？现场这些同事肯定拿不下这个变态的家伙。就算摆出人海战术，几十把枪对着“导师”猛轰齐射，能有用吗？

可笑的是，听到两人高冷的对话，围观警察们都在暗暗佩服李晓芬……

而烧烤广场这边，陈太元眼看着被遗弃的山奴兽性大发，只好回去救场。在众人的惊恐和战栗中，他如同一只大鸟扑落下来，膝盖狠狠砸击在山奴的后脑勺。

“轰……”就算山奴这么强壮的身躯，也被陈太元的奋力一击撞得头昏脑涨。庞大的身躯晃悠了一下，险些跌倒在地上。

“夜游侠！是夜游侠！”有不少人已经惊呼起来。

陈太元心想你们别抱太大的期望，这座“人山”可不好对付呢。

两边战场上，陈太元和李晓芬都如大英雄一般耀眼。而事实上，两人的形势都危在旦夕。

041

似乎轮到我了

夜游侠的出现极大地振奋了大家，也稳定了现场的形势，然而陈太元的心头却并不轻松。

现在最紧要的是把山奴从人群中引开，否则他随便向身边的任何人出手，这个人都会被一撕两半。

“给我到这边来！”眼看着山奴又要去抓一个少年，陈太元飞身上前一脚飞踹在他的后背。山奴庞大的身躯晃了晃，而后便愤怒地转过身。险些被他抓到的那个少年惊号连连地跑开了。

连续被陈太元击中两次后，山奴也终于被激怒，注意力完全集中在了陈太元的身上。

此时陈太元引导惊恐的群众：“大家尽量向东跑，能跑多远跑多远，否则会被殃及！”

向东，因为他拦在了山奴的东边。假如山奴想要去追那些人，就必须先通过陈太元的阻击。

所有人慌不择路地向东边跑，开车的、骑自行车的、骑电动车的都纷纷撤得远远的。

正在鏖战的陈太元还不知道，他“夜游侠”的名气和人气正在暴涨。警方发布会的信息得到了确认，太多人亲眼看到了这位游弋在城市黑夜之中的神秘侠客。

和山奴游走打斗了很久，陈太元只想快点儿带他离开这里，但是最让他头大的是，他根本无法伤害这个犀牛般坚硬的家伙！

甚至有一次陈太元豁出去一脚踢向了山奴的裆部，山奴竟然也没有太剧烈的反应！也就是说，踢在他这里，和踢在其余的部位没什么区别。

而且陈太元隐约感觉到，自己踢到的地方似乎……很“平整”。

山奴阴森地狞笑，露出狰狞的獠牙低吼道：“吃惊了吗？杂碎，为了能够成功接受兽化实验，老子早就被阉割了。你这就是找死！”

说着，山奴一拳砸了过来。陈太元想要躲避，但那只脚却被山奴的双腿死死地夹住。于是陈太元只能向后猛然仰身，手中的手术刀猛戳进山奴的小腹，向上猛然一划。虽然没有伤及要害，但产生的痛感还是让山奴的双腿一松。陈太元趁机撤身，狼狈地退开了好远。

陈太元笑了笑，低声道：“说到底，原来是个不男不女的阉货。不过要是将你拿下了交给实验室，我想他们会更感兴趣的。”

听到这话，山奴更加狂躁地向陈太元进攻。他越是狂躁，陈太元就越能够相对轻松地周旋着，好像一头狼围着一头牛转悠，找到机会就上去咬一口。

山奴愤怒的咆哮声震荡着夜空，陈太元则灵敏地与之周旋应对。

根据自己的知识结构判断，像山奴这样的兽化变身肯定会有时间限制吧？就算是机器也不能没有歇着的时候。吸血鬼战斗时间过长也要吸食血液作为能量补充的。那么，山奴肯定也不会无限制地使用这种变态的战斗模式。

那就只能等。等待可怕模式的结束。

“导师”为什么久久没有出现？放弃这个四肢发达、头脑简单的蠢货了吗？听到刚才来时那条小街上的枪声，陈太元猜测，难道警察和“导师”遭遇了吗？

枪声一开始很有节奏，而且应该是同一把枪发出的（李晓芬射击康俊彦那次）。后来枪声就凌乱了，似乎很多把枪一同射击。持续射击的时间很短，随后爆发出了更加沉闷的枪响。听上去只有一把枪在射击，但却很有压制感。

究竟发生了什么？

事实上，正如陈太元所猜想的那样，李晓芬指挥着大批同事一起开枪射击。诸多火力一同喷射，总能对“导师”形成不小的威胁。不过，“导师”可真是个超级棘手的狠辣货色，身体跳转腾挪好似灵猫，绝大多数的子弹都打空了。偶尔有那么两枚子弹打在他身上，也没有造成任何实质性的损伤。

无论速度还是防御力，都把现场的警察们震撼得眼珠子发直。

枪林弹雨之中，“导师”一步步地向前逼近。

形势似乎不太妙啊……李晓芬心中焦急，眼看着“导师”风一般扑杀过来，而且首要目标就是她。她硬着头皮站起来，正要不顾一切地把枪里面的子弹打干净，谁知另一道枪响在她身后爆发了。

是那种久违了的、大口径的特制手枪，而且枪法非常精准，连续两枪击中了“导师”，每次都让“导师”的身体为之一滞。当然，“导师”也明显感觉到了不一样的威胁，他停止了野兽般的高速奔跑，站直了身体直视李晓芬的背后。

李晓芬木讷地转过头，目瞪口呆地看到了一张熟悉的脸。

这张脸让李晓芬觉得有点儿梦幻，险些双腿一软瘫倒在地。那人拍了拍李晓芬的脸蛋，冰冷如霜的脸上露出了难得一见的笑意："退后，现在轮到我了。"

是梁雪！

042

无枝可依

梁雪的出现大大出乎了李晓芬的意料。她苏醒的时间远远早于陈太元的预期，也许是被外面密集的枪声吵醒的吧。她二话不说拿着她的特制手枪冲了出来，循着枪声找到了李晓芬。

她那大口径手枪的火力还是很猛烈的，打得"导师"不得不中途停下。而其余的警察也都愣了，转身看着这个突然出现的神秘女人。

"梁主任！"警察们也都认出她来。

"雪姐你……你总算醒了！"李晓芬简直要喜极而泣。

梁雪将晓芬拉到身后，微微颔首说："我醒了，状态不错。你先带着同事们退后，我来会一会这个家伙。"

说着，梁雪将手枪收了起来，摆出了一个俯身冲击的架势。

而对面的"导师"冷笑说："梁雪，你能活过来确实让我吃惊。不过你要跟我斗？忘了自己是怎么差点儿死在我手里了吗？"

"刚好来找你报仇！"说完，梁雪化作一道残影，"嗖"的一下冲向了“导师”，速度似乎比以前快了很多。

“导师”心中一惊，仓促之中单掌平推，试图阻击梁雪的凶猛攻势。而梁雪临近之后则一拳直击，竟然依仗着巨大的冲势，将“导师”狠狠地震退了几步！

“导师”大惊：这女人哪儿来这么大的力道？和上次完全不同。这种实力已经远超秦汉升和当初的梁雪，完全是一个崭新的高度。

“感觉如何？”梁雪冷笑着，拳打脚踢越来越密集，连“导师”都感觉有些应接不暇。不仅仅是力道增加了，连出手的速度也快了很多。

现在梁雪的实力和“导师”大体在同一个级别，堪比升级后的吸血鬼！

梁雪在这次重伤垂死之后，完成了破茧成蝶的巨大蜕变，简直不可思议。

原来在这次漫长的生死挣扎中，梁雪的生命潜力几乎被全部激发了出来。而陈太元的治疗同样起到了推进作用，治疗以一种神奇的方式改变着她的躯体，也进一步拓展着她的潜力极限。特别是陈太元掌心散发到她全身的那股气，让身体总处在生机勃发的状态之中，妙不可言。

难怪有人说濒死之际最容易激发潜能。

“给我跪下！”梁雪那曼妙的大长腿自上而下一记下劈，势大力沉。“导师”惊讶地双臂格挡，却愣是没有挡住，反倒险些被梁雪的鞋底擦花了脸。

“竟然厉害了这么多，奇怪，你身上究竟发生了什么？！”“导师”大惊失色，转身冲向了大批警察。

梁雪自然不敢有所闪失，生怕那些警察会被“导师”伤害。仓促之中去追击，还是被“导师”抓住了一个警察，一只手死死地掐在了那个警察的喉咙上！“导师”已无心恋战，他估计再拖延一会儿，自己会无法脱身。

“你还要不要脸！”梁雪怒了，“你挟持一个普通人算什么？”

“导师”根本不管要不要脸，冷笑说：“别跟着。5分钟内如果敢跟着我，他必死无疑。”

说着，露出尖锐的长牙在那个警察的脖子上轻轻比画了一下，而后抓着他转身而去。站在原地的警察也都束手无策，纷纷放下了手中的枪。

看着“导师”一副得意的模样，梁雪气得忍不住向前追了几步。“导师”马上停下来，将手中的警察猛然抓高，而后另一只手抓住他的手腕，“咔嚓”一声给掰断了！

梁雪不得不再次停下。“导师”这是用实际行动告诉所有人，他真的会毫不顾忌地杀死任何人，不要挑战他的底线。

于是，“导师”带着警察人质绕过了街道拐了个弯，然后在被掐晕的人质的脖子上狠狠吸了一大口血，这才消失在茫茫黑夜之中。5分钟，足够让他这种速度的怪物逃得无影无踪。所以当梁雪和李晓芬他们来到拐弯处时，只看到那个受伤昏迷的警察，根本无从追踪“导师”。

“这种无耻的黑暗种，连身份脸面都不顾了。”梁雪气得脸色发白。

李晓芬撇了撇嘴：“真是什么下三烂的手段都使得出来，这种罪犯是最难对付的。”

梁雪微微点了点头，道：“算了，你们在后面跟着，那边似乎还有打斗声，我去看看。”

旁边一个警察报告说：“刚才接到指挥中心的电话了，说那边的烧烤广场出现了怪物。长得很猿猴一样。”

梁雪顿住了脚步，脸色微微一变，而后加速奔了过去。

李晓芬则马上联系袁晴，让她给那个受伤的警察注射“归零”，同时和大家一起赶往烧烤广场，看看那边究竟发生了什么。

当梁雪赶到烧烤广场的时候，这边的战斗也已经结束了。

她远远地看到一个庞大的身影轰然倒下，像是一座山倾颓一般。这座肉山对面站着一个普通体形的男子，戴着黑色的头罩——夜游侠。

看到对手倒下，夜游侠又似乎向小街这边看了看。当发现大批警车开过来的时候，夜游侠悄然撤离，就算梁雪也追之不及。

这家伙究竟是谁？身影和体形总觉得很熟悉。梁雪心中暗惊，以为是自己的错觉。

倒下的山奴已经恢复了人类的模样，浑身因为虚脱而昏迷。应该说陈太元依靠拖延战术，硬生生地将他的力气彻底耗干，使他油尽灯枯。

"锁起来，抬到车上！"梁雪觉得山奴的价值是巨大的，从他身上肯定能查到更多的东西。

…………

警车一辆辆开走了。梁雪点燃一支烟，深深地吸了一口。刚刚醒来就到这边"赶场"，直到现在才得以好好地体会一下什么叫劫后余生。她现在最该做的是联系99局总部。昏迷中她不止一次听到，秦汉升死了，但99局总部却始终没有派人来，这太不正常了。按理说，以她和秦汉升在99局的身份和地位，再加上岳东办事处的重要性，总部不可能置之不理。

难道他们已经被总部遗忘了？怎么回事儿？

梁雪越想越心惊，禁不住打了个小小的寒战，心中空荡荡的，仿佛灵魂和信仰都被抽走了。

没错，99局就是她的依靠，她的信仰。但是现在，没了。

她觉得自己像是一只孤零零盘旋着的寒鸦，无枝可依。

轻轻踩灭了烟头儿，梁雪忽然想到了一个人。她也不知道怎么会突然想到他，一个能让她的心微微感觉温暖的人。

第四章

043

承认

梁雪借了李晓芬的手机拨通了一个熟悉的号码，这大半夜的竟然轻易接通了。

“你在哪里？”梁雪问。

电话那边，陈太元的语气平淡中有些欣喜：“你竟然醒了？看来我的治疗手段相当牛啊，你怎么谢我？以身相许吗？哈哈！”

“你在哪里？”梁雪有点儿死心眼地继续问，一字不差。

她起疑心了。

“我啊，在家呢。”陈太元笑着说，“你赶紧下楼，我给你看一个大宝贝。”

梁雪一愣：下楼？难道不在房间里吗？

其实陈太元在烧烤广场上，已经远远看到梁雪的身影了，但他现在只能不动声色地演下去。

“什么大宝贝？”梁雪愣道。

“一个吸血鬼！我说我抓到了一个吸血鬼，谢青萍，你信不信？早就说过嘛，我可是一个真正的武林高手，你们偏都不信。”

袁晴也早就醒了，正准备去京华大学取一支“归零”回来给被咬的警察注射。好在“归零”在一周之内注射都没问题，故而倒不急在一时，于是大家都暂且凑在了一起。

看着地面上依旧昏迷的谢青萍，梁雪不知道说什么才好。倒是袁晴兴奋地拍手称赞：“厉害，我们小元元果然是武林高手，连吸血鬼都能拿下！”

“你动点儿脑筋好不好！”梁雪吼起来，“他一个普通人，打得过吸血鬼？见了鬼了！陈太元，你小子有问题。自从第一次和你打交道，我就知道你有问题。”

李晓芬也瞪着眼睛，狠狠地点头：“老陈你肯定是有问题。”

陈太元拿出那支空了的注射器，在手中晃了晃说：“瞧，主要是因为我把这东西推送到她身体里了。‘归零’啊，很厉害的，晴姐可以做证。”

袁晴是陈太元的盲目支持者，得意地说：“没错，这东西就是吸血鬼的克星。”

克星？！就算这药效再霸道，你也得能把它注射到吸血鬼的身体里再说。行动敏捷、力大无穷的吸血鬼会老老实实站在那里让你扎针吗？

还是不信啊……陈太元在谢青萍的鼻子下按压了一会儿，又在她心口推压了一阵子，于是谢青萍总算哼哼呀呀地醒了过来，但身体依旧极其虚弱，发着高烧。“你们……是谁偷袭了我？”谢青萍的身体被死死地捆绑着，却咬着牙虚弱地逞强，“要不是被‘导师’吸了血，我才不会中你们的招……”

陈太元大喜，但表面却假装失落地一掌拍晕了谢青萍，说：“唉，还以为自己真的能打败吸血鬼了呢，原来就算是偷袭得手，也只是击败了一个实力减半的，太消磨英雄志气了。”

梁雪和李晓芬当然还是不信，只有袁晴真的以为陈太元很失落，当即拍着他的心口说：“别灰心啦，已经很了不起啦！真爷们儿，姐就喜欢你这样的，好有安全感哦。”

而梁雪则不依不饶：“你给我疗伤的方法又是怎么回事儿？别说虚的，我能感觉出那种方法很神奇。以前我从不相信所谓的修炼能达到如此高深的地步，但是现在……我说不准了”。

“其实晓芬被咬的那次，邓普威中了一针，这是我们实验室事后解剖检查出来的。而那天晚上，你和晓芬、邓普威几乎同时出现。你说，我能不怀疑你吗？

“你一枪轰碎了邓普威的心脏。好吧，你解释为凑巧，但凑巧的事情也太多了，这不得不让人怀疑。”

梁雪说的都是猜测，但句句在理。

“针？你是说吸血鬼尸体里的钢针？乖乖，洪英那家伙的尸体解剖的时候，他的眼睛里也发现了钢针呢。当然，我只以为是夜游侠干的，所以也没在意。”袁晴忽然想起来。

那天为了救秦汉升，陈太元紧急之中用钢针扎瞎了洪英的一只眼。

梁雪和李晓芬都怔住了。

“这么说，我被邓普威咬的那一次，也是夜游侠救的我的命喽？”李晓芬这才回过味儿来。

袁晴惊讶地捂住嘴巴：“小元元，那天晚上你恰巧也在雷音山吧？哈，又凑巧了哦！我可记得很清楚，那天我来这里，而你去那边查看……瞪我干吗？”

梁雪冷笑：“今天夜游侠大战山奴，你恰好也不在房间里吧？虽然你说是去擒拿谢青萍，但假如你就是夜游侠的话，对付现在的谢青萍也只是分分钟的事情。那么，剩下那么久的时间你干什么去了？每一个可疑的时间段，你都不在我们所有人的视线之内。”

陈太元揉了揉脑门儿苦笑：“你们这是三堂会审啊。”

“没人审问你。你爱说就说，不爱说也别兜圈子，没意思。”梁雪冷哼一声，转而对李晓芬说，“咱们走，我怕那个壮汉和康俊彦醒来之后，你们警察对付不了。至于袁晴……哼，去拿你的‘归零’吧。咱们走着瞧，早晚找你算账！”

袁晴咂了咂嘴巴，有点儿心虚地咕哝着：“怎么了这是，瞧这凶巴巴的，对着我撒什么气啊？”

李晓芬则有点儿不舍地看了看陈太元，问梁雪：“那他呢？没招供呢。”

陈太元狠狠地瞪了她一眼。

梁雪头也不回地说道：“还能跑了他吗？有些话不说就算了，咱们跟他做一个了断。”

怎么了断？这话听着不是个好兆头。梁雪可不是懵懂的晓芬，也不是花痴的袁晴，她可不好糊弄。

果然，梁雪冷声说：“陈太元，从现在起你被我开除出专案组。晓芬，以后专案组里的任何情报信息不能对他透露一星半点儿，否则按泄密处置。”

“好！”李晓芬不经大脑地支持，但随即一愣，“为什么呢？”

“这家伙一直神神秘秘的，千方百计地贴近吸血鬼的案子，肯定另有图谋，以为我看不出来？不老实是吧，那就不带你玩儿了。对了，一会儿审问康俊彦和那个壮汉的任何笔录，不准向这家伙透露半个字！”

“好嘞！”李晓芬兴奋地看着陈太元，玩儿心大起。

陈太元赶紧求饶：“真恼了啊，还结成同盟了。晓芬不要叛变，你得站在我这边才对，咱们认识得早。”

“可我也想知道你的秘密啊。”

面对态度强硬的梁雪和拎不清的李晓芬，陈太元终于承认：自己就是夜游侠。

袁晴和李晓芬都惊呆了，这么一个书生模样的家伙，竟然会是神出鬼没、身怀绝技的夜游侠?

反倒是梁雪既不惊讶也不好奇，竟然如释重负地松了口气，仿佛心头的一块巨石落了地，又像找到了一个真正的依靠。原本因为和 99 局失联而产生的空虚失落，瞬间被陈太元填满。

袁晴说什么也不相信：“小元元你胡扯吧……无论极限注射液还是 C 病毒，好歹是科学实验的产品。你呢，屁股坐在地上修炼十几年，就变成高手？别哄我，你这说法根本没有科学依据。”

不用解释，陈太元和梁雪掰了掰手腕，赢了！

就这么一个简单的表现，便足以证明陈太元的实力。要知道梁雪已经不是以前的梁雪，现在她的实力堪比升级版的吸血鬼。

李晓芬惊讶得合不拢嘴：“天哪，这么说你当初从邓普威手中救了我一命啊，不是事后涂了点儿药那么简单。”

“别把救命挂在嘴上，咱们是朋友。”陈太元耸了耸肩，“我都交代了，希望你们也遵守咱们刚才的承诺，为我严格保密，OK？我的身份不暴露，对你们也有好处。”

袁晴夸张地炫耀：“这么说来，姐姐我找到了一个超人男朋友啊！小元元你放心好了，我才不会傻乎乎地说出去呢。我可不要再有情敌了。”说完瞟了梁雪和李晓芬一眼。

她的想法很现实，虽然“男朋友”的定位还不太妥当。

而梁雪更想问，为什么陈太元选择这样隐蔽？但还没等她开口，李晓芬就抢了先。陈太元的神情显然有些淡淡的忧伤，看得出他很苦恼，于是连李晓芬也适可而止地不再追问。

“还有，抓捕谢青萍这件事儿，也记在晓芬头上好了。”陈太元说。

“为什么？”

“因为你才是超自然大英雄啊！”陈太元笑着说。

这么说来，李晓芬今天一晚上竟然抓捕了康俊彦和谢青萍两个吸血鬼！

而且康俊彦还是升级版的吸血鬼，是家族首领，再加上之前的曹雨辰……好家伙，一口气抓了三个吸血鬼啊。最重要的是，足足几十个警察现场做证，甚至连“导师”都亲口承认了。

“好像我要飞上天，和太阳肩并肩了。”李晓芬怔怔地说。

044

陈氏审问法

陈太元开车带着三个女子离开，不对，是四个，后备厢还锁着一个谢青萍。

先把袁晴送到京华大学，领取了一支“归零”，而后一起奔赴市公安局。一路上大家的心情并不轻松，尤其是坐在副驾驶的梁雪最为惆怅。

“担心你们99局是吗？”陈太元看得出来，“虽然不了解，但作为你们的总部，肯定有很多强大的极限战士。假如他们都无法解决这件事儿，你的担心也是多余。”

梁雪沉闷地点了点头：“总部中的‘八龙将’应该不会出什么大的意外，应该不会……”

虽然嘴上这么说，但陈太元看得出她只是在自我安慰。强大？山奴也算够强大了，还不是一样失败。更何况现在是科技社会，个体实力强大不足为凭，一切意外都有可能出现。

后排的李晓芬最是好奇，忍不住问：“雪姐，‘八龙将’是怎么回事儿？”

梁雪简要说：“总部有八位最强的极限战士，直接听命于99局的局长。作为总部直接管辖的机动兵力，随时调配到全国各地执行任务，而且往往都是最艰难险重的任务。”

“最强？有多强？”李晓芬眨了眨眼，“有你和老陈这么强吗？”

梁雪摇摇头：“以我现在的实力也将将达到‘八龙将’的中下游水准。至于太元，或许能到中上游水准吧。”

这也就是说，“八龙将”大体都是升级版吸血鬼这个级别的存在。八个这样的超级极限战士，兵合一处自然所向披靡。

说着梁雪有点儿失落：“至于‘八龙将’之首龙北极，更是整个超自然界最强大的传奇，泰山北斗级的人物。一个名字便能威震敌胆，所以……我想他们不会有事儿的。就算别人出了事儿，龙北极也不会。”

龙北极，这人究竟有多强？陈太元也很好奇。

李晓芬倒抽一口冷气：“那你和老陈加起来，也不是他的对手喽？”

梁雪撇了撇嘴，意思很明显：当然。

陈太元却暗暗记下了这个名号，心想假如有机会的话，一定要拜会这位超自然界的泰山北斗。据梁雪说，龙北极可谓超自然战线上东方世界阵营的主将，中流砥柱。正因为他的存在，才一直遏制了境外超自然研究机构的入侵。

到了市公安局，几个局领导又都在，到处都洋溢着胜利的喜悦。

一见面，马局长竟然非常正式地快步走来，仿佛迎接贵宾一样跟李晓芬握手，这种“见外”的举动显然让李晓芬有点儿别扭。

“晓芬啊，这回又立了大功了！”马局长兴奋地说，“刚开完发布会，动员会也才做了几天啊，这就又取得了这么大的胜利，这可大大超出了局领导班子的预料。”

当然出乎你们的预料了，当初不过是把李晓芬推出去当挡箭牌罢了。如今，忽然发现挡箭牌还真起了大作用，自然有种无心插柳柳成荫的窃喜感。

“现在这个犯罪团伙也只剩下‘导师’和谢青萍两个了吧？”

“谢青萍也带来了，在后备厢里。”李晓芬指指汽车。

警方所有人都愣住了，马局长哈哈笑道：“晓芬，你厉害啊，牛刀一试，锐不可当，哈哈！”

李晓芬有点儿难为情，心想抓捕谢青萍跟我没关系呀。陈太元赶紧在一边说：“小李警官太让人佩服了。我们几个都还没注意到呢，她就把谢青萍给拿下了。”

这话让李晓芬没法儿反驳，只能默认。而且确实和陈太元说好了的，这个“黑锅”要她来背。

这下李晓芬这个英雄典型的含金量更足了。这么惊人的战绩，也势必会大大稳定雷泽市的社会情绪。

然后陈太元、梁雪和李晓芬来到了关押康俊彦的地方，袁晴去给受伤的警察注射“归零”。

康俊彦被牢牢固定在一把审讯椅上，脚镣铐在他的双脚上。

山奴双手被反铐起来，双脚也同样被铐上了脚镣，关在另一个房间里。因为大家都知道他在烧烤广场上变身为巨兽，于是警方又用一条条的尼龙绳捆绑着他。

审讯椅根本坐不下他。

“先审问谢青萍。”陈太元说，“知道谢青萍交代的东西，回头康俊彦就不敢对我们胡说八道了。第二个审问山奴，这家伙脑袋不怎么好使，估计也不会知道太多的东西。”

最后才是最狡猾的康俊彦。

看着眼前的陈太元、梁雪和李晓芬，谢青萍满肚子的怒气：“虽然被你们偷袭了，但你们别得意，将来家族首领和‘导师’会吸干你们的血！”

陈太元笑了笑，拿出手机给她看了一张照片。照片上，康俊彦被死死地锁在审讯椅上，耷拉着脑袋毫无精神。“他怎么吸干我的血？”

梁雪补充道：“我倒是能放干了他的血，你信不信？”

谢青萍顿时备受打击。她怎么也不会想到，使用了升级版C病毒的康俊彦现在会是这副德行。

“还有‘导师’请来的高手山奴，比康俊彦还惨。”陈太元继续打击她的自信，说，“别再想着谁会来给你报仇，更别想拿他们来吓唬我们，没用。我劝你还是学学曹雨辰，或许能有个好下场。你知道曹雨辰现在怎么样了吗？他住在单独的牢房里。一旦等到我们的解药研制成功，消除他体内的C病毒，就会将他释放。”

真是个诱人的前景。

但是谢青萍和曹雨辰不一样，她杀过人。所以就算消除了C病毒，不再是吸血鬼，警方也不会放过她的。

“休想！我不会成为曹雨辰那种败类、叛徒！”谢青萍恶狠狠地伸出獠牙，张牙舞爪。

梁雪脸色一寒，拍案而起：“冥顽不灵的混账东西，我一刀刀切碎了你，每天切你一根手指脚趾……”

陈太元拍了拍她的肩膀让她坐下，干咳道：“其实我不怎么赞成使用暴力，而且她有不小的价值，可以当作实验品嘛。喂，你被注射的是哪种药剂，知道吗？就是专门针对你们吸血鬼的，使用的时候让你痛不欲生。以后，每天都要给你打几次，希望你命大能够支撑下来。”

陈太元这几句话说得谢青萍一颤一颤的。

“另外，你还可以给我们做一些别的实验，因为晴姐的研究方向是遗传学啊。把这个黑暗种交给她，让她主持几次遗传学实验！”

谢青萍吓得战战兢兢，这回她终于怕了。

陈氏审问法直指人心，势如破竹。

045

董小姐

看到谢青萍真的怕了，陈太元咧嘴笑道：“雪姐，你听说过僵尸没有？不知道有没有遗传繁衍能力……”

陈太元这是要把谢青萍当成一个生育机器了，而且是万能型的！

别说谢青萍，连梁雪都听得浑身发毛。毕竟她也是个女人，最能设身处地地设想这种场景的可怕。

“你……你究竟是不是国家公务人员？……”谢青萍脸色苍白。

这时候想到“国家”二字了？你们作恶的时候从不考虑这两个字，将国家的法律、国家的伦理和国家的秩序都粗暴地践踏了，现在却想通过这两个字来约束审问者的行为？

陈太元笑着露出两排洁白的牙齿：“我不是。”

看火候差不多了，梁雪冷着脸说：“所以，你还是老实配合为妙。将来一旦能给你消除了 C 病毒，哪怕你害过人，我也可以想办法让你戴罪立功，顶多 10 年的刑期。99 局办的都是超自然的案件，自然都是特事特办，这一点你应该明白。”

10 年刑期，结束吸血鬼生活，还能重获自由。那时候，谢青萍也才 30 多岁，或许还有半辈子的新生活等着她。

“你们想知道什么……”做出了这个决定之后，她猛然松了口气，整个人仿佛虚脱了一样。

有了谢青萍和曹雨辰的供述，陈太元和梁雪已经对这个吸血鬼家族有了足够多的了解。毕竟谢青萍和康俊彦的关系更加紧密，知道的内幕更多。

此刻再去审问康俊彦自然就胸有成竹，就算他撒个谎，也会露出马脚来。

让陈太元得到最多惊喜的是山奴的供述，他见到过照片中的女子好几次，甚至一个多月之前还曾见过！

“万幸还好好的！”陈太元欣喜若狂，这个一向开朗淡然的大男人甚至禁不住眼眶湿润，狠狠握紧拳头，“剑舞，等我！”

剑舞，一个古朴得和现代社会有些格格不入的名字。这个名字的主人，便是陈太元保存在手机之中、每天不知翻看多少遍的相片中的女子，也是和李晓芬长相有三分相似，被陈太元苦苦寻找了半年的女子。

事情的来龙去脉，陈太元也终于了然于胸——剑舞遭遇了康俊彦，非要灭了他，追杀之中斩掉了他一根手指。后来在“导师”的配合下，康俊彦将剑舞击败。随后“导师”将剑舞带走，准备拷问剑舞一身奇特本领的来历。哪知道还没等“导师”行动，一个“路过”的神秘女人劫走了剑舞。“导师”似乎欠这个神秘女人一些什么东西，对她颇为忌惮，不得不答应了她的要求。自此康俊彦再也没见到过她。那个神秘女人才算是“真正的黑暗种族”，他们这个所谓的家族，不过是小打小闹而已。

而山奴，竟然就是那个神秘女人的手下！

这一点让陈太元大喜过望。

山奴说自己原本是一个普通的大个子，后来被“董小姐”找到，对他进行了一系列的实验，最终让他变成了现在这种人不人鬼不鬼的模样。董小姐自然就是他们所说的“神秘女人”。

能够亲自主持这种惊人的实验，这一点震惊了陈太元和梁雪。

袁晴更是惊讶得咂舌：“如此前沿的生物科技，就算是顶级科研机构也难以掌握。京华大学实验室的科研力量已经是全国一流的了，但想要搞出兽化人……真的没这个实力。”

而且袁晴也表示，兽化人这种黑暗技术的复杂程度，应该比C病毒更胜一筹。

“董小姐可能掌握着一个实力强大的科研团队。”袁晴沉吟道，“要是能找到她，并且给她夺过来的话……嘿，那就发达了！”

“财迷……”陈太元暗暗鄙视了一下。

梁雪也点头道：“这种科研团队的实力恐怕不亚于99局总部的天河实验室。会是什么样的团队？从未听说过。”

没错，一个强大的科研团队，比一个强大的战队更重要。无论山奴的实力多强大，他的地位也终究和董小姐相去甚远。他见到董小姐的次数不多，知道的秘密也有限。

“董小姐似乎非常器重那个女修炼者，几乎将她当作自己的女保镖了。虽然那个女修炼者可能不太服气，但却没法儿反抗她——董小姐控制人的手段很多的。”

陈太元有点儿晕。没想到剑舞非但没有生命危险，还成了董小姐的左膀右臂?

不过，陈太元相信，剑舞肯定是被董小姐以特殊手段给胁迫了。

“这个董小姐在哪里？”陈太元问。找到她，就等于找到了剑舞。

可是让陈太元失望的是，山奴连自己从哪里来的也说不清楚。他沮丧地说：“我只是一个实验品，她哪里把我当人看了？这次‘导师’说要借用一个能打的，她就把我丢出来了——估计是拿我当炮灰，毕竟她老说我是失败的实验品。”

山奴继续交代：“平时我就在一个密不透风的地方，活动范围只有两三百平方米。要不是帮‘导师’执行任务，我还出不来呢。出来的时候我被蒙着眼，所以，不知道当初自己在哪里。”

“这么说，你在董小姐那里不仅仅是实验品，而且几乎是被囚禁的犯人？”

山奴点了点头，这个形容确实不错。

陈太元顿时脸一板：“那么，你为什么不趁机逃走？凭你的实力想要逃走，不会没有机会。‘导师’拦得住你？”

山奴摇了摇头：“难。董小姐给我做的实验是失败的，所以我每三个月都必须注射一支特殊的药剂，否则会死掉。我上个月刚注射完，要是逃走的话，两个月后就会死掉。唉，其实现在被你们锁着也是等死罢了。”

“你面前这位袁小姐是京华大学生命科学实验室负责人，而她父亲更是生命科学界泰斗袁石清教授。所以说，你未必会死。”陈太元指着袁晴说。

袁石清啊，大科学家！虽然山奴是个大老粗，但由于长期在生物实验室里生活，故而也听说过这个响当当的名号。甚至有一次董小姐提到过这个名字，言语之中还有些敬畏。

但这只是陈太元抛出的第一个小诱惑，他随即对山奴说：“如果你能协助我们找到董小姐的窝点，直接找到给你注射的药剂的话，就更加安全了。毕竟就算袁教授来研制解药，也需要一定的时间不是？他这条路先当作备选。”

山奴的眼睛先是一亮，随即又暗淡下来：“可我真的不知道她在什么地方。”

李晓芬抱着瓶饮料走过来：“把你来时的细节说说，说不定我能找到。”

046

对方的老巢

山奴说，“导师”问董小姐要帮手后，董小姐便派人开车专程送山奴到雷泽市。必须专程来送，因为一般的车根本装不下体格庞大的山奴。

“大约路上用了 10 个小时吧，而且速度挺快。”山奴说，“车子先把我送到雷泽市山脚下一个农家院，‘导师’正在等着我。然后我在那里休息了个把小时，就被‘导师’带了出来。”

李晓芬当即去调集所有的监控镜头，并让山奴指认带他来雷泽的是哪辆车。由于去农家院方向的车本来就不多，而且要排除一般小型车辆，所以到最后盘查起来并不算难。

最终，山奴指认了一辆小型厢式货车，就是这辆！

李晓芬根据监控镜头一步步探查，这辆车为了赶时间，几乎全程走的都是高速公路。路程整整跨过了一个省，出发点在西部的秦西省。但是监控到了这里便断了，因为车辆从一片广袤的山区开出来，那里没有摄像头。

“在古秦山脉深处。”李晓芬觉得有点儿不可思议，“这里面藏着一个巨大的实验机构？出入挺不方便吧。”

谁都没留意，梁雪的神情变得有点儿不对劲儿。

山奴也憨憨地点头，说自己偶尔在实验室里听他们说，外面都是茫茫大山。

陈太元压抑住心中的兴奋：“虽然没了监控，但这辆车总要在山里面开，而山里往往只是一条盘山路，沿着路去找，说不定会有线索。”

据山奴交代，董小姐的实验室戒备重重，像他这样的兽化战士还有一批。这些战斗人员虽然不是超自然战士，但却训练有素且个个持枪。

“你说还有一批兽化战士？都像你这么生猛？”

问到这里，山奴有些失落但又有些骄傲，情绪复杂得很：“他们都是第一代兽化战士，实力比我差得远，也就和第一代的吸血鬼差不多。董小姐为了研究更强级别的兽化战士，这才选我做实验。当然，实验没有真正成功，我虽然比一般兽化战士强大，但副作用也同样明显。”

他所说的副作用不仅包括三个月需要注射一次药剂，还包括战斗之中会失去理智等等。这也就说明，一般兽化战士不存在这种问题，就算战斗到最后也不会丧心病狂。

由此可见，一般兽化战士和谢青萍的实力不相上下，而且人多势众。其中二次进化的兽化战士技术还存在严重的欠缺。

梁雪问道："那么，董小姐和'导师'又是什么关系？那个实验室里有没有吸血鬼？"

山奴并不太清楚，他只知道"导师"和董小姐算是朋友，有合作关系，而且"导师"有时候比较讨厌董小姐，但又不敢真正得罪她。

"这些家伙之间的关系真怪！"李晓芬咕哝道。

康俊彦也交代了99局的情况，是他孤身一人潜入了省城的实验室，在里面搞了一场惨绝人寰的大屠杀，所有守卫和工作人员都被他杀害了。

听到这番供述，梁雪当场一脚踹在这家伙的脸上。

"20多个人，多半是被我用毒气弄死的。"康俊彦嘴角流着血说，"我让最后一个给秦汉升打了个电话。这是我和'导师'以及洪英一起策划的，两方面同时下手。我安排人打电话给秦汉升汇报，'导师'准备在他们下山的途中伏击。"

计划确实很周密。

梁雪想了想，追问了一句："你确定，整个实验室的人都来不及向外面汇报？因为实验室里有一个连接99局总部的按钮，一旦发生意外，只要给安保人员三五秒钟的时间，他按说就能做到。"

康俊彦愣了："三五秒的时间肯定是有的……"

于是梁雪和陈太元都沉默了。

也就是说，99局总部应该知道岳东办事处发生的事情，但他们并没有派人来。

梁雪的心中好似压着一块大石头，沉重得喘不过气来。

结束了询问，陈太元脑袋里的信息在兴奋过后渐渐沉寂了下来，他觉得自己的寻访已经看到了曙光。

但他当然也很清楚，自己一个人恐怕难以在敌人的老巢之中救出剑舞。一群兽化战士啊，陈太元没有那么盲目的自信。

“有兴趣陪着我干一票吗？”陈太元问梁雪。能够陪着他闯一闯龙潭虎穴的也只有梁雪了。

梁雪没回绝，但也没答应，点了根烟说：“就算你不喊我帮忙，我也会去。一来是为了给秦汉升报仇，给岳东办事处讨个公道；二来我的命是你救的，你的事儿就是我的事儿。”

陈太元笑了笑：“别考虑后面的这条，我就是单纯地请你帮个忙。”

梁雪无所谓地耸了耸肩：“随便你怎么想。但是，我现在必须先回省城一趟，看看究竟发生了什么，另外还得去一趟99局总部。希望你能理解。”

当然能理解。99局内部出现这么多异常，她不可能置之不理。

而营救剑舞这件事儿，也不急在一天两天。陈太元拍拍梁雪的肩膀，道：“好，你陪我去古秦山脉，我陪你去省城和首都。”

“去首都干吗？”

“你不是去99局总部吗？”

梁雪不屑地哼了一声：“谁告诉你我们总部在首都？”

“电影、小说里不是都这么说的吗？”陈太元强词夺理。

梁雪叹了口气：“其实我们的总部在西京。”

陈太元目瞪口呆：“西京市，秦西省的省城……也就是说董小姐的实验室就在你们总部的眼皮子底下！乖乖，堂堂99局总部脚下，他们竟敢这么明目张胆……”

“我也不知道为什么，毕竟我只是办事处派驻人员。你陪我去西京查探一下，随后咱们马上就去找董小姐的实验室，去救你的小情人。”

“什么小情人啊，比我还大两三个月呢，而且我和她也没那种关系……”陈太元说得似乎有点儿违心。

梁雪抱着胳膊冷笑，不发表意见。

两人刚刚确定了计划，却不料第二天就产生了巨大的变化。

047

噩耗

对雷泽市的广大市民而言，今天绝对是一个值得庆祝的日子。因为警方再次对外宣布，李晓芬同志成功抓捕了血族家族首领康俊彦和谢青萍，最后一个代号为“导师”的凶徒仓皇逃窜。而昨晚出现的“大型凶猛动物”被夜游侠击败，最终由警方抓捕并羁押。

大获全胜！

当然，将山奴宣称为“大型凶猛动物”是为了进一步平息大家的恐惧。不能再说出“兽化战士”这样令人胆战心惊的词来了。

消息很快传播得举国皆知，李晓芬一下子成了个超级网红。

陈太元和梁雪计划在会议结束后就赶往省城，而后再去西京市。但会还没开完，上级派来的一位高级警官进入了会议室。

马局长介绍说，这位公安部来的高级警官是胡局长。

胡局长身穿西装，身材魁伟、剑眉上扬，哪怕年过五十，依旧一身英武气。尽管来自公安系统内部却不穿警服，这让李晓芬觉得这位领导有点儿特殊。

胡局长点头说："大家坐下谈。首先代表部里感谢大家，妥善处理了吸血鬼案件，保护了一方安宁。其次也是想和大家见个面谈一谈，能交个朋友自然更好。"

在大家的狐疑之中，胡局长先看了看李晓芬，点头道："年纪轻轻就做出这番成绩，难得，欢迎你来部里工作。"

到部里工作……一步登天了吗？李晓芬知道，这事儿绝不简单。

"明说了吧，"胡局长解释道，"我这个局长职务也是刚刚任命下来的，部里刚刚成立了专门应对超自然案件的新机构。所有成员都是新人，包括你。"

专门处理超自然案件的部门！老天，被老陈这家伙说中了，不，比老陈说的更加严重！在全国范围内专门处理这种案件啊，岂不是以后只要发生这样的案件，自己都得主动赶过去啊？

此时马局长适时"怂恿"道："晓芬，这可是难得的机会，直接到上级领导部门去工作啊。咱们市局能培养出你这样的优秀干警，被部里来的领导给看中了，这是咱们整个雷泽公安系统的荣誉。"

按常理说，能被抽调到上级部门工作，这是天大的造化，以后的前途自然也更宽阔。更何况从市局到部里，那不是高一个等级的问题。

"可我……我其实打不过那些怪物的，真的。"她觉得必须把真相说出来了，不然以后会越来越麻烦。

胡局长点点头："我知道你战胜吸血鬼有偶然因素，而且肯定凶险万分。但是，你毕竟拥有过硬的综合素质。”

“另外，我也没说让你亲自到一线去啊，主要是看中了你的工作经验。咱们警方真正有直接面对超自然怪物经验的同志还是极少的，更何况你和京华大学也比较熟悉——要不然你怎么能拿到他们的‘归零’药剂？

“现在京华大学已经成为研究这种超自然进化的领头羊机构，地位极其重要。哪怕只是为了和他们保持联系与合作，也得专门安排一个人，这项工作对你来说总不算太难吧。当然，陈老师这边也肯定会配合你吧。”

资料掌握得挺全面啊。

既然提到了陈太元，他也忙不迭地附和：“能为社会做一些有意义的事情，也是我们京华大学实验室的荣幸。”

“当然，假如陈老师乐于到我们公安系统来工作，我们更加欢迎。”胡局长也表示出了足够的诚意。

但陈太元笑着婉拒了，他才不想被什么公职束缚了手脚。

梁雪一直脸色不悦地盯着胡局长，问：“国家处理超自然案件的是我们 99 局，怎么公安部门也要弄这个？”

胡局长凝视着梁雪，沉闷地说：“梁雪同志，我已经知道了你的情况，首先对于你个人和你们办事处的遭遇，我深表同情。”

“这些不重要。”梁雪在正式场合说话总是这么冲，“我只想知道，为什么要在 99 局之外重新组建超自然事件处理机构？”

胡局长的脸色越发凝重：“因为 99 局遭了大劫，已经无法承担这样的重任。你之所以至今没有接到消息，恐怕是因为 99 局内部的联络已经完全中断。或许，梁雪同志你是为数不多的逃过一劫的极限战士，甚至可能是唯一的一位。”

梁雪两眼发黑。

事实上，她本来也该死了吧——如果不是陈太元及时相救。

“八龙将”损失殆尽，99局完了……这些话如一道道天雷在梁雪头顶炸开，让她思绪难平。

“不可能，这不可能！”梁雪愤怒地砸了下桌面，“没有哪个势力能够将99局连根拔起，谁有那个本事？！”

“没有，就算放眼全世界也绝对没有！

“还有，你说‘八龙将’全军覆没了？难道连龙北极总指挥这样的超级高手也……不会，没人能杀了龙北极！”

龙北极，整个99局的精神支柱，也是整个东方世界最引以为傲的超自然高手。他就是一面屹立的大旗，已经成为不败的象征。

可是这位胡局长却说“‘八龙将’损失殆尽”，包括龙北极。

噩耗！

胡局长叹息说：“梁雪同志请保持镇定，这些事儿我们也感到悲愤。我曾见过龙北极总指挥，对于他的不幸遭遇也深感遗憾。但事实就是事实，不以我们的主观意愿为转移。”

“如今超自然案件爆发形势越来越严峻，偏偏99局出现了这么大的事情，所以需要马上组建新的管理机构。目前这项工作交给了我们公安系统。当然，还有其他兄弟部门的配合协同。

“梁雪同志，我代表公安部、代表新组建的机构邀请你加入我们的队伍。毕竟，你是最后的极限战士。”

最后的极限战士……这话说得好苍凉，好悲伤。

048

芥蒂

看得出，胡局长邀请梁雪的态度是诚恳的。事实上在三人之中，梁雪的价值最大——仅有的极限战士啊！能打啊！毫不畏惧黑暗种啊！

而且，梁雪拥有丰富的办案经验，新机构最缺少这样的人。

至于新机构的名称，胡局长表示挂牌为“公安部超自然案件调查局”，简称“超调局”。连名号都弄好了，人员班底刚刚组织，可见这动作够仓促的。

面对胡局长的招揽，心情复杂的梁雪冷冷地说：“这么说，99局已经被撤销了？”

“这倒没有。”胡局长说，“当然，也只差了一个程序。只要上级一个红头文件下来，99局也就撤销了。”

“既然99局还在，那我还是99局的人。没有我上级的批准，或者没有上级部门撤销99局的指令，我就不能擅自脱离。作为一名战士，我只听从上级的命令，请见谅。”

看到招揽不成，胡局长的脸色似乎有点儿不好，他面色淡然地说：“看上头的态度吧。不过，等超调局的班底建立完善了，到时候恐怕就没有梁主任你的位置了。”

梁雪只觉得像吞了一只活苍蝇，蹙眉道：“我是看中什么位置的人吗？就算你这局长位置给我，我也未必稀罕。”

梁雪这冲脾气让原本很有城府的胡局长也有点儿吃不消，脸色骤变。

她微微退后半步：“心情不太好，说话直接了点儿。其实，我还是不相信99局会全军覆没，不相信强大的龙北极总指挥会遇难。99局单派驻各省的13个办事处都被一锅端了？”

听了这个疑问，胡局长直言不讳，事实上更想趁机打击一下梁雪的自负。对99局的信仰让梁雪满身傲气。他故作悲戚地说道：“警方昨天才参与的调查，据我们调查发现，99局总部被人袭击，而后焚烧。在西京市清点遗体的时候，找到了一具烧焦了的身材魁梧的男尸。对比之下可以认定那便是龙北极总指挥的遗体……”

“99局总部的那场火灾几乎断绝了所有人的生路，只有三位出差人员得以逃过一劫，目前已经被我们超调局接纳。”

这是要顺势接管99局吗？

梁雪的心头像压了一块大石头，越发觉得和这个胡局长没话好说。

陈太元琢磨了一下胡局长的话，也感觉不太对劲儿，问道：“此前警方曾和99局通了电话，99局声称要自行处理岳东办事处的事情，只是没来人罢了。可是听胡局长这么一说，当时他们怎么有信心来自行处理？”

胡局长叹道：“当时99局总部还没有受到袭击，但是全国各地13个办事处却相继遭到了袭击！他们手头的机动兵力根本来不及调动。”

的确，十几个办事处几乎是村村冒火、树树生烟，就算99局总部想来岳东，恐怕也得先排着号。而且就当时的情况来说，全军覆没的岳东办事处几乎没有了“抢救价值”，所以迟迟不见人来。

李晓芬打破了尴尬，问道：“我很好奇，究竟是什么人呢？13个办事处，同时下手，这得需要多少超自然怪物才行？！”

陈太元低头沉思：“只要信息足够准确，也用不了多少人。一个升级版吸血鬼都能对你们形成致命的打击。”

梁雪不这么认为。话是这么说，但是问题没这么简单啊。要知道C

病毒是很贵的，升级版更是难得一碰。所以说，制造吸血鬼也不是容易的事儿。

可为什么要大张旗鼓地做这件事儿呢？动机何在？

只是单纯地为了打击99局？

是境内势力干的，还是和境外势力相勾结？

疑团太多了，需要仔细调查才能弄清楚，而现在唯一的线索就是“导师”。

想要找到“导师”，就先要抓住董小姐，吸血鬼家族死的死、被抓的被抓，没有谁能够再和“导师”扯上关系了。

由此说来，梁雪若想调查这件事儿，也必须去找那个神秘的董小姐。于是梁雪和陈太元对视了一眼，两人心中的想法倒是一致：咱们的目标统一了。

让他俩哭笑不得的是，李晓芬作为超调局的新成员也要加入！

“要派我去西京？胡局长您不是说，那里的怪物能灭掉整个99局吗？您不是还说不让我执行一线任务吗？”李晓芬的内心是悲愤的。

胡局长干咳一声：“这个只是调查，调查。”

梁雪拍了拍她的脑袋，说道：“我陪你去。”

“那老陈呢，你去不去？”

在她看来，夜游侠老陈更厉害，有他们一起去西京市的话才安心，但她忘了陈太元没有去西京的理由啊。

胡局长倒是很敏锐地试探着问：“陈老师也去？”

李晓芬自知失言，赶紧圆谎说：“研究超自然案件，少不得他们这些学者的帮忙。最主要的是这家伙胆子大，这不，市局专案组都特聘他为专家呢。”

胡局长马上同意道：“这样最好。陈老师不愿到超调局，但是能作为特聘专家也好。陈老师，不会不给我们超调局这个面子吧？”

陈太元本不好意思拒绝，但哪知道梁雪却冷冷地说：“不，太元他提前被我聘请了——我代表99局聘请他。”

火药味儿十足，这是跟胡局长的超调局干起来了。

胡局长歪着脑袋撇了撇嘴，脸上流露出了不屑之色，可见他的心头是真动了气。

陈太元在一旁看得又好笑又好气。

049

再造

看到胡局长那轻蔑的表情和不经意的一哼，梁雪冷笑道：“你有意见？”

陈太元和李晓芬顿时头大，心想雪姐你可真是个直脾气。这件事儿胡局长确实有六分不对，但你也少不了四分的责任。

胡局长听她这么一问，当即拍案而起：“你得意什么？属于你们99局的时代已经过去了！给你个岗位是看得起你，什么东西！”

这下了不得了……刹那间，梁雪的眼睛仿佛在喷火，怒视着胡局长，一种压抑的气氛笼罩周围……胡局长也忽然觉得，自己似乎太莽撞了，眼前的这个女人可是极限战士。

就在大家都有些错愕的时候，梁雪忽地化作一道黑影飞蹿过去，形如鬼魅。

“咔！”她当场抓住了胡局长的脖子，让他双脚离地！

胡局长脸红脖子粗，眼睛瞪得大大的，呼吸开始变得困难。“梁主任，快住手！”马局长惊呼。

李晓芬惊讶得目瞪口呆。只有陈太元赶过去紧紧握住了梁雪的手腕并压低，先把胡局长放到地面。“雪姐，何必呢……”

是啊，何必呢？口角之争根本算不得什么仇恨。

梁雪闭上双眼深吸了一口气，愤然转身离开了会议室。

胡局长惊恐地捂住自己的脖子，仿佛刚在鬼门关走了一遭。他心里羞愤难当，但偏偏不敢再多说一句。

“什么玩意儿，以为自己是谁呢。”看到梁雪走远，他这才嘟囔了一句。

而已经走到门口准备去追梁雪的陈太元听到他这句话，转过身说：“胡局长，再说这样的话一定要小心些，她的听力和常人也不一样。”

这一句话让胡局长再度噤声。

陈太元出门追上了梁雪，看她站在了一棵泡桐树下，恨恨地一手抓在泡桐粗糙的树皮上，“咔嚓”一声抓下一大片。

陈太元叹息说：“99局的事情你没有任何责任，现在，你也没有必要为它继续坚守。连国家都放弃这个机构了，你还这么执着干什么？”

梁雪气哼哼地盯着他：“如果你不是我朋友，我会为这句话跟你急！”

“知道你不会真的跟我急。”陈太元笑了笑，从梁雪衣兜里掏出烟盒，取出一支送到她的双唇之中，“看开点儿吧，这是99局的命。至于你自己，完全可以放松一下。”

“你让我怎么放松？整个99局的人几乎死光了，而且死得毫无价值！连个像样的追悼会都没有开。还这么快就成立了新的超自然案件调查机构，到处挖99局残余的人员……人走茶凉，但也不能凉这么快！”

陈太元摇了摇头：“你觉得99局冤屈，说不定上层还觉得它窝囊呢，不是吗？你别瞪我，瞪我我也这么说，这是实话。国家每年给99局拨付多少资金？给了多少倾斜扶持的政策？对99局投入了多大的希望？”

“结果呢？就这么窝窝囊囊地倒下了，还倒得如此彻底，扶都扶不起来。换作你是更高级的负责人，你心里会是啥滋味？”

“别说了！”梁雪有些无力地倚在了那棵泡桐树上，微微抬头闭目不语。

陈太元笑着拍拍自己的肩膀：“本想借这个肩膀给你哭一会儿呢。”

“你才哭！”梁雪险些被气乐，开玩笑，我梁雪什么时候哭过鼻子？她深深吸了口烟，吐出一口浓浓的烟雾，说道：“其实我就是不甘心。你说得没错，99局消耗了太多的资源，结果屁事儿没干就被人给干翻了。恐怕我们这些人都被视为废物蛋了吧？”

“不甘心，那你想怎样？”

“不知道。”梁雪摇了摇头，心里头没有任何具体的想法。但是被陈太元这么一问，她忽然攥紧了拳头，坚毅地说：“我想重建99局！”

我的亲姐哟……陈太元眼睛都险些瞪出来：“重建？你凭啥啊？别说再没有那些资源和政策了，你现在连身份也没有啊。你不是99局的领导，怎么代表整个99……你又瞪我，忠言逆耳，你得听人说话。”

梁雪愤愤道：“可我现在是仅存的极限战士，不是吗？99局的最大特色不就是我们这些极限战士吗？作为仅存的极限战士，我当然要代表99局。不，我不仅代表着它，还要承担起为它复仇的责任！”

“而且，你可以帮我——假如你够仗义。”

陈太元顿时撇嘴：“咱们行动肯定在一起。但就算能救出剑舞，击败一些黑暗种，又能怎样？你还真指望咱们俩就把他们全部灭掉啊？”

“好，退一万步讲，就算咱俩厉害，把所有黑暗种都干掉了，但谁给你重建 99 局呢？就咱们两个，你做局长我做副局长，连个给咱们接电话的文员都没有，这就叫重建了？

“所以现实点儿，别想那么大。咱们找到对方好好打一架，我救出剑舞，你出出气，这就行了。”

梁雪摇头，似乎有所考虑。终于她非常认真地看着陈太元说：“我有办法，只要咱们合作——你、我、京华大学。”

原来，梁雪表示她可以想办法搞到 99 局残存的技术资料，包括一些非常机密的物资。要知道 99 局三大实验室之一就在岳东省的省城，就在梁雪他们的保护之下。那个实验室里还有两支极限进化液，研究出来之后尚未运送到总部。康俊彦没有交代这一点，说不定那两支进化液还在。

“这两支进化液可以送给你们京华大学实验室，供你们研究。”梁雪说，“等你们研究成功了，也帮我批量生产一批极限战士。到时候，你敢说我没有一兵一卒？”

“当然，99 局的那些研究资料也很值钱，可以为京华大学的研究提供很强的借鉴意义。此外，99 局的那些设备其实也挺先进的，不信袁晴不感兴趣。”

别说，这个路子还真有可能实现。一想到京华大学实验室也能批量生产极限战士，陈太元就觉得很拉风，也可以想象袁晴听到这个消息，一定是两眼放光。

“总之，我要再造一个新 99 局！不，我要再造一个更加强大的 99 局！”梁雪握紧拳头说，“谁敢笑话我们 99 局窝囊？我要让世人都知道，极限战士不是窝囊废！”

…………

陈太元先联系了袁晴，提出了梁雪的这个合作方案，果然袁晴大感兴趣。别说她了，就连她老爹袁石清都会兴奋。

袁晴二话不说，便准备带着几个人亲自去省城，接收那个实验室里的东西。

但是，他们被李晓芬挽留了一个小时，要参加以她为主角的一次新闻发布会。以晓芬现在的辉煌战绩，风头早已盖过了神秘的夜游侠，成为全国闻名的超级大英雄，更是雷泽市的骄傲。

"这样也好，"台下的梁雪低声说，"让大家更加适应一些，不至于有点儿风吹草动便人心惶惶。毕竟，以后这种事儿可能会越来越多。"

"是啊，肯定会越来越多的。"陈太元轻轻拍了拍她的肩膀，心情无法轻松起来。

050

极限进化液

当天下午，陈太元、梁雪和袁晴来到了省城郊区的某个偏僻的厂房。原本袁晴还想把自己的几个手下全都带来，但被梁雪制止了——你自己先来瞧瞧，再考虑怎么大规模接收。

这是一片貌似废弃荒凉的厂区，其实下面别有洞天。很难想象这样一个不起眼的地方，竟然是 99 局的岳东办事处。

中间破旧的大车间里，却有好几个装修精致的房间，正是岳东办事处的办公地。其中的一间是电梯房，直通地下的实验室。由于这个实验室极其重要，故而选址在办事处的下面，便于保护。但谁能想到，这样的布局同时也便于被对手一锅端。

顺着电梯直奔地下，陈太元和袁晴马上到了一种熟悉的环境中。这里生命科学实验室的构造，包括一些必要的设备，都和京华大学的实验室差不太多。进门之后，他们看到两具穿着安保制服的男子尸体趴伏在地上，看样子连枪都没来得及开就死了。再往里面走，更加惨不忍睹。里面死的都是实验人员，是普通人！

“你们安息吧，凶手已经被我们抓到了。是我们没有保护好你们，是我们的失职。”梁雪看着那些尸体默默地说。

梁雪的悲愤渐渐平息，一转身却发现陈太元和袁晴不见了。过了一会儿才找到他们，发现这俩家伙正在倒腾一台被破坏了的电脑。

陈太元嘀咕着：“这里的资料数据呢？康俊彦说他迫使研究人员删除了关于邓普威的资料，但我觉得这种资料肯定是可以恢复的……”这个实验室对邓普威尸体的研究有不小的价值，因为邓普威是从普通吸血鬼向升级版过渡的样本，正是京华大学实验室缺失的。

“回头让警方来处理吧，袁晴你派个电脑专家来接收一下数据。”梁雪直奔最里面的一座小型仓库。她记得很清楚，当初已经制造出来的两支极限进化液就储存在这里。“跟我来，先去找那两支极限进化液。”

一听到极限进化液，袁晴和陈太元同时兴奋起来——这才是整个 99 局最大的实验成果啊。

袁晴乐滋滋地跟上去，搂住了梁雪的胳膊，宛如好姐妹。但梁雪心里却有点儿发毛——甚至有点儿……畏惧！没错，她这么强势的一个女人，竟然有点儿畏惧袁晴。

现在的梁雪举目无亲、茕茕孑立，对身边这几个人的感觉很特殊。别说陈太元和李晓芬，就连袁晴也让她觉得很珍惜。而且从现实角度讲，她现在需要和袁晴大力合作，才能实现她再造99局的梦想。

“把你的手拿开！”高冷的梁雪还是很不适应，嘟囔了一句。

袁晴撇了撇嘴：“干吗呀，这么见外，我又不是个大小伙子，搂你一下能咋的呀？”拌着嘴来到一个小房间里，这是专门盛放实验药品的仓库。

陈太元疑惑：有专门的机构生产这个，极限战士竟然还这么少？梁雪告诉他，就算拥有足够的材料，一个月能提取制造出一支也已经非常不错了。

这速度比“归零”的制造还慢。当然，“归零”现在还只是不稳定的实验品，谁知道性能稳定下来后，生产一支需要多少时间、多少钱。

而且使用了极限进化液之后，也并非100%可以成功，起码会有50%的失败率！

也就是说平均两支极限进化液，才能制造出一名极限战士。

至于失败者，幸运的免疫力大幅度降低，身体变得非常虚弱，感官变得迟钝；而不幸的则会变成植物人，甚至暴毙。

进化有风险，注射需谨慎……

梁雪的解释就是：极限进化液是把危险放在了前面，以很低的成功率来换取成功后的无副作用；而C病毒则是入门的门槛低，注射之后成为吸血鬼的成功率非常高，但却会带有嗜血、惧光等副作用，等于把危险留在了后面。

孰优孰劣？不好说。虽然C病毒听起来比较邪恶，但极限进化液的实验失败者就不惨了吗？

所以说，极限进化液和C病毒不过是五十步笑百步。

…………

梁雪在一个镶嵌在墙壁里的保险柜上，飞速按下了一串数字密码，而后又将自己的指纹在上面对照了一下，保险柜的门打开了。

“这个保险柜隐藏得很好，拥有打开权限的，只有实验室的严主任，以及我和秦汉升。”梁雪说，“严主任不在这里，所以康俊彦找不到。”

说着，梁雪从里面取出一个精致的、半透明的塑料盒子，里面是一排四个凹槽。打开盒盖，三个凹槽上卡着三个坚固的玻璃试管。

试管中是大约50毫升的黑色液体，于乌黑之中散发出诡异的光芒，如果静止不动的话，看上去像是一整块晶莹的黑宝石。

“竟然有三支，看样子这几天里又生产出来一支。”梁雪叹息着盖上了塑料盒盖，递给了袁晴，“不须冷藏，常温状态下能够保持两年以上的有效期。”

一边说着，梁雪一边准备关上保险柜的门，但是眼睛无意间一扫，发现保险柜的角落里还有一个小笔记本。

051

可怕的副作用

按说三个人都能打开的保险柜，不会存放太私人的东西——虽然秦汉升和梁雪此前并不怎么使用这个小型保险柜。

梁雪打开这个巴掌大的黑皮笔记本，字迹非常工整，显示出老一辈科学工作者的严谨态度。笔记本的主人严主任既是这个实验室的主任，也是整个 99 局学术委员会的副主任，现在也已经罹难，令人叹惋。只不过他死在了 99 局的总部，因为当时他正在总部参与一项学术研讨。

99 局内部有人曾说，假如他们的学术委员会主任和副主任在外界工作，能够公开身份的话，恐怕名气不会比京华大学的袁石清差多少。只不过为了科学研究和国家的事业，他们甘于默默无闻。

而且，严主任也是“极限进化液”项目的总负责人，拥有无与伦比的权威。

笔记本是半新的，首页的日期显示是在今年初，距今只有半年多一点儿。开篇的内容就让梁雪呆住了：严主任在日记里表达了一种担忧，即极限战士在一定时间后，有可能会出现脏器衰竭！

这个结论太吓人了！原本不是说极限进化液将危险都放在门槛上，成为极限战士之后就高枕无忧了吗？现在竟然会出现器官衰竭这样可怕的症状？当然，这还只是严主任半年前的猜测。梁雪稍微有点儿紧张，继续向后翻——

“龙北极与我联系，说自己时不时会出现心慌症状，甚至偶尔出现呼吸暂停。而按照原本的理论来说，他这么强大的极限战士应该拥有近乎完美的身躯，心脏疾病不该发生在他的身上。

“这或许正验证了我的猜测——极限进化液终究是有副作用的，只是时间未到而已。心慌和呼吸暂停都是心脏衰竭的前期症状。龙北极作为第一名极限战士，使用极限进化液的时间最早，故而反应的时间也最早。

“究竟是不是巧合呢？或许当第二个、第三个极限战士也出现类似症状的时候，我才能做出结论。假如我的猜测被验证的话，那么极限进化液就是失败之作，我将如何面对 99 局所有的极限战士？”

看完这一天的记述，梁雪几乎停止了心跳。

龙北极，这么强大的极限战士竟然也会出现心脏病！

假如真是这样的话，梁雪怎么办？别的极限战士已经死了，可是梁雪呢？作为唯一存活下来的极限战士，她会不会出现这种可怕的状况？

看到梁雪在发愣，陈太元将笔记本取过来，袁晴也凑过脑袋仔细地看。他们很快就明白了梁雪的困惑和担心。

“小雪别怕，有晴姐在呢。”袁晴又趁机献殷勤，“就算这个猜测是真的，那也不怕。咱家老爷子（袁石清）也不是吃素的，回头请他老人家帮着想想办法。再加上咱们有三支现成的极限进化液做研究，我觉得能把这个威胁给解除的。”

梁雪点点头，这时候似乎也只能依仗京华大学的实验室了。不过她还不只是因为担心自己会死去，而是更担心自己再造 99 局的宏大目标。假如极限进化液都是失败的实验品，那么她还怎么打造出梦想中的极限战队呢？

稍稍回过神，她再度翻看笔记本，刚好看到严主任之后的另一段记载——

“‘八龙将’之中资历第二老的龙开阳出现胸闷气短症状！由此说明极限进化液的副作用，确实是在一定年限之后爆发出来的。根据龙北极和龙开阳心脏疾病的爆发时间推断，应该是在他们成为极限战士之后，大约三年半到三年零八个月之间。那么按照时间计算的话，资历第三老的极限战士应该就是龙天权了吧？再等等，看看他到时候会不会产生这种症状。

“至于现在已经提取出的两支极限进化液，暂时不要移交给总部了。

这种药剂可能存在巨大的风险，还需要进行再论证……”

果然，这种情况依次出现了。当出现的次数一旦多了起来，基本上就形成了规律。

而且梁雪终于明白，为什么这三支极限进化液迟迟没有移送到总部，这是因为严主任对极限进化液产生了越来越严重的质疑。在彻底弄清楚这种药剂的所有副作用之前，不想让它轻易使用在其他人身上。

“三年半到三年零八个月。”陈太元盘算了一下，忽然问，“雪姐你成为极限战士多久了？”

梁雪的脸色有点儿不佳：“我算是较早一批，和秦汉升差不多，马上就到三年了。”

这岂不是意味着再过半年就要有麻烦了？时间很紧迫。

至于严主任这几天去了总部，恐怕就是为了和整个学术委员会商讨这件要命的大事儿吧，或者去检查已经爆发症状的几位极限战士的身体？不得而知。随着众多人员的罹难，太多的真相被隐藏了起来。

而现在他们面临的另一个问题就是——极限进化液还需要继续研制吗?

假如三年半之后会出现严重的症状，那么使用这种药剂到底值不值得？何况还有 50% 的失败率。

“还是继续跟进研究吧。”袁晴作为技术专家拍板说，“任何一种技术的成熟都是一步步完善起来的，极限进化液能研究到现在这个程度已经难能可贵，舍弃了太过可惜。当然，我们也会同时研究它这些副作用的解决办法。”

说完，她把三支极限进化液都收了起来，包括那个记载了严主任诸多经验的笔记本。而陈太元则有点儿好奇地说：“我倒是很感兴趣，假如严主任把这件事儿告诉了 99 局总部，不知道总部会怎么看？极限战士是整个 99 局的根基，要是这项技术不行了，恐怕 99 局也没有存在的基础了。”

袁晴点头说：“是啊，一旦不能继续产生极限战士，而原来的极限战士要是再一个个出现问题，那么 99 局的处境确实够尴尬的。”

梁雪摇了摇头：“考虑这个也没什么意义了，毕竟 99 局的极限战士们都已经没了。其实，他们一个个都没有等到副作用真正爆发的时刻，也算是一种幸运吧。或许，也只有……”

说到这里梁雪忽然停顿，而后沉痛地说：“明白了。或许龙北极总指挥就是因为副作用爆发，从而导致实力衰退，输给敌人的吧？要不然的话，他肯定不会输的。”

梁雪对这个龙北极有点儿盲目崇拜啊，不过她这种猜测也不无道理。

…………

袁晴派人来简单交接一下，随后请省城的警方介入。让梁雪感到震惊，甚至感到愤怒的是，这次她再联系省城警方，说话竟然不好使了！

以前大家合作挺和谐的，无论有什么需求，警方都会无条件配合。就像上次去雷泽市，还是高级警官陪着梁雪一起去的。但这一次，警方却支支吾吾起来。到最后不得不明说：“上级部门来了指示，要我们断绝和梁主任你们的一切合作……不好意思啊，我们也得按命令办事儿。”

上级部门？还用说吗？肯定是胡局长。他还代表上级部门？

052

冲突再起

梁雪再气愤也无济于事，只能先把一具具尸体都送到实验室的冷柜中，暂且封冻。

“这也不是办法啊……”陈太元有点儿头大。死者为大，总不能将这些牺牲者的尸体一直放在这里；但要是让他们处理的话，也确实有点儿难度。这些人都算是非正常死亡，若没有警方开具死亡证明，火化场都不敢擅自火化这些尸体。

听起来是小事儿，但其实挺棘手。

袁晴气哼哼地说：“真惹毛了咱们，直接把这里的事情掀开，这么多尸体的超级凶杀案让世人知道，不怕省城警方不主动处理这些尸体。”

梁雪摇了摇头：“给他们留点儿尊严吧，人都走了，还这么曝光。”

“让雷泽警方来帮忙！”陈太元不屑地哼了一声，直接拨通了李晓芬的电话，简单说明了情况。

“啥？老天，让我跨市到省城拉尸体？老陈你真不是好东西，竟然给我安排这种讨厌的工作！”

陈太元也很无奈啊，耍起赖来：“你倒是帮不帮忙？”

“废话，我李晓芬最讲义气了。”

陈太元提醒她：“但你得清楚，你马上就是超调局的警员了，正是超调局局长不让警方跟雪姐配合的。”

“我跟他又不熟，你们才是我的朋友。”李晓芬埋怨道，“老陈你别瞧不起人。不过我一个人也开不了那么多车啊，等我。”不一会儿，又有一批仗义老兄出现了——老罗、小白、黑子，都是雷泽市公安局刑侦支队的成员。他们甚至都没向马局长汇报。而且李晓芬也说了，这事儿压根儿就不能汇报。这种事儿稀里糊涂地做了，马局长会睁一只眼闭一只眼；但你要是事先汇报了，等于逼着他违背公安部超调局的命令，会让他很为难的。

…………

一直等到天黑，老罗等人来到了实验室。梁雪看着这些忙碌的警察兄弟，低声说：“太元，这件事儿虽然不大，但不得不多考虑一下。假如警方从中作梗的话，就怕咱们明天去99局总部的调查也不会太顺利。”

陈太元淡淡地笑了笑：“他姓胡的一个人就能代表整个警方？别往心里去，啥地方都有几个让人不省心的，你们办事处不是也有秦汉升吗？”

倒是看得开。

李晓芬则叹道：“胡局长这么小肚鸡肠，我以后跟着他还怎么混呀。老陈，雪姐，我不想去那个超调局了。”

陈太元拍了拍她的脑袋，笑道：“这件事儿跟你无关。而且你是警察，你得服从命令。要是这么得罪了他，就怕给你穿小鞋。”

袁晴补充说：“另外超调局门槛儿高，厅局级的单位，你去了之后用不了几年，就能弄个县处级干部做一做，快赶上你们马局长了——少奋斗半辈子呢。”

李晓芬皱起了眉头：“晴姐你也瞧不起人，当官儿很重要吗？不开心的话，做什么工作都没价值。人这辈子没几年，为啥要委屈自己？”

既然你有这个觉悟，那就无话可说了。不过陈太元还是建议她不要主动地、盲目地提出拒绝，毕竟白天才刚刚答应加入超调局的。

好，那就听你的。

但实际上李晓芬丝毫没有忌惮和避讳。第二天要去西京市的时候，她非得和陈太元、梁雪黏在一起，大家一起去。

“姓胡的看到你跟我们在一起，还不得气炸了肺啊。”陈太元笑道。

李晓芬得意地晃了晃脑袋：“气炸了才好呢。再说了，遇到他的可能性很小的。他这么有官派的一个人，总不会在高速路口等着接我吧？”

也对，顺其自然。

陈太元自己开车，当天下午三点半就到了西京这座古老的城市。李晓芬打电话联系了胡局长，问她到哪里去报到。没想到这个胡局长还真有干劲儿，要求李晓芬直接去高新区某某路、某某生物医药公司。

“这里呀，老陈导航一下。”李晓芬挂了电话，正要把街道号说出来，结果一旁的梁雪却冷着脸说：“我都听到了，不用导航，那是99局总部。”

胡局长已经到了。

99局总部平时伪装成高新区的一个医药公司，公司的行政大楼其实就是总部办公大楼，而医药公司的车间则是总部直属的实验机构，包括训练机构也在其中。被袭击后，这里已经变成了一堆瓦砾废墟，官方对外宣布是生物医药公司不小心引发了火灾。

陈太元让李晓芬先过去找胡局长报到，而他和梁雪在高新区找了一家酒店暂且休整一下。这样也免得胡局长认为李晓芬是和他俩一道来的。

但是，李晓芬却是个直性子，当胡局长随口问她“怎么来这里的”时，她脱口而出：“坐老陈的车，和雪姐我们三个一起来的。”好像是故意要把这份工作搞黄了。

胡局长虽然心里对梁雪和她身边的人都极度厌恶，但总不能因为坐一辆车，就跟刚入职的年轻小丫头计较吧？所以他只是闷哼哼地咕哝了一句，再也没理李晓芬。

一直等到晚餐时间，胡局长带着两个人准备到不远处的饭店里吃饭。眼看着他们从面前走过去，对自己选择了无视，李晓芬刹那间感到了莫大的委屈，去你的工作，我还不伺候了呢。

李晓芬当场给陈太元打电话诉苦：“老陈，你得请我吃饭，我快饿死了！我在这儿没人管没人问的，你们俩倒是好心情！”

陈太元和梁雪一听就能大体猜到事情的原委：“走，哥请你。”陈太元接上李晓芬去了最近的一家餐厅。结果刚进餐厅的门，就看到胡局长带着俩下属走了过来，真是个尴尬的碰面。

“谁让你来这里的？没有接到命令就离开工作地点，你这是擅离职守！”胡局长盯着李晓芬吼道。不好轻易对梁雪和陈太元发火，就把怒气撒在李晓芬身上，毕竟李晓芬是他的下属。

李晓芬咂了咂嘴道：“可你也没命令我非要在那里待着呀？你自始至终都没给我工作，我哪儿来的工作地点？”

“鸡蛋里面挑骨头，什么素质！”梁雪抱着胳膊埋怨了一句，管你是谁，看不惯就直说。

胡局长老脸一红，怒道：“李晓芬，我命令你马上返回原地，今晚参与调查，直至天明！”

喂喂，你倒是吃饱了，可人家一口饭都没吃呢。

这种形势下，冲突不升级才怪。

053

10 支

李晓芬负气转身就要回去，只听见陈太元对胡局长说：“这西京市，特别是高新区一带，可是超自然怪物出没的高发区。咱们的超自然大英雄要是饿着肚子做事儿，万一遇到超自然怪物……假如打不过怪物的话，这责任算谁的啊？”

这一听就是想讹人啊。

胡局长还真不敢在这种事儿上冒风险。万一真的出现这种情况，到时候全国舆论还不把他给骂死？此时他也忽然警觉：李晓芬不是个普通的小警察，她是超自然大英雄，是警方的模范人物！

“给你 20 分钟，吃完之后赶紧返回！”胡局长一肚子的怒火。

看胡局长有火不好发，李晓芬乐滋滋地跑回餐厅里，还兴冲冲地捶了陈太元一下，可见解气之后有多爽快。她边吃还边高兴地说：“我发现跟着老陈就不会吃亏。超调局这边我是不想干了，你看多闹心呀……雪姐别愣着，再吃点儿，不会发胖啦。”

陈太元笑着说：“可是你看他那气量，就算你回到雷泽市公安局，估计他也要找碴儿，毕竟他是部里的人。”

“难不成还吃了我呀！”李晓芬来劲了，“好，我决定了，假如姓胡的这家伙再给我穿一次小鞋，哪怕一次，哼哼，本大小姐就不干了！”

“你真的一次都不忍了？”梁雪疑惑地问。

李晓芬狠狠地点头：“凭什么呀，我为什么要忍他？他是人我也是人，他不顾我的面子和感受，我凭啥给他面子？”

不过让他们三个都感到诧异的是，李晓芬想多了。

当再次回到 99 局总部时，胡局长已经带着两个下属离开，也不知道去做什么了。现场只剩下七八个值勤的当地警察。

于是，李晓芬带着陈太元和梁雪进入了遗址核心区域。瞧，谁说在高级别单位工作没好处呢？作为超调局的警员，李晓芬带着两名“相关专家”进来“连夜加班调查”再方便不过。但感慨最深的还是梁雪，进入自家的总部反倒需要别人领进门，这算什么道理。

“先去哪里？”李晓芬问两位“专家”。

“先去实验室。”梁雪说。实验室里最容易发现有价值的东西。

但一位警察负责人苦笑说：“恐怕很难再发现什么了吧？这里出了事儿之后，部里的领导来搜查了一遍，军方有关部门也来过，刚才胡局长他们又搜了一遍了。”

陈太元好奇地多问了一句：“胡局长他们发现了什么？这么着急就走了。”

“当时胡局长他们似乎很兴奋，其中一位领导惊呼‘进化液，足足 10 支’之类的话。而后胡局长他们凑在一起研究了一下，带着那些进化液就走了。胡局长没告诉你们？”

李晓芬眼睛一瞪：“他走得那么着急，而我和两位专家当时忙着别的事情呢。”

梁雪心中暗暗叫急：10 支极限进化液！

很明显，胡局长知道极限进化液的存在，看他的兴奋程度，似乎是要为他的超调局培养极限战士！现在，超调局最缺的就是高端战斗力，缺少可以和吸血鬼、兽化战士直接抗衡的强大个体。现在一下子找到了 10 支极限进化液，哪怕知道有 50% 的失败率，也要投入一试。

有了这样一个小型极限战队做班底，超调局底气会更足。

但是胡局长却不知道，极限进化液可怕的副作用。

“要阻止他。” 梁雪冷冷地说。但胡局长怎么可能相信她？你说不让胡局长使用，他还说你别有用心，要抢他这 10 支珍贵的进化液。你自己都用了，99 局那么多极限战士都没事儿，怎么这 10 支进化液在我胡局长手里就不能马上使用了？就算把严主任的笔记本交给胡局长，胡局长都可能怀疑这是梁雪伪造的。

陈太元自然也看得清这些，叹道：“你怎么阻止？除非你直接抢过来，否则人家根本不会听你的。而且你也追不上。咱们还是先做咱们的事情吧。”

“关乎 10 条人命！” 梁雪一字一句地冷声说。虽然三人之中原本只有她看似最铁石心肠，但在这件事儿上，也只有她这个极限战士感受最深。

说着，她让李晓芬把胡局长的电话告诉她。

“我是梁雪。你把 10 支极限进化液带走了？我认真地告诉你，极限进化液不但有高达 50% 的失败率，更有无法解决的缺陷！”

电话那边正沉浸在喜悦之中的胡局长一听这个，顿时讥笑起来：“是不是晚了一步没拿到，就用这种低劣的伎俩来吓唬我？”

“这是极限进化液项目负责人严主任亲自论证的，一切结果都记录在他的一个笔记本上，假如你需要的话，我可以拿给你看。”

“老子懒得跟你啰嗦！”胡局长说完本想挂机，却又多说了一句，“另外，梁雪你别把自己太当回事儿了，当初拉拢你只因为你是最后的极限战士，而现在，我自己也能培养出一大批极限战士，哈哈！不，我要让你看到，连我自己都会成为极限战士，哈哈哈！所以你在我眼中没有任何价值！”

电话挂断了，梁雪沉默。猜忌和贪婪本就是最根本的人性。

一阵冷风撩起她那件长长的风衣，在黑暗之中无尽萧索。

054

碎玉镯和硬皮本

想来想去，梁雪还是没有放弃，她主动联系了岳东省公安厅的一位领导。她在电话里说明了基本情况，希望能把这些如实汇报给公安部。

而事实上，电话对面的这位领导随后打给了胡局长，因为他是超自然案件最直接的负责人，也是内部的专家。

可想而知胡局长接到电话后更加气愤，暗恨梁雪太碍事儿。梁雪越是费力地阻挠，也越“证明”了10支极限进化液的价值，胡局长说什么也不可能放手。他要求对方不要多事儿，暂且把事情压下来。

总部这边，陈太元三人拿着手电筒，沿着简单收拾好的小路，在一片焦黑的地面上小心前行，进入倒塌了一片的“厂房”中到处查探。

倒塌下来的屋顶砸坏了不少高端设备，彩钢瓦的屋顶则歪歪扭扭地搭在上方。废墟里的尸体虽然都已经运送出去，但依旧充斥着一股浓浓的死亡气息。

不一会儿来到了一座断壁前，推开旁边一片烧焦的桌椅，墙上露出一个保险柜，安装方式和岳东办事处实验室里那个基本一样，都镶嵌在墙体之中。如今这柜子已被暴力破开，估计胡局长就是从这里找到了那

10 支极限进化液。

“要是咱们早来一步，说不定就先得到那些进化液了。”陈太元苦笑。

再往里面走，除了废墟还是废墟，就在三人已经准备放弃时，陈太元手电筒的灯光一扫而过，黑暗之中的某处忽然闪耀了一下。

什么东西？碎玻璃？陈太元再把手电筒照回去。之所以会注意，是因为刚才反射的光芒不是白光而是绿光。

五步远的距离，走过去俯身一看，陈太元的心顿时揪了起来！

伸手捡起那绿色东西，刹那间陈太元感到一种奇怪的感觉自手指尖涌来。

熟悉，太熟悉了！

陈太元一动不动，仿佛整个世界都凝固了。

“怎么了？”身后的李晓芬问。

陈太元缓缓吸了口气，身体已经站直。摊开了手掌，掌心一段半圆形的玉石展现在梁雪和李晓芬的面前。是碎掉的半个镯子。

梁雪敏锐地问：“和你有关？”

陈太元点了点头：“剑舞的东西。”

三人都感到不可思议。剑舞，陈太元苦苦寻找的女子，随身之物竟然会出现在这里？！

“你没搞错吧？”李晓芬瞪大眼睛。

“不会错，我常见这个玉镯，刻着‘剑胆琴心’四个字。这不……”陈太元凝重地将一端竖起，上面确实隐约可见一个“剑”字。而更能证明这一点的是，梁雪又发现了另一半镯子。虽然凑不齐全，但后面的“胆琴心”三个字却清晰可见。

“天哪，你找的这个女孩子怎么会出现在这里呢？她不是被董小姐……这么说，董小姐是袭击 99 局总部的罪魁祸首？而剑舞做她的随从保镖也出现在了这里？”

作为一名刑警，推断能力是必需的，李晓芬脑子很够用。

“极有可能。”陈太元说，“董小姐的老窝就在西京市附近，她有充分的条件对 99 局总部实施突袭。”

“她让‘导师’四处作案，搞得 99 局各个办事处村村冒火、树树生烟，于是 99 局顾此失彼，阵脚大乱。到处派机动兵力去扑火的同时，总部却空虚了，于是董小姐更便于出击。”

“‘导师’应该就是中间联络的负责人，而康俊彦、谢青萍只是分散在各地的执行者，根本无权知道董小姐这样的机密。”

这个解释更加合理了，更加周全。

如果真是这样的话，剑舞是不是在这里跟人动手了？不然手镯怎么会碎裂呢？而如果她动手了，也就意味着她参与了对 99 局总部的屠杀……虽然是被迫的，但也让陈太元感到不自在。

梁雪明白陈太元的心情，拍了拍他的肩膀：“如果是被迫所为，谁能责怪她呢？放宽心就好。”

随后两个小时都没找到任何东西，时间已经接近半夜 12 点。陈太元提议先回酒店休息，明天白天再来一次。而且他现在满脑子都是剑舞的事情，根本没多少心情搜查。

第二天一早，三人再回到此处，着重搜查了 99 局的行政办公大楼。里面同样是一片火烧之后的狼藉，而且也已经被翻看了好多遍。

“文件已经烧得什么都不剩了，各种电脑设备也没多少完整的。”梁雪说，“或许有些电脑硬盘储存的东西还能修复调取出来，但显然都被警方运走了。”

不过在会议室旁边的一间办公室里，他们找到了一个硬皮本。这本子压在了一片砸落的天花板下，故而没有被人找到。打开硬皮本，发现这是 99 局机要秘书的会议记录！

这里的机要会议肯定会以录音的形式记录下来，但传统的速记方式也不会遗弃，而且这也是参会秘书的习惯。在这个笔记本上，记录了 99 局总部近几个月来的十来次会议。而其中最让陈太元感兴趣的是前几天那场，也就是岳东实验室严主任来总部参加的学术会议。

“竟然还有严主任的会议记录。”梁雪也凑在一起仔细看。在这次会议上，严主任坦诚说明了极限进化液的害处，并且提出了一个令在场人员都惊讶的建议——暂停一切极限进化液项目！

他要着力解决副作用的危害，否则将极限进化液继续用在实验者身上，简直就是犯罪。

这也是为什么他从两个月前就建议总部暂停制造新的极限战士。当然，由此也使得总部的极限进化液库存多了几支，这不，10 支药剂此时全落在了胡局长的手中。

当初严主任暂时喊停，大家倒还可以接受。但现在要无限期地关停极限进化液项目，马上招来了 99 局高层大部分人的反对——开什么玩笑？极限战士是我们 99 局的生存之本，你不让制造极限战士了，咱们以后还怎么混？！

甚至连龙北极这位特战队总指挥也说：“有副作用，咱们反倒更要继续下去！因为一旦我们这些极限战士都因为副作用而不能继续战斗，甚至一个个死去，99 局不就陷入无人可用的境地了吗？到时候，随便来两个血族就能打垮 99 局，绝对不行！所以还得继续培养，免得出现青黄不接的情况。”

这也不无道理，没有了极限战士，让 99 局喝西北风吗？让 99 局任凭黑暗种来反扑报复吗？

严主任的建议虽然是出于严谨的科学态度，但却在实际操作中被否决。

会议记录显示，严主任当时一直据理力争，希望能暂停一年让他抓紧时间研究对策。龙北极等人依旧无法接受。

或许这次会议之后，99局已经准备再度启用那10支极限进化液了。谁知没过两天，那场血腥而恐怖的大战就爆发了，10支进化液也就留在了柜子里。

梁雪心情沉重地说："我觉得，还是把这些会议记录拍成照片发给那个姓胡的好。"

陈太元点了点头："该做的都做了，咱们也算是仁至义尽、问心无愧了。"

"希望姓胡的别为了一己之私而陷入疯狂。"李晓芬撇着嘴说。

055

极尽蛊惑之能事

胡局长收到了梁雪发来的图片后，非但不信，甚至还不屑地讥笑梁雪为了把极限进化液骗回去煞费苦心，都开始伪造会议记录了。

"我觉得咱们恐怕拦不住胡局长。"李晓芬鼓着腮说，"不过他难道不需要上报更高级的领导批准，就进行实验吗？哪儿来那么多的实验者供他使用啊？失败率这么高。"

是啊，实验的活体并不容易找，而且由于伦理道德原因也不能随意在别人身上尝试——就算自愿都不行。因为 50% 的失败率听起来是非常残忍的。

“哪怕死亡率只有 1/10，我也不接受，我又不是亡命徒。”陈太元笑了笑，但又有些不解，“当初是什么原因，让你做出了这么狠的选择？难道你们 99 局里都是为了力量而不顾生死的人吗？”

“亡命徒？”梁雪摇摇头。假如可以好好活着，谁会主动去做亡命徒？“就算我们 99 局搜寻愿意成为极限战士的实验者，其实也是非常难的。全国范围内每年能筛选出的‘合格者’有时候还没有极限进化液的产量高。总部能节余出 10 支极限进化液，可能也是因为实验者越来越难找了吧，毕竟条件太苛刻了。”

李晓芬问道：“那雪姐你……是什么情况呢？”

梁雪的眼睛顿时冷漠了不少，良久之后说：“我曾是个杀人犯，本就是该死的人。”

“我自幼没了父母，是姐姐将我拉扯大的。大我 6 岁，说是大姐，其实和老妈差不多。后来她嫁人了，但我姐夫不是个东西。在外头拈花惹草不说，回到家里还经常对我姐拳打脚踢。我姐性子软，鼓足勇气提出过离婚，结果换来了更狠的对待，于是她不敢提离婚的事儿，逆来顺受地活在地狱里。

“后来这畜生带着小三儿到家里一起打我姐，那次我在医院见到我姐的时候，她勉强被抢救过来，在重症监护室里住了好多天……”

陈太元明白了，叹道：“所以，你杀了你姐夫。”

“何止。”梁雪冷笑，“除了他，还有那个小三儿和他的妹妹——也就是我姐的小姑子。连她小姑子也欺负她，打她的时候简直像是打阿猫阿狗，板凳、马扎、擀面杖，抄起什么就砸什么。”

一下子三条人命，真狠，真下得去手！那时候，梁雪不过是一个普普通通、纯洁无瑕的女孩子。

虽然陈太元也觉得那三个人死有余辜，但他也说不出“杀得好”这样的话。

“好歹将我姐解脱了出来，也算是值了。”梁雪撇了撇嘴，“当时我觉得自己必死无疑。虽然官司还在一层层地走程序，但三条人命，我肯定活不成，直到一个人出现在我面前。”

出现在梁雪面前的正是龙北极！当时他负责为99局寻找合适的“实验志愿者”，龙北极之所以选择她，是觉得她犯罪情有可原，并非本性恶劣。从法律上讲，她该死；但是从人情上说，她应该得到一次活下去的机会。

梁雪冷笑：“据说，连大名鼎鼎的龙北极总指挥，也曾是一个囚犯，而且是军事法庭判的刑——他以前是一名战士。”

龙北极曾出境执行打击毒贩的任务，结果由于内部出现了泄密的叛徒，龙北极所带的特别行动队全军覆没，十几个兄弟死了个干净，除了龙北极和那个叛徒。于是龙北极回来之后杀了叛徒，没有经过司法审判程序，这本就是违法。更大的问题在于当时那个叛徒正在和一群朋友吃饭，杀红了眼的龙北极一怒之下血洗了整个餐厅的雅间，结束了七条人命。

“这种叛徒就是该杀！”李晓芬倒是快人快语。

梁雪点了点头：“包括秦汉升也一样。听说他当年其实是挺平和的一个人，一场剧变导致性格大变。好像是他老婆伙同奸夫要害死他，还未真正下手就被他发现，反倒是他提刀杀了那对狗男女。极限战士们都有各自的苦衷吧。”

李晓芬原本抱着梁雪的胳膊，忽然抓紧了一点点。

梁雪也不想继续讨论这个沉重的话题，说：“总而言之，极限进化液的实验者不容易找。而且姓胡的若是没有全国范围内的遴选权限，那就更难。”

胡局长显然没这个权限。

陈太元点了点头：“就怕他饥不择食。就像他之前对雪姐说的那样，他自己都要做一名极限战士，这个疯子。没有99局专业实验室的辅助，他敢贸然往自己身体里注射？”

谁知道呢?

事实上胡局长比陈太元想象的更加着急、更加疯狂，因为这才过去一天，他竟然就忍不住开始实施这种活体实验了！

在超调局首都总部中，胡局长已经思考了一夜，而且和两个心腹手下一同商议谋划。最终，胡局长决定亲自参与实验。

随后胡局长又把超调局刚刚招来的二十几个人全都召集过来。“这件事儿不做强制性要求。”胡局长冷冰冰地扫视着眼前的手下，“但是你们要知道，这是一次何等难得的机会。极限进化液，让你们瞬间变成神魔般的强者，拥有梦寐以求的、超人的力量和速度！”

“风险当然会有，但收益你们可以想一想。成为极限战士，成为国家不可或缺的超级英雄，那时候你们就是国宝！

“单是这一支极限进化液的价值，恐怕都是你们三辈子的薪水都换不来的。而现在，咱们超调局是免费供应。当然，并非人人都能得到，只有10支。

“不，只有8支，因为我自己也要使用，汪处长也会和我一起。剩下的你们考虑一下，做出最后的决定。”

他的话音刚落，他的铁杆心腹汪处长就补充说：“另外，50%的成功率也并非那么绝对。当初99局挑选的都是什么人？那都是监狱里的人渣，瘸子里面选将军。哼，以这些人的体质，失败率当然高。而我们不一样，我们都是优秀的警察，大家能被挑选到咱们超调局，至少都是能打的，多少学过功夫，所以身体素质更好。”

“在这种条件下，我认为实验成功率肯定更高。就算失败了，依照咱们的这种优秀体质，也不至于会死，充其量也就是身体受损。”

胡局长极尽蛊惑之能，将成功之后的前景描绘得天花乱坠。还说就算实验失败，国家也会按照工伤处理，赡养他们到老。

056

疯狂实验

有局长的带头示范，加上各种蛊惑，再加上那种大义凛然捐躯报国情绪的渲染，现场不少人都心动了，到最后竟然还真的凑齐了 10 个人。

这时候陈太元等人刚刚到 99 局总部遗址搜查行政办公大楼，可见胡局长的速度之快。

如此着急上火地展开实验，不仅仅是因为胡局长自己等不及，最主要的是，他担心梁雪从中作梗！万一梁雪联系上公安部的领导，真的把这 10 支进化液给要走了，到时候找谁哭去？就算没给要走，部里研究之后觉得风险太大而禁止使用，岂不是同样麻烦？所以必须马上行动，越快越好！而且不仅他自己要注射，还要把10支药剂全都用上！很简单，他希望制造出更多的极限战士，这样自己手中掌握的实力才更强大，底牌也就更多。

根据从 99 局总部搜查到的资料，胡局长已经知道使用极限进化液后最危险的就是前一个多小时，实验者的身体会出现僵化、高烧、昏厥等情况，抵御这些症状全凭个人体质，外力无法帮助。这个阶段过去之后，辅助的医疗手段主要用于抢救实验失败者，使之脱离死亡危险。

注射分批开始进行。胡局长本不想一马当先，事到临头，他有点儿畏惧这 50% 的失败率。死亡的威胁迫在眉睫，他从狂热中稍稍清醒过来。但事已至此，也容不得他退缩了。

“好，我们五个先来！”胡局长咬牙躺在了病床上，用绳带将身体固定住，避免因剧烈的痛苦而疯狂地挣扎。随后一名护士将这支黑乎乎的进化液注射进他手腕的血管之中。

几乎是一刹那，胡局长就感觉到了一种酸麻的疼痛。不多时，这种酸麻变得炙热，并随着血管向身体各处疯狂延伸。

心跳在减速，但心脏的痛感却越来越强；每一条血管，无论是大动脉还是毛细血管，都仿佛流淌着滚动的岩浆，似乎要被烧化。

而最为恐怖的是大脑。他感觉自己的脑袋里仿佛被填充了数不清的电加热丝，“高烧”二字已经无法描述此时的痛苦。

这是由“人”向“非人”的转变，焉能不痛?

胡局长忍不住号叫起来，如果不是因为绳带的束缚，他现在肯定已经难受得跳下病床。医护人员吓得面色铁青。

大约 10 分钟后，在最后一次挺起肚腹并跌落下去之后，胡局长终于昏迷了过去。两位护士马上对他实施物理降温，这是外力唯一能产生的一点点帮助。

另外四人包括汪处长也和他一样，相继陷入了昏迷。时间各有长短，坚持时间最长的是汪处长，15 分钟之后昏迷；而坚持时间最短的是一个女警，3 分钟不到就昏迷不醒了。

昏迷期间，这五个人的身体都僵硬如木头，非常吓人。根据极限进化液的使用说明，这是前一个小时的正常状态。一旦肌肉开始松弛，便意味着最关键的药剂融合期已经度过，而成败也将见分晓。

病房边缘另外五人一直在仔细地观察，时间仿佛被无限拉伸，于是秒变分、分变时，何其漫长。

终于一个实验者孱弱地哼了一声，迷迷糊糊醒来。是那个最先昏迷过去的女警，她仿佛被抽空了灵魂般双目空洞，话都说不出来。

两名医生马上开始救治，并且将一袋准备好的液体缓缓输入这个女警的体内。这种液体只是一种普通抗生素，但对于维持进化液实验失败者的生命却非常有效。

5 分钟后，这个女警终于长长地舒了一口气，眼睛之中也恢复了一些神采，她轻声地说："水……痛……"

想要喝水，而且浑身剧痛。

根据胡局长此前的交代，医生检查完对旁边的工作人员说："很不幸，实验失败；但不幸之中的万幸是，这位女士应该没有生命危险。至于是否会留下什么后遗症，需要日后一段时间的观察。"

呼……一群同事都暗暗松了口气。

不一会儿，又一个人醒来，失败，但性命无碍；紧接着又一个人短暂地醒来，旋即陷入重度昏迷中。

最后醒来的胡局长同样被宣布失败。此时只有汪处长还没醒。

"失败……我竟然……失败……"胡局长眼睛瞪得贼大，不愿相信眼前发生的一切。而且更让他无法接受的是，醒来的四个人竟然全都失败了！

怎么会这样？！ 4 支极限进化液，无价之宝啊，每一支都能造就一名强大的超级战士才对！

就在胡局长百感交集之时，忽然身边响起一道闷吼，将他瞬间拉回了现实。

他奋力扭头一看，只见汪处长醒了过来，双目之中闪现出短暂的红色光芒。红光消隐后，汪处长猛然发力，束缚在他身上的绳带被硬生生地挣断！

“哈哈哈，力量，好强大的力量！”汪处长大喜过望，看着自己一双铁拳，完全不敢相信自己竟然拥有如此神力，“浑身上下充斥着使不完的劲儿，这就是极限战士吗？哈哈哈！”

“你还要休息两天，不要擅自发力，蠢货！”胡局长艰难地吼了两句，扯动了浑身酸疼的肌肉。

汪处长笑着下了病床：“我知道……老大你没成功？你不知道这股力量究竟有多强。你先休息，我出去方便一下。”

刚说完，众人就听到了“咔嚓”一声，只见汪处长略显尴尬地看着手中的门把手——赫然被他给掰断了！

“不好意思，看样子还需要适应几天。”其实汪处长早已按捺不住满心的喜悦。

不得不说，汪处长的表现大大增加了进化液的诱惑力，让其余的人跃跃欲试。而且实验失败也不像说的那么可怕，四个失败者中的三个都脱离了危险。

不一会儿，另外五人开始了实验。一个个相继被注射了极限进化液。

但是就在他们被注射之后不久，传来了本次集中实验的第一个噩耗——第一组中刚才陷入重度昏迷的那位，心脏停止了跳动，生命体征消失，抢救无效！

实验的残酷性，终于缓缓揭开它无情的面纱。

第五章

057

邀请与会

就在第一个人遭遇不幸之后，原本剩下两个貌似体征平稳的人也忽然出现了异常，医护人员完全束手无策。

半个小时之后，其中一个因为心肺功能衰竭而死去。那个女警察虽然艰难地熬过了这场劫难，但后遗症肯定会非常严重。

至于胡局长本人也反复了一次，浑身疼痛难忍。勉强支撑下来后，他发现自己的视力大大下降，双眼一片模糊。而且，听力也受到了极大的损伤。

要知道超调局的成员，都是警方精心挑选的，就算没有超自然的能力，身体素质也是过硬的，视力听力等机能良好。如今出现了这种情况，胡局长陷入了深深的恐惧中。

而一个多小时后，第二组人员也陆续苏醒过来。结果和第一组的成功率完全一样，只有一个人成功成为极限战士。失败的四个人里面丧生了一个，其余三个的身体状态也和胡局长差不多，大大折损。

10 支极限进化液，成功率只有区区 20%，而死亡率则高达 30%！

“怎么会这样……成功率竟然会这么低！”胡局长越来越清醒，越想责任越重，也越担心。

怎么向上级交代？现在死的人太多了。

这时，汪处长从外面走了过来，他语重心长地说道：“胡局，眼下这形势有点儿超乎预料，咱们应该向上级汇报，不然怎么收场？”

胡局长心里“咯噔”一下，随即暗骂：王八蛋，你这是要把我架在火炉上烤啊！

现在这个时候如果仓促上报，部里会怎么想？还不把胡局长给骂个狗血淋头？而且胡局长的身体软弱得连常人都不如，如果此时上级得到了汇报，会怎么安排处理超调局的事务？说不定直接就把胡局长辞退了——你这样的重病号还能担当超调局局长一职？

“不，我们先内部讨论一下。另外……”胡局长还想拖延一下。

但汪处长冷冷地摇了摇头：“死了三个，五人伤残，这责任实在太重了。假如你觉得不方便的话，我可以向上级汇报。”

“你……”胡局长险些被气晕过去——这是逼宫啊！一直以来汪处长都是他的铁杆心腹，想不到如今趁着自己身体虚弱的时候，变成了极限战士的汪处长马上就变了嘴脸。

汪处长完全不理会他，直接拿出手机拨通了电话——他竟然打小报告，还当着胡局长的面！

怎么办？怎么向上级解释？胡局长忽然想到自己也许应该找梁雪聊聊，或许还能找到别的办法。

于是，就在汪处长拿着手机出去之后，胡局长赶紧哆哆嗦嗦地拨通了梁雪的电话。而此时，梁雪还在 99 局总部行政大楼里，尚未离开。

接到胡局长的电话，梁雪有些诧异。此时距离她把会议记录照片发给胡局长也才过去了 3 个小时，难不成他改主意了？

但她没想到，短短 3 个小时内，人家胡局长把大事儿都做完了！

听了胡局长简单的叙述，梁雪目瞪口呆：“你这是疯了吗？！就算有愿意接受实验的，你们也要先对实验者进行身体锻炼和强化，你们太草率了！……不，你这是犯罪！”

还得提前锻炼强化？我不知道啊……胡局长彻底蒙了。

他当然不知道。极限战士是 99 局最大的核心机密，就算他们事后了解了一些内容，也不可能知道全部。其实，胡局长本该仔细询问梁雪，至少她是现在唯一可以找到的极限战士。但他却因为一己之私，完全不闻不问。所以当听到梁雪毫不客气地说他是在“犯罪”时，胡局长竟恼羞成怒地挂掉了电话。

而梁雪则思绪难平，狠狠一拳砸在一张烧焦的桌子上，桌子稀里哗啦碎落一地。

刚才的通话，陈太元显然都听到了，淡然道：“看开点儿，这又不是你的责任。”

“我没想到他会这么快……”梁雪恨恨然，“早知道这样，我倒不如不劝阻他，而是仔细告诉他一些实验前的准备工作，哪怕少死一个人也是好的。”

陈太元摇头：“不，那种情况下，你说什么他都不会相信，他都以为你在故意拖延时间，好想办法把那 10 支极限进化液抢夺回来。这种人就是这样，自己小人之心，便觉得天下没了君子。不碰得头破血流，他是不会清醒的。”

三人的心情都很沉重地到了中午，李晓芬接到了一个意外的电话——来自公安部的。

“李晓芬同志你好，这里是公安部。”对面是一个成熟女警察的声音，“你们超调局都是临时抽调上来的人员，所以我们还不认识。”

“当然我听说过你，雷泽市的超自然案件高手——这个暂时不提，现在有一个紧急会议的通知。超调局发生了重大变故，部领导要求将你们所有同志召集起来，召开一个紧急会议。会议时间是今天晚上六点半，任何人不得缺席。”

肯定是因为这次实验事故要开会，这倒不意外。李晓芬支吾了一下：“不能请假吗？可我现在在西京市呀，不在首都。”

对方明显有备而来：“明白，所以原定下午5点的会议特意推迟了一个半小时。下午1点多有一班西京到首都的高铁，傍晚6点之前抵达。到时候会有专车在高铁站接你，时间够用。”

这安排，简直就是专门等她，李晓芬只得答应了下来，还要马上赶往高铁车站。

“喂，等等，我能多问一句吗？”李晓芬接着说，“为什么必须要我参加？”

“不清楚，我只是按照领导的要求通知的。不过就我看，你毕竟是全国公安系统鼎鼎大名的超自然大英雄啊，这种会议怎么会少了你？”

英雄什么呀……李晓芬心里咕哝了句。

陈太元则在她挂了电话之后笑道：“你瞧，我就说你以后的麻烦会多起来。你这个英雄模范的名气太大了，连部里面开个会都不让你缺席。”

“还不是要怪你。”李晓芬嘀咕着。

还没到高铁车站，梁雪也接到了这个紧急会议的通知。这次来通知的竟然是部里的领导：“梁主任你好，我是公安部副部长孔凡新，久仰。如今我部出现了贸然使用极限进化液而致人死亡的恶性事故，而你现在恐怕是唯一幸存的极限战士了，所以请你马上到首都一趟，协助我们解决一下这个棘手的问题。”

陈太元哈哈大笑：“晓芬啊，看来雪姐的面子更大，你们系统的副部长亲自打电话邀请啊！”

李晓芬则大喜过望：“管他面子不面子呢，反正有雪姐跟我做伴了，哈哈。老陈，你一个人在这里还有什么意思，一起一起啦！”

“我又没被邀请，难道在门外干等着啊？”陈太元直摇头。

但是话音未落，那个女警又来电话了：“李晓芬同志，原来陈太元老师跟你在一起呢？那就太方便了。京华大学生命科学实验室的袁晴主任指派陈老师来参加这次会议，麻烦你转告一下，请他也务必赶到。”

看来这是要专家会诊啊。

李晓芬乐得直捂嘴。

三人一同去首都了。

058

重组与任命

下了高铁站之后，果真有车已经等着他们，风驰电掣开了半个小时，虽然没有直接去总部，但考虑到一会儿有大领导接见呢，晓芬这心里头还是有点儿小激动。

这栋隐蔽的建筑也正是超调局的办公地。李晓芬哭笑不得，心想自己这是“回”单位啊。

来到指定的会议室里，气氛显得非常古怪。所有人没有一点儿声音，一个个肃穆地坐在座位上宛如雕塑。整个会场笼罩在一片压抑的气氛之中，没人敢随意说话，更不可能有心情谈笑。

椭圆的长桌最里面坐着一个高级警官，也就是孔凡新副部长。两侧的警务人员形形色色，李晓芬是其中最年轻也是级别最低的一个。

陈太元看到胡局长和汪处长的精神状态迥然不同，反差实在太大了！

昨天还牛气冲天的胡局长，现在精神颓废、萎靡不振；而此前跟在胡局长屁股后面唯唯诺诺的汪处长，现在却趾高气扬、意气风发。

陈太元三人自然清楚个中缘由。

作为“特邀嘉宾”，孔副部长一见面便直接起身迎接陈太元和梁雪。“感谢梁主任和陈老师亲临现场，请坐。”孔副部长开门见山地说，“这次事件想必大家都知道了，部里面对这起事故感到极端痛心和不满！10名干警参加一场具有重大生命危险的实验，竟然连分管部领导都不汇报一下，就直接做，还有点儿组织性、纪律性吗？谁给你们这么大的权力？！”

“所以说，胡卫国同志这次要承担全部责任！实验成功的两位也要受到纪律处分——因为这是你们的集体意见。”

还真够严厉的，连汪处长两人也得跟着受处分。

显然胡局长提前接到了消息，此时倒是没有更多的表情，依旧耷拉着脸。倒是汪处长那两人觉得不可思议，特别是汪处长，心想：我现在已经是极限战士了，你们不把我当宝贝疙瘩供着养着，还要处分我？没听错吧？！

另一个成功的极限战士叫裘同，虽然也有点儿诧异，但转瞬便叹了口气，毕竟死的同事太多了。

孔副部长没理会这几个人的心思，说："从今天起，胡卫国同志不再担任超调局局长职务，记大过，降级任用。"

"部里面会对你的工作另有安排，但肯定不会是超调局。现在是超调局的会议，所以请卫国同志你回避一下。"胡局长的心情是复杂而黯淡的，叹了口气走出会议室。

"至于汪非立和裘同两位同志，"孔副部长顿了顿说，"记过，并且依旧担任处长职务——汪非立任行动处处长，裘同任副处长。其实，部里面本想提拔你们，现在不升不降，算是略做惩处了。"

毕竟，这两位是部里面仅有的极限战士。

这时候，孔副部长的手机忽然响了。他的表情非常严肃，过了一会儿，他挂了电话沉默片刻后说："刚刚得到的上级安排，我宣布一下。事实上从今天发生这件事儿开始，部里乃至更高层的领导，都一直在紧张协调配合，各项事务的安排也随时有些变动。上级认为，一个团队没有竞争是不行的，没有点儿相互监督制约更不行！假如有人监督胡卫国同志，或许也就不会发生今天的事情。所以经部里面研究，决定成立'行动二处'。汪非立和裘同两位同志原来负责的行动处自动更名为'行动一处'。"

顿时所有人都惊呆了。

成立"行动二处"？要知道整个超调局仅有的两个极限战士目前都划归到行动一处了。

"下一项任命。"孔凡新看了看大家，最后目光落在了梁雪的身上，"现任命梁雪同志为行动二处处长，全面主持二处的工作。至于一处和二处的人员，由处长在现有成员范围内挑选，当然也要征求成员本身的意见。"

"所以从这一刻起，梁雪同志，你就不是公安系统之外的人员了。

"我也在此代表我们公安系统，欢迎你的加入！"

梁雪一时反应不过来："怎么突然给我任命了？我是99局的人！"

“99 局遭逢大劫，极限战士只剩下了你一个，超调局刚刚成立就损兵折将，剩下的精锐也不多。将两者相互结合，才能发挥更好的效能。不过，考虑到双方人员的感情因素，新机构暂挂两个牌子，对内称为 99 局，对外称为超自然案件调查局，这也符合咱们系统内的命名传统。

“至于行动一处、二处之外的处室机构会另行设置，你们听候通知就是了。”

这倒好，两个机构竟然合并了，而且梁雪一下子成了新机构的重要成员，只是手底下都是些残兵败将。

以前梁雪还憋着一肚子的气，非要重建 99 局，现在倒是不用费这个心了。99 局剩下的文职或科研人员都被警方收纳了，木已成舟，而任命梁雪为处长再合适不过。

有了梁雪这个老牌极限战士挡在面前，汪非立以后想要晋升到更高的位置，阻力就大得多了。只要绕不过梁雪这座山，他就别想爬升到更高的位置。

该死……汪非立颇有敌意地看了看梁雪。

孔副部长继续宣读：“和行动一处一样，二处也设置一名副处长，人选为李晓芬同志。经过部里面综合调查研究，认为李晓芬同志拥有丰富的作战经验，大家欢迎梁雪和李晓芬两位同志就职！”

李晓芬都听傻了，自己一下子就和原单位副局长一个级别啦?

大家的掌声响起，李晓芬连辩白解释的机会都没有。

一般干警虽然也觉得李晓芬太年轻，但一想到她那个“超自然大英雄”的唬人名号，还真不至于产生多大的嫉妒心理。没办法，人家有真本事哩。

总之，陈太元他们三个本以为只是一个问题碰头会，却不料变成了一个机构重组会议，而且他们直接成了当事人，甚至包括陈太元！

059

神医

说完了梁雪和李晓芬的任命，孔副部长又说：“小陈老师，现在我们警方也诚意聘请你为特聘专家，希望不要推辞。上级领导部门下了通知，声称他们已经联系了京华大学的袁石清教授，袁教授对此没有意见。”

这上级部门的权限有多大，手能伸多长啊？简直没有做不到的事情。

陈太元咂了咂嘴：“可是，我在京华大学都……”

梁雪冷冷地打断了他的话：“让你做你就做，哪儿来那么多废话。”

“就是就是！”李晓芬趁机落井下石。

很显然，这两人都想让陈太元继续和她们在一起啊。

陈太元瞪了梁雪和李晓芬一眼，终于点了点头。于是，这家伙从受聘于市公安局，一下子变成了受聘于公安部。

孔副部长说：“研究超自然生命体的科学家如凤毛麟角，在任何国家都是宝贝。咱们能得到陈老师这样的专家相助非常难得，所以要特事特办。以后陈老师就按我们警方内部待遇来对待，做什么事儿需要大家配合的，大家都尽可能地配合。”

这就是分别对待了。

其实要是按照孔副部长的身份和权力，直接将陈太元安排个警察编制也是一句话的事情。但是，他依旧只是将陈太元定位在“特聘专家顾问”的身份上。

因为说到底，他对陈太元的技术水准并不放心。上级领导原本想请袁石清来做这个“特聘专家”，但袁老最终推荐了陈太元，看到请不动袁石清，上头也只能退而求其“次”——陈太元就是这个“次”。

“人事任命先说到这里，”孔副部长说，“下面再强调一下工作纪律。”

训话结束后，孔副部长再次强调了内部的竞争。

“有竞争，才会有进步，也才会有相互的监督。所以作为最重要的部门，行动一处和行动二处要展开竞争。在针对敌人的行动之中，谁取得的战绩辉煌，谁取得的功劳最大，谁就有资格晋升。当然，副局长的职位，只在两个行动处正副处长这四人之中产生，因为要考验你们的领导能力。这也是我们不再设置局长和副局长的原因。我暂时兼任局长这个职务，但我希望能尽快将这个职务让给你们在座的某一位。”

孔副部长仔细介绍了这个规则——

在随后的行动中，两位处长和两位副处长谁的功劳最大，谁带领本处取得更大的成绩，谁就自动晋升为副局长。空出的职位由下面成员自动递补。

而再下次行动，会再度产生一位副局长。再由两位副局通过竞争产生正局长，孔副部长也不再兼任。

“不要认为领导层的这个决定太残酷，因为我们的对手更残酷。”孔副部长说，“就算我从警35年，也是第一次真正处理这样的案件。为此我们要对逝去的99局同人们表示充分的敬意。”

“不说那么多的空话。我只希望在你们的努力下，咱们国境线内的所有百姓都能安安稳稳地工作、学习、生活。夜幕降临的时候能有一片片安宁的万家灯火，而不是人人自危、不敢出门。这一切，就拜托各位了！”

孔副局长起身向大家鞠躬，所有人马上站起来敬礼。先不论职位高低，单就说这个年近60的老人能向诸多年轻人鞠躬，大家就不敢继续坐着。

随后，他们又研究了实验失败的几位同志的问题，主要是要请陈太元来救治。

陈太元心知肚明，本着科学工作者的态度做一个基本的诊断。而且他也想通过这种诊断，了解一下极限进化液失败之后的副作用，说不定对研制梁雪那种解药也有些帮助。

身边面色有点儿白的女警察，也是第一轮实验之中支撑时间最短的那位。看起来有点儿虚弱，而当陈太元跟她说话的时候，才知道她的听力也出了问题。

“万万想不到高大上的京华大学生命科学实验室派来的会是中医！我以前听力和视力都蛮好，现在不行了，好难过。我根本看不见什么，好像重度近视一样。医生说我连600度近视患者的视力都不如。”

陈太元又问了下，发现其余几位实验失败者都是这样。

于是他先翻了翻这个女警察的眼睑，而后手指搭在了她手腕脉搏上。这个“土郎中”和白天那些医生和专家完全不是一个套路啊。白天又是血检又是倒腾显微镜，什么血红蛋白、血小板、白细胞、多巴胺，什么DNA变异或者神经元受损，问题最终也没解决。现在来了个把脉的“土郎中”，直接把大家惊呆了。

“这……这是开玩笑吧。”汪非立首先不满地叫出来，本来他就敌视梁雪和李晓芬，自然也就“恨屋及乌”了。

陈太元相当挑衅地瞥了汪非立一眼，继续询问症状，有没有头晕、乏力、心慌气短之类的表现。问了一大通之后，他缓缓点头说：“貌似瞬间进入极其严重的气血两虚状态，但又不全是。”

一边说着，从他手指上缓缓发出一种奇怪的力道，宛如一道无形的气体冲入女警的脉搏。由于女警看不清楚，还以为陈太元给她注射了什么东西呢，可是又没有针扎注射的疼痛。

随着那股气息在体内缓缓流窜，不多时，这女警的神情忽然一震！

“我好像……看清楚很多！听得也清楚了一些！”女警察惊呼，“天哪，太神奇了，神医！”

全场人都愣了，汪非立更是不愿相信。

“镇定一下。”陈太元说着，缓缓收回了力道。结果那女警察忽然懊恼起来：“怎么回事儿，似乎又回去了，我又看不清了……”

只是暂时好转啊……一群人都沮丧起来，唯独汪非立暗自幸灾乐祸。

060

尸体

在众人好奇的目光之中，陈太元说：“你现在不可能马上就好，但其实已经有所好转，只是不太明显。想要完全恢复几乎不可能，但在一定程度上调理一下应该还可以。每次我给你这么调理一会儿，三次之后应该会有最大化的恢复。”

“另外我有一种药剂留在雷泽市的家里，需要让人送过来。服用之后，应该还能再起到一些疗效。

“看情况吧，我也不敢说最终能治疗到什么程度，但视力、听力肯定会提升不少吧。”

这已经很了不起了。

李晓芬得意道：“瞧见没？老陈很厉害的。”

对面的女警察激动得浑身打战。虽然她意志很坚强，能够接受身体严重受损的事实，但毕竟心有不甘。听说陈太元能救自己，哪怕只是少许恢复呢，也是天大的喜事儿。

不仅仅是她，连其余几个身体受损的都大喜过望，纷纷起身道谢。

“先把丑话说在前面啊，”汪非立冷笑，“先说完全恢复几乎不可能，又说什么不敢说最终治疗到什么程度，倒是会给自己留后路。不会是根本就不懂这个，纯粹糊弄人吧。”

孔副部长脸色有点儿不好看：“汪处长，注意你的态度，陈老师毕竟是京华大学的老师，也是袁老的助理。”

汪非立虽然没敢硬顶嘴，但还是低声哼道：“现在大学里欺世盗名的多了去了，年纪轻轻不干正事儿混进去的家伙更多。”

陈太元看了看汪非立，无所谓地笑道：“不信就算了，我们京华大学的药又不给你用。”

“我用你的药？是你该吃药了吧，我是极限进化液实验成功者！”汪非立觉得陈太元的脑袋可能不灵了。

陈太元不屑于继续跟他说话。

梁雪则适时说道：“孔部长，其实还有一件极其要紧的事情。原本这件事儿只和我自己有关，无须汇报，但现在既然公安系统也多了两个极限战士，就不得不提醒一句了。”

“极限进化液就算实验成功之后，也是会有副作用的。此前连龙北极等‘八龙将’都概莫能外，只不过一场突如其来的浩劫爆发，才使得这副作用来不及显现。99局实验室严主任的笔记，以及99局总部实验记录之中，已经将此事说明了。”

随后梁雪又把具体的症状说了说，甚至直言不讳地表示，即使她自己现在也面临这个重大的威胁，尚无对策。

孔副部长大惊失色，其他所有人也都情绪复杂。当然，汪非立和裘同则有些惊恐，心想：梁雪这是在吓唬人吗？

“这么重大的事情，你们99局怎么不早说！”孔副部长显然也着急了。

梁雪冷声说：“我提前通知过胡局长，一再希望他不要做这个实验，也讲明了极限进化液的副作用。但是，进化液不在我的手上，我也没办法。”

说着，她把自己的手机信息打开，上面还有她发给胡局长的那些照片。照片的内容，正是99局总部会议的那些记录。

孔凡新十分恼怒，他脸色铁青地表示：假如真的存在这样的情况，那么胡卫国还得承受进一步的处罚！

“当然，现在的关键问题在于，真的无法治疗？”孔凡新摇头道，“我们好不容易拥有了几位极限战士，竟然只有三年多的寿命？不，梁雪同志你的时间更加……”

想到这里，所有人都愣愣地看着梁雪。

没想到梁雪全不在意，点了点头：“我大约还有半年的时间吧，肯定不到一年。”明知自己一年之内会死，还这么不动声色。倒是汪非立和裘同这两个大老爷们儿表现得不咋的，冷汗直流，身体微颤。

陈太元说：“当然，我们京华大学生命科学院会尽量抓紧时间来研究，希望能找到相应的治疗方法，尽最大努力吧。这一点，袁晴主任已经向雪姐做了保证。”

说到这里，陈太元又颇为玩味地看了看汪非立，笑道：“当然，汪处长说了，他是不会使用我们的药剂的。”

汪非立脸色惨白。

为了尊严依旧死撑着面子？面临生死的威胁，尊严值个屁啊！汪非立忽然转变了表情，讪讪地笑道：“随口一说而已，刚才不好意思了，希望陈老师不要见怪。”

这样的人，你还真拿他没辙。

但，两个行动处开始选人的时候，没人乐意跟着汪非立。

最终，梁雪和李晓芬挑选了五名身体素质和为人都还不错的成员作为手下，李晓芬也真正有了属于自己的“兵”。孔副部长也说了，现有的人马只是暂时的，将来还要在全国公安系统范围内遴选好手，使得每个行动处达到百人的规模！

陈太元电话通知了袁晴，将那些药剂取出来抓紧送到雷泽市公安局，到时候市局会派专人赶赴首都送药。药还在路上，陈太元等人却不得休息。在简单的交谈之中，梁雪得知原99局总部里面的不少尸体尚未处理，都由警方拖走并运送到了首都。

这里面有一个不便明说但陈太元他们都明白的原因：警方想通过解剖化验来看看极限战士的身体构造究竟有什么惊人的变化。说不定能再度研究出极限进化液，继续打造一支维护社会稳定的超自然力量。

孔副部长没有挑明，陈太元和梁雪也识趣地不会说破。

“对方作案之后焚烧了99局总部，”孔凡新介绍说，“火势很猛，所以不少遗体已经……当然，有几具倒还可以辨识。其中，连大名鼎鼎的龙北极总指挥的遗体也在。”

得知龙北极的遗体还在，梁雪自然想要去看看。对于这样一个简单的要求，孔凡新没有拒绝。

这是一栋类似于生物实验室的建筑，里面有几个奇怪的玻璃罩子。房间里阴森森的，几位穿着白大褂的人员看到陈太元和梁雪等人进来，而且是孔副部长亲自带进来，于是一个个主动让开。

陈太元看到房间里最显眼的是罩子里三具被烧得黢黑如炭的尸体。其中在正中间的那具魁梧高大，接近一米九的身高，梁雪看了一眼，心跳便陡然加速。

“总指挥……”梁雪的声音有些失落，缓缓走近。

龙北极，这几乎是原 99 局每个人心中的精神支柱，也是屹立在东方超自然世界里的一座巍峨高山，不可撼动。只要龙北极还在，天就塌不下来。

而如今，天真的塌了。

但就在这时候，梁雪的眼皮忽然一跳。

061

冒充的

一个中年科研人员在一旁说：“经过检查，这些尸体和常人尸体没有太大的差别。包括细胞组织、血液、肌肉等等。是不是极限战士死后，身体机能也会恢复到常人的状态？所以，这些尸体基本上没有什么研究价值，至少在我们看来是这样。”

但梁雪没太仔细听他的介绍，而是死死盯着中间那具尸体，似乎要看出什么东西来。安置并研究尸体的地方，本就有些怪怪的，而现在，梁雪的举动越发古怪了起来。

在众人的讶异之中，梁雪忽然冲到中间那玻璃罩旁边仔细地看。

作为一名资深老警察，孔凡新当即问道：“有问题？”

“有！”梁雪说着，指着这具尸体的左脚，说，“这里，小脚趾！”

陈太元和大家一样凑过去，却没看到那小脚趾有什么问题。

梁雪则说道："龙北极总指挥曾对我偶然提起过，他在成为极限战士之前，曾在一次任务之中失去了左脚的小脚趾。"

陈太元一愣："现在这些技术虽然强大，但没有肢体再生术吧？再说这是他成为极限战士之前的旧伤，所以……"

李晓芬瞪大眼睛："所以，这具尸体可能不是龙北极的？！天哪，这是怎么回事儿呢？"

那个科研人员却了然地点了点头："原来不是啊！难怪我们研究这么久，都没有发现这具尸体有任何异常之处。"

但是，陈太元却沉闷地摇了摇头。而且不仅仅是他，包括孔凡新和梁雪也一样。看得出，这些办案的老手都很敏锐。

果然，梁雪说："在99局总部之中，没听说有体形和龙北极总指挥如此相似之人。怎么会这么巧合，出现了这样一具尸体？会不会有人冒充，那么又是什么目的？"

所有人都为之一惊，陈太元又补充说："另外，极限战士死后，尸体和常人也是不同的。岳东办事处的秦汉升死后，我们京华大学实验室做了检测化验，发现他身体的基因已经产生了变化，和常人有着明显的区别。所以说，龙北极要是去世了的话，他的躯体也该和常人不同。"

这么说，龙北极有可能没死？

这倒是一个大大的好消息。

梁雪又提出疑问说："更加可疑的是，旁边这两具尸体的体貌特征也极像极限战士龙开阳、龙天权，他们都是'八龙将'之中强大的极限战士。但既然你们也没有查出这两具尸体的特殊之处，就意味着这两具尸体应该不是龙开阳和龙天权的。"

这就更是个谜了！

不但"巧合"地出现了貌似龙北极的尸体，同时还出现了貌似龙开阳和龙天权的。而这三位，恰恰是极限战士之中资历最老的三个，实力也是“八龙将”之中的最上乘。而且，现场偏偏只留下了这三具依稀可以辨认的躯体，其余的都已经被焚烧得面目全非。

“是阴谋。”孔凡新作为一个老警察，瞬间产生了一种得到大案线索的刺激感。自从他升到高级领导的位置以来，这种感觉已经离他而去太久了。“对方搞了这个迷魂阵，意图是什么？很可能是为了掩盖龙北极三人的死亡真相，甚至……”

“甚至三人根本没死，对方是找了三个替身丢在这里。”陈太元说，“好让所有人都以为他们已经死了。”

梁雪顿时精神一振：“假如他们三位还活着的话，那就太好了。”

但陈太元却淡然说：“未必，你忘了严主任的笔记了？他们三个是资格最老的极限战士，就算现在都活着，会是什么状态？”

在这次大偷袭之前，龙北极和龙开阳都已经出现了身体不适的症状。而且根据严主任的笔记判断，龙天权出现症状预计也是这段时间。

“追查。”孔凡新说，“找到对方的老巢，自然能调查个水落石出。大家在首都休整一下，同时也磨合一下队伍。当然，这三天里面也请陈老师继续为几位身体受损的干警治疗一下。三天之后，开始寻找凶犯的下落。现在部里面正在抓紧时间研究，大体判断出这些凶徒应该距离西京市不会太远。因为距离过远的话，发动袭击和撤逃会很不方便，至少在附近有他们的驻点。具体地点我们需要进一步……”

“这个回头再说。”梁雪直接打断了他的话，搞得孔凡新有点儿发愣。等到闲杂人等都不在了，梁雪才低声说：“不用查了，对方就在西京市附近古秦山脉里面。你要是不喊我们来这里，现在这个时间我们已经进山了。”

刚才当着那么多人没说，只是担心人多嘴杂。

孔凡新听到这个消息顿时大喜过望，这太方便了啊！

“现在唯一的欠缺就是高端战斗力。”梁雪摇头说，“我们三个极限战士，够呛。对方拥有很多兽化战士，而且还和吸血鬼存在勾结。这些黑暗种的数量太多，普通干警面对他们没有任何还手之力。”

孔凡新点头说：“所以警方也有自己的考虑和对策。公安系统和原来的99局不一样，没有大量的极限战士，想要对付这些黑暗种就只能在器械上寻求突破。早在半年前超自然势力爆发越来越猖獗的时候，我们就已经着手准备了。”

原来，他们早在暗暗寻找对策，枪械就是其中一个方面。

“超大火力的枪械，而且尽可能便于携带。”孔凡新说，“我们试验过，吸血鬼那样的身体绝对挡不住。虽然他们愈合能力很强，但只要给他们彻底打烂，打得他们恢复还没有破坏得快，一样能干掉他们。”

问题就是后坐力太大，一般壮汉警察都未必抓得稳。而且连续打几枪之后，双臂就会酸麻。在这样的状态之下，别说和吸血鬼或兽化战士战斗了，估计能继续开枪就不错了，而最需要这种枪械的偏偏是普通警察。再加上吸血鬼的移动速度太快了，简直是掠着地面飞，就算是神枪手都很难击中。

孔凡新说：“明天都配备上吧，哪怕只能开几枪，好歹也有些自保之力。”

一旁的陈太元阻拦道：“还是别让那些普通警察跟着进山了，风险太大。”

梁雪点点头：“我和太元，还有汪非立、裘同，枪械给我们配备上就好，别人去了也是累赘。晓芬留在山外保持联络调度，并且负责指挥行动二处的所有人作为策应。”

孔凡新愣了：“陈老师进山剿灭超自然怪物？”

梁雪：“嗯，他也算是个练家子，三脚猫功夫还过得去，至少能握得稳那种枪吧。对了，你修炼的是什么……”

“道家的气劲功夫。”陈太元笑道。

梁雪愣了愣，心想：这小子上次好像说的是道家正阳派什么功夫来着？记不清了，反正肯定是信口胡诌的。

孔凡新则啧啧赞道：“好本事，难怪陈老师有把脉诊治的本事。咱们的古文化博大精深，略知皮毛确实容易误人误己，但掌握精通之后却有着不可思议的效用，佩服。”

拿到超级手枪，才觉得说它是“手枪”有点儿委屈了，大口径足足有一尺多长，简直像一门小炮。或许，称为“手炮”还差不多。子弹也另类，个头儿好像比步枪子弹还大了点儿，威力肯定不一般。当然，其后坐力也就可想而知了。

062

欺师灭祖

整个行动处的男干警全都得到了一把这样的特制手枪，连李晓芬也不例外。

不好意思当着别人的面直接说，私底下李晓芬偷偷拉住陈太元，不住地咧嘴吐舌头：“老陈，咋办呀？这枪我……我不敢开呀！这小炮一旦开火还不把我震死呀。我又不能跟别人提这事儿，多丢脸啊。”

“可是这枪真的很棒啊，就算打不中要害，也能严重伤害吸血鬼呢！”李晓芬又很眼馋，“比我那小手枪强多了，咋办呀，又不想退给单位。”

其实陈太元一直犹豫着该不该教给李晓芬一些功夫。要是不教给她，随着她名气越来越大、参与侦办的超自然案件越来越多，危险也会越来越大。偏偏将李晓芬推上大英雄神坛的不是别人，正是陈太元本人。所以说，陈太元觉得自己应该承担很大的责任。

四下无人，陈太元低声说："那你要是锻炼强大了，不就能用这种枪了？"

"去你的，我又不是肌肉男。"

陈太元终于下定决心说："我教你功夫，但是……喂喂，你干吗？！"

没等他说完呢，李晓芬竟然兴奋地抱住他的脖子，狠狠地在他的脸上亲了一下。

"浑蛋老陈，我早就等你这句话了！"李晓芬随后假装生气地说，"你明明那么厉害，却一直不教我一些皮毛。"

别以为李晓芬真的没心没肺，其实心里很有数。陈太元要是肯教给她功夫的话，就说明朋友之间的关系更密切，这是李晓芬的小心思，但从不会表达出来。

陈太元笑了笑："也不是故意拖延到这时候，主要是因为修炼是有条件限制的。"

李晓芬顿时撇嘴："少来，不要说什么传男不传女的，要是这样，你那小情人剑舞咋也会功夫呢？"

原来早就有盘算了。

"当然不是这个原因。"陈太元说，"第一个是体质问题，必须是拥有足够灵性的人才行。其实这是老说法，意思就是体内经脉天然通畅的。这种人，基本上万里无一了。不过很巧，你就是这样子的。"

李晓芬心里头那叫一个得意啊，瞧，咱这是万里无一的体质啊。

"既然这一条不限制我，那第二条呢？"李晓芬好奇地问。

“我们这功夫不传外人，只传给本门弟子。”

李晓芬松了口气：“切，我以为多大点儿事儿呢，那我加入你们门派不就成了？我做你师妹。”

陈太元摇了摇头：“我没资格代师收徒，所以……你要想学功夫，只能做我的徒弟。”

“休想！凭什么啊？！”李晓芬的嘴巴里面，几乎能塞进去一个大号儿鸡蛋。良久之后，她气咻咻地说道：“凭啥你当我师父呀，你才大我多少呀！”

“没办法啊，你总不能让我背叛门规吧。”陈太元无奈。

李晓芬龇牙咧嘴：“不就是个名分问题吗，这都什么时代了，你犯得着在意这个吗！”

陈太元反问：“是啊，不就是个名分问题吗，这都什么时代了，你犯得着在意这个吗？”

呃……也是。

想了好一会儿，她终于咬着牙说：“那行，但是在外人面前我还喊你‘老陈’，你也不能喊我‘徒弟’。”

挺要面子。

考虑到少女的自尊，陈太元答应了她这个“欺师灭祖”的要求。

“另外，我不磕头。”第二个“欺师灭祖”的要求提了出来，“最多给你端杯茶，就算行拜师礼了。”

陈太元挠了挠脑门儿：“不磕头算什么拜师？要不算了，我看你也没诚意。”

“你敢不教我，信不信我一枪崩了你！”李晓芬拿着那把超大号的手枪威胁。

陈太元高举双手：行，答应你。

“第三个要求，收我做弟子行，但以后再想收弟子，要经过我的同意！”这算什么要求！

“你是师父还是我是师父？我收徒弟还得你这个做徒弟的批准？”

李晓芬彻底不讲理了：“我不管！”

既然前面两个条件都答应了，如今在手炮的威胁下，陈太元也只能勉强答应了第三个。

“那还等什么，咱们开始练啊！”李晓芬迫不及待地说。

陈太元冷哼：“说好的敬茶拜师呢？”

李晓芬干咳了一声，扯着陈太元到了旁边一个小房间里。

只见她随手用电热水壶烧了半壶水，拿起快速冲泡的红茶袋丢在茶杯里——那种招待一般客人用的、扯着一根小白绳儿的小茶包！堂堂拜师竟然用这玩意儿，也太不讲究了。

“坐下！”徒弟严厉而认真地训斥着，蛮不情愿地端着一杯温暾的茶水过来，要求陈太元坐在一把小椅子上。这椅子太矮小了，需要师父仰视弟子。

“喝吧，赶紧的。”李晓芬催着说。

陈太元摸了摸茶杯就知道水没开，再看看里面的水，根本泡不开茶袋：“好歹弄点儿烧开的水啊。”

“烧开了还不烫你嘴？事儿真多。这不是用的矿泉水嘛，凉着喝都没问题的。”李晓芬说，“赶紧喝完，别磨蹭。”

陈太元气哼哼地喝了一口：“你总得喊一声师父吧，这又不是在外面……”

“师父在上，受本大小姐一拜！”李晓芬大大咧咧地抱拳说，完全是要把师父给活活气死的劲头儿。

算了算了……陈太元摆摆手。

“老陈师父，咱们什么时候开练？”李晓芬迫不及待，也不看天多黑了。

陈太元想了想说：“时间也确实够紧张的，三天之后就要去古秦山脉，而且我还要为那些警察治疗，不可能时时陪着教你……这样，咱们还是加紧点儿得了，晚上回到宾馆我就开始教你。”

Oh yeah！李晓芬心花怒放。她已经开始幻想，自己将成为一个真正的超自然大英雄了。

“但你也别高兴得太早。”陈太元挠头说，“修为并非一朝一夕练成的，你以为今天学习明天就成高手了？咱们这是修炼，跟雪姐他们不同。”

李晓芬不管这些，先拜了师再说，她美滋滋地勾搭着陈太元的肩膀往回走。

陈太元气得直撇嘴，对李晓芬的修炼根本不抱太大的希望，能在入山之前，让她勉强握紧了那把“手炮”就已经谢天谢地了。

当然，这样的进步在常人身上简直是质的飞跃，比注射药物得到的力量更加神奇。

063

修炼

两人兴冲冲地走出来，外头的梁雪觉得有点儿奇怪：“你们俩偷偷摸摸搞什么呢？”

“才不告诉你呢。”李晓芬得意地说。

陈太元却实话实说了，而且最后说道：“师门规定严格，要不然我就让雪姐也试着练一练，看看有没有效果了。”

李晓芬一愣：“那为啥你就不想着招雪姐当弟子？”

陈太元笑道：“你需要基本的防身能力，雪姐不用啊。”

梁雪点了点头：“虽然你们这规矩很迂腐，不过也无所谓了，我现在的实力已经不亚于‘八龙将’，而且有了这种加强的‘手炮’，一般情况都能应付下来。”

拿到袁晴派人送来的“归零”后，陈太元分给梁雪一支，其他的分发给了胡局长等人。这五名实验失败者看到手中被分到的一枚黑乎乎的小药丸，一个个都不敢相信。舌尖触碰之后有点儿辛辣，入喉之后更是火辣辣的灼烧感，仿佛吞了一口烧化的铁水。要不是被告知这是灵丹妙药，恐怕所有人都得吐出来。

但奇怪的是，这药物一旦到了腹内就没了那种“霸道”劲儿。相反，肠胃感到了暖暖的舒坦，而且这种暖意开始缓缓地扩散，流向心肝脾肺肾，流向四肢百骸。

原本仿佛被抽空的身体，现在被这股奇怪的暖流缓缓填满了，好似干涸已久的大地，等来了滋润的甘霖。

“好舒服……”那个女警察禁不住呻吟了一声，原本苍白的肤色微微泛出血色。陈太元说，这是为他们滋补气血之后的正常反应，等到天亮之后就可以初步恢复正常肤色。

“太神奇了！”依旧守在此处的孔副部长惊讶道，他觉得陈太元这家伙不简单。以前以年龄取人，总觉得陈太元太过年轻可能没多大本事，现在看来自己想得太绝对了。

之后，五名用药者都觉得浑身舒坦，闭上眼睛呼噜呼噜睡到了天亮。

陈太元、梁雪和李晓芬一起去了安排的酒店。

李晓芬刚到走廊，就兴冲冲地拉着陈太元进了一个房间。梁雪本想说些什么，又想到他们现在毕竟是师徒，自己也不好多嘴，于是若有所失地一笑，回了房间。

而在隔壁，陈太元和李晓芬上了同一张床。由于穿着警服确实不便练功，于是李晓芬干脆换上了一身睡衣。这倒好，越看越暧昧。

“我们这一门的功夫，讲究的是‘炼气’，一切强大能量的源泉也是‘气’！”陈太元在她背后说，“就好像血液是吸血鬼能量的源头，气就是我们实力的根本。

“古时候传闻有炼气士，现代曾出现过令人哭笑不得的气功潮，但传说终究是传说，而伪科学也终究是伪科学。真正能够产生作用的，还是我们这种传承下来的修炼术，它源自道家。对了，咱们这一派虽然来自道门，但不禁婚配，这一点你不用担心。

“你的体质非常好，是个炼气的好坯子。而且你和寻常女孩子不同，由于你身在警校，锻炼一直没有丢下，所以肉身素质也是非常好的。”

顿时，李晓芬哈哈笑了起来——

“这就是说，我是个天才喽？”

“天才你个头，至少不如我当年。因为我自幼修炼，起步比你早了不知道多少年，基础自然更加扎实了。你的师伯也比你的基础强多了。”

“师伯？”李晓芬一怔。

陈太元叹息说：“就是剑舞啊。虽然只比我大了几个月，但终究是我的师姐，可不就是你的师伯。”

什么？竟然还要喊剑舞为师伯？一想到那个和自己长相有些类似的

女子，比自己高了一辈，李晓芬就浑身不自在。

“记住，按照我对你说的那种方法寻找气感。”陈太元在背后说，“常人从头做起自然很难，因为他们连气感都不知道。不过既然有为师在，一切都好说了。为师可以先帮你‘制造’一种气感出来，让你好好感悟一下。这么一来，你比别人凭空摸索就快了不止10倍。”

一口一个“为师”，李晓芬认真听讲，也不愿去理会他。

其实，这也是当年陈太元的师父对他这么做的，确实事半功倍。气感啊，这东西看不见摸不着的，就算出现了，你也未必就感受得到它。但有了师父的帮助，目标就明确了。

陈太元盘膝坐在李晓芬身后，将一只手贴在了她的后心。手掌心缓缓喷吐出奇异的力道，悄悄蹿入李晓芬的身体。但是和以前的疗伤不同，这次的这股气息流淌到体内之后，竟然在李晓芬心头的位置盘亘下来。

心口膻中穴的位置，似乎被什么东西充斥着，满满地充盈着，带来了强大的生机和活力。

“这就是气感。”陈太元说，“咱们的修炼，就是让你自行修炼出这股气——我们称之为‘真气’或‘气劲’，并且准确控制这股气的位置。到了最熟练的时候，则可以轻易控制这股气四处流动，为四肢百骸增加无穷的力道。”

“当然，修炼出‘真气’不能仅局限于熟练掌控，还得将之不断壮大。一边让其能量增长，一边增加控制能力，最终才能达到真气修炼的巅峰。

“但这些都还是后话，你先修炼出来真气再说。别的不敢说，只要你能修炼出哪怕一点儿真气，将来再施加在手臂上，至少能让你握稳了那柄‘手炮’。”

太棒啦！李晓芬心中大喜。而此时陈太元将那股气收走，她立刻感觉到了一阵空虚。不过不要紧，自己可以修炼呀！

于是她双腿盘住，五心朝天，像模像样地按照陈太元的要求不住地催动所谓的劲力。可是好长时间过去了，愣是没有任何反应。

只能说她太心急了，哪儿能这么顺利？修炼之所以被称为功夫，要的就是一份“功”，是要耗费不少时间的。

努力，再努力……

她在床上努力着，陈太元则去卫生间刷牙。可是当他再从浴室里出来的时候，竟然听到了细微均匀的喘息声，顿时大惊！

好家伙，修炼之中能做到如此气息均匀，这简直是顶级的高手才能做到的啊……陈太元惊讶地凑过去，瞬间明白了，气得咬牙切齿：李晓芬，这么快就睡着了吗？而且盘腿坐着都能睡！！！

064

最难消受美人恩

别看李晓芬一开始劲头儿这么足，可她一遇到些困难，终究还是有些意兴阑珊。

而且这几天舟车劳顿，陈太元也没有喊醒她，只是将她轻轻放平在床上，看她马上转过身蜷缩了起来，小猫一般的睡姿。

第二天一早睁开眼，陈太元就看到了李晓芬那张不好意思的脸。

“吃完早饭我会好好练功的，放心吧！”李晓芬调皮地吐了吐舌头，“走啊，吃早餐去，喊上雪姐。”

穿着长款风衣的梁雪早就起来了，就等着和陈太元他们一起去吃早饭。三人见面之后，梁雪神情有点儿古怪地看了看陈太元和李晓芬，似乎想要看出点儿什么东西来。

“你们两个，就没发生点儿什么？”

“雪姐你想什么呢……”李晓芬娇羞起来。

“怎么了？孤男寡女深夜同处一室，不发生点儿什么反倒不正常了，除非太元是个性无能。”

“少污蔑我啊，我可是正人君子。”

听了这话，梁雪和李晓芬交换了一下眼神，同时发出“切”的一声，扭头先走了。

“还鄙视正人君子啊？”陈太元哭笑不得，追上前去。

餐厅里，很多警察都已经到了，但大家却都没开始就餐。

一见到陈太元，胡局长等五人就当即凑过来，紧紧握住了他的手：“陈老师，多谢多谢！您这药物简直就是仙丹啊，一觉醒来我们发现视力和听力都提升了很多，太感谢了！”

一夜之间，如此显著的效果，这五个人欣喜若狂。而且，所有在场的科研人员也表达了对陈太元的敬重，纷纷站在桌前等待。

陈太元笑了笑：“别客气，应该的。看样子这药物的疗效比我预期的还要好。后面还有两天的气劲治疗和药物辅助，如果一切顺利的话，大家戴个低度数的近视镜就能看清楚，听力基本上就可以恢复了。不过你们要自己好好注意疗养气血双虚的病状，一定可以恢复。”

随后两天多的时间里，效果完全印证了陈太元的判断。最终五个实验失败者身体都恢复了大半，体力和肤色也都开始恢复正常。虽然还是稍微有些虚弱，但调养个一年半载，肯定可以好转。

同样在这两天多的时间里，李晓芬也在专心致志地修炼。陈太元教给她的那些功夫很烦琐，而且有些语句还有点儿生涩拗口、难以理解，但好在她的悟性确实不错。现在对于功法的理解已经不成问题，就看运气怎么样，什么时候才能抓住所谓的气劲。

这似乎是个慢功夫，陈太元也没有给她制订明确的目标。可李晓芬自己有点儿着急，毕竟再过一天就要奔赴古秦山脉了。哪怕自己不是一线作战人员，但带着不少干警守在进山口，危险总还是有一些的。

可惜事不遂愿，一直到晚上 12 点，她还是没能修炼出气劲。

“睡觉吧，这种事儿不可强求。”陈太元说，“虽然为师……”

“又来了，不许自称‘为师’！”

“现在就咱们俩，又没有外人，根据当初的约定，咱们这种时候可以师徒相称。”

李晓芬：“我说不行就不行！到现在都修炼不出气劲，我还不知道你是不是在哄我呢。反正我什么时候修炼出来气劲，你才能自称‘为师’。”

“你讲不讲道理，凡事都有个循序渐进的过程好不好！”陈太元一头黑线。

“反正我不管，万一你坑我呢。白当我好多天的师父，我才不能吃这么大的亏呢。”

其实，李晓芬这是在无理取闹。她也知道陈太元肯定不会坑骗她，但她真的不想喊这家伙师父啊。一来是面子问题，二来心里总觉得有点儿不妥。

“好吧。”陈太元无奈，“寻找气感这东西有很多偶然因素，你现在正经、奇经全都贯通，随时可能找到它。就像小孩子学自行车，可能会摔好多次，但只要其中一次真正骑了起来，今后一辈子都不会忘记了。

别着急，说不定明天一觉醒来你就能够‘骑车’了呢。今天就到此为止吧，明天一早还得上路。”

好吧……李晓芬只好先放弃。

陈太元如释重负地准备离开房间去找梁雪，结果拉开门就看到一张让他极其意外的脸——袁晴！

而袁晴睁大了眼睛往里面瞅，刚巧就看到了穿着睡衣的李晓芬。“小元元，胆儿肥了啊！”袁晴不怀好意地握着拳头，眼睛似乎能喷出火苗来，“我就说你和她可能搞出什么花活儿来，你还嘴硬不承认！”

陈太元顿时头大：“你想多了，我和晓芬在练功呢！”

“练什么功？”袁晴一把揪向陈太元的耳朵，但是没揪住。这下更惹恼了她，当即抡起手中的包狠狠砸向陈太元。

看到她真恼了，陈太元当然不敢再躲，任她发脾气。

其实袁晴一直很理解陈太元，觉得陈太元为情所困，终究算是个好汉。一直思念剑舞，忠直而且长情。若是随便一个女人投怀送抱便把持不住，反倒不值得她去追。所以一直以来就算陈太元没接受她，而且用剑舞来抵挡她的攻势，她都没有真正恼怒过。

但现在不同了，她骇然发现陈太元竟然和李晓芬“睡”一起了！

浑蛋，你说你因为剑舞而不接受，我也就认了。可现在看来一切都是借口，你就是讨厌我对不对？你怎么不拒绝李晓芬呢？别说晓芬和剑舞本就有三分相似。

此时，袁晴终于松开了手。陈太元想再解释两句，袁晴却扭头离开。或许，她真的被伤了心了。

陈太元愣在了原地，并没有追上去。

袁晴气哼哼地走下楼梯，结果和一个身材巨大的家伙擦肩而过。这个大个子瓮声瓮气地问了声怎么了，而袁晴看也不看地吼道：“要你管那么多！好好按照要求做你的事儿，老娘回雷泽了！”

大个子不知所措，挠着脑袋看了看快速走下步行梯的袁晴，又扭头看了看走廊那头一脸无奈的陈太元。

“太元老弟，怎么了，这是？”大个子闷哼哼地问。

山奴！

陈太元实在没想到，袁晴会因为这个误会闹出那么大的情绪，更没想到袁晴会带着山奴来，而且山奴性情大变。

“你……怎么来了？”陈太元和随后赶出来的李晓芬都很好奇。

山奴挠了挠大脑袋说：“晴姐怕你有危险，所以让我来帮你做事儿。”

好家伙，竟然送了这么大的一个礼物。结果一个照面，陈太元就把送礼的人给气跑了。

最难消受美人恩。

065

谁欠谁的

“大个子山奴，你怎么……”面对山奴这个大块头，李晓芬还是有些畏惧。

山奴咧开大嘴笑了笑：“晴姐给我找到了初步的治疗方案，我可以摆脱那种药物的束缚了，而且以后有可能彻底除掉病根儿，那时候才叫真正自由呢。”

难怪袁晴叫他做什么，他就毫不犹豫地做什么。现在，山奴把袁晴当作领导和救命恩人了。

知道陈太元马上要进入古秦山脉，生怕遇到什么危险，袁晴连夜赶到首都，将山奴送到了陈太元的身边。多了山奴这样一个超级战斗力，陈太元一方自然实力大增。重要的是山奴对董小姐那里的情况比较熟悉，几乎可以做一个简单的向导，价值巨大。

“晴姐真仗义。”李晓芬啧啧赞叹，马上冲向了楼下，连睡衣都没换。

看着李晓芬也神经质地冲下去，山奴更搞不明白了：“太元老弟，究竟怎么了？”

陈太元揉了揉脑门儿：“晴姐怀疑我跟晓芬之间不清白，所以就恼了……你要干吗？！”

还没说完呢，山奴身上就爆发出了一股可怕的气势，两只大手狠狠抓来。陈太元仓促之中双臂试图拨开那两只大手，反倒被对方紧紧抓住了手腕，好似铁钳般箍住。

“陈太元，晴姐是我的恩人。你小子要是好好待她，我拿你当姐夫；你要是让她不开心，老子把你撕扯碎喽，信不信！”

唉，这种直肠子的家伙果然太容易收买了，给点儿好处就这么死心塌地啊！

力气可真大，这股蛮力几乎要把陈太元给提起来。

陈太元笑着说：“傻大个子你放手！我什么时候让她不开心了，是她自己误会了好不好，我和晓芬之间什么事儿都没有。”

山奴似乎认真在考虑陈太元这话的真假，想了一会儿又看了看陈太元无辜的表情：“哦，信你一回，那我还是拿你当姐夫来看。”

“姐夫你个头啊，我和晴姐也清白着呢……你松开！”

山奴本想松开手呢，一听到陈太元否认和袁晴的关系，反倒攥得更紧了，龇牙咧嘴地说：“晴姐一路上就只念叨着你了，你敢不接受她的好意，别怪我对你不客气！”

好家伙，袁晴这回算是找了个超级打手兼铁杆小弟。

就在这时候，李晓芬则悻悻然返回。看到陈太元和山奴发生了冲突，她有点儿惊讶：“你们干什么？晴姐都走了，手机也关了，打不通。车开得飞快，简直要把大门给撞破的架势。”

陈太元心觉不妙，一脚蹬在山奴的肚子上。凭借强大的冲击力，瞬间挣脱了山奴的手。

山奴还要发怒，陈太元却风一般冲出去：“晴姐那火暴脾气，还不得把车开到天上去，太危险了！山奴你小子别捣乱，我马上去截住她。”

一听陈太元是去寻找袁晴，山奴倒是不添乱了，他硕大的屁股坐在了地上，叹道：“晴姐多好的女人啊，太元这小子太作死了……喂，小妞儿，你和陈太元真没事儿吧？！”

李晓芬真是懒得理这个蠢货。

此时，陈太元在门岗随便开了一辆车便冲出去追袁晴。虽然耽误了点儿时间，但好在袁晴的车技不佳，所以在高速路口追上了！

这一路上差点儿把陈太元给吓死。

陈太元停下车，跑到袁晴的驾驶座外“咚咚咚”直敲门。袁晴狠狠地打开了车门：“哭丧啊你，敲个没完了是不是，没看到不愿意搭理你吗？！”

本来她在发脾气呢，哪知道陈太元这回也来脾气了，竟然一把将她按在座椅上。

袁晴傻眼了，你在外头搞女人被我看到了，回头你还把我按住了，这……确定没搞错吗？

陈太元则把她的身体扳过来，双手有点儿用力地抓住她的双肩，一边摇晃一边盯着她的眼睛：“你疯了吗？！不要命了？！就你那半吊子驾驶水平也敢开车，还敢疯开，你找死！”

陈太元确实气坏了。一个女人生气归生气，哪怕你在家里摔盘子扔碗砸电视都没事儿，解气就行，但你别拿自己的性命开玩笑。

看到陈太元眼神之中的关切，袁晴心里头的恨意也减淡了一半，只是嘴上还不服软：“要你管，我死了跟你有什么关系？！”

“别胡说。”陈太元将她从车里拉了出来，让她吹了吹夜风稍稍冷静，而后两人一起坐在了后排。

这时候，陈太元认真地说：“跟你说两件事儿，第一件就是我和晓芬什么事情都没有，你爱信不信。”

袁晴眼睛一亮：“这么说，我还是有机会的！”

“第二件就是，虽然我和晓芬之间没什么，但咱俩也成不了。不是因为年龄，更不是因为你的条件——其实你条件比我强多了。还是那句话，我心里头有人了。”

“没事儿没事儿。”袁晴非但没有丝毫的放弃，反而步步紧逼，“反正我死缠烂打总有机会的。你能对剑舞长情，以后也能对我专情。”

陈太元挠头：“姐，亲姐，说句让你不开心的话，你也真的老大不小了，就别在我身上耽误时间了行不行？万一把你耽误得嫁不出去了，我这得多大的罪过啊。”

袁晴摇了摇头：“不怕，大不了就不嫁了。反正要么嫁给你，要么就单着到老。从我见到你的第一眼起，心里就怦怦乱跳，一眼就确定你是我命里的小冤家。”

乖乖，还真是冤家，陈太元算是明白，为什么袁晴追自己会如此疯狂了。

一个人要是追不上心仪之人可能还会再找一个。但是袁晴不同，她认准了一个，她的生命之中便只有这个人。一旦失去了这个男人，她的世界要么崩溃、要么沉寂。

陈太元头更大了：“上辈子我肯定欠你好多。”

“不，是我欠你的，要不这辈子为啥这么赔着本儿倒贴给你？”袁晴笑靥如花、媚眼如丝。

就在陈太元郁闷的时候，袁晴火辣辣的身体忽然贴上来。他倒是稍稍撤了撤身子，可车厢里面哪儿有多少撤离的余地，于是就被袁晴直接趴伏在了身上。

好似一条柔软的水蛇，浑身上下散发着诱人的气息。如兰的气息轻轻喷吐在陈太元的面前，令他微微地沉迷。直到袁晴的嘴巴贴在了他的脸上，他才陡然惊醒现在的形势已经到了多么危险的边缘。

066

老战友

一张柔和妩媚的绣口轻轻贴在了陈太元的脸上，而当他试图将袁晴推开的时候，这张嘴巴已经转移并攻占了陈太元的双唇。

呼呼……陈太元浑身一颤将她轻轻推开。但也只是上半身堪堪分离，袁晴的腰腿依旧紧紧压在陈太元的身上，两人小腹紧紧贴合。

“晴姐你别闹，这样不行。”

“怎么就不行？你能跟晓芬睡一个房间，就不能跟我在一个车厢里待一会儿啊？”

“待一会儿行，待一年都行，但你先坐好了。”陈太元干脆用力把袁晴抱起来，让她好好地坐在了一旁，虽然她还是想贴身过来。而陈太元似乎有点儿小小的慌乱——这个一向淡定如妖的家伙，竟然也会慌乱！

袁晴登时笑了：“哈哈，小元元你这家伙，面对吸血鬼都不眨眼啊，被姐姐亲一下竟然就害怕了，总算找到你的弱点了！”

什么弱点啊……陈太元微微不服，但又不得不服。因为当袁晴再次袭来之时，他又本能地倒退了一下。

“我明白了！”袁晴恍然大悟。

“你明白什么？”

“你是不是‘不行’？！”袁晴瞪大眼睛说，“要不然你怎么能坐怀不乱呢？放心吧，我可是遗传学专家，帮你研究研究……”

陈太元几乎要哭了——前天刚被梁雪这么怀疑了一次，今天又被袁晴怀疑上了。

“我要是真‘不行’倒好了，你就不用黏着我了。”

“废话，怎么可能！”

“晴姐，咱俩真的不会有什么结果的，你就听我一句劝吧。”陈太元说，“我和剑舞是必须在一起的，这是我们师父当年指定的，也是他老人家的遗命。”

这都什么年头了，还指腹为婚吗？袁晴越发好奇。

“我和剑舞都是师父收养的孤儿，从小就在一起的，形同姐弟。师父命我俩结合，这样才能修炼出我们这一门最高的修为。师命不可违，本门的传承也不可丢。”

袁晴叹了口气：“你师父就是个老古董、老糊涂啊！强扭的瓜不甜，这道理都不懂？”

“可是……甜啊……”陈太元直言不讳，袁晴无言以对。

是啊，虽然是师尊之命，但两人确实青梅竹马啊。

“反正还不知道那个剑舞现在是不是……”袁晴咕哝了句，又怕后面的话不吉利，便没敢再继续说。她本想说，不知道剑舞是不是还活着。就算活着，也不知道会不会被董小姐动了手脚，成了吸血鬼，要不就是兽化人。那样的话，你陈太元还会选择跟她在一起吗？

她想错了。就算剑舞变成了吸血鬼或者兽化人，陈太元也不会改变初衷。

陈太元好不容易做通了袁晴的思想工作，送走了她。至于以后怎么处理袁晴的这份感情，却依旧是个无法解开的死结，只能以后再说。

回到了宾馆里，梁雪和李晓芬自然都还没睡。

“这女人真闹。”梁雪说，“不过，现在咱们有理由好好睡个安稳觉了。有了山奴的协助，最重要的是警方高层来了消息，在西京市找到了龙——天——枢！”

这是个大猛料啊！

龙天枢，“八龙将”中也是资历极老之辈。他的实力当然可观，仅次于龙北极。据梁雪表示，应该比她强一些，和陈太元的综合实力差不多。

“好家伙，好消息不断啊！”陈太元大喜，“山奴已经是这个级别的高手了，再加上一个龙天枢，咱们的胜算大大增加。对了，龙天枢怎么突然出现了？”

梁雪似乎也有点儿兴奋，毕竟是老 99 局幸存的同事：“他说他去西部执行剿灭僵尸的任务，也遭遇了可怕的埋伏。其余人都牺牲了，但他侥幸活了下来。只不过当时身受重伤，而且不敢轻易联系其他人，怕被敌人发现，只能凭借自己的恢复能力慢慢疗养。等到伤势好得差不多了，这才寻机撤离了那片区域。”

简单几句话，其中却不知多少凶险离奇，同样也是九死一生。

“现如今，咱们这边拥有超自然力量的高手已经达到了六个——你、我、龙天枢、山奴、汪非立、袭同。”梁雪说，“实力暴增！不过，龙天枢这人很高傲，恐怕一般人很难合得来。”

陈太元笑了笑：“有本事的人，多半都是有些傲气的。对了，你跟他很熟？”

不熟。梁雪也只是曾经见过他两次，算是点头的交情。对于龙天枢的高傲性格也只是风闻而已。

第二天，大家整装出发，直奔西京市。这时候，五名实验失败者的身体状况也都恢复了很多。

在西京市，原99局的那片废墟遗址上，大家终于见到了传闻中的龙天枢！

身材矮壮，身高勉强有一米七，黝黑的皮肤，棱嶒的线条，贴着头皮的短发。两只眼睛仿佛死鱼眼，隐约散发出一股灰蒙蒙的气息，好像任何人在他眼中都是死人。他身上还穿着99局的黑色制服，已经有些破旧，背着手往那里一站，天然有股拒人于千里之外的气势。这样一个家伙，一般人可不愿意和他接触。梁雪则主动走过去，说：“天枢战将你好，我是岳东办事处的梁雪。”

“听说了你还活着，幸会。”龙天枢的语气冰冷生硬，和传说中的一样。他没有询问各位的近况，径直说，“听说你们要进入古秦山脉展开行动？是不是太草率了？”

看来他也被这场劫数搞得谨慎了些。

梁雪解释说，如果拖延下去又有什么意义呢？反倒是董小姐的实力会越来越强，到时双方的实力差距岂不是更大？总要搏一把的，长痛不如短痛。

龙天枢轻轻叹了口气，既然他也是新 99 局的一员，自然要服从命令安排。

但是，他对于自己的新身份并不满意。

以前他身为“八龙将”之一，仅接受龙北极和 99 局局长的调遣。而现在呢，他怎么安插自己的位置？

局长现在由孔副部长兼任，下面的行动处两个处长，又被梁雪和汪非立占据了。不，甚至两个副处长的位置也被李晓芬和裘同占据了。

去别的部门？开玩笑，他是一名强大的极限战士啊，不至于去文职部门分管接待或文件吧。

为此，他一直没对上头请示，只希望着孔副部长能给他一个妥善的安置。

可是孔副部长根本没时间关注这件事儿。于是龙天枢就这么被晾起来了，暂时被安置在梁雪的行动二处。

这么高傲的一个人，屈居于两个女人的管制之下，这可如何是好。

“梁雪，”他是不会喊梁处长的，“你现在的实力有没有一点儿长进？要不要我指点你一下？旧伤养好之后，还没机会跟人过过招呢，手痒。”

这是找碴儿，也是立威！

梁雪摇头说：“没意义。留着力气对付吸血鬼和兽化人吧，自己人打什么打？”

龙天枢气得憋屈，越发觉得梁雪这是不敢了，舍不得处长的位置，在避战的同时力保职位。

“哈哈哈，临阵磨枪不快也光，指点你两手，说不定在战场上就能救了你的命，怎么说没意义呢？”

067

连续找碴儿

被龙天枢这么一吆喝，几乎所有人的兴趣都被提了起来，一行近 20 人都看了过来。当然，这也正是龙天枢想要的效果。他就是希望在众目睽睽之下击败梁雪，让人们知道他才是当今第一高手。如果汪非立或裘同也来挑战，那就干脆一并拿下。这么一来，整个新 99 局之中还有谁能凌驾于他的头上?

“来吧！”龙天枢极其挑衅地勾了勾一根手指头，对面正是他的处长梁雪。

在这种情况下，梁雪知道，再不应战已经不是脸面的事情了，她以后就没法儿带领这支队伍了。但梁雪也知道龙天枢的厉害，假如两人赤手空拳地交手，自己的胜算也不足三成，就像她跟陈太元战斗差不多。

所有人都在看热闹，最可气的是山奴，完全分不清形势，咧开大嘴笑道:“打，打啊！梁处长怕他干什么，要不让咱山奴帮你打这一架?！”

说得轻巧，这句话等于把梁雪放在火炉上烤，想不打也不行了。

“好。”梁雪冷哼着脱掉了自己的长风衣，交给了身边的李晓芬。握紧了拳头转两圈，咔嚓咔嚓作响。“不过也没多少时间浪费，3 分钟，咱们一决高低。”

顿时，现场响起了龙天枢张狂的笑声。

“3 分钟? 你脑袋昏了吧！你只是普通的极限战士，而我是龙将，这差距就好像普通吸血鬼面对着升级版吸血鬼！”

99 局的极限战士们都很清楚，高手相争只需一线，极限战士们之间的战斗往往在很短的时间之内就能分出胜负。3 分钟的时间，已经足够一位龙将暴虐一位普通极限战士了。所以，龙天枢觉得梁雪应该是昏头了。

“来吧！”龙天枢摆出一个起手式，咧嘴笑道，“看你是个姑娘，让你先出手。”

“不，还是公平为好。晓芬你看着时间，开启秒表。到时候天枢战将你若是不出手的话，我也不会承让，只会以为你是个迂腐的呆子。”

不识好歹……龙天枢心中冷笑。但他也明白梁雪的意思——让大家都看着，我梁雪并没有占你龙天枢任何便宜。

所有人都兴致大增，抖擞了精神准备观战。李晓芬拿出手机开启秒表，嘴里倒数 10、9、8、7……直到大声喊出：“开始！”

与此同时，梁雪和龙天枢同时化作两道残影，凶悍地扑向了对方。几乎是刹那间，这种远超人类的速度就把所有警察吓了一跳，由此大家也明白了什么是极限战士，什么是超自然的力量。

最感到恐怖的其实是汪非立和裘同，他们本来自以为非常了不起，但是忽然发现，自己和梁雪、龙天枢根本不在一个档次上。不论速度、力量还是战斗的技巧，二人都能远远将他们甩在身后。

“原来老 99 局的人还有秘密啊，比咱们强了这么多！”汪非立红着眼，低声对裘同说。

裘同也有点儿不甘心，但又没那么大的胆子，小心说道：“会不会是咱们实验仓促，有些东西没掌握呢？唉，差距确实够大啊。本以为我们这样就够厉害了，可是和他俩一比，几乎就是小孩子和成年人的差距。”

汪非立眼睛更红，咬牙切齿：“秘密，他们身上一定有更多的秘密，只是我们还不知道罢了！必须弄到手才行！”

你怎么弄？裘同觉得汪非立有点儿利欲熏心了。

而现在，龙天枢同样非常吃惊，他没想到梁雪竟然这么能打！

原本，“八龙将”的实力远远超越了其他极限战士，因为他们都实现了“二次进化”，所以，龙天枢才那么瞧不起梁雪。

“难怪这么有底气，扮猪吃老虎啊你！”龙天枢咬牙狞笑。已经打斗了一分多钟，在这种剧烈搏斗之下，他也累得气喘吁吁，目前正和梁雪对峙：“你弄到了强化版的极限进化液？这东西保管严格，没有局长签字便不能领用，你究竟是怎么弄到的？”

看到梁雪不说话，龙天枢自行脑补若有所悟：“哼，肯定是岳东那个实验室私自制造了出来，被你弄到了吧？果然是近水楼台先得月啊。”

他这么一说，汪非立和裘同就“知道了”原因，当然也更加绝望——99局的实验室都没了，看样子想要弄到什么强化版的极限进化液也是没戏的吧。

梁雪没理会，她二话不说，直接化作一道残影扑杀了过去，越发凶悍。

龙天枢此时也终于知道，自己不可能在3分钟内拿下梁雪，而且梁雪现在正以快速的游走来消耗时间。

终于，就在龙天枢好不容易施展出了绝招，准备对梁雪实施一记重击的时候，李晓芬忽然举手喊“时间到”。于是梁雪“嗖”的一下撤到后面，和陈太元、李晓芬站在了一起。

龙天枢觉得不对劲儿，总觉得时间过得快了点儿：“你这小丫头，让我看看计时器！”

李晓芬把手机屏幕伸出去，对方隔着好几米一看，确实显示的是3分零1秒。

而事实上，李晓芬知道梁雪可能会处于劣势，因为梁雪昨晚说过，龙天枢比她厉害一些。因此李晓芬很聪慧地知道梁雪是要拖延3分钟罢了，于是她在开始喊“10、9、8、7”的时候就已经悄悄按下了计时器，使得实际时间少了十来秒。

但是由于战斗太过于激烈，所以大家也都没有注意具体的时间。

龙天枢还是怀疑，黑着脸说："你是不是在计时上面动了手脚？！"

李晓芬顿时装作无辜的样子，耷拉着脸说："我说你这人啊，打不赢就算了，找这么多理由没意思呀。好吧，就算时间缩短一半，再缩短，就算刚才只打了一分钟，行了吧？给你这么长的时间你还打不赢一个女士呢，你还好意思啰唆呀！"

龙天枢被这顿抢白搞得脸色阴晴不定，怒道："牙尖嘴利的小丫头，你算什么东西，敢在这里多嘴！"

李晓芬瞪大了眼睛，满满的不可思议："喂喂，是你问我计时问题，我才回答你的，怎么又说我在这里多嘴，你这人讲不讲道理呀！"

梁雪觉得，李晓芬自打跟陈太元在一起之后，也变得善于狡辩了。

龙天枢越发恼怒，大步走向李晓芬，距离一米多的时候才停下，给李晓芬似乎带来了巨大的压制感。

陈太元将李晓芬挡在后面，笑道："朋友，怎么个意思？欺负小姑娘吗？"

别看只是这么和颜悦色地拦在中间，但那紧张的气氛瞬间消失了。李晓芬当然更清楚"师父"的本领，自然更加心安。

龙天枢一怒之下试图拨开陈太元，哪知道一旁的梁雪却冷声呵斥道："你干什么？我们是军事化管理单位，你还敢对你的领导动手？反了你了！"

也是，李晓芬毕竟是行动二处的副处长，而龙天枢只是一个普通成员。

梁雪把"军事化管理"的名头都抬了出来，自然是有强大的警示作用——军中不服号令、试图殴打上级？你试试！

龙天枢强忍着一口气收回手，冷笑道："不，我只是想看看，李晓芬她有什么本事，年纪轻轻竟然也能被任命为行动处副处长。你梁雪算是有真本事的，但这个李晓芬，哼，名气倒是不小，超自然大英雄？但实力是吹出来的吧，别以为我看不出来，行家一出手，便知有没有！"

这是连续找碴儿啊。

068

一拳之威

说实在的，被龙天枢这么一说，李晓芬还真有点儿心虚。梁雪虽然不是龙天枢的对手，但至少能鏖战几分钟，大体上也算势均力敌，连龙天枢都得承认她“算是有真本事的”，可李晓芬呢？

作为一个老辣的战士，龙天枢一眼就看得出，李晓芬在高端格斗上就是个雏儿，凭什么听从这小丫头的指挥？

听到这些话，现场围观的人又沸腾了——是啊，李晓芬的大名传得神乎其神，但大家还真不知道这妞儿究竟多能打呢。她可是警方自己培养出来的超自然高手，梁雪和龙天枢都不算，因此，广大公安干警都不希望李晓芬这个神话被戳破。

但是，龙天枢却要无情地将这个肥皂泡戳破。

李晓芬虽然有点儿心虚，但还是强打精神说：“你懂什么呢，我制伏吸血鬼用的是枪啊，跟你们这些暴力男又不一样。”

龙天枢哈哈大笑：“但是资料上说，你独自擒拿了吸血鬼谢青萍，她身上可是连枪伤都没有！还有，你以药剂注入的方式击败了升级版吸血鬼康俊彦，升级版的！难道，他就那么傻乎乎地任凭你去注射？会不会是梁雪或者其他人暗中帮你啊？”

“不然的话，你至少有接近普通吸血鬼的力量，才有可能做到那些，但是，你有吗？”龙天枢作为一个实力和经验都极其丰富的老战士，判断得非常准确，而且非常有说服力。

这时候，龙天枢冷笑着站直了，双脚如老树盘根般死死踩踏在地面上，道：“来，给你一次验证的机会。我就站在这里一动不动，随便你来打我一拳。假如能让我倒退一小步，哪怕只是脚跟动一动，也算我冤枉了你，怎么样？”

太坏了！

想当初李晓芬往普通吸血鬼邓普威身上踢了一脚，感觉就像踢在了汽车轮胎上，对方纹丝不动。而龙天枢显然比邓普威强大了很多，李晓芬怎么可能撼动他?

而假如李晓芬没有任何表示的话，那么大家就会明白——李晓芬就是个水货，肯定没多大本事。

要说虚名，李晓芬并不太在意。可面子重要啊，一个大姑娘家的在这众目睽睽之下，脸面丢了就拾不起来了。而且，以后她这个副处长还怎么干啊，谁愿意听她的?

陈太元在一旁笑着说：“她给康俊彦注射的时候，夜游侠出现了，这个在报告上都有的。而谢青萍本人曾被‘导师’吸过血，所以实力也下滑了不少。所以说，晓芬能做到这些还是有可能的，你太多疑了。”

“你又算什么，这里有你说话的份儿吗？！”龙天枢怒视陈太元一眼，而后冷声说，“总之你有本事就来，哪怕让我挪动分毫也好。要是没本事就趁早滚蛋，免得在这里丢人现眼。还副处长、超自然大英雄呢，我看你连一个普通男警察都打不过！”

话说到这里，李晓芬真的恼了，一股怒火在心中燃烧。她本来就是个小辣椒的脾气，被人鄙视这么久当然会怒。

就在陈太元想要继续支开龙天枢的时候，李晓芬身体里似乎忽然一震。也不知道是怎么搞的，反正就是有种奇怪的感觉爆发了。自小腹处产生一股暖暖的、虚无缥缈的东西，无影无形，但自己真真切切能感受到。而“师父”说过，这就是她自己的“气”！

她竟然找到了气感！

这股气出现之后，李晓芬按照“师父”的教导，将之缓缓催动运行。用陈太元的话来讲，刚刚修炼出的气劲还不是很雄浑，也无法做到充斥全身。但是运用得当的话，将这股气劲全都用在一只手上，却也能产生强大的攻击力或防御力。

甚至从理论极限上讲，假如你能将这股气全都聚集在一个指尖，那么你的手指说不定能轻易刺入树干之中。而这样的力道，已经和吸血鬼之类的没有什么差别了。

还别说，李晓芬的灵性确实高，悟性也高。仅仅催动了几下，便已经能够将这股气劲聚集在右手上，并紧紧握住了拳头。

“老陈你让开。”李晓芬轻轻推开了陈太元，而且就是用那只充斥着气劲的手。甚至她还悄悄在陈太元手臂上捏了一下，使出的力道绝对比寻常男子大了好多。

陈太元表面上无所谓，但心里头微微一怔，随即一乐：这丫头，行！因为他不但感受到了李晓芬手上的力气，同时也感觉到了李晓芬在蓄积超自然力道。这种力道一旦超越了自然范畴，就会像吸血鬼发力一样，被陈太元感应到。

于是陈太元装作无奈地摇了摇头，让开了位置。李晓芬则走到龙天枢面前，微微抬头问：“哪里都能打吗？”

龙天枢一愣，恶狠狠道：“别试图打老子裤裆，不然你会后悔的。”

“我才没兴趣呢。”李晓芬轻蔑地说，“那么，戳眼睛行吗？”

一群人险些笑出来，心道：李晓芬你也太坏了吧？就算龙天枢再猛，眼珠子也经不起常人猛戳呀。

龙天枢脸色铁青：“你就这点儿出息？！”

“你说的‘随便’打你一拳。”李晓芬咕哝着，说，“显然，打脸你也肯定不乐意对不对？这样吧，打下巴行不行？”

龙天枢一头黑线，四周的人一个个捂着嘴偷笑，像是看笑话一样。

不过龙天枢觉得，就算下巴被李晓芬打了也没事儿。自己的肉身强度远超别人想象，抗击打能力极其恐怖。

于是他没有出声，等同于默认。假如李晓芬识相一点儿，不打下巴的话，那自然是最好；要是不识相，哼，回头再找她算账！

李晓芬也做好了准备，但看上去却很懒散。就在龙天枢全力防备着下巴的时候，李晓芬忽然一拳击出，从下方狠狠击中了龙天枢的小肚子！

轰……

李晓芬自己都傻眼了，因为她从来不曾想象，自己的力气竟然会这么大。对面是个一百五六十斤重的汉子啊，竟然被自己一拳打飞了起来。虽然只是离地两三尺，但这力道也确实太吓人了。

仅仅这一拳，就显示出了李晓芬远超常人的力气，绝对是超自然的存在！

而倒霉的龙天枢由于防备的重点不在小肚子，而且也没想到李晓芬的力量竟然接近了普通吸血鬼，所以猝不及防，被击飞后瞬间脑袋发蒙，落地的时候差点儿崴了脚，踉踉跄跄倒退了好几步。

“好！”不知是谁首先喊了一声，随后陈太元也跟着喊起来，不少干警都跟着鼓掌叫好。是值得叫好啊，毕竟李晓芬是警方自己培养的超自然大英雄，是警方的骄傲！

当然，梁雪也瞬间明白了其中的原委，表面上依旧冷冷冰冰。

在一片嘈杂声中，李晓芬心中大喜却故作镇定，因为她必须假装这件事儿很正常啊，要不然你以前怎么抓到那么多吸血鬼的？所以她双手插在裤兜里，噘着小嘴儿吹着口哨，显得毫不在意的样子。看得陈太元都觉得好笑，心想这小丫头还真能装模作样啊。

龙天枢气哼哼地站定了，知道这回彻底栽了，要是再继续纠缠下去的话，肯定会被所有人耻笑的。

“算你有种！”龙天枢狠狠地攥紧了拳头，仿佛一头愤怒的狮子，“但是，你究竟算是什么类型的战士？极限战士，还是……吸血鬼？！”

李晓芬左手继续插在裤兜里，右手伸出一根洁白的手指，横向晃了晃：“都不是。天下之大，无奇不有，你以为自己都能了解吗？以后小心着点儿就是了，别小瞧了天下人。”

069

没锁

龙天枢连栽了两把，再也没脸面无理取闹。但是，他在行动二处也确实有点儿混不下去了——和处长、副处长的关系都这样了，还怎么混？

梁雪也觉得别扭，于是给孔凡新打了个电话，简要汇报之后，便将龙天枢划拨给了行动一处。汪非立和裘同自然已经知道龙天枢的厉害，不可能主动去得罪龙天枢，所以还能相安无事。而且汪非立本就是个势利眼，更是不敢摆出处长的架子，凡事都恭恭敬敬地和龙天枢商量。如此一来，龙天枢的心气儿倒是平和了一些。

而这么一来的话，双方的实力倒是均衡了——除了李晓芬带着众人在山外留守，行动一处这边是梁雪、陈太元和山奴，三个高手；而行动二处那边是龙天枢、汪非立和裘同，也是三个。

至于划分为两组的原因，一来是竞争的需要，二来也是任务所决定的。进山之后的路一开始只有一条，但三四公里之后便分岔为两条。要问山奴当初是从哪条路出来的，他自己也搞不明白。

梁雪表示，其中向东的那条路比较宽，路尽头也有一些旅游点。这种地方适合车辆的出入，所以可能性更大一些。至于西边那条则有点儿偏僻，相对而言不适合车辆出入，也不适合建设大型的实验基地。

所以说，向东这条路的可能性比较大，梁雪准备选择走这条。

而汪非立也没那么狂妄了，盘算着既然走东路遭遇坏人的可能性更大，那就让你们去走好了，我们踏实走我们的西路。

于是行动一处和行动二处成员穿越进山口，直至岔路口。李晓芬带着十来名行动处干警留下，随时保持策应和指挥。高手们则兵分两路，各赴前程。陈太元、梁雪和山奴开着一辆大越野向东，龙天枢等人向西。

持续深入了七八公里，坐在后面的山奴越来越觉得不对劲儿，开始摇头："好像……不是这里吧。当时我虽然看不到东西，但觉得路上有点儿颠簸，而这条路很平坦。"

这么说，龙天枢那条路才是正确的？

梁雪则摇头说："也未必吧，毕竟人看不到东西的时候，颠簸感会更强，平衡性也较差。"

倒也有点儿道理。

而既然这样的话，那就继续向前行进吧，反正和另一队也随时保持着联络。一旦谁有了重大发现，会及时通报给另一方的。

车速不慢，不久之后到了这条路的尽头——一个小型的旅游景点。但由于真正的景区还在几十公里之外，所以此处人烟稀少，稀稀拉拉就那么几个人。好在此处还有一个小小的旅店，以及一个小小的停车场。

是这里吗?

根据山奴所言，当初他是被蒙着眼睛走了三四公里山路，才到了可以乘车的地方。而且，那几公里的山路并不好走。

陈太元看了看前方，道："看样子只能继续向里面盘查了。除去咱们来时的方向，那么咱们需要排查的地方依旧有几十平方公里——想一想就头大了。"

当然，另一路人马的任务量同样也有这么大，同样头痛。

看了看时间，梁雪说道："时间还早，咱们先向正前方走他个5公里。估计回来的时候就已经天黑了，明天咱们再考虑怎么搜索。"

陈太元没有意见，他只是觉得山奴这个目标实在是太大了，在山上不容易隐藏行踪。

但是出乎陈太元的意料，人家山奴根本不会拖后腿！

为啥？因为山奴体内融合的是猿猴的部分基因，大猴子啊！你听说过猴子在山林里会拖后腿吗？当然没有。相反，山奴在这里如鱼得水，上上下下健步如飞，甚至遇到结实的大树还会开心地攀爬一下，又或者抓住粗树枝来一个空中翻跟头！

也难怪当初他被蒙着眼睛，在这地方也能正常行进。

傍晚时分，他们终于走到了对面小山坡，陈太元跑到了山头上，四下里看了看，返回对梁雪说："应该不是这里，这地方没有适合做大型地下工事的环境，同时也没有什么大型的山洞。"

山奴也憨乎乎地点头："我也觉得不像，至少当初我没觉得走了这么多的斜坡。"

看来今天的搜索基本排除了一个方向的可能，也不算无功而返。

回到小旅店的时候，已经是晚上11点多。小旅店本就没多少房间，店老板只给留出两间来。

"老板娘，这就是您的不对了。"陈太元表示抗议，"说好给留三间房呢，怎么就变成两间了？"

年近40岁的老板娘也确实有点儿不好意思："您三位一直不回来啊，我也不知道你们到底是不是真的要住。刚好晚上九点半又来了两位客人，就匀给人家一间。小伙子，这事儿是婶儿做得不对，但你们也没交定金呀，我不能不做生意。"

这倒也是。万一这三人不回来，店家岂不是要吃亏？

"算了，别争执了。"梁雪说，"你和山奴住一间吧。"

陈太元听到这个安排，直撇嘴，山奴这大块头，一张床还不够他睡的。果不其然，当山奴躺到那张小木床上后，发现床根本经不起他的折腾，而且脚还在外面露了一大截，长度不够。

两张床并在一起，横着睡刚好。但是，陈太元咋办？

山奴哪儿管这些，倒头就睡，呼噜声跟打雷一样。

陈太元郁闷得不得不走出了房间，硬着头皮敲了敲梁雪的门。

"干吗？"梁雪把门开了个大半尺的缝儿，身上已经换上了睡衣。

陈太元指了指隔壁，哭丧着脸说："你听听，隔着门都跟打雷一样，没法儿睡啊。你房间里也是两张床，要不让我……喂喂，还讲不讲点儿义气了？！"

他还没说完，梁雪就把门关上了！

"想得美。"梁雪得意地说。

陈太元大感不平："你在我家里，我可是把卧室都让给你的，现在倒好，空着一张床都不让睡。”

梁雪在里面摇了摇头：“性质不一样啊。在你家咱们可是各住各的房间，都关着门呢。别闹了，你就忍忍，困得厉害了自然就不在乎打鼾声了。”

陈太元一头黑线道：“雪姐，你就让我睡一夜吧，拜托。”

梁雪顿时冷哼：“话给我说明白点儿，什么叫‘让你睡一夜’，竟敢占我便宜，找打是不是！”

陈太元磨蹭了足足 5 分钟，梁雪就是不答应。无奈之下陈太元干脆坐在了廊檐下，准备露宿一夜。这山里的小秋风还真缠人，贼冷贼冷的。不过听着旁边山奴的呼噜声，陈太元一腔子怒火就把身体烧得热热的。

十几分钟之后，陈太元背后房间的灯也灭了。

而又过了一会儿，陈太元忽然觉得裤兜里一阵振动。打开一看原来是一条信息，竟然是梁雪发来的——

“门没锁，笨蛋！”

你早说啊。

070

性格合吗

陈太元轻轻推开了房门，能够清楚地感觉到梁雪并未睡着。他反手关门，轻声问道：“你这么小心谨慎的，当初给你疗伤的时候我啥没看到啊。”

梁雪轻轻啐了一口：“呸，那可不一样。妇产科还有男医生呢，生孩子的时候没人在意被他看，换作平时你试试。”

“随你咋说了。”陈太元钻到小薄被子里面，顿时感觉暖和了好多，“其实我觉得挺搞笑的，当初你不是大大咧咧的吗，还说就算硬睡了我这个小男人，也没人能管，还说我这样的小鲜肉真是你的菜……那时候多奔放，瞧现在你小心的。”

梁雪愤愤道：“能一样吗？已经知道你这么厉害了，比我力气都大，我当然要小心点儿了。”

说到底，还是因为陈太元有了“作案”的能力，所以她才觉得不太安全。

陈太元哈哈一乐：“放心好了，我不会乱来的。”说完没多久，陈太元熟睡的呼吸就均匀起来。梁雪脑袋枕着双手并未入眠，她想到袁晴，想到和陈太元同宿一室他却对其秋毫无犯的李晓芬，心里坦然了很多。是的，不是大家都没有魅力，而是太元的心里装着另外一个人。也不知道剑舞是个什么样的女子，竟然能让陈太元坐怀不乱。突然，梁雪很想见到剑舞。

为什么？比一比高低吗？可这又是为什么……她自己也搞不清楚。

就这样稀里糊涂地过了一夜，梁雪醒来的时候，天色已经蒙蒙亮，而陈太元正盘膝在床上修炼吐纳的功夫。

只见陈太元光着上身，露出那精壮而富有美感的上半身，看得梁雪的心都有点儿小小的悸动。她甚至忍不住走到他的正前方，貌似无意但实际上却偷偷多看了两眼。结果看到陈太元胸口上两道长长的、交错的疤痕，形成一个“×”号。

伤疤很粗犷，为这具精壮健美的躯体增加了几分豪侠之气。只不过梁雪的眼力老辣，看得出两种伤疤来自不同的凶器或爪子。

恰好此时，陈太元也结束了修炼睁开了双眼。四目相对，梁雪自然询问起他伤疤的事情。

“那天晚上我不是装成夜游侠吗？和‘导师’打架的时候被他抓的。”陈太元说，“当时我还得帮秦汉升的忙，而‘导师’身边又有谢青萍帮助，形势很不妙的。”

“不，这两道疤痕不是同一个人留下的。”

“眼力可以啊！”陈太元乐道，“至于这一道是被僵尸怪给抓伤的。”

梁雪并不觉得意外，99局曾对付过僵尸怪，而且龙天枢也正是在剿灭僵尸怪的过程中侥幸活下来的。可以说就目前来看，境内主要存在的三种超自然邪恶存在就是僵尸怪、吸血鬼和兽化人。而且僵尸怪出现得算是比较早的，兽化人则还是第一次遇到。

“你能从僵尸怪那里活着逃出来，算你命大。毕竟龙天枢他们四个战将去了那里，也只活下来他一个。”

陈太元摇头：“不，我那次遇到的只有一个僵尸，实力和曹雨辰差不多。”

“那凭你的身手应该容易对付啊，还能被它抓伤？”梁雪觉得不可思议。

陈太元的脸色稍微阴沉了一些，摇头道：“不，因为当时我全力面对的不是这个僵尸怪，而是一个‘人’。这家伙实力非常强，恐怕不弱于你所说的龙北极。我是为了躲避这个人的攻击，才不小心被僵尸怪抓伤的。”

梁雪倒抽一口冷气。

人！

陈太元的眼力可以确信，他既然称之为“人”，那就不是吸血鬼、僵尸怪。而仅凭人力，是怎么强大到龙北极那种程度的？！

“其实也不意外，”陈太元说，“毕竟就我这身功法要是修炼久了，还是会有提升空间的。不排除还有别的古老传承也能达到这一点。另外，龙北极使用极限进化液能达到那种境界，别人同样也有可能。我唯一在意的一点是，此人对我似乎非常了解，而我至今却还不知道他的身份，甚至连是男是女都不知道。”

好家伙！

“所以一开始的时候我也比较担心，说句可笑的话，那时候几乎有点儿草木皆兵了，”陈太元笑道，“看着身边任何有点儿可疑的人，都怀疑是不是曾差点儿杀了我的那个高手。”

说起来很轻松，其实很心酸、很惊悚。

“所以从那时候起，我尽量不暴露自己的身份。”陈太元说，“你想，我要是暴露了身份，还没找到剑舞就被那个可怕的家伙给弄死了，岂不玩儿完了？我想着先找到剑舞，凭借我们两个的能力，应该能联手对付那个神秘人。”

“另外那时候要是暴露了，被那个神秘人给追上，恐怕你和晓芬、晴姐也得受牵连。一场恶斗下来，说不定你们都会被殃及。

“现在对你说也无所谓，反正你也知道我夜游侠的身份了。”陈太元笑道，“而且经历了这么多的事情，我觉得你也能和我一起对付敌人了。”

而且，马上就要找到剑舞了，不是吗？梁雪和李晓芬都成了新99局的高层，甚至连晓芬自己也都修炼出了气劲，陈太元觉得就算把事情告诉梁雪也不那么要紧。

梁雪点头道：“我也对这个神秘人感兴趣了，仅凭修炼就能达到龙北极的实力，简直不可思议。而且此人竟然还和僵尸怪有关系，就更值得琢磨了。”

陈太元：“是啊，那僵尸显然听从他的指挥。我就好奇了，这家伙究竟是什么来历？”

“那你当初是怎么和这个神秘人遭遇的？”

“同样也是为了寻找剑舞啊——她就没让人省心过。我一开始知道她去了西部一座城市，到那里去找她，结果就遭遇了那个神秘的家伙，接着僵尸也出现了。”

后来发现剑舞已经不在那一带，而且听闻她可能到了雷泽，于是陈太元又赶到了雷泽。

“剑舞究竟是做什么的？”梁雪不得不好奇，“为什么到处跑？又是遭遇僵尸，又是遭遇吸血鬼，太闹心了吧。”

陈太元苦笑：“我还想知道呢！小时候我俩在一起修炼，几年前我去补习一些文化知识，她则发誓要走遍天涯，边走边修行。劝不住，她太爱追求自由和冒险了。”

“其实你俩根本……”梁雪的话说了半截又打住了。宁拆七座庙，不毁一桩婚，她本想说陈太元和剑舞的性格不合适，但又觉得没什么立场。

陈太元当然闻弦歌而知雅意，无奈地撇了撇嘴：“这是命，每个人的命。或许性格有点儿差异，但我确实喜欢她。”

“那她喜欢你吗？”既然把话摊开了，梁雪问得就有点儿尖锐，“反正我要是喜欢一个男人，绝不会丢下他这么久，自己去外面浪荡。更何况你这小子也不赖，身边肯定会招惹不少女人，她能放心吗？”

陈太元笑了笑：“估计她相信我的定力。”

“你说这话不心虚吗？”梁雪说话向来都是又犀利又尖锐。

071

同时受阻

面对梁雪咄咄逼人的攻势，陈太元有点儿难以招架。

“算了，你这人我算是看出来了——君子，但也是个呆子。虽然脑子聪明，打架也厉害，偏偏在感情这件事儿上是个木头。”

“木头好啊，不会犯错误。”陈太元想到被女人骂作木头的几次，颇为自得。

梁雪却摇了摇头：“木头是好，不会伤了你喜欢的人。但就怕被你这样的傻木头伤得体无完肤。”

“雪姐你太不地道了，你这是咒我呢。”

“谁咒你了，我说话一向直接，你又不是不知道。”梁雪有点儿不爽地挥了挥手，“不爱听我还不想说呢，赶紧收拾收拾，吃完早餐咱们去做事儿。”

就是这么雷厉风行，就是这样一个风一般的女子……陈太元在背后歪着脑袋笑了笑。

外头传来了梁雪的怒斥声，陈太元也赶紧出去，只见梁雪指着他们那辆越野车的前轮胎，对身边的老板娘说道：“车停你们这里，停车费可是交了的，你们是怎么保管的？两个轮胎都没气儿了！”

要说一个车胎没气儿，倒有可能是路上扎了胎。可两个前轮都没气儿的话，基本上可以断定是被人动了手脚。

老板娘也有点儿惶恐，不知道该怎么解释才好，毕竟昨天陈太元他们开车来的时候是好好的。而且老板娘一看这车就知道不便宜，两个轮胎恐怕也很贵吧?

“小妹儿，大兄弟，这房钱不收了行不行？虽然可能是我们看管得不好，但也不能证明不是你们来的时候扎了胎，然后慢慢漏气啊。”

梁雪阴沉着脸说：“车胎才值几个钱，我还能讹你？我是说耽误事儿！这荒山野岭的，到哪里去换轮胎？”

如果只坏了一个轮胎也就罢了，先用上备胎。这倒好，两个都坏了。

陈太元看了看一脸紧张的老板娘，淡然道：“大姐你别担心，不让你赔钱，房钱我们也会给的。算了，今天请我们一顿早餐得了。”

老板娘一听乐了：“一看这位大兄弟就是个大好人，好人好运气。别说今天早餐，你们住几天我就管几天的饭！”

刹那间，几个人后方响起了瓮声瓮气的兴奋声：“好啊，谢谢大姐！”

山奴！

老板娘骇然转身看着这个肉山一样的大个子，忽然想到了山奴那可怕的饭量，再想到自己住几天就请几天的承诺，险些一翻白眼晕过去。

此时梁雪脸色依旧不佳:“你倒是老好人！你说说看，这车怎么办？！”

陈太元说道：“今天咱们不是说好要搜查左右两边吗？一天的时间都未必够用。咱们现在联系晓芬，让她派人开车送两个轮胎来不就得了。所以赔偿或修车都不是问题，我最关心的是，咱们的轮胎究竟是被谁给弄坏的？”

是啊，是谁呢？目的何在？

梁雪眼睛一亮，看到老板娘走了之后，她点头低声道：“有人不想让咱们行动自如。而且既然对方能在这里毁了咱们的车胎，就意味着他们在这一带肯定有派驻的人员。”

陈太元点头道：“而且扎破轮胎哪儿是那么容易的事情，所以我怀疑是某个具有超自然能力的家伙干的。他们做这件事儿的时间，应该是咱们昨天进山搜寻的时候。”

几个小时，足够对方作案。车胎虽然被弄破了，但却处在慢撒气的状态，陈太元等人未必会注意到。

为什么不是晚上呢？很简单，陈太元和梁雪都在这里。如果使用超自然力量扎破轮胎的话，这么近的距离，陈太元一定能感应到。

“还是很奇怪。”陈太元摇头说，“他们这么做，虽然可以给咱们造成一定的麻烦，但不至于真能阻止咱们的行动，反倒暴露了他们的存在，这是何必呢？”

梁雪也在思索。

难道说，对方是在故意“提醒”他们：我们就在这里，你们来找啊！

很挑衅、很嚣张啊。

而且奇怪的是，对方怎么知道陈太元他们来了？

听闻陈太元这边的情况汇总，李晓芬也哭笑不得：“好吧，反正也不着急，你们先按部就班地继续搜查，我先派一辆车过去。对了，既然敌人出现在你们这个方位，那么寻找到对方基地的可能性应该很大啊。你们加油，一旦有重大发现，我马上通知龙天枢他们三个赶过去支援你们。”

是啊，一开始两路人马各干各的，而无论哪一方一旦有了重大发现，大家马上兵合一处相互策应。

陈太元答应着，同时带着梁雪和山奴去吃早餐。但是还没吃几口，李晓芬的电话就来了，而且情绪非常紧张——

“雪姐，不好了！刚才本想把你们的情况通报给另一路，让他们有所准备。但是现在，他们竟然失去联系了！”

失联了？龙天枢、汪非立和裘同三个人都是高手，龙天枢更是强大的“八龙将”之一，竟然一声不吭便联系不上了，他们究竟遭遇了什么？

而且据李晓芬说，龙天枢等人的手机并非没有信号，而是“无人接听”！

这意味着什么？

假如拨打不通、没有信号，倒也可能是通信方面的问题，而龙天枢三人倒也可能没事儿；而假如是“无人接听”的话，那就意味着龙天枢三人百分之百发生了什么事情，以至协调中心来的电话都不接了！

现如今，龙天枢那边出了这样的事儿，陈太元这边也明显出现了对方活动的痕迹，这该怎么办？

陈太元没有急着做出决定，挂了电话之后静静沉思了一会儿，他便对梁雪说：“雪姐，我似乎能推断出一些东西了。”

“对方扎破咱们的轮胎，或许只是为了吸引咱们继续在这边行动，让咱们不舍得离开。而实际上他们真正活动的重点是在龙天枢那边——他们要先把龙天枢三人给干掉。

“当然，扎破轮胎还有一个作用，即咱们就算发现了对方在那边有重大行动，咱们三个也无法及时赶过去。从咱们这里到晓芬那边有十七八公里，35 里地的山路啊。然后再赶十几公里山路才能找到龙天枢三人所在的位置……你算算，这其中耽误了多少时间？等咱们赶到的时候，只怕龙天枢他们早就挂了。”

貌似很有道理。

如果真是这样的话，现在该怎么办？马上冲过去增援龙天枢他们？

“可是，你又怎么确定这不是对方的调虎离山计呢？”梁雪有点儿头大，“万一对方只是担心咱们在这边找到他们，所以故意在龙天枢那一路搞出大动作。结果咱们去增援那边了，他们就有了时间在这边从容撤离。”

似乎也有道理！

而且对方实力非常强，能同时对龙天枢等三人下手，还让他们没有机会向总部汇报，这得多厉害？如果对方有这等实力的话，陈太元和梁雪、山奴也最好不要再分开了，免得被人各个击破。

10 分钟的时间马上过去，陈太元决定：“不管怎么说，不能坐视龙天枢三人陷入危险而不理。虽然这几个家伙有点儿讨厌，但现在他们是咱们的战友，不能见死不救。而且假如那边的敌人能够同时控制住他们三个的话，说明对方的人手也是不少的，咱们去了之后应该也不会空着手回来。”

山奴撇了撇嘴：“你倒是很自信啊，我反倒担心咱们回不来。”

“乌鸦嘴！”梁雪道，“他们只有龙天枢这一个家伙算是升级后的强者，而我们两个都是，能一样吗？”

山奴瞥了瞥陈太元，说：“可姐夫他是个累赘啊。”

也是，到现在都没告诉这个憨货，陈太元其实就是当初亲手干翻他的夜游侠。

“我其实也不赖啊。”陈太元道，“在山路上奔行的时候你也看到了，我至少接近汪非立他们的实力了吧，常人到我这样已经很牛 × 了。”

山奴：“那还是个弱鸡啊……”

072

山路伏击

“咱们别干等着了，节省一分钟算一分钟。”既然做了决定，陈太元迅速将行动背包背上，“咱们沿着公路往回走，这样也能和晓芬派来的车中途会合。”

由于山路崎岖车速很慢，陈太元他们三个超自然高手的步行速度比汽车差不到哪里去，这么算来，这个单程能节省 20 分钟。

于是三人当即出发，那辆车则先留在小旅店。

而所有人都没注意到的是，当陈太元等人沿原路返回的时候，旅店中一个房间里的一个中年男子偷偷拨打了电话："报告，对方三人已经离开，方向应该是返回出山口，步行。车留在了旅店。"

这个男人非常普通，也没有任何超自然的能力，看上去只是一个旅行的客人。谁又能想到，这家伙竟然是埋伏在这里的探子。

其实从昨晚开始，陈太元他们就处在了非常不利的境地。他们时时刻刻受到监控，但却连对方的一个影子都没看到。或许龙天枢他们也是如此，才陷入了不测之中。

此时，在陈太元等人来时的路上，一个身穿丛林迷彩装的中年人躲在树丛里，接到了紧急电话："根据 3 号监测点的消息，山奴等人已经向 1 号监测点返回。打起精神，务必在路上将之阻截。根据情报显示，梁雪目前的实力非常强，而叛徒山奴的实力同样很强大，所以你们一定避免近战，以偷袭为主。"

安排得倒是细致，这接电话的迷彩装男人答应着挂掉了电话。不由自主地抽出一根烟，结果旁边一只白皙的手伸过来将之夺走攥碎："少抽一根会死吗？眼看着目标就要来了，你点了明火耽误了大事儿，责任算谁的？"

是个年轻女人，长着一张娃娃脸，还留着一个妹妹头，看上去好像一个高中生。她的手里拿着的是一把特制的大口径步枪，长长的枪身和她娇俏的身体放在一起，怎么看都不协调。

旁边那个试图抽烟的男人也在擦拭着一把同样的步枪，一边擦拭着枪身一边冷笑说："用得着这么小心吗？你我联手偷袭没有人能逃脱。咱们这子弹不但是银质的，而且淬着特制的神经毒剂，比一般子弹厉害得多，对方中弹后必然会失去抵抗能力。"

银质弹头，而且上面有毒！

就像梁雪曾经用过的枪。无论是吸血鬼、兽化人乃至极限战士，他们的身体都会对金属银产生一定的反应，大大减缓伤口的愈合速度，同时造成更严重、更长时间的创伤。

至于说董小姐实验基地专门炼制的毒药，对付这些超自然高手会更加有效。一旦这种毒素和血液交汇，会让中毒者产生严重的眩晕昏迷感，快速损失战斗力。

所以这两人的计划也很简单——以精准的枪法击中山奴和梁雪，待他们晕倒后便任凭这两人宰割。

唯一有点儿麻烦的是，这种步枪的瞄准比较费事儿，就算是熟练的枪手也很难做到不瞄准连发。没办法，要是枪的威力太小的话，说不定稍远一点儿就无法射入超自然高手的身体了。

男人冷笑说："你我各负责一个，区区 50 米的距离之内，咱们必然不会失手。到时候，对方还有什么本事蹦跶？！"

妹妹头提醒道："情报上说，对方可是来了三个人。"

"那只是个随队的医生兼生物学家，还挺不怕死。"男人不屑地笑道，"这种人就算来 100 个又怎样，没意义。"

妹妹头也没多说，只道："小心点儿总不会有坏处，毕竟山奴是二次进化之后的兽化战士，就怕他的耐药性更强，中弹之后能支撑更长时间。"

男人笑道："那也没戏。反正他追不上咱们，咱们射中之后跑就是了。他那种超级大块头，不会射不中吧？闭着眼估计也能射准呢，哈哈。这样好了，梁雪交给我，山奴就交给你，谁让这家伙的目标大呢。"

妹妹头冷笑："历次的射击比试，你可从没赢过我。所以我来对付那个瘦小点儿的梁雪吧，山奴交给你。而且你要记住一点：我是咱们这一组的组长，我来安排战术，明白？"

男人虽不开心，但显然还得听从指挥。

就在这时候，妹妹头忽然低声说："来了！哼，你还说多出来的那个是普通人？这种高速奔走之中，竟然能勉强跟上梁雪和山奴的速度，不可能是普通人。"

那男人看了看陈太元，点头说："也只是稍微有点儿特殊而已。要知道在超自然存在之中，山奴的速度算是非常慢的了，连普通吸血鬼都比他跑得快，而多出来的那个家伙只是勉勉强强接近山奴的速度。所以说，这人就算有点儿超自然的实力，也是非常有限的。"

妹妹头微微点了点头，示意两人同时做好射击的准备。由于他们使用偷袭的兵器，并未施展出任何超自然的能量波动，因此山路上的陈太元也未能感觉到异常。

就在陈太元和梁雪正加速奔跑在山路上时，陈太元忽然一怔，眼角闪过一丝亮光，从悬崖右侧的树丛中反射出来，他循着光源一看，竟然在右上方的树丛里隐约看到了人影。

什么人？虽然一时间分辨不清，但陈太元知道对方已经发现了自己的行踪，那么很有可能对他们展开伏击。他来不及多想，猛然抱住梁雪向一旁冲撞过去，撞向了奔跑中的山奴。

与此同时，两声枪响在头上爆发了。

梁雪堪堪躲过了妹妹头的射杀，但大块头的山奴却没有在陈太元的撞击下倒地，于是子弹射在了他的胳膊上，那枚带着毒药的银弹扎进了他粗壮的手臂中。

山奴刹那间咆哮起来，而陈太元则在这间不容发的时刻向坡上猛蹿过去。当然，梁雪稍稍冷静之后也扑杀上去，速度奇快。

那一男一女傻眼了，没想到看似不起眼的“学者”如此机灵、反应这么快，以至形势产生了完全逆转的变化。现在梁雪没有受伤，完全能够追杀他们两个！

这两人只是普通的兽化战士，实力和一般吸血鬼差不多。他们既打不过梁雪，更看不懂“学者”的深浅。

逃！妹妹头当机立断，带着同伙就要撤离。但是，陈太元和梁雪在背后也开枪了！

两人手中的超大号手枪齐发，威力并不弱于步枪。

几次射击后，梁雪命中了那个男枪手。子弹打在了他的大腿上，使得高速奔行的他一个趔趄趴倒在地上。

妹妹头倒灵活躲避着陈太元和梁雪的射击，但没想到腿弯处猛然一记刺痛，而且越跑越痛，于是速度也不得不降了下来。

背后的陈太元则暗喜：枪太笨拙了，还是咱的飞针用着顺手。

073

接受实验

两个枪手的腿部都受了伤，再想逃走已经是不可能了，只能转过身来放手一搏。大腿中枪的男人一声愤怒的咆哮，猛地撕破了身上的迷彩服。他的身体“膨胀”起来，皮肤上钻出了浓密的毛发。嘴巴前突，牙齿尖锐，赤红的双目之中爆发出了嗜血的冲动。

“狼人……”梁雪说，“山奴说得没错，这里的兽化战士五花八门，有好多类型。不过，狼人算是实验比较成功的一种。”

“臭婊子，知道的还不少！”这个化作狼人的家伙狞笑着，一步步走向梁雪和陈太元，杀机四溢。

而与此同时，妹妹头也几乎完成了兽化，竟然是一只猫的模样，而且脸部还有一些花纹，眼睛也变得溜圆，更具猫的特征。

千万不要幻想所谓猫女是多么性感，相反，由于面部拥有了太多猫的特征，尖牙利齿、凶光乍现，所以看起来十分吓人。

“咱们两个先全力把梁雪拿下！”猫女做出了战斗部署，同时又抓了自己腿弯处一把，奇痛无比。一枚钢针扎在里面啊，能不痛吗?

梁雪满不在乎地收起了大号手枪，因为她知道兽化人的移动速度是非常快的，近距离格斗很难击中，反倒会让自己束手束脚。

陈太元则在一旁假装老实人：“雪姐，打架的事情我不在行，交给你了。”

梁雪顿时明白了他的意思，暗笑，心想这家伙怎么就这么蔫儿坏。

妹妹头也就是此时的猫女不屑地冷哼一声：“还大男人呢，让一个女人保护着，真没出息……少废话，联手干掉梁雪！”

说着，猫女和狼人一同扑向了梁雪，还真就把陈太元晾在了一边。

两个兽化战士确实厉害，特别是那个猫女，速度快得惊人，不亚于吸血鬼。要知道吸血鬼本来以速度见长，而兽化人靠的是力量，两者实力不相上下。但这个猫女完全兼具了两者的优势。

两个兽化战士越打越起兴，迅速进入了亢奋状态。但就在他们把注意力都放在梁雪身上的时候，陈太元忽然“嗖”的一下出现在他俩的后面。

“砰！砰！”

一拳击中猫女的后背，同时一脚踹在了狼人的后腰。

刹那间，狼人觉得自己的腰要断掉了，身体也猝然向前飞出去。猫女也不好受，由于身体较轻，故而飞得更快。

两人都在毫无防备之下，自然惊慌失措，他们终于意识到自己轻视了陈太元，但为时已晚。由于身受重创加上惊慌，一下就失去了基本的防范。所以梁雪两记手刀劈落，干脆利索地劈砍在两个兽化战士的脖子间。

每人扛着一个昏迷的家伙下到山路上，此时的山奴已经开始头昏脑涨——毒药发作了。梁雪当即把那枚银质弹头取出来，凭着山奴的体质愈合应该不会很慢，但有毒药就不好说了。

李晓芬派来的越野车恰好在这个时候到了。看到陈太元三人和两个昏死的兽化人，开车的警察惊讶不已：“好家伙，抓到两个，是传说中的兽化战士吗？梁处长真厉害啊！”

因为此时狼人和猫女尚未完全变回正常模样，身上还有一点儿兽化的特征。

梁雪点了点头，并要求对方赶紧从车上取下特制的手铐，将这两个兽化人给反铐起来。陈太元又从背包里取出了攀岩用的短绳，将两人死死地捆绑在车顶的行李架上。

回到李晓芬所在的地方时，中毒的山奴已经昏迷了过去。

“这大个子……还指望他帮忙打架呢，这倒好，一个照面先倒下了。”李晓芬气哼哼地看着山奴。

陈太元把狼人和猫女弄下车，先把猫女给弄醒了，单独询问。而这猫女似乎有点儿畏惧，因为她知道自己现在沦为阶下囚了。

“老实交代，给你从宽处理。”陈太元说，“我这位朋友山奴中了什么毒，怎么解？”

猫女很识相，狠狠点头说：“真的能宽大吗？我以前可没杀过人，我能得到的最好的处理结果是什么？”

虽然没直接回答陈太元的问题，但只要肯谈条件就行。

陈太元看了看梁雪，因为梁雪目前代表警方，也是现场所有干警中级别最高的。

梁雪想了想，说：“会想办法祛除你体内的兽化药剂，然后关押10年以内。而假如你交代的东西价值够大，哼，我想减几年刑期就减几年刑期。”

还是老99局的霸道作风。

猫女一听这个，就知道自己没有太大的问题了。不过真的能把自己体内的兽化药剂祛除，让自己恢复正常吗？京华大学研究出的“归零”药剂能抗衡中和C病毒，是不是也能中和她身上的TF病毒呢？

所谓的TF病毒，就是让他们实现兽化的病毒总称。根据采用的野兽种族基因不同，这种TF病毒又分为好几种型号。比如狼人使用的是TF1型，猫女使用的则是TF3型；至于山奴，第一次使用的是TF2型，而二次进化时使用的则是TF12型。各有不同的代号。

猫女琢磨了一下说：“山奴其实是我们这边的兽化战士。这次射击在他身上的不仅仅是银弹，还含有一种神经性毒药。不过不会致命，只会让兽化战士或吸血鬼加速昏迷。解药在基地里，我们身上没有。不过也无所谓，只要他酣睡两三个小时，并且多灌白水，也可以自然醒来。”

陈太元判断猫女应该不会说谎，因为她很清楚警方是在搞分开审讯。假如自己说了谎话的话，那就是自讨没趣了，减刑之类的也就没希望了。

“那么你们的基地在什么地方？”梁雪问。

猫女：“你们走错路了，其实是在另一条路上。但是上头说你们肯定会兵分两路，所以派我们在这边截击。当然，要是打不过你们的话，就让我们尽可能地拖延着你们。如此一来使你们的兵力一直处于分散状态，便于我们各个击破。”

弄得倒是挺准确。

“你们是怎么知道我们这边的信息的？”李晓芬很关注这一点。

猫女却摇了摇头：“这就不知道了。我和青狼（狼人）都只是执行任务的普通兽化战士，不知道全盘的计划。甚至他们只让我们负责东路这一条路线，连在西路怎么部署的都没告诉我们。”

他们也不知道龙天枢等人会遭遇什么危险。

“不过，你们西路的人马肯定要倒霉。”猫女说，“因为那条路非常接近我们的基地，所以部署的高手非常多。”

废话，已经出问题了。

陈太元：“究竟是怎样的高手？有多少人？”

猫女想了想，说：“大多数都是普通的兽化战士吧，十几个。最近紧急集合了几个特聘的血族成员，这些吸血鬼神神道道的，和我们基本上没什么接触，我们也不了解。”

这些供述和山奴当初交代的差不多，没有说谎。

但是有一个情报不是很妙，那就是在现在的基地中，再次出现了新的二次进化的战士。比当初山奴接受的实验更加进步，技术更加完善，而且没有山奴那样的副作用。

陈太元当然更是少不得询问剑舞的消息。

“剑舞？董小姐的那个女保镖吧。”猫女说，“我一直被派驻在基地外面，和她们这些人接触不是很多，只是偶然听到一些消息。”

陈太元的心再度揪了起来：“那她现在怎么样？”

“好像要接受什么实验，到时候恐怕会变得更加强大吧？”猫女说，“她要是二次进化成功，鬼知道会有多厉害呢。”

陈太元的心情有点儿紧张。

第六章

074

煞神降临

剑舞，原本凭借修炼就已经达到非常强大的地步。虽然不如现在的陈太元，但与梁雪比也差不太多。从她当初追着康俊彦打，并且斩落康俊彦一根手指，就能看出她的实力。

而现在猫女竟然说她“要进行二次进化”，二次？！

这么说，剑舞在里面已经接受了一次实验？她可是个修炼者啊，如果在她的实力基础上再经过一次实验，会有多强？

会不会比陈太元强，类似于当年那个号称“天下第一人”的龙北极？

当然，假如再进行二次实验，而且成功的话，恐怕将会出现有史以来最为强大的人类。

但是陈太元最清楚，这种突破物种极限的实验越是高端，也就越是危险，而且成功率往往比第一次要低。

“不能让她继续接受这种实验了！”陈太元暗暗攥紧了拳头。他不明白，剑舞怎么会同意接受这种实验呢？她不像是俘虏，而是董小姐的保镖，若是她不同意接受这种实验，按说董小姐不会强迫她吧。

陈太元暗下决心，务必要阻止剑舞做这种危险的尝试，而时间很紧张。

核对了猫女和狼人的供词后，陈太元他们了解到有“训练基地”和“实验基地”两个目标方位，但却无法得知“实验基地”的确切位置，只知道两个基地距离很近。因为猫女和狼人被改造为兽化战士之后，便成为保护训练基地的骨干战士。这一点，和山奴又不一样。当初山奴从被掳掠参与做实验开始，就一直在实验基地，此次派到雷泽是他第一次出山。

“训练基地是保护实验基地的武装力量，由我说的那些兽化战士组成。”猫女说，“但是实验基地内部还有多少兽化战士，这一点不是我能掌握的。”

陈太元等人顿时头大了！

说了半天，你们说的那些武装力量，只是实验基地外的？

而当初山奴说的那一大堆武装力量，则是实验基地里的？

这两者相加的话，基地的武力究竟有多强啊？！

陈太元和梁雪终于意识到，问题比他们预想的复杂得多，敌人的势力比他们想象的大得多。猫女和狼人只是外围成员，没有更进一步提升的希望。包括最近紧急集合过去的吸血鬼，或许也被董小姐视为外人，故而只能止步于训练基地。

而山奴则不一样，毕竟他是接受二次进化实验的目标，肯定备受重视。至于贴身跟随董小姐的剑舞，身份地位当然更不一样。

总之，这个基地里面的总体实力远超大家以前的想象。

李晓芬的脸色很差，咬着银牙说：“不行！就算雪姐你们拥有超自然的能力，也不能让你们单打独斗冲过去，对方的实力太强了。我要向上级表明，申请大部队包围整座山，全面围剿，哪怕派大队的武装直升机……”

“省省吧你。”陈太元苦笑，“这茫茫大山之中，就算你封山也未必能轻易找到对方。几百甚至数千普通军人进去，岂不是白白给别人当靶子？你想主动制造一场大屠杀啊。”

大屠杀，是的。一旦封了山，天上飞着大批的武装直升机，摆出一个将他们一网打尽的态势，他们肯定玩儿命挣扎啊。

梁雪也点头：“实际情况向上级表明，请求派遣更多兵力在山口驻扎也行。但是前面这次行动，还得我们单独进行。大规模的进山确实不妥，伤亡肯定会非常可怕。”

好吧，两个不怕死的家伙……李晓芬咕哝着，当即向孔副部长汇报新情况。

根据猫女和狼人所交代的，陈太元他们下一步能直接找到对方的训练基地。可是如何进入实验基地呢？那个通道入口是重中之重，训练基地的兽化战士们肯定严加防范。

猫女说：“我在训练基地中也勉强算是个小中层，小队长级别的，都没有直接开启通道大门的权限。只有训练基地的负责人袁大圣同意，这扇门才准许开启使用。我们都被要求蒙住眼睛、耳朵才能进入，所以怎么进去并不知道。”

“袁大圣……”李晓芬觉得可笑，“他外号叫孙悟空吗？还大圣呢，见鬼去吧。”

“为什么袁大圣是你们的头目？他很厉害？”陈太元关注的是这个。

猫女点头交代说：“他和山奴一样，天生拥有神力，身体的块头也大，所以很适合改造为猿类基因，再加上那种特别的手术……”

说到这里，猫女有点儿不好意思。看到梁雪的神色显然是在继续追问，一旁的狼人毫不在意地说："去势手术——也就是所谓的阉割。实验基地的研究说猿族基因的兽化战士一旦去势，实力会再度提升一截。于是袁大圣也好，山奴也好，都被阉割了。"

了解了这些之后，陈太元和梁雪赶紧上路了。山奴这憨货还在昏睡，自然留给了李晓芬，至少晓芬这边会更安全一些。

车子把陈太元和梁雪送到了十四五公里外的一条小路，之所以提前下车，是因为根据猫女和狼人的交代，在这条小路的尽头有训练基地的暗哨。现如今猫女和狼人一直没有和基地联系，基地肯定怀疑他们两个已经栽了，暗哨也会更加小心谨慎。

陈太元和梁雪并没走那条路，而是选择从茂密的树林中穿行。大约走了半个小时，终于接近了小路的尽头，按说所谓的暗哨也该在这里了。两人没再继续向前，而是悄悄趴伏下来仔细观察。

伏击一定有，但不知在哪个方位。

"别动，我来试试。"陈太元说着，静静观察周围。终于，在右前方不远处看到一只鸽子般大小的山鸟。距离不算太远，陈太元拿捏着准确度，"嗖"的一下扔出一枚钢针！

没有任何声响，但那只鸟"扑通"跌落下来，在地下的残枝败叶上扑棱，引发了不小的动静。随后，鸟竟然奋力飞走了，虽然它可能活不了太久。

也正是这时候，陈太元忽然感到自己左前方七八十米远处，似乎猛然爆发了一股能量。是超自然的能量，他感应到了。

但这股能量只是刹那间爆发，很快又沉寂下去。显然对面有人感觉到了刚才的异常，本能地做出了戒备。而后看到是一只落地的呆鸟在扑腾，这才又放松下来。

“接近 80 米。”陈太元指着左前方，低声说。

梁雪冷笑着伸出了一根大拇指，双目盯着陈太元所指的方向。那里是一片低矮的灌木丛，估计对方就趴伏在灌木的后面。假如有生人靠近的话，说不定灌木丛某处就会射出阴狠的子弹。

如今双方距离百米之内，终于要短兵相接了。幸运的是陈太元他们知道敌人的所在，而敌人却不知道两尊煞神已经悄然降临在这片密林之中。

075

连续拔除

“我悄悄地摸过去，把这个暗哨给拔掉。”陈太元低声说，“保不齐这里还有别的暗哨，你在这里给我放风掩护。”

梁雪摇了摇头：“还是我打头阵吧，毕竟你不是公职人员。”

陈太元的回答也很简洁：“可毕竟你是个女人。”

梁雪从未曾想过，自己有朝一日会因为是个女人而被“轻视”，也从未想过自己竟然需要一个男人来保护，这种感觉挺新鲜，怪怪的。

就在这稍稍的失神之中，陈太元已经如灵兽一般悄悄潜伏过去，绕过了一个不小的圈子。当然梁雪也打起精神，随时准备应对可能出现的任何危险。

陈太元的速度并不快，在这种微妙的环境下，度时如年。终于，他慢慢接近了对方，甚至绕到了那个人的背后。

这是个中等身材的男子，一脸浓密的胡楂儿，留着一个平头，穿着丛林迷彩服趴伏着观察对面。直到这时候，这个家伙还浑然不觉。而忽然他感觉到了一种巨大的危险，只是想要反应的时候已经来不及，因为一只大手如铁钳般死死地箍住了他的脖子！

面对这个突如其来的变故，他想奋力完成自己的兽化，但是没有用处，因为窒息状态下他浑身无力，被死死地按倒在地面上，什么都做不成。最重要的是，一柄异常粗大的手枪的枪口正抵在他的嘴巴里。就算是再强大的兽化战士，也不敢张开嘴巴接受“手炮”一轰。

“别吭声，否则老子崩碎你。”陈太元说着，将“手炮”缓缓从他嘴巴里拔出来，但随即又抵在他的裤裆上，威胁程度丝毫不亚于嘴巴。

“给你个活命的机会，配合就行。”陈太元把手缓缓松开一些，于是这个男人贪婪地大吸几口气，仿佛连眼前的窘境都给忘记了。

“除了你，附近还有几个暗哨？最近的在哪里？具体方位都指出来。

“知道实验基地的入口吗？不知道？浑蛋，一看你就混得不怎么样，没资格知道这个秘密是吧。

“你们老大袁大圣在哪里？还在训练基地里面？

“上午99局派来的三个人和你们遭遇了没有，他们现在怎么样了？”

陈太元的问题都很紧要，得到的答案也相对比较翔实。但最后那个问题的答案却完全超出了陈太元的预料！

这男子惊恐地说：“上午来的那三个，其实确切地说是两个。因为龙天枢早就被我们俘虏并收买控制了，他只是基地派往你们内部的探子。”

“那个汪非立和裘什么跟着他来，等于是自投罗网。单是一个龙天枢就能干掉汪非立他们两个，何况这边还有我们几个出手。

“包括你们另外一路的行动，以及你们指挥中心的情况，龙天枢全都告诉了基地，所以我们才对你们的行动了如指掌。汪非立和裘什么现在被关押在训练基地里，袁老大亲自看管着。”

这个消息无异于晴天霹雳，直把陈太元惊讶得无以复加。

龙天枢，你竟然是该死的叛徒内奸啊！

此前龙天枢说自己去西部执行任务，同行的几个极限战士都死了，只有他死里逃生。现在看来，他是投降叛变、苟且偷生了才对，这个无耻的狗东西！

汽车刚到小旅店就被弄坏了轮胎；回来的路上，遭遇到猫女和狼人的伏击……难怪啊，他们的任何行动，都被龙天枢这王八蛋报告给了对手。

陈太元越想越觉得他和梁雪还能安然无恙真是万幸，随后他伸手在这个暗哨的心口大穴上狠狠一砸，一股怪异的气息涌入对方的体内。这个暗哨感到胸口一窒，剧烈疼痛的同时仿佛严重缺氧一般，当即昏迷过去。

这是陈太元的特殊方法，不像武侠小说里的点穴功夫那样神奇，这一招施展之后会给对方形成不小的损伤，没有十个八个小时不可能醒来，而且有可能直接死掉。

但是，陈太元的“妇人之仁”却换来了梁雪的一阵鄙视。当梁雪接到他的手势而悄悄穿行过来之后，听完陈太元的叙述，二话不说一拳砸在了这个暗哨的太阳穴上，后者一命呜呼。

梁雪则冷冷地低声说：“在这种环境下，你还心慈手软？一旦他醒来大呼一声，说不定几百发子弹就向咱们扫射过来了。现在是军事侦察任务，非常时期。”

而对于龙天枢的叛变，梁雪的反应比陈太元还大，或许这也是她陷入愤怒、出手杀人的主要原因之一。“叛变投敌，还里应外合谋害战友，这个无耻败类，99 局的耻辱！”

是啊，耻辱。目前活下来的老 99 局的极限战士中只有她和龙天枢两个人啊。当初知道龙天枢还活着的时候，她还很开心，以为找到了同类。没想到，对方竟然是这样一个人渣。

情报太重要了，必须马上回复给李晓芬。而根据刚才那个暗哨的交代，最近的一个暗哨在百米之外。低声说话，对方应该听不到。

梁雪打开特制的手机，将龙天枢叛变以及汪非立和裘同被活捉的消息通报给了李晓芬。李晓芬和警方高层肯定会做出相应的调整部署，这一点不提。

通报完这个消息后，梁雪看了看前方，说：“这次该我在前面了，你给我掩护着。”

陈太元还要争执，梁雪却摇头说：“太元，你实力非常强，做事儿小心谨慎也是好样的，但是不够狠。在这种地方执行这样的任务，需要心狠手辣、当机立断。你还是继续适应一下吧，让我先来。”

说着，梁雪悄然摸了上去。陈太元在背后有点儿错愕，心想也是啊，自己确实有点儿手软。万一刚才那个暗哨不小心醒来并大呼大叫的话，一切都完了。

因为对方的防备太严密，陈太元和梁雪一直都处在对方的枪击范围之内!

防备很周密细致，几个暗哨的设置也非常狠准。就像下面梁雪即将摸过去的这个暗哨，距离百余米，肉眼看得清清楚楚。一旦这边真的爆发了激烈的战斗，那边绝不会看不到。如此一来，就算陈太元得手了，保不齐百米之外就飞来了一枚子弹，所幸刚才陈太元做得很隐蔽。

这种“连环哨”只要前面的暗哨出了问题，后面的一般都能看到并做出反应。所以说，拔除这些暗哨就更加需要技术含量。

十几分钟后，梁雪得手了！

她悄悄爬到第二个暗哨所在的大树上，结果那家伙尚未来得及反应，就被梁雪在背后用一把匕首抹了脖子。这叫干脆利索，陈太元得学着点儿。

而后梁雪将这家伙的尸体稳定在粗大的树枝上，保证不会掉下来，她自己悄悄攀爬到树下，远远地给陈太元打了个手势。

陈太元快速移动过去，和梁雪再度兵合一处。

“一共四个暗哨啊，绵延一里多地呢。”陈太元苦笑，“后面还有两个，距离他们的训练基地也越来越近，咱们要更加小心。”

梁雪点了点头，道：“但我最担心的还是他们设置的移动巡逻哨。根据第一个暗哨交代的，基地每隔不固定的一段时间，就会派几个人在这里移动巡逻。要是和他们遭遇，那就不妙了。”

“希望咱们的运气不错，遇不到这些家伙。”

梁雪阴沉着脸，瞪大了一双俏目紧盯着前方，而后如一道魅影般扑杀向了新的目标——第三个暗哨。

陈太元则拿着那把粗大的“手炮”随时策应，一旦发生任何意外，他必须给梁雪提供一定的火力掩护。

但是这次还是没等到他出手，梁雪便示意他继续跟进，意味着第三个暗哨也被她拔除了。

现在只剩下第四个也就是最后这个暗哨了，这也是最难越过的，因为它设置在小山头上，翻过对面那个低矮的小山头，就和训练基地更近了，也和那里的一大批如狼似虎的兽化战士更近了。

076

图穷匕见

仔细观察这第四个暗哨——其实几乎不算是暗哨，因为位置很明显。山头上有一块比人还高的大石头，暗哨就藏在石头的后面。他相当于一个“门卫”，死死把守在训练基地的入口处。

石头后面的家伙时不时会探出头看一看，平时则躲在后面不出来。如果你不知道这个暗哨所在的话，很容易就会被发现。

陈太元看了看地形，发现这里是通往训练基地的唯一必经之路。

于是两人慢慢地向上摸爬，到了离对方百米之内的时候，梁雪再度绕起大圈子向右方平移。因为这次对方的视野范围太广，必须绕得足够远才能避免被发现。

就在梁雪绕远之后，左前方忽然出现了两个人。这两人正沿着山头上方走下来，正是训练基地时不时派出来的移动巡逻哨。四个固定的哨所加上随机出现的移动巡逻，谁也别想偷偷闯进来。

但让陈太元惊讶的是，巡逻的两人正是龙天枢和汪非立！

龙天枢，这叛变的内奸，但汪非立怎么会跟他在一起?

汪非立也叛变了！

估计这浑蛋被龙天枢抓到后，很容易就倒戈相向了。

事实上，汪非立的叛变更让人不齿。当时汪非立和裘同正在行动，结果龙天枢突然带着蜂拥而至的兽化战士包围了他们，汪非立当时就知道大势已去，还不等龙天枢招降呢，就主动举手投降了。

而且为了让汪非立表明投降的决心，龙天枢递给了他一把刀——杀了裘同，我们就相信你真的投降了。

这招可真狠，可谓一箭双雕。因为汪非立一旦杀了自己的同事战友，就再也不可能回到警方工作，事情一旦被揭露，他肯定也会被判处死刑。这是断了他的后路。

当初龙天枢也是被董小姐逼得再也无法回头。

汪非立杀死裘同的时候，龙天枢让人现场拍照录像，留下了铁一般的证据。如今龙天枢已经完全信任汪非立，甚至带着他来执行巡逻任务。

他还想再度联系李晓芬，继续伪装下去。反正已经收拾了裘同，汪非立也跟着他，那么假装之前通信出了点儿问题，现在又恢复联络，李晓芬应该不会生疑吧?

当然，陈太元还不知道这些细节。

“这两个叛徒……”陈太元趴伏在地面上心里暗骂，但又不得不考虑应对之策。眼看着龙天枢带着汪非立一路走来，和陈太元即将狭路相逢。距离这么近，陈太元想躲都不行——只要移动就会被发现。但若是不动的话，3 分钟之内肯定会撞上。

而另一边，梁雪已经比较顺利地走远了，暂时不会被发觉。如果梁雪保持一定警觉的话，现在应该也看到龙天枢两人了。

30 米、20 米……陈太元躲在暗哨看不到的视觉死角，静待着龙天枢和汪非立越来越近。陈太元很清楚，龙天枢的实力和自己相仿，非常厉害。若是再加上一个汪非立，以及山头那边不远处的大批兽化战士……自己根本赢不了。

终于，就在距离陈太元不到 10 米，眼看着要被发觉的时候，陈太元竟然主动发声了，而且带着点儿惊喜的语气！

“天枢兄，汪处长！可算找到你们了，总部说你们失联了，怎么回事儿啊？”

这家伙竟然假装不知道这两人叛变了，还套近乎呢。

对面的龙天枢和汪非立显然愣住了，随即两人对视了一眼，他们没想到陈太元会首先杀到这里。而且，既然陈太元还不知道他俩叛变的事情，那不如将计就计！

于是龙天枢也面露惊喜之色，但又假装保持着当初对陈太元的不喜欢，平静地说："竟然是你，梁雪呢？"

陈太元笑了笑："刚才遇到了对方两个暗哨，雪姐她干掉了一个，不过另一个侥幸抓了活的。雪姐现在带到那边安全的地方审问去了，派我留在这里放哨。"说得跟真的一样。而这个信息表明——一会儿梁雪可能会审问出龙天枢叛变的消息，但陈太元并不知道。

如此一来，龙天枢就不会轻易对陈太元下手，反倒需要陈太元带路去偷袭梁雪，陈太元考虑得真周到。

龙天枢心中欣喜，想着现在拿下陈太元的话，一会儿更能出其不意地活捉了梁雪。就算梁雪审问出他叛变的事实，那又怎么样？他们两个偷袭肯定能轻易拿下梁雪。

龙天枢点了点头，保持着以往的高傲说："我们遭遇到了一些麻烦，被对方偷袭了。裘同副处长下落不明，通信设备也都在撤逃途中丢进了山崖。"

这反应也够快的，快速找到了应对的说辞。

"原来是这样，难怪。"陈太元点了点头，说，"这么说对方的实力应该很强，竟然能击败你们几位。"

"暂时算是安全的。"龙天枢有些不耐烦，"你带我们去找梁雪，刚好碰头研究下一步该怎么办。"

陈太元点了点头，偏偏又故意询问了不少事情用来拖延时间，他希望在这段时间里，梁雪尽可能接近第四个暗哨才好。

时间差不多了，再磨蹭下去，龙天枢必然生疑，于是他转而向身后左后方走去。那里有一个小山坳，看起来确实适合审问俘虏，龙天枢和汪非立毫不怀疑。

他在前面慢慢地走，快要接近小山坳的时候，陈太元低声说："就是这后面了，有个小山洞。"话音未落，陈太元忽然感应到了超自然能量的波动，脑袋里宛如拨动了一声弦。而且，这能量波动就爆发在自己的身后——龙天枢动手了！

图穷匕见！

其实在此前，陈太元还稍微有点儿犹豫，仅凭暗哨的一面之词，就能判定龙天枢叛变了吗？但现在没有顾虑了，既然龙天枢要下手杀他，那么叛变确凿无疑。

早已做好准备的陈太元猛然收身矮下去，转过身来。如此迅捷的反应速度简直把龙天枢惊呆了：这小子究竟是怎么回事儿？

陈太元探出了一把锋利的手术刀，向上"唰"的一下，切断了他的喉咙。

就是这么干脆利索！

龙天枢惊讶地捂住自己的脖子，他不能喊，也不敢喊。

反应慢一拍的汪非立这才意识到了不对劲儿，也意识到陈太元是个扮猪吃虎的狠货。

"你究竟……"话音未落，陈太元已经冲上去一掌拍击在他的面门上。这是一种类似于绵掌的掌法，看上去轻飘飘的，但阴劲儿之巨足以拍断骨骼。与此同时，陈太元也在汪非立的脖子上用手术刀轻轻划过。

汪非立没有龙天枢的抗击打能力，更何况被面门的一掌拍晕了过去，一刀下去他就直接毙命了。

不过，陈太元不得不佩服龙天枢，这家伙的生命力可真够顽强的。

喉管被划断了，竟然还捂着脖子拼命向山头上逃窜。

077

增加的麻烦和危险

如此变态的生命力，陈太元也很惊讶。

与此同时，山头上的暗哨已经注意到了这边的剧变。他刚要把枪端起来的时候，他的背后忽然多出了一个人影——梁雪！她一只手探过去捂住了暗哨的嘴巴，另一只手拿着一把军用匕首猛然一划。

最终枪声也未能响起——干得漂亮！

梁雪绕过那块石头，心中极其舒畅。她觉得自己自打成为极限战士以来，从来没有和哪个人像和陈太元这样默契。此时她看到龙天枢正拼了命地往上跑，嘴角不由得勾起一抹冷艳的弧度——叛徒还想逃?

梁雪从山头上飞奔下来，和陈太元形成了恐怖的夹击之势。

而原本渴望策应的龙天枢万万没想到自己等来的竟是梁雪这尊煞神，心中顿时大呼要命，他猛然刹住了脚步，死死倚在一棵大树上，双目狰狞好似愤怒的魔鬼，以一种疯狂的姿态迎接他的灭亡之日。

陈太元和梁雪分处两侧，同时扑杀了过去。

龙天枢怎么甘于就这么死去，他猛然掏出警方为他配备的那支超大口径手枪，对准了陈太元。即使无法击中，他也要以枪声提醒山那边的黑暗种们。

但他还是慢了半拍，手枪刚刚举起，梁雪就已经硬生生地从他手中把枪夺走了。

陈太元奋起一脚踢在龙天枢的肚子上，龙天枢的身体狠狠地撞击在树干上。梁雪提起手中的匕首猛刺向龙天枢的肚腹，而后奋力下拉、上挑，在肚子上划出一个大大的对钩形伤口。

可就算是在这种状态下，龙天枢竟然还在奋力反击。“手炮”没了，腰间的匕首被他抽出来反刺梁雪，而且出招极其突然和狠辣。要不是陈太元及时抓住了他的手腕，匕首一定会刺中梁雪。

险些被刺的梁雪越发愤怒，将匕首准确地刺入了龙天枢的心脏。

“叛徒从没有好下场。”梁雪擦了擦脸上被溅的血迹，娇俏的脸蛋显得恐怖怪诞。

“时间不多，形势很严峻。”陈太元说，“来之前咱们的目的是营救龙天枢他们三个，到时候咱们至少有五个人。哪怕实力不如对手，但还可以大干一场。但是现在……裘同下落不明，极有可能已经遇害，另外两个浑蛋也死了。现在就咱们两个，想要捣毁对方这么大的巢穴，难。”

梁雪平静而冷漠地说道：“你要放弃？你的宝贝心上人还在里头呢，说不定就要接受什么可怕的实验了。”

“又没说要放弃。”陈太元摇头说，“我是说太危险了，不如我一个人先进去查探一下，你留在外面策应。”

梁雪不高兴了：“别大男子主义好不好？我不是娇滴滴的小女生，明白？”

“不是那个意思，我是觉得要不是因为我坚持先把剑舞带出来，任务根本不会这么麻烦和危险，你不能和我一起承担这个风险啊。”

“我拿你当兄弟看的，你再这么见外，别怪我不客气。”梁雪气哼哼地把“手炮”塞回背后的枪套里，不再理会陈太元。

陈太元说的他在任务执行之前的坚持，是指他拒绝了公安部和军方准备的一整套极富打击力度的计划！这个计划，只需要梁雪等人找到基地的大体区域就足够了，后面的事情不用他们过问。到时候，军方会派遣武装直升机投放新研制的超级温压炸弹！

这种温压炸弹又称真空炸弹，体形巨大，十分狠辣，爆炸后能够持续产生高温高压，并且迅速燃尽附近大面积区域内的氧气。形成的高压和冲击波会瞬间席卷四方，摧毁仪器设备，杀死里面的人员。所以对于山洞、地下掩体这种封闭有限的空间，效果更加显著。

不管你是吸血鬼还是兽化人，到时候都会窒息而死。你有再大的能耐在“大国军队”的超级暴力机器面前，终究还是徒劳。军方之所以迟迟没有动手，只是担心陆地进攻可能产生的损失。但如果要不计代价地消灭你，你根本没有活路。

这个计划非常有效，简洁直接，而且基地附近没有居民，也不会伤及无辜百姓。

但陈太元不能不顾剑舞的性命啊，难道董小姐死在里面，剑舞也得跟着陪葬？他当即提出：里面还有被挟持的亲友，不能这么简单粗暴地解决问题。希望上级能多给一些时间，至少让他把剑舞带出来再说。

因为一个人的要求，而改变整个计划，怎么可能？

没想到的是，上级在慎重考虑之后，还真的答应了陈太元的请求，但是同时给出了一些限制条件：必须有时间限制，一旦你们发现了基地的出入口，3 个小时内带走剑舞，否则，请你陈太元马上撤离，我们的温压炸弹会准时投下去。

目前知道这个终极计划的人只有孔凡新和梁雪，陈太元是作为独立第三方京华大学实验室的代表被通知的，而龙天枢和汪非立这些叛徒还不够级别，尽管汪非立是行动二处的处长，但对于他的人品和个人能力，似乎上级都认为还有待考察。所以这个终极计划并未泄露，并且最终肯定会继续选择执行。

078

新品种

3 个小时，即使人在东路，赶杀到西路敌人的巢穴也是足够的，所以陈太元唯一要做的就是尽快深入敌人腹地，找到剑舞。

“太元，你觉得我会怕死吗？”梁雪沉吟，“如果京华大学实验室不能研制出解救的办法，半年之后我也会死。一个将死之人，空有一身的力量却不使用，反倒畏首畏尾、贪生怕死，你不觉得很可笑吗？”

“不过，我也有害怕的东西——孤独。”梁雪摇头苦笑，“是不是有点儿矫情？觉得这么悲春伤秋的感慨不该出自我这种暴力女子之口？”

陈太元其实深有同感，任何人都有资格感觉孤独。

“所以，”梁雪叹道，“当初第一次见到你，发现你竟然毫不畏惧我这样的‘怪物’，那时候我心里就怪怪的，总觉得和你这家伙交往起来，感觉会不一样。后来我回想起来才知道，那是因为我以前太孤独了。普通人是把我们看作和吸血鬼类似的怪物，但你不一样，你一直以看待正常人的目光来看待我，所以我把你当朋友、当兄弟，后来袁晴和晓芬也真心待我，我觉得咱们这个小圈子挺好，让我找到了家的感觉。”

“但是现在，你却跟我见外闹生分，哪怕是为了我的安全考虑，你觉得我会很开心吗？你和我生分了，我在这个世界上就少了一个真正的朋友。”

梁雪难得一次说了这么多话，一改平日里这个冰山美女沉默寡言的特质。

而这样的一段心灵独白，向陈太元和盘托出了自己的真实想法，连梁雪自己都不知道其中的缘由，以至说完之后当即闭口不言，只留给陈太元一个背影。

陈太元在背后有点儿小小的局促，不好意思地笑道：“真生气了？行了，咱们一起闯一闯这个龙潭虎穴，并肩作战怎么样？”

梁雪本还有点儿生气，但听到这句话，便歪着脑袋开心起来：“好啊，等的就是你这句话。就算为此陷入危险之中，我也不怪你，你也不要自责。”

但是她紧接着又问了一句：“不过要是在里面真的陷入了危险，你是先救姐姐我呢，还是先救你的小情人剑舞呢？”

“算了，”见陈太元被问住了，梁雪自己先忍不住笑了一下，“这种不好回答的问题就是要赖欺负人，算我没问。”

但她万万没有想到，陈太元随后轻轻说：“先救你。”

这下换梁雪愣住了，随后撇着嘴指着陈太元，瞪大眼睛直摇头：“想不到你是这样的老陈！你……你竟然也学会哄女孩子开心了？真看错你了。小心我把这句话告诉剑舞。”

“不是这样的。假如你遇到危险，也是为了去救剑舞，我怎能只顾救剑舞，却把你这个帮忙的给丢在那里？我想就算这件事儿让剑舞来选择，她也会让我先把你救走的。”

说到底，还是因为你们关系更好，而我是个外人对不对？梁雪心里头有点儿堵，心想：陈太元平时蛮聪明的一个人，怎么在感情问题上这么执拗、这么倔强呢？要么就是傻，不开窍。

而陈太元心底却微微一声叹息，其实他心里跟明镜似的，有些事情沾染不得，有些感情触碰不得。

随后，两人调整了一下思想状态，马上向李晓芬通报了眼前的情况，当然也让指挥中心的那些干警大感解气——龙天枢和汪非立这两个狗叛徒总算是得到了应有的惩罚。

当然由此也带来另外一个问题：这行动一处和行动二处还怎么竞争？难道梁雪会被提拔为超调局（新 99 局）的副局长？李晓芬也水涨船高官升一级？太棒了。

当然梁雪现在也来不及考虑这个问题，她正趴伏在山头，和陈太元一起观察下面的形势。现在，留给他们的时间并不多了，希望能在对方发现之前，潜入训练基地中。先抓到袁大圣，盘问出实验基地的入口，那才是真正接近成功的时候。

当然，那也是 3 个小时开始计算的时候。

下方是一个比较大的山谷，对面一侧的斜坡上有几个山洞。根据第一个暗哨所交代的，这几个山洞就是训练基地的兽化战士所居住的地方，最近接纳了一些血族，所以其中的两个山洞里还藏着吸血鬼。

第一个暗哨并不清楚这些血族的来源，陈太元猜测，应该是像“导师”那样，在各地做了大案之后仓促逃亡到这边的吧。

再往下，就是兽化战士训练的地方，包括各种实战摔打、力量搏杀、速度及耐力训练。此刻，正有六个人在练习对打，都是已经完成了兽化的怪物，还有五六个在一旁观摩。

对战之中，一个化作巨猿模样的家伙正在艰难地同时对战两个猫族兽化战士，显得有点儿吃力。陈太元暗自怀疑，这个猿族兽化战士应该就是训练基地的负责人袁大圣。

“好不热闹，简直像个动物园。”陈太元低声说，“一个猿族，两个狼族，另外两个应该是猫族吧，那个特别丑陋的是什么玩意儿？”

是的，有个兽化战士最为丑陋，也更加扎眼。猫女和狼人可没说他们还有别的种族。

现在又来新的品种了？

远远地看过去，这个丑陋的家伙嘴巴突起严重，满嘴的尖牙利齿，浑身的皮肤泛出青绿色，十分打眼。

而更让陈太元和梁雪感到惊讶的，是这个浑身绿油油的家伙的战斗力。他同时迎战两个狼族，好似非常轻松，实力显然超出袁大圣一筹。

陈太元蹙眉道：“这个绿家伙很棘手，恐怕实战能力相当于进化版的黑暗种了。”

梁雪也很不解：“猫女的供述里面没提到这样的家伙啊。”

079

气氛有点儿乱

原本觉得这个训练基地的最强者也无非就是袁大圣，故而他们要想办法神不知鬼不觉地溜进去还不算太难，而且这些人暂时都没有发现外面的状况。但现在出现了一个超强实力的绿皮肤怪物，一切又变得扑朔迷离了。

山谷中，两个猫族的兽化战士越战越勇，对面的袁大圣则渐渐体力不支。终于一声长啸之后，袁大圣退出了战圈，慢慢结束了兽化。

这是一个身材健壮的大汉，身高一米九左右，皮黑黝黑、手脚宽大，理着不到一厘米长的贴头皮短发。看样子猿族基因的兽化战士，选择的一般都是体形高大的人。

他果然就是袁大圣，训练基地的负责人。

此时的袁大圣气喘吁吁，一脸疲惫地擦了擦额头的汗水，看着对面正在结束兽化的两个猫族战士，说："只能坚持六七分钟，不错，你们的配合越来越默契了。"

"袁老大更厉害啊。"一个猫族拍马屁恭维道。这是个长相阴柔的家伙，"以一敌二还能这么长时间不败，太厉害了，同级无敌的存在。"

说的倒也是事实。在没有二次进化的黑暗种中，袁大圣确实已经算是一个异数。换作其他的超自然高手，都很难做到以一敌二坚持这么久。哦，当初的龙北极是个例外。

就在这时，不远处一道沙哑的声音传来，不屑地哂笑："同级无敌有个屁用！对付两头小猫咪都这么费劲，哈哈，还当什么训练基地负责人，可笑！"

正是那个绿皮肤的怪物。

仔细看，就会发现这家伙的容貌更加可怕，简直像是一条巨大的蜥蜴。没错，他就是基地刚刚培育出来不久的蜥蜴族兽化战士！而且他和山奴一样，是受到特殊培育的重点实验对象，已经完成了二次"进化"，所以战斗力十分彪悍。现在最高层将他派出来协助训练基地，搞好外部的防御。看到实力大不如自己的实验基地负责人袁大圣，而且还要服从他的指挥，这条蜥蜴可谓是满心不欢喜。

所以只要有点儿机会，他就会极尽所能地嘲弄袁大圣，一来是纾解心中的不满之气；二来则是顺便打击打击袁大圣的威信——就像刚才那样。

袁大圣也不是个好脾气，听了之后顿时一瞪铜铃般的大眼，怒道："陆长宁，你他妈的少咧咧，多扎了一针管子罢了，有什么了不起的！白狼、灰狼，你们两个不争气的家伙，给我干翻他！"

刚刚结束格斗的白狼和灰狼，此时已经有点儿体力不支，双方的实力差距更大了。

蜥蜴人陆长宁仿佛听到了最好笑的笑话，哈哈大笑着说："干翻我？难道你没看出来，我一直在跟他们闹着玩儿吗？杂碎，两个小狗崽子给我滚！"

竟然还有余力！

话音未落，陆长宁那覆盖着鳞片的大爪子猛然一挥，将白狼狠狠击飞。灰狼正准备躲避，结果也被他死死压在了身下。令人作呕的大嘴巴险些咬住灰狼的脖子，细长猩红的长舌贪婪地在灰狼的脸上舔了一下，黏稠的唾液带着浓重刺鼻的臭味，险些把灰狼给吓死。

"住手！"袁大圣紧张地吼道，"不要误伤了自己人！"

在场的所有人都服气了，明白看到了二次进化的家伙能有多恐怖。

陆长宁得意地放过了灰狼，起身之后摇晃了一下丑陋的大脑袋，咧嘴笑道："这次服气了吗？一群蠢货，还真以为老子是来听从命令的？以后没有棘手的事情别找我，大爷懒得伺候，哈哈哈！"

"你们这群渣滓，都是没有希望进行二次进化才被丢到训练基地里当护卫的。一群没有希望、混吃等死的杂碎，都给我滚远点儿！"说完，陆长宁结束了兽化状态，大笑着向自己的洞穴走去。此时的陆长宁是一个身材健壮、体形偏高的俊秀男子，是的，俊秀，看上去和写字楼里正常上下班的普通白领没有差别，很难想象他兽化后竟是那副恶心的模样。

留在原地的袁大圣等人气得直翻白眼，但又奈何不得陆长宁那个骄狂桀骜的家伙。那些话深深刺痛了他们的心。没错，他们都是没资格接受二次进化的，一辈子就是个保安。而且他们自己也很清楚，他们的身份不被主流社会认可，他们就是一群怪物。即便在基地这个小小的异类社会中也处于最底层。

“老大，”险些被咬的灰狼气不忿地凑到袁大圣的身边，双目喷吐的怒火几乎要焚烧了陆长宁的背影，“咱们一起上，弄死这孙子！”

袁大圣摇头：“别莽撞，他毕竟是‘里头’派出来的。就算咱们做成了，里头能饶了咱们吗？”

一个猫族叹道：“恶心的家伙，什么时候才让他滚蛋啊。”

下属们你一言我一语，一个个愤愤不平，倒也把袁大圣的火气挑拨得越来越旺，他忍不住冷笑：“跩什么跩，他们无非就是多了一次进化。但据我所知，这种进化的副作用很明显的。像上次出事儿的那个山奴，每隔两三个月就得注射一次特殊的药剂，否则活不下去。现在陆长宁这家伙虽然得意，但肯定也有什么缺陷。”

白狼苦笑说：“老大，咱们难道就没有缺陷吗？我越来越怕阳光，越来越喜欢在夜间活动。每次兽化后，身体都仿佛被抽空了一样。我怀疑咱们每变身一次都会极大地损伤身体、损失寿命，只是上头不告诉咱们罢了。”

“是啊，”灰狼说，“咱们就是一群被遗弃的可怜虫，能给上头看几年的大门就行了，谁在乎咱们的生死啊。”

别说这些兽化人、吸血鬼，就连梁雪他们这些极限战士也有类似的担忧，越担心就越猜疑，越猜疑也就越担心，恶性循环。

作为底层的小头目，袁大圣也不能给下属们一个准确的答案，而且他自己也担心这些问题，却无可奈何，只能摇头叹道："想多了也没用，别自寻烦恼了。"

不远处的两个山洞里闪出影影绰绰的几个身影，都穿着黑色西装、高档皮鞋，打着领带，一副派头十足的模样。他们略显苍白的脸色让他们看起来十分畏光。

这些就是最近从各地被召集过来的吸血鬼。为了摧垮原 99 局的主流力量，他们也损失惨重，现在只能紧急躲避到这里，和基地"抱团取暖"。

当然在基地，他们只能算是"客人"。

此时带头的一个吸血鬼故作优雅地多走了两步，对着迎面走来的陆长宁低头微笑道："陆先生果然好身手，让我们大开眼界。"

千穿万穿，马屁不穿，陆长宁虽然高傲，但还是回以一个得意的笑容："承蒙夸奖。"

吸血鬼头目笑道："我们初来乍到，以后还请陆先生多多照顾。当然，我们愿意唯陆先生马首是瞻，和陆先生始终站在一起。"

这群家伙倒是挺有眼力见儿，知道选择更强大的家伙作为盟友。他们来到基地后受到袁大圣的排挤，现在既然有人能和袁大圣抗衡，他们马上就和陆长宁结为同盟。

于是，狼和狈一拍即合。训练基地的气氛混乱而复杂。

080

趁乱潜入

袁大圣看到吸血鬼们公然对陆长宁谄媚，感觉这简直就是公开挑衅。但是，袁大圣也没有办法。

“袁老大，干死那群吸血虫子！”一个猫族忍不住说。

“是啊，连这群外乡户也想压在咱们头上吗？！”

“压在咱们头上？就算想和咱们平起平坐，也得看看咱们的脸色。凭什么？他们算老几？”

一群人叽叽喳喳，袁大圣听得越发苦闷。袁大圣虽然不是陆长宁的对手，但是对付普通的血族却绰绰有余，可现在血族找到靠山了。假如他再贸然出手，陆长宁为了拉拢自己的嫡系，也肯定会出面。到时候他再去对付陆长宁吗？打不过的，袁大圣有自知之明。

袁大圣决定先拉拢拉拢刚分配来的龙天枢和汪非立，龙天枢是个高手，实力不亚于陆长宁。但是，龙天枢也不是个好说话的主儿啊，眼睛也是长在脑袋顶，太难伺候了。

但表面上又不能太认孬，袁大圣只能愤愤然说道：“都少说两句！刚才已经兽化的回各自山洞歇息一下，花子和大黑你们两个一会儿到山那边巡逻一下，估计龙天枢也该回来了。还有，去打个电话问一下，看看几个哨所有没有什么发现。大事儿要紧，等过了这几天的风头再跟那些浑蛋算总账。”

一群下属愤愤不平但又无计可施，只能带着一肚子的怒气散去。

偏偏灰狼忍不住对着吸血鬼一声咒骂，并且伸出两根中指狠狠地向上猛戳。

吸血鬼们也不甘示弱，同样伸出中指反击，嘴巴里同样不干不净。

在这种相互对骂的形势下，形势不断升级。袁大圣已经回到自己的山洞，没能及时约束自己的兄弟，于是乎，兽化战士和吸血鬼开始大打出手！

一开始，自然是吸血鬼处于弱势，毕竟他们的人数少，但当陆长宁出现之后就不一样了，这家伙一个人能扛住三四个普通兽化战士！

“败类、叛徒”，兽化战士对陆长宁一阵乱骂，更是火上浇油。

听到打闹声，还来不及给暗哨打电话的袁大圣赶紧冲出来，快速加入了战斗。

这场战斗的参加人数很多，持续的时间也很长。到最后，吃亏的还是吸血鬼，毕竟人数少了一半。连陆长宁也受伤了，不过他的自愈能力非常强，不仅战斗力没减弱，还不慎打死了一个猫族。这下子，问题严重了。

袁大圣一声令下，陆长宁体力不支而撤走，结果留下的那些吸血鬼被兽化战士们一下干掉了两个，剩下三个见势不妙，也马上追上去跟着陆长宁撤到了山洞里。躲在里面易守难攻，兽化战士们很难冲进来。

这还是内讧吗？简直就是战争。

陆长宁带着三个吸血鬼在山洞里面防御，甚至掏出了枪械。外面袁大圣等人虽然恨得牙痒痒，但也不敢贸然杀进去。

“陆长宁，有本事你们别出来！”袁大圣喊着，同时让手下人也端起了枪。

陆长宁早已经结束了兽化状态，也慢慢冷静了很多，知道今天这件事儿恐怕难以收场，毕竟是他首先杀了人，但他嘴上不能认孬："等老子休息得差不多，再出去找你们算账！一群杂碎，上头让老子来帮你们，你们竟敢对老子下毒手，回头我要找董小姐评评理！"

打打杀杀的汉子们一说什么评理，显然就减弱了几分气势。

袁大圣也不想把事情搞得太大，于是冷声说："那好，咱们把这件事儿如实禀报给上头，看谁受处分！兄弟们都回去，等我向上头汇报。灰狼，你带几个兄弟把死难兄弟的尸体保护好。"

说完，袁大圣终于拖着疲惫的身体回到了山洞里，心中忐忑不安。这次事儿搞得太大，哪怕主要责任在对方身上，但他是训练基地的负责人，领导失职的责任也不可推卸。而且现在是用人之际，一下死了一个兽化战士和两个吸血鬼，这可如何是好？上头震怒之下想必会处置陆长宁，但怒火发泄的同时会不会殃及他？

其实他还不知道，山谷里面死了三个，山谷外更是死了六个！短短时间内损失了九个高手，其中还包括龙天枢，上头不震怒才怪。

就在他正绞尽脑汁想如何向上级汇报的时候，只听背后一道低沉的女声响起："别动，否则就得死。"

是梁雪！

袁大圣呆了，他感觉到自己后脑勺已被枪口抵住。

自己的山洞里什么时候蹿进了外人？该死，肯定是刚才大混战的时候。大家一个个杀得兴起，哪儿有心情观察外面？而且外面还有龙天枢的巡逻组和多达四个暗哨。

就在这时，对面又出现了一个人，让他更加绝望，心想蹿进来的还不止一个啊。

陈太元拿着一把超大号的手枪："袁大圣？乖乖听我朋友的话，看到这枪没有？这么近的距离内，肯定能把你的脑壳给掀开喽。"一句话就打消了袁大圣刚刚对脑袋上这把枪的所有猜测，他还妄想没准儿只是一支能把他打晕的普通手枪而已。

看着那尺寸夸张的“手炮”，袁大圣丝毫不敢怀疑陈太元这番话的真实性。

“你们是……新 99 局的？”袁大圣心中畏惧，“我们得到了消息，说你们成立了什么新 99 局。假如猜得没错的话，背后这个女人应该就是大名鼎鼎的梁雪吧？至于你……”

脑子还算够用，难怪任命他为训练基地的负责人。

陈太元笑了笑：“我的身份你就不用费心猜了。”

“你们是怎么穿越那么多暗哨的？竟然没有遭遇到巡逻队。”

“兜了这么大的圈子，你是想知道你们外部的状况啊？一句话：都没了。特别是龙天枢和汪非立这两个王八蛋，死得最惨。”

袁大圣浑身乱颤，再也保持不住假装出来的镇定。龙天枢和四个暗哨相继被灭杀，竟然连一个信号都没有发出，这两个人究竟有多强的杀伤力？

“老兄，你的处境堪忧啊，刚才的事情我都看见了。”陈太元摇头笑道，“今天损失这么惨重，你们基地的高层还容得下你吗？我看你不如跟我们合作一下吧。”

合作？背叛基地吗？袁大圣觉得这个想法太疯狂了。

081

关门打蜥蜴

“跟你合作？我不要命了吗！”袁大圣低吼，“背叛基地的下场是非常恐怖的！”

陈太元笑着说：“好像你不背叛基地就能活下去一样，你当你脑袋后面这把枪是吃素的？”

袁大圣无语，无论怎么选都是死。特别是在陈太元说这些话的时候，梁雪的枪口更加用力地捅了捅袁大圣的后脑勺。

“其实除了个别人，我们这里的兄弟们大都有家眷。我们自己死了还无所谓，但背叛基地后，就怕他们报复我们的家属。”

看来还有些人性，而有人性就好办。

梁雪在背后冷笑：“你以为我们就不能找你们家属的麻烦吗？别天真了。”

袁大圣打了个哆嗦。

“时间不多，给你几分钟考虑。”陈太元提醒说，“你别等着陆长宁恶人先告状，那你在基地上层那边可真是没法儿交代喽。”

果不其然，3 分钟不到，袁大圣的电话就响了。陈太元看得出袁大圣心中的犹豫，断定他不会贸然咋呼吆喝起来，于是同意他接听。

接通以后，只听电话那边传来了愤怒的咆哮：“袁大圣，你们训练基地发生了如此严重的自相残杀事件，你竟然没有第一时间上报！”

袁大圣有点儿冤枉，心道我是想要上报，但被人用枪指着脑袋呢。

电话那边的怒斥不断升级：“陆长宁汇报说，是你挑唆下属和吸血鬼们发生冲突，最终才酿成了这种惨剧。袁大圣，你对训练基地的领导极不称职，现在我要求你马上把指挥权移交给陆长宁，马上！”

袁大圣惊呆了：“你不能只听陆长宁那浑蛋的一面之词啊！”

“放肆！你要抗命不遵吗？！”对面的人听到袁大圣质疑自己的决定，更加恼火了，“陆长宁马上会召集你们所有人，宣布这个决定。你以后降格为训练基地的副指挥，好好协助陆长宁的工作！”

说完，电话挂断了，根本不容袁大圣再申辩。

事实上他不知道，基地高层必须考虑另一方面的重要因素——血族！

现如今，血族是实验基地的重要力量。因为“导师”和升级版C病毒使得血族的总体势力非常强大，而且二次进化后的血族都在实验基地里，形成了一股不容忽视的强大力量。

现在训练基地死了两个血族，实验基地内的血族情绪马上高涨起来，强烈要求基地方面严惩肇事者。虽然基地方面知道陆长宁要负主要责任，但这两个毕竟都是自己的人马，权衡之下，还不如牺牲一个袁大圣，也算给了血族面子。而且袁大圣这种无法进行二次进化的兽化战士，远没有陆长宁更有价值。

听到这样的处理结果，袁大圣觉得自己太冤枉，同时也为手底下的兄弟们担心。陆长宁接管了这里的一切，自然没有他们的好日子过。

陈太元一脸“我说得没错”的坏笑，说：“怎么样？还是乖乖跟我们合作吧。”

袁大圣心中悲楚，怒冲冲地攥紧了拳头。此时，外面响起了陆长宁得意的喊声：“都给老子出来，上头有新的任命安排了！”

新官上任，原本不可一世的陆长宁气焰更加嚣张。

一听说事关任命，大家都知道事情不妙，而且关乎个人的切身利益，所以一个个地都跑了出去。

唯独袁大圣盘坐在自己的山洞口，默默地抽着烟，有点儿失魂落魄。

陆长宁得意地吼道："袁大圣，还不给老子滚出来！"事实上，袁大圣他出不去，就在他背后的阴影中，梁雪依旧用枪抵着他的后脑勺。

袁大圣冷笑："我已经知道了，就算这么调整了，我的职务也是上级安排的，你管不着。老子以前管不着你，现在你也管不着老子。想嘚瑟你就赶紧的，别耽误大家的兴致。"

有道理啊，副职的任命从来不是正职决定的，如果副职是个浑不吝愣头青，正职还真拿他没办法。

陆长宁咒骂了一声，他站在众人面前厉声吼道："刚接到上头的命令，任命本人为训练基地的指挥，袁大圣降级为副——指——挥！现在，都听明白了？"

"明白！恭喜陆先生！"

"对，恭喜陆老大。"

三个吸血鬼乐滋滋地拍马屁。但是，那些兽化战士却都怒了，是陆长宁先杀人，我们才反击的！而且我们是这里的土著，吸血鬼只是客人，凭什么为了维护他们的权益，却让我们忍气吞声？！

袁老大也没有什么过错，凭什么撤职降级，还被陆长宁骑在头上作威作福？！

陆长宁得意地阴笑道："现在相信老子的话了吧，你们就是一群最底层的渣滓！谁管你们的死活！以后要是识相一点儿，我可以既往不咎。但谁要是还不识相，哼，刚才老子弄死了一个非但没事儿，反而升了职！所以，你们应该都明白吧？"

"好，现在执行老子上任以来的第一个任务——调整宿舍！灰狼、白狼，你们去把袁大圣的山洞收拾一下，把他的东西都给老子扔出来，老子要住他那一间！"

这摆明了就是找碴儿。

让袁大圣的兄弟去轰他们的老大，居然这么冷血。

“怎么，这点儿小事儿都抗命不遵？”陆长宁威胁道，“咱们这是军事化管理的队伍，不服从命令的结果有多严重，不需要我再重复吧？”

这时候，袁大圣在洞口的阴影处呵斥一声：“白狼、灰狼赶紧过来，帮我打理一下重要的东西，挪到……陆长宁，咱俩的山洞换一换？”

陆长宁听着心中一震：重要的东西？什么重要的东西？袁大圣这家伙做了那么久的指挥官，难道藏了什么珍贵财物，还是重要机密？

陆长宁哪里知道，这些话是陈太元暗中教给袁大圣的。

于是陆长宁忽然摆了摆手：“等一下，我先来看看这个新山洞究竟怎么样，哈哈哈。”说着，他大大咧咧一步三摇地走了过来，走在了前面，白狼和灰狼跟在后面。

山洞阴影中的梁雪佩服地看了看陈太元，心想这家伙的鬼主意真多，轻轻松松就把陆长宁骗到了山洞里，来一个关门打狗吗？不，是关门打蜥蜴。

082

招降

袁大圣的山洞很深，宽敞的空间也是他作为指挥官的福利之一。走了五六米之后还没有走到尽头。

看到白狼和灰狼也跟了进来，袁大圣低吼一声："上！"

白狼和灰狼还没反应过来，只听陆长宁"啊"的一声，显然遭到了伏击。

此时，梁雪已经对陆长宁展开了密不透风的攻击，加上袁大圣的疯狂攻击，原本对洞里面形势不太清楚的陆长宁顿时陷入了劣势。他大惊之余想向外逃窜，哪知道迎面一股狂暴的威能爆发，一道身影从旁边黑暗处突然出现，一掌直击他的面门！

陆长宁大惊，心想：袁大圣的洞里究竟藏了多少高手？

陆长宁看到自己的退路受阻，愤怒地开始了兽化，但陈太元的手术刀却不给他这个机会。就在他即将完成兽化的时候，陈太元的手术刀唰的一下切断了他手腕上的血管，紧接着，梁雪的匕首也狠狠刺入了他的后背。受伤的陆长宁无法完成兽化，只好缓缓地恢复了人形。袁大圣看准机会，将手中的匕首直刺他的心脏，毫不留情地剜了一刀。

陆长宁瞪大了眼睛，以不甘心的姿态死去，临死之前还用手指愤怒地指着袁大圣。

"袁老大，这……咱们这次玩儿大了啊。"洞口处的白狼惊恐地说。袁老大不仅杀了新上任的指挥官，还勾结了外人！他们会不会把自己杀了灭口啊？

"别怕，这两位是咱们的朋友。"袁大圣说，"兄弟，咱们的处境如果不反抗，将来就只能任凭陆长宁这狗东西欺压。他没做指挥官的时候都能杀咱们兄弟，现在升了官，还不把咱们都给玩儿死？"

还别说，陈太元刚才教给他的很多话，现在都派上用场了。"另外，这事儿我也算连累你们了。"袁大圣恩威并施，"杀陆长宁的时候，你俩刚好也在山洞里，外头不知道你们两个是不是也下手了……兄弟，虽然是陆长宁让你们进洞的，但此事毕竟因我而起，对不住了。"

这等于摆明了说：虽然你们俩没动手，但外头不知道，所以肯定以为你们是我的同党，一起杀了陆长宁。何去何从你俩看着办吧。

这是断了两人的后路。“袁老大你放心，咱们没有三心二意的。你为了兄弟们着想，干掉了陆长宁，兄弟们心中只有感激。”

袁大圣点了点头，简单安排了两句，便带着白狼和灰狼走出了山洞，手中拎着陆长宁的尸体。洞外所有人都吓傻了，不知所措。

“这个作威作福的王八蛋实在是欺人太甚，我杀了他。”袁大圣说，“兄弟们先别怕，我给大家找了后路。先把那三个该死的吸血虫子拿下，他们要逃！”

大家一窝蜂冲上去，当场拿下了三个吸血鬼。灰狼为了表明自己的态度，还当场杀死了一个。

袁大圣沉稳地说：“咱们要是不起来反抗，以后势必会被这些浑蛋压制得喘不过气来。兄弟们，别看咱们一个个很能打，但咱们就是一群可怜人。”他接着叹息说：“大半人家里都有家属，咱们敢让父母妻儿知道咱们的现状吗？一群野兽啊，妖怪……”

现场一片沉默，死一般地寂静。

“可我总得说明白，基地真的把咱们当人看了吗？不，只是把咱们当作一群看门狗。你们瞧，三儿被陆长宁杀了，上头一个屁都不放，反倒让陆长宁取代我成为指挥——王八蛋，陆长宁也是他们的看门狗啊，只不过是高级一点儿的看门狗。就高这么一点点，就能随便杀死我们而不受惩罚，这日子你们还想过下去？”

顿时，下面一群人纷纷叫喊起来。

“早就过够了，袁老大你想怎么干，带兄弟们一起！”

“对，我们在这里活得像一群狗，到外面是狗都不如——一群怪物！袁老大，你说我们该怎么办！”

如此群情激愤，连袁大圣都心中暗惊，他稳定了一下心神，说："后路我已经为大家想好了，咱们的两位朋友其实也已经到了这里！"说着，他把陈太元和梁雪请出山洞，大家都吓了一跳，啥时候混进来这一男一女?

"兄弟们不要怕，这两位是新99局的代表！"袁大圣朗声说。

刹那间，一群人惊呼连连。而被抓住的两个吸血鬼看到这一幕，更是直接吓晕。

陈太元笑吟吟地走到前面，说："大家都淡定，淡定一下。现在最大的威胁陆长宁和龙天枢已经被我们干掉了。"听到这话，大家心里都轻松了一些。"我们刚才和袁大圣商量过，99局愿意给大家一条活路……什么，你问我们说话是不是作数? 呵呵，当然了。"他指了指身边一直沉默的梁雪，继续说，"这位女士是新99局的处长，有她在就肯定作数，只要大家积极配合。"

083

不如强攻

面对这群情绪激动的兽化战士，陈太元给他们做出了足够稳妥的承诺——

如果京华大学实验室能够研制出更加完善的、无副作用的"归零"

药剂，到时候就可以让大家恢复原貌，重新回归正常人的生活；而即便没有药剂，新 99 局也愿意接纳大家。这样一来，这些怪物就不再是邪恶组织成员，而成为官方的探员或警员，再凭借他们的超自然本领，去为社会创造应有的贡献，也能抵消曾经犯下的罪行。

有药剂，就恢复为正常人，过正常人的生活；没有，就成为一名神秘的超自然干警，再也不用担惊受怕。

这次是白狼首先做出的倡议，这家伙振臂一呼："干了！兄弟们，这条件到哪里去找！咱们有希望能回家啊！"

这么极具诱惑力的提议把众人的情绪推向一个新的高潮。

为了最终确保万无一失，梁雪特意打电话请示了孔部长。当听到这个消息时，孔部长几乎没什么考虑就直呼"大功一件"。要知道这么一来，新 99 局的力量能够迅速扩充壮大，这是何等惊人的变化。

孔部长仅仅用了两分钟的时间向更高层请示，就再度回复了梁雪，由此可见更高层同样对这桩有赚不赔的"生意"大为满意。

"成了！"梁雪对这些兽化战士说，"上级决定从现在起，你们暂时编入 99 局行动处特别行动科，以后简称特科。袁大圣，你就任第一任特科科长。副科长的职位暂时空着，看此次行动之后的功劳再任命。在研究出完全有效的'归零'药剂之前，你们就是 99 局特科的干警。而且，容许你们在保密的前提下，和家人建立联系。"

刹那间，有家属的家伙一个个乐疯了。以前他们"失踪"了这么久，跟家里人都没法儿解释。现在好了，他们都能和家人说自己以前去执行特殊任务去了。

这样，包括袁大圣在内的九名兽化战士全都成了 99 局行动二处特科成员。两名吸血鬼也表示可以投降接受改编，但梁雪不会同意的，直接将他们捆绑起来，并派人严加看管。

其实陈太元还有一种办法控制他们——毒药。这家伙拥有的奇怪小丹药数不胜数，有时候就像是变戏法一样。但是他觉得这些兽化战士的忠诚度应该可以，因为大家的愤怒发自本心。所以倒不如不使用这种毒药，反倒让大家更加贴心，凝聚力更高。当然，这就有点儿小小的赌博意味了。

“那好，现在咱们该考虑怎么进入实验基地去瞧瞧了。”陈太元把袁大圣喊到山洞里，只有他们三个在场，“老袁，你该知道怎么进实验基地吧。”

袁大圣点点头，说：“实验基地应该就在这一带，我一直怀疑是不是在这个山体之中，而通道则在山脚下一个山洞之中。这里应该算是实验基地的对外主要通道之一，放心，我有开启这扇门的权限。实验基地肯定是一个巨大的地下空间，利用天然的地下溶洞改造加工而成。”

这一带还有溶洞地貌？但地理地貌这东西总有些偶然性，倒也可以理解。

但是随后袁大圣的话让陈太元有点儿喜忧参半，原计划的温压炸弹根本无法使用！

因为袁大圣说，他所知道的副出口非常小，利用了一条狭窄的地下山道，长度足足有一里地还多。从这里到尽头，一路上设有好几道封闭性极好的金属门。温压炸弹的威力在金属门的隔绝下，应该起不到任何作用。

“能不能让几道门都保持开启状态？”梁雪自己说完，便又摇了摇头。因为就算金属门都开着，温压炸弹的威能在传输一里地之后也消耗得差不多了，对实验基地无法产生根本性的打击，没用。

“不可能的！这个通道，其实是由好几段电梯组成的。进门之后是一个类似于高层楼宇使用的升降电梯，我还不知道有多深，下去之后是一个斜着向下、长达上百米的电梯，尽头有一个中转平台。在那个平台上，还要进入一个升降电梯，同样不知道有多深。出来之后，经过一个横着的超长传输带到达尽头再来到一个升降电梯前……至少三部升降电梯，无法同时保持开门的状态吧？”

好复杂……陈太元和梁雪也明白了，为何猫女他们虽然进入过实验基地，但由于蒙着眼睛被搞得晕头转向，根本摸不清实验基地的确切方位。

不，就算袁大圣每次不蒙着眼睛，经过了这么多次的周转，他也不知道实验基地最终的确切方向。

总之远隔至少一里地，中间单是升降电梯的门就多达三对（六扇），温压炸弹显然无法对实验基地产生任何作用。

得知了这一点，陈太元反倒暗暗地开心——这样我就不受3个小时的时间限制了，也就更加从容一些。

“算了，还是到里面之后再想办法吧，老袁带路。”陈太元说着的同时，梁雪也把情况向孔凡新如实汇报了，表示收编很顺利，可是温压炸弹的总体计划可能要泡汤。至于怎么彻底端掉这个基地，还得临时想对策。

想办法可以，但不能拖延时间。因为训练基地刚刚发生哗变死了人，又更换了负责人，基地高层肯定会打电话询问这边的情况。一旦把电话打进来，发现接电话的不是陆长宁，那么基地高层肯定就会生疑了。

那边的孔凡新听了之后也有些纠结，心想这一时间到哪里去想更好的办法，只能要求陈太元和梁雪随机应变，并且随时保持联系。当然他也希望陈太元能找到别的出入口，便于温压炸弹发挥效力。这样可以依旧执行原计划，但却无法对陈太元做出时间限制。

“在里面，你们是无法和外界联系的。”袁大圣摇头插话说，“我们和实验基地的联系，使用的是功率超强的内部电话，外界普通移动电话的信号是完全屏蔽的。”一边说着，袁大圣一边摇了摇手中那部特殊的手机。这东西只在特定的区域内有用，却无法拨打到外网。基地对通联的管控是非常严格的。

难道连基地的高层，甚至董小姐都无法直接用外网的移动通信设备？陈太元不相信。那“导师”是怎么联系上她的呢？

盘算了一下总体情况，陈太元对孔凡新说：“孔部长，经过我和梁雪的研究判断，认为我们不如展开强攻，硬生生端掉他们的巢穴，毕竟我们人手够用！”

好大的口气！

其实，孔凡新也在考虑这种做法的可行性，最后当即拍板：“同意！”

陈太元继续说：“我们一旦都进去，出入口的作用就会非常重要。所以请李晓芬等同志的指挥部前移，接防这个通道口。我们会留下一部和他们对接的内部电话，随时保持联络。时间要抓紧，实在不行，就使用直升机先运送一批干警过来。这座山谷已经完全在我们掌控之中，注意飞行高度的话，不会被敌人发觉。”

结果区区十来分钟后，一架直升机就停在了山谷中。李晓芬一马当先走下来，一身警服，腰挎“手炮”，英姿飒爽。身后还有四名男警察，只不过四个人搀扶着一个“醉醺醺”的家伙——山奴。

这家伙的药性还没结束。

随后直升机马上返回，再去运送第二批干警。

“晓芬，你留意那边捆着的两个吸血鬼。”陈太元说，“短时间内这里不会有什么危险，等山奴醒来，就是你的大帮手。”

有一个山奴在，比一个警队都让人心安。

李晓芬狠狠地点头说：“放心吧，本大小姐也不是好惹的。不过，老陈你自己也得当心，还有雪姐。”

别说叫“师父”，直呼老陈也是够欺师灭祖的。

陈太元懒得跟她计较，带着所有的兽化战士来到了那个通道口。

084

电

具体安排后，陈太元等人就在袁大圣的带领下，进入了秘密通道所在的山洞。陈太元和梁雪都换了合适的衣服，乍一看上去，就像是训练基地的两名兽化战士。

洞口是一扇推拉的厚重铁门，拉开之后就看到一个升降电梯的入口，被袁大圣打开了。

电梯里面的灯光很微弱，黑乎乎的，有点儿阴森，一旦进去，前途叵测。

黑洞洞的电梯门仿佛怪兽张开的巨口，要把他们吞噬。李晓芬不自觉地拉了一下陈太元的袖子，怔怔地看着他，没有说话。

陈太元看得出她眼中的恳切，淡然笑了笑，在她的手背上轻轻拍了拍：“放心吧，为师的命硬着呢。”陈太元笑道，虽然“为师”二字很微弱，但还是气得李晓芬偷偷地龇牙咧嘴。

陈太元、梁雪外加袁大圣等九名兽化战士，一共是 11 人一起进入电梯，一次就能传送过去。这电梯本来就令人气闷，微弱的光线又增加了压抑感，还不如蒙着眼睛啥都看不见呢。

“真是的，换一个大点儿的灯泡会死啊。”李晓芬咕哝道。

袁大圣说这是节省电力的需要。基地高层说过，这里的一切设施，都依靠实验基地下面的自有发电站来传输电力。

陈太元觉得有点儿不对劲儿，越想越觉得不对劲儿。他一把按住了电梯门，暂时没有进去，而是努力思索着什么。

终于，一个想法渐渐成形，陈太元疑惑道：“就算是自备发电机，但能供给这么多的设备吗？要知道实验机构的耗电量是非常大的。更何况，开凿这些通道、建设地下空间的时候，肯定少不了用电，那时候的电力是哪儿来的？”

是啊，建造这么庞大的工事，竟然不需要用电？不可能。

袁大圣一愣：“你的意思是基地高层在撒谎？”

陈太元点了点头：“或许他们确实有自备发电机，但应该不可能为所有设备提供电力——自备发电机没有那么大的能力。基地高层之所以这么说，只是为了忽悠你们。”

一旁的李晓芬眼睛一亮：“那么，只要找到附近的用电大户，就能查到实验基地的位置了。甚至，能够切断他们的能源供应！这一带如此偏僻，查到一个用电大户应该不难。太元你这家伙，反应很迅速。”

虽然时而迷糊，但一聪明起来，李晓芬的智商嗖嗖地往上蹿。

陈太元笑了：“那晓芬你们去查吧，但短时间内就算查到也别断电。万一我们还在通道里面，可就惨了。”说完，陈太元就和所有人一起进入了电梯之中。电梯门缓缓地闭合，至此与外界隔绝。

李晓芬马上联系电力公司，查探附近用电量最大的机构或单位。

结果电力公司答复，记录显示这附近并不存在电力用户，更别提用电大户了。

“那么距离此处最近的用电大户有多少，都是哪些？”李晓芬继续追问。

不一会儿，电力公司给出了一个名单，一共五家企业，距离此处分别是 8 公里到 15 公里不等——这是直线距离最近的了。甚至电力公司把用电量都给了出来，以供警方调查。

李晓芬发现一家生物医药公司的耗电量似乎有些超常，按照正常产能计算，他们使用的电力降低一半都不为过。

但是，另一家山间生态农场的用电量更加奇怪——连续几个月的用电量都很稳定，但其中上个月 9 号这一天的白天，他们的用电量却比往日突然暴涨近 2000 度。一天暴涨 2000 度的用电量啊，怎么可能？！

当然，若是均摊到一个月 30 天之中，倒也不算太显眼，毕竟这个生态农场也算是一家企业，和家庭用电不一样。所以缴纳电费的时候，倒也没有人太在意。

李晓芬琢磨了一下，当即询问电力公司上个月 9 号的停电情况。结果一条消息引起了她的兴趣——同样是在那一天，那家生物医药公司所在的线路检修变压器，停电一个白天！那条线路停电一个白天，于是生态农场这边的用电量就忽然暴增了 2000 度。而这个数字，恰好也正是生物医药公司平均每天超额使用的数字。

有什么关联？这可是一东一西两条线路上的用电企业，完全不相关才对。

李晓芬乐道：“恰恰是一东一西距离十几公里，貌似不相干，实际上才更有可能相干。”

“很显然，那家生物医药公司本来每天用不了太多的电，多出的部分肯定偷偷传输到了实验基地里面，供基地使用。而且实验基地本也类似于生物医药机构，随便在外面建造一家生物医药公司也很简单。

“但是，实验基地这种机构类似于医院，不可能随便断电，必须保证24小时电力供应——万一重要实验正在进行，甚至正在进行活体解剖、活体实验什么的，突然断电了怎么行？所以他们有第二条备用线路，就在生态农场那边！

“一旦生物医药公司的线路出现问题，生态农场马上就会启用暗中铺设的电缆，将电力输送到实验基地。”

除非在两条线路同时停电，这种超低概率的情况下，实验基地的自备发电机或许才会派上真正的用场。

从外部来看，这只是两家普通企业在用电，并不令人生疑。至少在实验基地所在的这片区域之中，没有用电大户存在。

“如果给这两家企业断电，实验基地必然猝不及防。”李晓芬暗想，“到时候实验基地里黑咕隆咚的，似乎很便于老陈偷鸡摸狗吧？这家伙还是我师父呢，可不能挂了。”

李晓芬马上把这个发现上报给了孔凡新，自然得到了孔部长的肯定和鼓励。切断对方的能源供应，再加上陈太元的动作，对方必将处在一种混乱之中。敌人越乱，警方做事儿就越方便。

至于陈太元这边，已经缓缓降落了半分钟。不知道下降的深度，但凭感觉盘算，差不多已经到了地下四五十米处。够深的，要知道后面还有两个升降电梯，预计会在地面的百米之下，甚至更深，就算原子弹来了也伤不到他们。

第一段升降电梯到了尽头，面对的是一个斜着向下的超长手扶式电梯，足足100多米的横向距离，此时更加黑暗了，袁大圣和梁雪手中各有一支手电筒，一前一后，让大家的心情不至于太压抑。

陈太元发现，不管是升降电梯还是这种手扶电梯，都需要袁大圣的拇指指纹才能开启。难怪猫女说，只有袁大圣能自由进出。

“好大的工程量。”陈太元暗暗感慨，“这还只是一条传输通道而已，基地内部肯定更加值钱。这实验基地的背后到底是谁在提供资金支持？”

手扶电梯的尽头又是一个小小的中转平台，他们来到第二部升降电梯处。这一次乘坐的时间似乎更长了些，单这一次就下降了近百米，30多层楼的高度。陈太元和梁雪等人都觉得难以置信。

出来之后，又是一条横向的传输带。这条传输带分为三部分，很像机场使用的那种，每一段都有近百米，中间每段都需要步行300多米。而且这三段显然不是笔直的相同方向，略微有点儿折向，难怪就算袁大圣也无法判断实验基地的具体位置。

第三个也是最后一个升降电梯就在传输带的尽头，出了这部电梯之后，可就要直面实验基地了！

“这个升降电梯耗时也不短，我估计也得有二三十层楼房的高度。”袁大圣有点儿犹豫，甚至有点儿畏惧地看着电梯门，他当然知道自己在做危险的事情，“下面的门打开之后，有一个兽化战士带着两名普通持枪保镖守备着。”

对陈太元这一大堆高手而言，一个普通兽化战士加上两个保镖，解决的难度不大。问题在于如何神不知鬼不觉地干掉对方，尽可能不引起整个基地的警报。

陈太元点头道：“别犹豫了，按计划办事儿。”

而就在这时，一部特制的内部电话振动了起来。

第七章

085

一路靠忽悠

这部内部电话原本是陆长宁的，现在被袁大圣拿着。

是实验基地打来的，肯定是询问训练基地的情况，看看陆长宁是不是把形势给稳定住了。

根据事先的安排，袁大圣没有接听，只等着对方打给他。因为一旦找不到陆长宁这个指挥官，就肯定要找袁大圣这个副指挥询问情况。

果然在陆长宁的电话停止振动后，袁大圣的电话来了。刚刚接通，便听到了电话那边的咆哮："袁大圣，你们那边的情况究竟怎么样了？陆长宁呢，他怎么没接电话？"

袁大圣故意做出气喘吁吁的模样，说："陆指挥？不知道，他在另一路。刚才我们正在交接职务呢，山那边竟然发现了可疑情况，现在我们俩各带一帮兄弟在追查。估计他在追击中没听到您的电话吧。"

只有"可疑情况"这种大事儿，才能完全吸引对方的注意力。"什么可疑情况？”电话那边紧张地询问。

袁大圣说：“刚才我们最外围的一个暗哨忽然失去了联系，怎么都打不通电话。我让第三暗哨去查找，发现那个暗哨的位置已经空了，不见人影。王八蛋，要是这家伙开小差害得大家白忙一场，回头我打断他的腿！”

这事儿说大不大，说小不小，暗哨不见了，可能是开小差溜达去了，也可能是被害了。在这个紧张时期，遇到这种事儿肯定要全力戒备，正副指挥都要去追查。

不过只是最外围的第四个暗哨出了事儿，至少后面三道暗哨没事儿，训练基地更没事儿，这足以让实验基地的高层们安心。就算有可疑人员接近，但距离基地还远着呢。

“马上追查清楚，绝不允许出现任何隐患！”上级吼道，“还有，你们职务交接后，队员们的情绪没有变化吧？你是不是还想不通？”

“我……我实力不如陆指挥，上级怎么安排，我就怎么干。”

上级闷哼一声，说：“你也别太丧气，咱们这事儿毕竟要考虑血族的情绪。你小子给我好好干，将来有机会一定给你官复原职。去吧！另外遇到陆长宁，让那小子给我回个电话。”

“是！”袁大圣假装有了点儿兴致，挂了电话后长长地松了口气，“陈先生这办法确实可以，至少稳住了他们。”

梁雪点头说：“半个小时以内，你‘遇不到’陆长宁也很正常，也就是说，从现在开始直至半小时以后，是咱们行动的黄金时间。”

陈太元笑：“半小时之后就算他们不知道咱们进来了，咱们也得让他们知道。”话虽如此，但实际上他的心弦绷得很紧，因为随时可能遇到剑舞。

陈太元率先进入了电梯，仿佛有点儿迫不及待。紧接着是袁大圣、梁雪，剩下的八名兽化战士都留在了外面——这也是计划的一部分。

电梯匀速下行，终于到了底部。陈太元和梁雪分别站在袁大圣的两侧，由于都穿着兽化战士们的制服，看起来好像是袁大圣的两个下属。

电梯门缓缓打开，一个全新的世界展现在了陈梁二人面前。

一条长十来米的石头通道，地面和四壁光滑，宛如旧时代的防空洞。通道一侧有一张小桌子，一个身材中等、留着一字横胡、一脸凶相的男人坐在桌子旁，百无聊赖地叼着根烟，手里抓着一把牌，索然无味地瞅着电梯门。

毕竟电梯门不常开启，三两天还不遇到一次呢。但他看见袁大圣也并不太惊奇。这人就是看守头子，代号叫山风，是猫族的兽化战士。在他身边站着两个扛枪的普通守卫，手里面也各自抓着一把牌。在他们面前的桌面上，还摆着两三千块钱，三个人正在斗地主。

“来了？”山风看到袁大圣的身影，一点儿警惕也没有。不过瞥到袁大圣身边的两个陌生人，倒问起来：“这两个是什么人？”

袁大圣微笑着大步走过去，边走边说：“刚召集来的血族，现在被安排到我的队伍里了。不过他们的主子‘导师’要见他们，我带了进来。”

山风撇了撇嘴：“进来也不蒙着眼？我×的，血族们很牛×啊，这待遇……啊……呜呜……”

他还没说完呢，陈太元就闪电般冲过去勒紧了他的脖子，而后猛地在他脑袋上一拍，他就晕死过去了。

当然，另外两个普通守卫哪里是袁大圣和梁雪的对手，转眼就被打晕了。而后袁大圣拖着三人进了电梯，上行到顶部后，将这三个家伙堵了嘴巴反捆成虾米，丢在了电梯之外。白狼等八个兽化战士则进入电梯，一个个下来。

至此，大家不动声色地潜入了实验基地之中，而且根本没惊动任何人！

下一步，就是抓紧时间冲到实验基地的核心地区。

袁大圣虽然常来里面，但是他的权限也不是很大，能够活动的范围有限。现在他们来到一小片“交接区”，以及更往前的一片“安保指挥中心”。

所谓交接区，是实验基地向外输送物品或人员的区域，只有几十平方米，防守不是很严密。但前面的安保指挥中心的防御就不一样了，毕竟是安保人员的大本营。他们肩负着保卫整个实验基地核心区域的重要任务，非常关键。

安保指挥中心再往前是基地里面所有人员的生活区。这里，也可谓是整个基地的中间位置。从这里分出三条路，分别去往三个重要区域——

左边那条路通向“研究区”，是科研人员办公之地；

右边那条路通向“行政区”，是行政人员办公之地，据说董小姐经常在那里；

中间那条路，则通往“实验区”，也是整个基地核心的重中之重。

当然，研究区和行政区也都有单独的通道通往实验区。

按道理说，实验基地最重要的区域肯定是实验区。但是对陈太元而言，他要做的是先寻找剑舞；对99局而言，最需要的是活捉董小姐。但是剑舞在哪里？董小姐在哪里？最大的可能性还是在办公区吧？毕竟现在是白天，董小姐应该在办公；而她在的话，剑舞身为她的保镖应该也在。

所以，陈太元和梁雪的主要目标就是办公区。

陈太元说：“咱们一同潜行到对面的交接区，突然袭击拿下那个安保指挥中心——这是非常难啃的一个环节。当然，不排除生活区里也有一些高手。”

梁雪补充说：“遇到对方愿意投降的就给我铐起来，不愿意的就地消灭！科研人员尽可能保留下来，不要误伤，明白吗？”

一群人点了点头。

陈太元继续说：“过了生活区，查出基地首脑们所在的位置，特别是董小姐——当然最大的可能是在行政区。要是能活捉董小姐，这任务就算是一锤定音了。要是无法活捉她，就只能争取将对手全部消灭或俘虏。还有就是找到更合适的出口，让温压炸弹来解决问题。”

“但是有一点拜托大家——剑舞是我的朋友，见面之后千万不要动手，拜托了。”

随后大家依旧在袁大圣的带领下，走到了交接区。交接区里，两个兽化战士正在值勤。这次还是袁大圣带着陈太元、梁雪走在前面，剩下八个同伴留在拐角处等着。最关键的是，陈太元和梁雪还戴着黑头套，双手被反绑着。

交接区的大门关闭着，只有一个防弹玻璃窗对外，类似于银行柜台的窗子下面有个喊话孔。

“老袁，你来这里干什么？没接到上面有任务的通知。”里面一个兽化战士有点儿好奇。以前只要有任何交接任务，肯定要先通知他们，才让袁大圣过来。

袁大圣摇了摇头，做出郁闷的模样：“你不知道？我们训练基地出了大事儿了。”

很显然，这些办法又得自陈太元的教诲。梁雪算是服了，原本以为要一路打进去，现在看来竟然是一路靠忽悠。

086

真坏啊

里面那人名叫野火，听了袁大圣的话，顿时好奇起来——训练基地发生什么大事儿了？

“我被降职了，降为副指挥，而且死了三个人，这算不算大事儿？陆长宁维护那些吸血鬼啊，杀了我一个兄弟，结果我的兄弟们就杀了两个吸血鬼。上头不但不给咱们做主，反倒把我给降职了，这不，我带着这两个兄弟过来赔罪了，省得吸血鬼大老爷们继续无理取闹。”

野火一听顿时恼了：“我早就看不惯这些吸血虫子了，什么玩意儿啊！”一边抱怨着，一边打开了交接区的门。说到底，还是因为对袁大圣没防备。

一旦开门之后，后果就可想而知了。陈太元和梁雪的反绑都是假的，摘下头套就把这两个家伙给控制了。

“梁处长等等，”袁大圣极其不忍地喊停梁雪，“交接区这两位兄弟和我关系非常好，家里也有老人孩子，能不能网开一面？而且野火虽然看起来素质不高，但做人其实很仗义的。”

被吓傻的两个家伙一听这话，拼了命地点头。

梁雪马上把野火这两人的家庭信息通报给李晓芬，通过警方系统查询核实后，确定他们不敢乱来，否则他们的家属必然遭殃——反正梁雪挺喜欢用这一招的，省事儿管用。

“你这办法……”陈太元笑着，从一个小瓶子里取出两粒黄豆大小、黑乎乎的小药丸，说，“吃下去，就是我们的人了。”

袁大圣一惊：“还能用毒药控制，陈先生您刚才……”

“咱们是一起杀过敌人的。”陈太元笑着说，“但现在时间紧急，不可能仔细考察这两位新朋友，只能委屈了。”

说完他又介绍说，这药丸是缓释性毒药，6 个小时之后会发挥效用，一旦发作就无药可医。大家也别侥幸奢望实验基地能给你们研制解药，而且分析毒药的药性，再研究出解药，绝不是几个小时就能完成的。

“毒药发作的时候，会出现血崩的惨状，七窍喷血直至死亡，惨得很。”陈太元继续吓唬他们，“不过放心好了，6 个小时后我会给你们解药。如果我不小心挂了，京华大学的一个朋友那里也存放着解药，大不了请警方为你们加紧空运过来就是了。”

收编了两个兽化战士后，陈太元这边的战斗力达到了 13 人。野火说，里头的兽化战士也有 10 个左右，势均力敌。但别忘了，里面还有吸血鬼。

五个进行过二次进化的吸血鬼，其中包括一个使用了升级版 C 病毒的“导师”，可谓实力非常恐怖，所以吸血鬼才是今天的头等大敌。

陈太元听到这个消息却有点儿小小的兴奋——“导师”果然在这里，那就好，一次性解决恩怨！

野火他们去过实验区，也偶尔会到行政区里汇报点工作，但最熟悉的还是他们吃喝拉撒睡的生活区。当然，距离最近的安保指挥中心肯定熟悉，天天路过。

“前面就是安保指挥中心了，”野火说，“安保中心的副指挥是邪影这个绿皮怪物，已经完成了二次进化，地位一下子赶上了‘头狼’。”

头狼是基地内部安保力量的头目，狼族的二次进化者。邪影和陆长宁一样是蜥蜴族的二次进化者，所以被称为绿皮怪物。

“现在狼老大和邪影轮流值班，管理着安保指挥中心，今天是邪影的班儿。”野火看了看前方说，“狼老大和另一半兽化战士在生活区休息。当然，吸血鬼也派出两个在指挥中心里面帮忙。”

也就是说，对面安保指挥中心里面有邪影和两个吸血鬼，都是经过二次进化的，剩下的兽化战士还有五个。

“进去，强行突击！”这回梁雪不准备招降纳叛了，根本没那个条件。对方人那么多，而且还有好几个二次进化的高手，不会轻易投降。一旦拖延的时间过长，头狼和“导师”恐怕会带着其余的人马杀过来，那难度就更大了。

众人听令后迅速集结，分成两队持枪贴在前面通道的两侧。但陈太元还是盘算了一下，重点对野火两人做出了一点儿“特殊安排”。

野火去开门，迎面是两个端着高脚杯、身穿黑西服的吸血鬼。这两个正装模作样地单独在这里对饮。

高脚杯里殷红的液体当然不是葡萄酒，而是冷藏的血液。在基地里，能够饮用血液可是非常奢侈的事情。为此“导师”与基地协调了很久，才使得基地将一部分用处不大的冷藏血液提供给他们，并且想办法在外面收购。

两人看到门打开了，其中一个反应十分迅速，连杯中的血液都没喝完就“嗖”的一下冲了过来，一爪子抓住了最前面的袁大圣。

袁大圣猝不及防地被抓伤了胸口，但与此同时陈太元一掌拍出，击打在了这个吸血鬼的心口。吸血鬼如遭雷击，身体猛地飞了出去。

另一个吸血鬼此时也反应了过来，大呼小叫着撤逃。

既然已经打草惊蛇，自然也无须再保密。梁雪喊了声“打”，自己就首先拿出“手炮”轰了出去，连发三枪。其中一枪打在了吸血鬼的腿弯上，将他击倒在地。

刹那间枪声大作，其余兽化战士的枪声也都响了起来。

陈太元飞身过去，手中的手术刀轻盈地挥出两刀，刺入了两个吸血鬼的心脏。虽然刺入得很浅，却破坏了他们的脏器。而由于速度太快，众人都还不知道发生了什么，就看着两个吸血鬼倒下了。

一群兽化战士看得傻眼，心想：这陈太元也太猛了吧？三下五除二就彻底拿下两个二次进化的吸血虫子，比他们用枪可有效多了，而且大家连刀都没看到呢。

话不多说，野火和另外一个手下按照陈太元的吩咐，将吸血鬼的血液涂抹在自己身上，失声尖叫起来：“来人啊，敌袭！有敌袭！训练基地这些家伙叛变了！”

一边喊着，野火两个一边向安保指挥中心“逃亡”过去。房间里的邪影早就听到了枪声，此时又传来野火的呼喊声，顿时怒火中烧：“训练基地的那帮浑蛋还敢造反，偷袭交接区和指挥中心，哼，胆子不小！”

邪影带着五个手下怒气冲冲地杀过来，训练有素地做好了一排射击队形，并且将两个“受伤撤退”的战士——也就是野火两个——挡在了身后，而且头也不回地说：“滚后面去，看老子是怎么干活儿的！”

野火这两人对视一眼，心道那位陈先生的办法真坏啊……然后同时举起手中的枪，一通暴射。

087

真正的凶险

邪影一队刚半跪着做出射击姿势，准备大干一场，就听到背后枪声响起，身边几个家伙应声倒地，邪影他自己也不例外，子弹的冲击力让他趴到地上来了一个狗啃屎。

紧接着，正对面密集的枪声全都聚集向了邪影。此时，野火两人已经退到了旁边的小房间。

在十几支枪的暴射下，邪影还来不及兽化就咽了气。

多亏了陈太元的计谋，才使得这次对决依旧保持了零伤亡。否则，面对面、硬碰硬的话，别说对方占据了天时地利人和，单是那六杆枪就让陈太元他们吃不消。

这场激战彻底惊动了整个实验基地，远处的惊呼声不断，基地的应急处置已经开启，再也无法隐瞒。

“冲进去，赶紧的！”陈太元说，“头狼还带着四五个人在对面，而且还有“导师”等三个升级版吸血鬼。大家做好准备，准备血战一场！”说着，他和梁雪带头冲向前面，袁大圣等人竟然没有畏惧的。人靠群胆，只要前面有带头的就行。

生活区也是整个基地的核心中枢区域，四通八达。一旦冲到这里，对方基本上就无法围堵了。在生活区前还挡着一道厚重的金属门，虽然这扇门目前开启着，但头狼已经带着两个手下隐藏在了门边，他手里拎着一支大口径的手枪，躲在金属门后面时不时露头开枪，阻止陈太元等人的攻势。

毕竟他们处于防守位置，地理位置优越，身为冲锋一方的陈太元他们很是吃亏。如果贸然冲过去，不知道损失会有多惨重。

幸运的是，吸血鬼并没有出现，他们习惯了昼伏夜出；而兽化战士也少了两个。

显然，仅凭头狼和这两个普通兽化战士，根本无法阻击陈太元，于是头狼当即命令：“快启动开关，关上金属门！”只要到控制室里面把金属门关上，凭着3.6厘米厚的精钢门，足以挡住陈太元的进攻，他们也能获得一个喘息的机会。

“快，关门！释放控制中心和交接区的毒气！”

防御果然不一般啊。看样子不论进来的通道还是交接区、安保控制中心，都属于基地的“战斗区域”，是阻挡外敌的区域。而这道金属门，是核心区域最后的、最重要的防线。

此时，金属门已经开始缓缓闭合，从原来的 3 米宽变成了不到 2 米。虽然速度缓慢，但大家在头狼的冲锋枪阻击下，谁都冲不过去。

眼看着情况危急，陈太元却不紧不慢地躲在一个小房间里拨通了李晓芬的电话：“晓芬，断电。”

“是！”那边传来李晓芬兴奋的声音。她迅速拨通了电力公司相关工作人员的电话，同样是那两个字“断电”。

呼……刹那间，整个基地漆黑一片，电动金属门自然也突然停止运转，留下一个一米多的通道再也无法闭合。当然毒气喷射装置也在这一刻失效。

以前从未出现过这种情况，因为但凡一条线路断电，另一条就会自动启动。

头狼显然也没料到这个情况，还在傻傻地发愣。这时候袁大圣飞身冲到开着的门前，将手中的一枚手雷扔了进去，丢在了头狼的屁股后面。

头狼也算是经验丰富，二话不说翻身到了门这边，紧接着就是一道沉闷的爆炸声。强大的冲击力和纷飞的弹片四下飞射。虽然金属门帮头狼躲过了手雷的爆轰，但没人给他喘息之机，一把超大号手枪的枪口抵进了他的嘴巴里。

“陈先生……”袁大圣又要做老好人了，“狼老大这人不错，一直是我们的老大，请手下留情。”

野火等人也纷纷点头。

“不想死就别动！”陈太元冷声说着，然后将身上带着的那支“归零”迅速注入头狼的身体里。哼，当初使用过升级版 C 病毒的康俊彦受不了这东西，想必你也受不了，会完全失去战斗力的。

“死不了，但也不好受。这一支药剂上百万呢，便宜你了。另外，给我把这个药丸吃下去！”那6小时夺命的小药丸被陈太元强行塞进了头狼的嘴巴里，而后又将他反手铐了起来，丢在一个小房间里。

陈太元此举又得到了大家的充分肯定，也进一步赢得了大家的尊敬。扣动一下扳机多方便，何必这么费事儿。“归零”药剂那么金贵，总不如一颗子弹实惠。大家又进一步认同了自己的身份，认同自己是陈太元的战友，是99局特科的干警。由此一来，凝聚力和战斗力都大大地提升。

“归零”的药效发挥得很快，不一会儿头狼就感觉到浑身难受。这家伙眼红头晕，浑身酸软无力，原本强大的力道似乎江闸泄水一般不可阻逆。

“袁大圣，你们这群浑蛋，放开我……叛徒！”

袁大圣半蹲下去叹了口气说：“狼老大你忍忍，办完事儿后再跟你解释。”说完转身跟随陈太元而去。

黑暗之中，陈太元等人穿过了金属门，纷纷来到了生活区。基地内部又冲出来两个兽化战士，都齐齐被袁大圣放倒了。

还有两个。

袁大圣找到他们后，发现这两个兽化战士都喝得醉醺醺的。袁大圣踢了两脚，两人也只是哼唧了一下。于是将这两人反绑起来，分别注射了1/4的“归零”药剂。

至此，基地里的兽化战士全都给解决了——要么收编，要么干掉，要么丧失战斗力。现在需要留意的，就是“导师”和另外两个吸血鬼了。三个家伙虽然都是使用过升级版C病毒或进行过二次进化的，但肯定不是陈太元他们的对手。

看上去大局已定。

实则不然。

直到此刻，真正的凶险才悄然降临。

088

突然出现的新对手

生活区的穹顶上缓缓亮起了微弱的光，直径比足球场还大的地方宛如鬼域。

远处三条路，左右两侧分别是科研人员和行政人员的办公区，也都传出了微弱的亮光——全都是自备发电机产生的能源。陈太元猜测得不错，他们的自备电源支撑不了多少设备，也支撑不了全部的区域。

通往最重要的也就是正前方的实验区的那条路乌黑一片，通往实验区的金属大门闭合了，将实验区保护了起来。而实验区里面现在灯火通明，和往常一样，因为自备发电机优先满足实验区的能源需要。

此时，这里寂静得宛如一座死城，没有一点儿动静。

陈太元略微认真地审视着这片生活区，穹顶距离地面大约 10 米，三层楼的高度，很复杂的构造。奇怪的是，尽管在地下这么深，却没有污浊之气，显然是使用了特殊的通风措施。长宽各百余米的生活区，由几根巨大的立柱支撑，像是天然溶洞改造的。比较特殊的人工工程就是提供居住的那些房舍，有些精致，有些简陋，也都对应着基地人员的身份。

陈太元很好奇，这里的主要科研人员都是谁，会不会出现一些如雷贯耳的名字?

其实他们都不知道，这基地还有一个秘密出口，而真正的高级管理人员和顶级学者只是少数时间居住在这里，多数时间会通过那条通道离开。只有皮糙肉厚的兽化战士和底层工作人员才像囚犯一样在这里任劳任怨。

房屋基本上都在两侧，中间空白区域除了立柱之外，还有一些活动场所，以及公共设施。这些东西的存在恰恰给偷袭制造了巨大的便利条件，而吸血鬼更喜欢在黑暗中伸出他们的魔爪。

野火示意陈太元，吸血鬼的房间就在前面。

陈太元冷笑，心想“导师”若是能出现的话就更好了，一并将他也解决了。就在陈太元琢磨的时候，忽然前方出现一道光亮。来不及反应，枪声和一个兽化战士的惨叫声就响了起来——前方四五十米处有枪手！

受伤的兽化战士虽然没有被打中要害部位，但肩膀还是被炸得血肉模糊。这是今天进入基地以来，陈太元一方真正意义上的重创人员。

很快，三四个火力点同时爆发，完成兽化的战士们都冲向了敌人所在的房间。

一个猫族的兽化战士似乎有点儿发狂，进去后只听见一阵短促的惊呼声，几秒钟就平静了下来。那个猫族出来后，手爪和嘴巴上全是血迹。行动如此暴烈，估计也跟猫的行为习惯有些关系。

这位老兄的疯狂手段也吓住了不少人，至少其他的守卫人员不敢再开枪偷袭。而这时候，袁大圣放声吼了一嗓子，声音响彻整个生活区——

“守卫兄弟们，你们别冒险开枪了，开枪的后果你们也看到了！我们不想找你们的麻烦，不想自相残杀！

“你们也被高层奴役着，被关押在这里出不去，现在我们就是要灭了这些高层，让大家获得自由！我们不要求帮忙，只要你们保持沉默，不开枪就行！”

别说，这一招还真抓住了大家的心理——不要求你们叛变，只要偷偷躲起来保持沉默就好。到时候就算我们失败了，基地高层也找不了你们的麻烦。这么一来，大家互不伤害，也免得被兽化战士给咬死。

于是守卫们一个个抱着枪都躲在各自的宿舍里或掩体后，沉默着。

陈太元和梁雪见状，各带着一队兽化战士，从左右两边搜寻吸血鬼。若是短时间内搜寻不到的话，大家就奔赴行政区。

寂静地搜寻，几乎要走到生活区的尽头，依旧没有任何发现。但就在这时，一个黑影忽然暴起，从旁边斜着蹿过来，直奔梁雪！

杀机猛然爆发，但梁雪却已经来不及应对。她握着的手枪在如此猝不及防的近战之中反倒成了累赘。眼看着，她躲闪不及。

陈太元一个闪身杀了过来。虽然他比梁雪距离那黑影更远一些，但在黑影忽然发力的一刹那，他的脑袋里就产生了感应，连方位都能判断准确，所以他抓到了先机，提前出手。

砰！

黑影尚未击中梁雪，却被陈太元一掌击中。这一掌看似绵软，但落在身上之后却有开碑裂石之力。黑影倒飞了出去，刹那间枪声大作，梁雪和几个反应快的兽化战士纷纷将子弹暴射过去。梁雪更是一身冷汗，心想要不是陈太元出手，自己就受到重创了。

纷飞的枪林弹雨中，黑影发出了一声痛苦的呼喊，“嗖”的一下蹿向了附近一个小房间，身影如鬼似魅，速度骇人。

“吸血鬼，而且肯定是升级版的，但不是‘导师’。”陈太元说着，独自一人冲向那吸血鬼所在的方位。但就在他接近那个房间的时候，旁边一个房间里忽然又冲出一个黑影。而且这人手持一把做工精美、刀背带有锯齿的精致匕首，出手速度快得惊人。

陈太元虽然预感到了，但由于距离太近而有点儿躲闪不及。那枚匕首在他胳膊边划过，划破了外衣，皮肤上留下一道半厘米深的血痕，极其惊险。

陈太元微微一惊，心想这家伙的实力够厉害，无论出手速度还是格斗的娴熟程度，都足够令人生畏。

而更让陈太元惊讶的是，对面这人似乎不像是吸血鬼！无论衣着打扮，还是周身的气质都不像，而且身上也没有吸血鬼那种整天待在阴暗处所产生的淡淡酸腐味。

更重要的是，他出手的招式大开大合、威猛阳刚，都是置人于死地的刚硬招数。这些招数仿佛专门为杀人而生，很像军队的格杀术。

总之，就是不像吸血鬼。

假如不是吸血鬼的话，这问题就大了！难道除了“导师”和两个升级版吸血鬼之外，这里还有其他恐怖的存在?

容不得陈太元多想，刚才中弹受伤的吸血鬼又从房间里冲了出来。

不远处的梁雪看得有点儿傻眼。虽然使用匕首之人蒙着脸面，且在黑暗之中高速运动看不真切，但梁雪却非常熟悉对方的格斗方式和出手套路。

089

两位故人

梁雪有点儿失神地喃喃自语：“开阳战将……龙开阳……”

龙开阳！原 99 局“八龙将”之一，而且是 99 局所有极限战士之中资格第二，仅次于龙北极的战将。

他和总指挥龙北极一样，加入99局之前都来自军方，难怪陈太元觉得他的招数如此生猛刚硬，似乎是军中的搏杀术。

他非但没死，还成了实验基地的一员?

梁雪惊讶不已，同时大喊了一声："开阳战将！你究竟怎么了？那是咱们自己人，我是岳东办事处的梁雪！"

一言既出，当即惊了陈太元一跳。乖乖，龙开阳吗？这究竟是怎么回事儿?

但龙开阳根本不理会梁雪，一心一意地击杀陈太元。而且新出来的那名吸血鬼也加入了战斗。

陈太元的形势有点儿吃紧了。他一个人对付龙开阳就已经不太轻松，何况再加上一个升级版的吸血鬼。

梁雪和其余的兽化战士，一个个都不敢开枪。因为陈太元他们的战斗转换速度太快，让人目不暇接，开枪之后说不定打的不是龙开阳而是陈太元。也正印证了那个普遍的观点——在超自然高手的近战之中，枪械纯粹就是累赘。

于是梁雪便要带着大批兽化战士冲上去帮忙，但忽然另外两道黑影从别的方向出现。其中一个也是吸血鬼的打扮，整齐的西装革履，一丝不苟的发型，看上去温文尔雅。可是一出手就阴险狠辣，速度也快得像是一阵风。他在兽化战士中横冲直撞，没有任何一个能单独抵抗他。难怪袁大圣他们纷纷兽化，刹那间多了一头巨猿和好几个狼人、猫人，场面混乱而恐怖。

另外一个黑影直奔梁雪，凶悍的一拳让她躲无可躲，只能以掌硬接。结果这一拳将她狠狠地震飞。

梁雪落定后死死盯着袭击她的人，由于太过震惊，她失声脱口而出："龙天权！"

又是“八龙将”之中的一位！

这究竟是怎么回事儿？

面对龙天权的凶猛攻势，梁雪和陈太元一样来不及思索。

龙天权一人限制住了梁雪。另一个吸血鬼正在众多兽化战士之中来回穿梭，三四个兽化战士联手挟制住了他。

袁大圣赶紧派白狼和灰狼去协助梁雪，而自己则带着大黑和野火去协助陈太元。

但是，“导师”呢？陈太元的脑袋里一直盘旋着这个问题。如果这时候“导师”出现了，陈太元仅有的一点儿优势就会荡然无存。

还有一个更可怕的问题——传奇人物龙北极！

现在龙开阳和龙天权都出现了，那么龙北极呢？他会不会也蹿出来袭击他们？一个龙北极可以同时牵制住陈太元和梁雪，剩下“导师”再一出手，瞬间就能把袁大圣等人杀个片甲不留。

陈太元感觉事情不妙，吼道：“雪姐，抓紧时间！万一龙北极也蹦出来，那就不好办了！”

梁雪浑身一震，险些被龙天权一掌拍中。她眼看着陈太元手中的手术刀如穿花蝴蝶般上下飞舞，对龙开阳形成了巨大的压力。她责怪自己终究还是低估了陈太元的实力，可以说除了龙北极之外，就没见过比他更厉害的！

只这一秒钟的赞叹，龙天权一掌击打在了梁雪的肩头，她顿时跌倒在地，中招处火辣辣地痛。梁雪被惹恼了，一骨碌站起来怒道：“龙天权，你疯了吗？真想不到，你竟然和龙天枢一样成了叛徒，还试图对以前的战友下死手！”

但是，龙天权没有回答，依旧沉闷且凌厉地扑杀着。

那边的龙开阳也一样，同样沉闷，同样执着，同样目光死寂。

陈太元吼道："别跟他们啰唆了，他们怕是听不到！没猜错的话，他们说不定被控制了心智，已经沦为彻头彻尾的杀戮机器了！"

确实像被控制了。格斗了这么久，始终不曾听到龙天权和龙开阳开口说一个字，甚至连战斗时候的喘息声都没有。再看眼神，都是死一般地冷漠。

"但就算是没了心智，我……我也下不了手！"梁雪有点儿犹豫。她一向杀伐果断，但是面对熟悉的面孔，曾经的上级兼战友，确实下不去手。

"你还说我妇人之仁呢，赶紧结束战斗啊！别说龙北极了，就算'导师'此时杀过来，咱们的形势都会不妙的，夜长梦多！"

梁雪咬了咬牙，试图让自己的心更加坚硬。但就算她能狠下心，也别想轻易干掉龙天权啊。

只不过陈太元虽然顾虑重重，可是龙北极和"导师"却迟迟没有出现。

龙北极不出现也就罢了，没人证明他真的在这里，一切都是陈太元的猜测。但是，兽化战士们亲眼见到过"导师"在这实验基地里面，他怎么也一直袖手旁观？

难道"导师"不知道，一旦兵败如山倒，他自己将决计无法对抗陈太元等人？现在抓紧时间出手的话，还能帮助龙开阳等人，说不定能一举击败了陈太元。

实验区，整个实验基地之中最重要的场所，所有一切都围绕着它而运行。

所以，整个实验基地看似低端落后，到处都是阴暗的石质建筑或水泥混凝土建筑，实则实验区的四壁是被金属隔绝的，里面俨然就是一座世界先进的生物实验机构，和实验基地的其他部分全然是两个世界。

哪怕现在的主要电源中断了，自备发电机发的电依旧能够维持这里的运行。

枪声刚刚响起的时候，主要的管理人员和科研人员就都躲进了这个实验区，并且将通道门全部关死。其中包括二十来个行政人员，以及近百个科研人员。除此之外，还有十来个持枪的普通守卫。

已经接到通知，实验基地有可能要全部搬迁。

天哪，这地方这么隐蔽，竟然也会被人侵入。而且基地那么多的兽化战士也挡不住对方的冲击吗?

在其中一间办公室里，一个举止优雅、长发如瀑的女人静静地坐在办公桌前，看着眼前的一方电脑屏幕。这女人看上去只有不到 30 岁的模样。穿着一身朴素的月白色衣服，但无论言谈举止还是肌肤容貌都流露出一股超然的华贵，似乎无须外物的装饰也能展现出自己的风情。

清水出芙蓉，天然去雕饰。

090

苏醒的龙北极

实验区外已经乱成一片，包括实验区内部也风声鹤唳，但这个白衣女人却好似无喜无忧。她面前的电脑屏幕上，显示出的是一个实验的现场。一个身材高大的男子躺在实验台上，身体四肢极其健壮，粗大的青色筋线展示出这具躯体里的强大能量。

在这个白衣女人背后，一个黑衣男人负手而立，脸上戴着那副半截的面具——“导师”！

打架的事情交给下属去做，“导师”现在和白衣女人一样，静观外部的变化。

“听外面的动静，咱们这些手下的情况似乎不妙。”“导师”平静地说，“而你现在这个所谓的‘秦级’实验距离成功还远呢，没时间了。”

“不甘心啊。”白衣女人声如天籁，不无惋惜地叹道，“如果能成功的话，人类进化将由此迈出极其关键的一步。无论身体强度还是寿命长度，都将产生巨大的跨越。在这个节骨眼上，却出现了这样的事情。”

“导师”冷笑：“其实你说的也只是一种可能，这实验也未必能够成功。龙开阳和龙天权都失败了吧？都成了意识模糊的半僵尸般的杀戮机器。还有你的那个女保镖剑舞不也失败了吗？下场可够惨的。”

很显然，这白衣女人就是陈太元苦苦搜寻的董小姐！

董小姐摇了摇头：“不一样。龙开阳和龙天权当初只是因为我经验不足，所以才会功亏一篑。但也正是他们的实验让我积累了足够的经验，我现在才能这么有信心。”

“至于剑舞，她当初只是‘唐级’的身躯，承受不住如此生猛的基因改造。她的身体太弱了，或许这就是修炼者的特征——战斗力虽然达到了‘汉级’，但身体强度却没办法超越。

“但是龙北极不同，他早就是‘汉级’的超自然强者，甚至在‘汉级’之中也是最为强大的存在，身体强度也远胜于剑舞。所以说，龙北极的成功率非常大。”

龙北极！难道躺在实验台上的那个强壮男人，就是龙北极？！他确实没有死。

“导师”撇了撇嘴，摇头道：“顺便说一句，你别老是用你这个级别体系好不好？很怪异的。国际流行的标准都是用ABCD来划分，到你这里就成了什么‘秦’‘汉’‘唐’。”

竟然还有这个说法！

在西方的超自然世界中，普通吸血鬼、兽化战士，以及普通的极限战士，都被归类为D级超自然者。

至于升级版吸血鬼，或者像陈太元、山奴、陆长宁、“八龙将”这样的，则被称为C级超自然者。在这个级别中，陈太元无疑是出类拔萃的，而龙北极则达到了这个级别的巅峰，只差临门一脚便能迈入更高的B级境界！

至于所谓的A级，那完全是学界在理论上预留的一个境界，现实中不但没有，甚至绝大部分生命科学家都认为人类永远也达不到这个境界。

但是，董小姐却不喜欢使用这套体系标准。

D级，在她这里就是“唐级”；

C级，是“汉级”；

B级，则被称为“秦级”。

至于A级？她根本懒得考虑。连“秦级”（B级）都没到呢，想那么远做什么？所谓预留的理论上的境界，那是扯淡，到时候再起名字也不晚。

听“导师”这么说，董小姐反驳道：“什么国际流行体系标准？那只是西方世界的标准而已。而我，代表了东方世界，我乐意这么用，谁管得着？”

代表东方世界，好大的口气。

董小姐的坚持与固执，在“导师”看来简直莫名其妙，他懒得在这种小事儿上做无谓的争执，现在他有更要紧的事情要做。

“随便你吧。”“导师”说，“现在我只关心，如果对方马上攻进来的话，你怎么办？实验注定是不行了。”

董小姐冷笑：“这一点似乎不用你管吧。”

“我当然要管。”“导师”笑了笑，“你的实验虽然还没成功，但显然已经取得了长足的进展。这些资料，不如给我们拷贝一份？感激不尽。”

“给你们？”董小姐的声音提高了八度，“凭什么？”

“导师”看了看自己的手，苍白但蕴含着无穷的力量，突然一根带着尖尖指甲的手指戳在董小姐白皙的脖颈上，将细嫩的肉压下去一个凹陷。

“就凭我随便一根手指就能要了你的命。”“导师”得意地笑道，“这还不够吗？你好好看看吧，你那些手下一个个叛变的叛变，丧命的丧命。剩下的无非是一些普通枪手，在我眼中只是一群酒囊饭袋。”

“你的胆子还真大。就算是你们的‘始祖’，也不敢在我面前放肆。”

“此一时彼一时，你马上就要成为丧家之犬了，谁还给你面子？你的资本是这座实验基地和几十名兽化战士，但现在一切都没了，唯一值钱的就只剩下这些实验资料。这么珍贵的资料啊，但你偏偏没有了保护它的能力，简直像3岁的娃娃抱着金元宝在大街上走，我能不眼红吗？”

董小姐毫不畏惧，淡定地笑了笑：“能把无耻说得这么冠冕堂皇，不得不佩服你的脸皮。”

“少废话，赶紧给我拷贝资料，所有的！”“导师”的手指似乎稍稍用大了一点儿力气，以至董小姐的脖子上渗出了一点点血迹。

不得已，董小姐只能优雅地起身，带着“导师”去了进行实验的那间大实验室。很多数据都保存在这里，而且需要董小姐的指令才能给外人拷贝。

“导师”倒是轻松，惬意地跟在董小姐身后。他不怕董小姐逃走，因为他的速度不知比董小姐快了多少。整个实验区之中，没有比他速度更快的。

那间巨大的实验室里一些科研人员正在紧张有序地停止实验程序，并且准备将龙北极的躯体冰冻封存——这是实验中止的唯一办法，尚且能为龙北极保留生机。

与此同时，几名科研人员则在抓紧时间拷贝或销毁资料，连董小姐来了都没人停下。毕竟时间紧张。

“小杨，把咱们这些资料复制一份，交给他。”董小姐说。

那个被称作小杨的年轻女科研人员一愣，显然有点儿不理解：“这种资料，给他？他不是我们的客人吗？”

董小姐苦笑：“是客人，但现在是咱们主动请进来的强盗，明白？”

小杨身体微微一颤，当即点了点头。但是她从董小姐的眼睛里，似乎读懂了什么。作为董小姐的助手兼秘书，小杨和董小姐非常默契。而且董小姐的暗示已经非常明确，她的眼睛故意看了看实验台。

表面上，小杨认认真真地按照要求复制文件资料。因为资料内容庞大，所以复制起来需要一点儿时间。

在操作的过程之中，小杨偷偷执行了一个小程序。一般人都不明白，包括“导师”也不会懂。屏幕上显示着，第一部分的内容已经复制完成，第二部分也即将结束，时间过去了大概 10 分钟。再把后面两部分复制完毕就大功告成了，“导师”的心中颇为兴奋。虽然这次损失惨重，但只要拿到了这些宝贵的资料，再擒获董小姐回去，必然会得到“始祖”的奖励！

但是他没有留意到，实验台上那具魁梧的躯体中似乎闪过了一道微弱的电流。原本准备中止实验、冰封龙北极躯体的程序被篡改了——就是刚才小杨做的手脚。

于是一分钟内，实验台上的龙北极忽然睁开了双眼！

他的眼睛空洞无神，就像外面的龙开阳和龙天权，莫非也成了半僵尸？！

而他的身上，赤条条不着寸缕，坐起来竟毫无羞赧之色，他真的没有了任何自主的意识。

龙北极缓缓地起身，有些木讷地看了看前面的“导师”。而“导师”还全然不知，正兴奋地盯着屏幕。

091

“秦级”的力量

陡然间，“导师”在兴奋中感受到了一股磅礴的杀气！

别说“导师”这样的高手，就算董小姐和小杨这样的普通人也被这股可怕的杀气震慑得足以窒息。

“导师”惊恐地回头，看到龙北极正坐在实验台上，而这股恐怖的杀气正是由龙北极身上发出的。

“杀了他。”董小姐轻声说。

“导师”虽然不明白怎么回事儿，但一瞬间也猜到了是董小姐在搞鬼，打算先把她挟持住做人质。

于是他身体微微一晃，化作一道残影直奔身边的董小姐。但终究还是晚了一步。因为龙北极的速度更快！

“你……”“导师”发现自己的手腕竟然被抓住了，惊恐欲绝。他这只手距离董小姐的脖子已经不足30厘米，但此时再也无法向前伸出一厘米，也无法向后。“松开！”

一边吼着，“导师”另外一只手猛然抓向龙北极的脸。但这只手刚到半空中，就被龙北极稳稳地攥住。

龙北极像是一台没有任何感情的精密仪器，无论如何都能准确地抓住对方的任何动作，绝不会有任何偏差。

而就在这时候，龙北极的手轻轻发力，于是“导师”的双腕上齐齐传来了恐怖的“咔嚓”声。

摧枯拉朽般的压制，强大到了无与伦比的地步。不愧是龙北极，不愧是当初东方世界超自然高手之中的第一人！

“导师”痛苦地咆哮着，因被拎起而悬空的双腿拼命挣扎，试图踹向龙北极。但龙北极的腿猛然一抬，狠狠击中了“导师”的腿。于是，又是一道清脆的咔嚓声。

“导师”在他的手中，简直像是一个脆弱的玩具，任凭其玩耍。

龙北极伸出一只手抓在“导师”的银质面具上，猛然发力，于是银质面具变了形，竟然“镶嵌”在了他的脸上！

你不是喜欢戴着面具吗？那就永远不要摘下来了。随着这一记狠厉的抓握，“导师”的颅骨也被抓碎了！

“扑通……”龙北极将“导师”丢在地面上，似乎完成了一件微不足道的小事儿，而后毫无情绪波动地看着董小姐。

董小姐也似乎为龙北极的强大战斗力而震惊，啧啧赞叹：“瞧，这是多么强大的一具男人身体！这具身体通过‘秦级’实验的可能性，应该在八成以上。不，现在他展现出的实力，已经达到了‘秦级’，肯定的！外面那些该死的家伙，浪费了这么好的一次机会，简直是对人类进化事业的犯罪！”

小杨则在一旁苦涩地说道：“小姐，说再多也没用了。龙北极被咱们强行拉下了实验台，最多也只有半小时的寿命。而且现在他和龙天枢、龙开阳一样都失去了神志，必死无疑的。”

董小姐脸色有点儿白，显然是被诸多烦心事儿给气的：“那也不能便宜了外面的那些家伙！龙北极，去给我杀了那些入侵者，一个不留！”

龙北极宛如机器人得到了指令，转身走向了实验区的通道口。现在的他和龙开阳等人一样，只听董小姐的命令。

小杨惊讶地问：“小姐，咱们还用撤逃吗？”

“当然要走。龙北极只有半小时的寿命，未必能全部杀死对方。哪怕只剩下一个超自然存在，咱们这些手无缚鸡之力的人都要完。而且警方也已经知道了咱们这里的情况，回头更是麻烦不断。总之，这里已经不能待下去了，尽快离开。”

小杨点了点头，继续抓紧时间收拾东西。而后她陪着董小姐来到了一个隐蔽的通道口，纠集了最重要的十几名科学家和行政核心成员，悄然离去。

而实验区外，战斗已经出现了巨大的转机。

失去神志的龙开阳毕竟头脑没那么灵活，已被陈太元击退。趁这个时间，陈太元顺便帮了袁大圣一把，一掌拍在了吸血鬼的后心，使他再无反抗之力，被袁大圣等人狠狠打死。

随后，袁大圣等三人马上支援陈太元，合殴龙开阳。如此一来陈太元更加从容，瞅准了机会向中间的战团靠近，出其不意地飞出两枚飞针。其中一枚刺在了一个吸血鬼的眼睛上，吸血鬼顿时失明了。

于是陈太元一群人包围了龙天权和龙开阳，胜利就在眼前。所有人都松了口气。

就在大家开始等待胜利的时候，不远处一道门开启，光亮闪烁起来，但随即门又关上了。从那扇门里，一个赤条条的大汉飞一般冲杀过来，直奔战团的核心。

这个奇怪的男子高大魁伟，周身散发着恐怖的压制气息，令所有人都感到震撼。梁雪更是失声喊了出来:“龙北极总指挥！天哪，这是怎么了？！”

龙北极一声不响，如风一般冲向了陈太元的战团，一把将龙开阳抓回去。

为了救龙开阳，龙北极身上被几个兽化战士击打了两次，连陈太元的一掌也拍在了他赤条条的胸膛上。但是陈太元浑身一震，自己的手腕剧痛，而对方却安然无恙！

甚至，龙北极被打之后不但毫发无伤，而且还顺手一拳砸向陈太元！

陈太元大惊，感觉到了这一拳的可怕威势，简直要开山断岳。眼看着躲闪不及，他双手顺势按在对方的铁拳上，借力打力一般向后卸去了大部分的力道。但也正因为这个，他的身体向后猛然飞出了七八米，可见那一拳的威力有多大。

陈太元心有余悸。

而后龙北极一只手简洁地出击，“咔嚓”一声劈砍在一个兽化战士的脖子上，一招毙命。

眼看着龙北极又攻向了袁大圣，而袁大圣无力抗拒也无从躲避，只能等死。陈太元大惊，拼命冲上去，奋力一掌切向龙北极的喉头。哪知龙北极轻易地反手抓住了陈太元的手腕！

袁大圣吓坏了，心想这位陈先生为了救他，却要把自己给搭进去。但是，袁大圣又不知道该怎么办才好。

不远处分心观察的梁雪更是大惊。被龙北极抓住了手腕，陈太元就只能等死了，而且一招必死。

但是令人目瞪口呆的一幕发生了。只见陈太元的手腕猛然一下转动，缠丝一般扭动着从龙北极的手中挣脱了出来！

这恐怕让龙北极自己也震惊不已吧？当然是在他有意识的前提下。

龙北极的反应也极为迅速，猛然一个高抬腿，长长的腿猛击陈太元的肚腹。陈太元精准出击，双手准确按住龙北极的腿，尽可能卸去了大部分的力道，整个人的身体像是体操运动员在鞍马上的弹跳，“嗖”的一下向后仰翻过去。一个跟头翻出，落地之后距离龙北极已经好几米，而后迅速游走撤离。

迄今为止，这是唯一一个真正能和龙北极周旋战斗的家伙！除了陈太元，其他人遇到龙北极都必死无疑！

就在陈太元这次脱身之后，龙北极又猛然冲向附近的一个兽化战士，也就是最后收编的野火。龙北极的手刀猛劈下来，不但劈断了野火的手臂，也震裂了野火的颅骨，使其当场毙命。

又死了一个。

龙北极，像是一台可以绞死任何对手的杀戮机器，无人能敌。就好像董小姐说的那样，现在的他已经拥有了“秦级”的力量。在这种力量面前，除了陈太元稍有抵抗之力外，其余人皆为草芥。

092

回光返照

“你们都退后！”陈太元紧急招呼大家，“连续死了两位战士了，面对这样的家伙，人多没有任何用处，反而会掣手掣脚！”

“你们都撤吧，我先周旋一阵子……”陈太元依旧不死心，他还没找到剑舞啊……

梁雪怒斥：“胡扯什么！你不走，我怎么能走！”一边说着，一边再度陷入了和龙天权的恶战中。有白狼和灰狼协助，梁雪暂时能支撑住，就怕龙北极随时杀过来。

那边袁大圣带着一大帮兽化战士围攻龙开阳，但也担心龙北极会随时出击。

陈太元一咬牙，扑向了龙北极，因为他看到龙北极已经冲向了袁大圣，他绝不能让龙北极接近任何人。

一个人对抗龙北极，大家都觉得陈太元这是找死。

果然不出大家所料，仅仅十几秒钟，陈太元就陷入了下风，被龙北极一拳击飞。好在他再次成功地化解了大部分的力道，所以只是胸口一窒便马上再度出击。

随着战斗时间的拉长，陈太元感觉越来越灵活，对龙北极的出手套路也有了一定的了解。他就像狂风暴雨的海面上一只飘摇的小舟，眼看着一次次要倾覆，但每次又都从浪尖惊险地平稳落下，揪着所有人的心。

终于，陈太元瞅准了机会，调动了全身的力道一起爆发，携卷着身体的冲击之势，狠狠一肘斜着撞向龙北极的小腹。这里是丹田部位，是练家子的虚弱之处。事实上，这个部位对极限战士或兽化战士来说，却未必是弱点。

陈太元也似乎意识到自己做的可能是无用功，恐怕龙北极那山一样的身躯也只是微微一颤，并不会受到严重的影响。但结果却完全出乎他的意料，这一肘结结实实击中了龙北极的小腹丹田之后，龙北极像受伤的野兽一样闷哼一声，感受到了剧痛。

龙北极的身体踉踉跄跄地倒退了五六米，连陈太元自己都惊呆了，心想：这家伙是怎么了？其余所有人更加震惊，因为这是在一对一的状态下，第一次出现了龙北极受到打击的情况！

陈太元的失神没有持续太久，他马上冲了过去，再次对准了龙北极的小腹展开猛攻。龙北极虽然挡住了前面几次密集的打击，但面对陈太元这狂风暴雨般的出击，加上刚才产生的浑身剧痛，终于防守不住。

“轰！”

陈太元一脚狠狠踹出，精准地踹在了龙北极的小腹上——哪里要命，我就打哪里。

龙北极的身体竟倒飞出去，在空中喷出一片血雨。强大的龙北极受伤了！

刹那间，兽化战士们纷纷吼出了一个“好”字。

这一边，梁雪猛然一声断喝，一拳将龙天权击倒。随后几名白狼和灰狼猛扑上去疯狂撕咬，而后其他两位兽化战士也扑上去，把龙天权当成了一块巨大的熟肉。

围攻之下，龙天权已经灯枯油尽，虽然还没有咽气，但也已经没有了抵抗之力。

“住手！”梁雪终究不忍，毕竟龙天权也是她曾经的战友和同事，“他已经很虚弱了，反铐起来，锁在那边的钢管上。”

随后，梁雪等人又协助袁大圣轻而易举地制伏了同样孱弱的龙开阳。还是老规矩，没杀他们。

梁雪希望能找到办法帮助他们恢复正常，这个决定当然要承担一定的风险，万一龙北极击败了陈太元，再释放出龙开阳和龙天权的话，那么大家就死定了。

先静观其变，等待陈太元和龙北极分出胜负。

陈太元真可谓是势不可当啊，每次都击打龙北极的小腹。只不过这次龙北极也顺势一腿踢中了陈太元。虽然陈太元单手格挡并卸掉了一部分力道，但毕竟太过仓促，他听到了一道清脆的“咔嚓”声，自己左前臂的骨头断了！

龙北极也狠狠地大吐了一口鲜血，捂着肚子没有起身，看样子已经疲惫痛苦到了一定的限度。

一个捂着肚子倚在柱子上，一个半弯着腰扶着受伤的胳膊……两败俱伤啊。

就在梁雪等人纷纷惊讶，并且准备冲过去联手击杀龙北极的时候，惊人的变化再度发生。

“小兄弟，你……很强……很好！”

龙北极竟然说话了！！！

本来都觉得，他和龙开阳、龙天权一样被控制了神志，但没想到，龙北极竟然说话了。而且这句话饱含着丰富的情绪，绝非半僵尸的状态。

梁雪听到了熟悉的感觉——想当初在原 99 局，龙北极说话就是这种语调！

“总指挥？！”梁雪有点儿不敢确定。

龙北极扭头看了看她这边，微微点了点头。而且梁雪和陈太元都能看出，龙北极眼眸之中也闪现出了光彩，有了人类本该拥有的情感，而不再像刚才那样死气沉沉。

“梁雪，辛苦你们了，竟然能找到这里。”龙北极说着缓缓站直了身体，随便扯下旁边一件长衣服披上，虽然有点儿不合体，但粗犷而野性，“这位小兄弟是你们岳东办事处后来收录的？”

“不是。”梁雪长话短说，“他是我的朋友，好朋友。”

龙北极点了点头，道：“那好，一切回头再说，咱们先去抓董小姐——恐怕他们已经潜逃了。‘导师’已经被我杀了，这里没有吸血鬼了。”

“导师”死了吗？陈太元和梁雪一时间不敢相信，也不明白龙北极为什么会杀“导师”。

“那开阳战将和天权战将怎么办？”梁雪问。

龙北极看了看蜷缩在墙角的两个老兄弟，一个个的眼神都暗淡无光。龙北极叹息说：“他们已经成了半僵尸，再也无法恢复，只能永远成为一个臣服于董小姐的杀戮机器，连野兽都不如——我刚才也是这种状态。我能够恢复，原因太过复杂，一会儿再解释吧。我现在的恢复也只是回光返照，只怕是活不过半个小时。”

什么？强大如龙北极，竟然活不过半个小时？！

就在众人的惊讶之中，龙北极却大步走向龙天权和龙开阳："两位兄弟，大哥送你们离开吧。咱们都是顶天立地的英雄汉，不能像猪狗一样屈辱地活着，不能……"

心中万般不忍，但龙北极还是痛苦地抬起一只手掌，在两个老兄弟的颅顶分别拍下一掌！

他亲手解决了两人的生命。

或许他出手是最为合适的，因为他是他们的兄长，也是他们多年的长官。

093

如此相会

陈太元留意到，似乎在临死前的一刹那，龙天权和龙开阳都流露出了一丝人类的情感。或许在这短暂的一瞬间，他们恢复了一些神志，带着解脱和欣慰而去了。被自己的大哥亲手解决了屈辱的生命，或许是他们最好的结局。

他们曾经高傲、威武，曾经纵横四海、威震敌胆，生命已经怒放过，不能凋零在污浊之中。

"向上级禀报的时候，请称他们是牺牲的烈士。"龙北极告诫所有人，"他们是被龙天枢那个浑蛋陷害，而被敌人擒获的。天权和开阳从未叛变组织，直到失去神志沦为半僵尸的那一刻。"

对于这样一个请求，没有人会不答应。

梁雪点头说：“龙天枢已经死了，被我和太元解决掉的。”

“很好，终究是要我们99局的人自己清理门户。”龙北极似乎又化解了一件心事，看了看前方大手一挥，“抓捕吴……也就是董小姐，快！”

说完健步如飞地离开，只有陈太元马上跟了上去。陈太元不太在意抓不抓董小姐，他最在意的是剑舞。

而梁雪在背后听到了龙北极那句话，似乎说出了一个“吴”字，顿时心里“咯噔”一下。但也来不及多想，便马上跟了上去。

陈太元则在奔行途中追问：“北极大哥，请问你认识一个叫剑舞的女子吗？”

高速奔行之中的龙北极似乎沉默了一下，说：“知道。难怪刚才看你的招数熟悉，原来是和她一路的。她的情况不妙，和我一样成为冲击‘秦级’的实验品。很可惜，她失败了。”

陈太元脑袋“嗡”的一下大了一圈儿。

“失败了？！”陈太元大惊。

龙北极感受到了陈太元语气之中的那份关切，大概明白了陈太元和剑舞的关系，顿了顿说：“其实也不用那么悲观。我不单是实验失败者，更重要的是还被打断了实验进程。原本我是要被封冻起来的，只是为了让我杀死‘导师’才改动了程序。至于剑舞，她是‘正常失败’，现在应该被封冻了起来。既然被封冻，那么也就意味着还有活过来的可能。”

陈太元沉默不语，只想着赶紧找到剑舞再说。

此时，实验区的通道大门开了，是里面的人主动打开的。因为董小姐带着机要核心人员离开之后，剩下的这些人知道自己被抛弃了，那还抵抗什么？还不如早早投降。

门打开后，一个等级稍高的文职成员表示，他知道董小姐等人逃脱的途径。大家到了那里之后，只看到一个半人高的小门，由厚重的金属打造，凭借暴力很难破开。

带路人说："我有一次曾送一个专家到这里，但是打开这扇门需要特殊的指令，而且有资格开启这扇门的人很少，需要掌纹识别的权限。"

那就没办法了，就算断了这里的电都没用。因为那人说这条通道距离外面其实很近，乘坐一辆小型轨道列车，只要七八分钟就能出去。而现在距离董小姐等人离开，早就过了 10 分钟了。

听了介绍，大家都觉得有点儿头大。一辆时速五六十公里的小列车，运行七八分钟，至少也走出去 5 公里了。而且列车的走向也毫无头绪，鬼知道会向哪里延伸出去。

"要不就将方圆几十里全部排查一遍，任何一个小出口也不能放弃。"陈太元说。

"这样显然不现实，就算大规模搜山也得两三天，外面树木葱郁、环境复杂。"

"第二个办法，也是最直接的办法，就是暴力破开这个门，沿着这条通道追出去，自然就能确定方位了。"

那还等什么？暴力破门吧。

陈太元安排之后，说："雪姐，追捕董小姐的事情你来做吧，对方没有什么高端武力了，危险应该不大，我得去找剑舞。"

其实刚才龙北极和陈太元的对话，梁雪在后面也听到了，知道剑舞现在的情况很不妙。梁雪也很想去看看剑舞，但陈太元也说了，抓捕董小姐同样重要，说不定剑舞的苏醒还需要董小姐。

梁雪平静地看着他，忽然伸出双手在他双颊上轻轻拍了拍："去吧，无论什么情况都保持冷静，知道吗？"

她的手有点儿凉，倒是真的让陈太元冷静了一点点。

通过留下的那些科研人员，问到剑舞的下落并不难。被一个中年女研究员带到了一个阴森的房间里，陈太元的心一阵震颤。

女研究员指着一个抽拉式的冷柜，说："应该就是这个了。这里实验失败后被封冻的并不多见，可能董小姐觉得她还值得抢救一下吧。"

陈太元心想："难道我还要感谢董小姐了？可笑！"

"另外请您小心，冷库拉开后不能停顿太久，否则会影响实验对象的保存。万一有所损害，造成无法挽回的损失，可就不妙了。所以，请您观看的时间不要超过 5 分钟。而且以后若不是为她实施救治、令她苏醒的话，也就尽量不要再拉开看第二次了。"

陈太元点着头，心中说不尽的期待和悲楚。当女研究员准备将冷柜拉出来的时候，陈太元猛然扑在上面。单膝跪下脑袋死死地抵住冷柜，潸然泪下。

男儿有泪不轻弹，只是未到伤心处。

一别经年，多次幻想再见之时会是何等的良辰美景，怎知眼下竟是如此光景，情何以堪。

"陈先生？"女研究员征询陈太元的意见。

陈太元轻轻松了口气，缓缓站直了身体。一只手将冷柜拉出一道缝隙，好似开启了一个世界。

随着冷柜缓缓拉出，展现在陈太元面前的是一个坚固的、密闭的长条形玻璃罩。首先露出来的，是包裹严密的双脚，类似于木乃伊！

寒意森森。

彻底拉开后，玻璃罩下真的展现出了一副完整的木乃伊形象！

这是剑舞？陈太元愣住了。从身高胖瘦上来看，像是，但他怎么能确定？

"肯定是她。"女研究员说，"这里只存放了三具躯体，另外两具都是男人。”

为了验证一下，女研究员把另外两个冷柜都拉了出来。确实，一个是矮胖的身体，另一个身高一米八以上，显然都不可能是剑舞。

“是否存在一种可能——这里面并非剑舞，她已经离开了这里？”陈太元心怀侥幸。

女研究员却当场浇灭了他这点儿微弱的希望火苗：“其实，我劝您还是祈祷这就是她吧。大家都知道她参与了‘秦级’实验，如果这不是她的话，那么另一种可能就是死亡，不是吗？您请便，但一定注意时间。”

说完女研究员走了，整个阴寒的冷库之中只剩下了陈太元和躺在坚固玻璃罩里的剑舞。打不开，也不敢打开。

站在玻璃罩前，陈太元泪眼相看，无语凝噎。

他傻傻地凝视了 3 分钟，脑袋里一片空白，甚至没去想往昔在一起的欢乐，也没去想以后如何将她救治。什么都没有，这一刻，陈太元的思维和剑舞一样，停滞空洞。

094

惊人的身份

陈太元恨恨地关上了冷柜，毅然夺门而出。他必须将董小姐抓回来，让剑舞苏醒。

这么想着来到了冷库的门口，一出门就看到门旁站着一个魁梧的身影，龙北极！

“你没和雪姐一起去抓董小姐？”陈太元一愣。

龙北极摇了摇头：“我的寿命或许只剩下一二十分钟了吧？那条通道倒是打开了，不过我可不想死在那里面，先坐下来歇会儿多好。”

真豁达！

陈太元面对剑舞的状况早已心乱如麻，可看到龙北极面对自己即将到来的死亡，竟然毫不在乎，他揉揉脑门儿：“对不住，只考虑里面的事情了，忽略了你的感受。”

龙北极哈哈大笑：“这有什么？我龙北极可不是那种矫情的人。你这年纪轻轻儿女情长才是人之常情。我之所以来找你，是要交代一些重要的事情——除了梁雪，这里只有你还算管事情的吧。”

陈太元摇头：“我可不算什么管事儿的，只是来帮新99局的。”

“无所谓了，反正回头你先告诉梁雪，再汇报给组织就行。”龙北极一边说着，一边取来陈太元手中的那部手机，“小兄弟，别怪老哥我多心。我的遗言最好是让组织上的人也一起见证一下。”

电话拨给了李晓芬。有第三人见证的话，龙北极的遗言被私吞掩盖的可能性就很小了。

“我龙北极，向组织汇报一些情况，被交代人是陈太元。

“首先，最为重要的一条信息就是，实验基地的负责人董小姐，其实就是我们原99局首席科学家吴心颖女士。她早逝的母亲姓董，故而以此为假名。”

这一句话说出来，陈太元和电话那边的李晓芬都蒙了！

吴心颖！大名鼎鼎啊！

这位原本的99局首席科学家，“首席”二字决定她的权限几乎大到了连 99 局局长都无法制约的地步。难怪她能调动这么大的资源，甚至能筹建出自己的山间实验基地而不被发现。当然，其背后肯定有其他方面的强大财力支持。

无法想象，吴心颍竟然会是这个组织的创建者。而她，又和 99 局的覆灭有着直接的联系。

陈太元早就知道吴心颍是全球最闻名的生命科学家之一，甚至可以被冠以“大师”之名。后来通过梁雪才又知道，99 局竟然聘请吴心颍为首席科学家，实在很令人震惊。毫无疑问，吴心颍在生命科学界的地位，丝毫不亚于京华大学的袁石清。这一老一少，号称东方生命科学界的泰山和北斗。而且以吴心颍现在的能力和年龄，假以时日超越袁石清也是板上钉钉的事情。

吴心颍闻名全球的另一件事儿，是她在 27 岁那年，获得了诺贝尔生理学或医学奖！ 27 岁啊，就取得如此惊人的成就，自然震动了整个世界。但更让人震惊的是，吴心颍竟然拒绝领奖。当有记者问她原因的时候，她淡淡地说：“第一，我最近心情不太好；第二，诺贝尔一个搞化学的，懂生理学或医学吗？瞎掺和。”

听起来多么狂傲，但其实她只是习惯了直抒胸臆，不兜圈子。

吴心颍当时首先提出了颠覆性的理论，指出人类可以通过基因的改变而变得更加强大，甚至可以融合出一些奇异的变种。这种理论非常超前，后来没过多久西方就出现了 C 病毒，完全印证了这一点。

虽然黑暗科学违反社会道德，但它作为一项科学技术却是颠覆性的。

也就是在那一年，吴心颍便成功地制造出了兽化战士！一种完全可以抗衡吸血鬼的强大存在，而且将基因融合的步子迈得更大，同时和 C 病毒走向了不同的方向。

兽化战士的技术出现后，马上就被国家明令禁止了。因为这种实验无论在道德伦理还是在法律层面，都站不住脚。

但是，国家却不会放过这种大师级的科学家的。据说99局筹建之初，国家曾经试探性地询问了袁石清和吴心颍，希望他们到这个新组织之中来，保证足够的经费、足够的政策、足够的权限、足够的……几乎一切。

袁石清考虑到自己年事已高，而且习惯了大学里的研究氛围，于是婉言谢绝。而吴心颍则答应了下来，成为99局学术委员会的首席科学家。虽然年轻，却没有人不服。

为什么？当然是因为在极限进化液的研制过程中，吴心颍的历次指点都成为取得实质性突破的关键。后来极限进化液出现强化版，也是得益于吴心颍的带头研究，才有了“八龙将”这些人。可以说，吴心颍一手创建了庞大的极限战士战队，又一手制造了兽化战士战队。明面上她是99局的首席科学家，背地里却是实验基地这个邪恶组织的负责人。

她仿佛是一个两面人，拥有的是两面人生。

龙北极说，吴心颍发现在99局中已经无法研究出自己所需要的东西，这才秘密组建了实验基地。而且，她还得到了境外秘密组织的全力资助，否则也不可能搞出这么大的规模。

陈太元无语：“她究竟想要研究什么？就是针对你和剑舞的那种实验？”

龙北极摇了摇头：“我和剑舞这样的，那些兽化战士，还有纯粹的极限战士，都只是一种研究方向。吴心颍需要的，是无所顾忌的实验。”

什么是无所顾忌的实验？别的不说，至少需要大量的活人来进行活体实验。

很残酷，很血腥。但吴心颍表示，这就是生命科学发展必须付出的代价。你一直用小白鼠能验证出人类身上的所有事情吗？对不起，人类不是小白鼠。

在这古秦山脉中，存在着一批特殊的人，满足了吴心颍的需要——隐士。

这些隐士与世隔绝，不和外界联系。而且连这些隐士之间也不怎么联络，鸡犬相闻却老死不相往来。

所以说，秘密抓捕这些人进行活体实验的风险非常小！尤其是一些落单的，简直太容易了；而且他们一直不和别人联系，就算失踪了也没人在意，这样前前后后抓了上百人做实验，也没有败露行迹。

吴心颍看中的就是这里的环境，距离99局的总部很近，也便于她能随时过来主持工作。

“至于一直支持她的境外秘密组织，名字叫作‘新人类’。”龙北极继续说，“‘导师’是这个组织在我们国内的代理人，也是这个组织和吴心颍之间的联络人。‘导师’称他的上级为‘始祖’，或许是他们吸血鬼内部的称呼。”

095

交接

龙北极的时间不多了，只能尽快拣重点的说。

“这个秘密国际组织‘新人类’由来已久，严重威胁着国家安全。不仅仅是我国，西方各国也深受其害。99局已经对其调查了很久，也曾对他们的势力形成不小的打击，但到最后都失败了，因为 99 局内部出现了最大的奸细，吴心颍。她和‘新人类’勾结，以派遣任务的形式要我们‘八龙将’去西部夺取某些所谓的重要资料——后来证明根本没有什么有价值的东西。结果，我们步入了她精心设置的陷阱之中。那里不但有一批僵尸怪物，还有升级版的吸血鬼。而且由于行踪被提前通报给对手，我们还被下了毒。龙天枢的背叛直接导致了我和龙天权、龙开阳等人的被擒。

“而且也正是吴心颍，帮助吸血鬼秘密研制出了升级版 C 病毒。她还把 99 局在各地的情况告诉了‘新人类’，使得我们各地的分支机构同时遭到了打击。”

总之，就是因为吴心颍的出现，整个 99 局一败涂地！

当然，若非她当初研制出极限进化液及其强化版，99 局也不会出现曾经的辉煌。

成也吴心颍，败也吴心颍。

至于抓住龙北极等三人而不杀，是为了秘密进行“秦级”实验。因为吴心颍知道，这三人的实力最强，达到了“汉级”，龙北极更是“汉级”中的巅峰。她找了三具实验失败的隐士的尸体，扔在 99 局遗址的大火中混淆视听，让大家都以为“八龙将”已经完蛋了。

另外“八龙将”之中的不少人相继出现的副作用，吴心颍其实也早就意识到了严重性，而且她无奈地发现这个副作用无法消除。所以她刚好利用龙北极等人的身体进行实验，最终她悲观地断定——极限进化液是死路一条，是注定无法达到更高境界的断头路。

“死路一条？”陈太元心中一惊，“这么说雪姐她……”

龙北极无奈地摇了摇头：“恐怕她也难以避免厄运。吴心颍可以说是极限进化液之母，连她都对极限战士的前途判了死刑，还有谁能拯救？”

陈太元心中顿时不尽凄惶。剑舞已经这样，梁雪也命不久矣，老天也太残酷了吧。不过陈太元决定先不对梁雪说这件事儿，也叮嘱李晓芬要保密。也许京华大学的实验室能有办法，如果不成的话也别给梁雪带来太大的精神压力。

“可以想象，”龙北极说，“随着我们 99 局的倾覆，‘新人类’恐怕会对我国实施更加丧心病狂的渗透和反扑，所以请国家务必注意超自然战争方面的安全。听说已经成立了新的 99 局，很好，现在我以原 99 局极限战队总指挥的名义最后命令——一切原 99 局的幸存同事，全部归入新 99 局中，服从国家意志，听从国家召唤，默默守护我们脚下的国土，不容任何黑暗种破坏我们的家园！”

“实验基地的科研人员做过错事，但他们要么是被吴心颍蒙骗，要么是被吴心颍绑架，身不由己。希望国家对这些人既往不咎，全面收编到新 99局。超自然战争比拼的是超自然战士，更比拼制造超自然战士的科研团队。

“至于‘新人类’的线索，我目前只知道西部西疆省的僵尸出没之地，应该与其有关联，其他的尚未发现。”

在生命垂危之际，龙北极没有顾影自怜，而是将所知所想一股脑儿全然奉上，置生死于度外。这才是真正的大无畏，连原本沉浸在淡淡哀伤之中的陈太元也不免受了感染，胸中一股正气油然而生。

但是这股正气刚刚萌发，就被龙北极随后的一句话给吓了回去。

龙北极看了看面前的陈太元，继续对着手机说：“另外，吴心颍将超自然战士的等级划分为‘唐级’‘汉级’‘秦级’，分别对应西方世界的 D、C、B 三级。虽然此女可恶，但这个级别分类方式我很赞赏。”

陈太元有点儿发愣，心想：这时候了你还关心这些小事儿？

就在他疑惑的时候，龙北极忽然说：“现如今，据说‘新人类’正在疯狂推进 B 级——也就是‘秦级’战士的研究，甚至得到了吴心颍的暗中支持，好像即将完成。”

“但是，我国现在没有一个‘秦级’战士，连我也不是。只有刚才出现实验异常的时候，我才勉强能达到‘秦级’的力量。但是，陈太元小兄弟却能够和当时的我周旋到底，实力极其惊人，所以，恳请上级多多留意并重用陈太元小兄弟。此非私情，而是关乎新 99 局的存亡安危。没有挑大梁的战士，没有一个强大的精神支柱，休想凝聚出一支具有强大战斗力的战队，更无法对抗西方即将出世的‘秦级’超自然存在。汇报完毕，龙北极于 ×× 年 ×× 月 ×× 日。”

听到这里，陈太元忽然抓过来手机，说：“晓芬，龙北极大哥最后这段话掐掉，权当没听见，知道吗？”

谁知电话那边竟然传来了一道沉稳浑厚的中老年男声，赫然是公安部副部长兼新 99 局局长孔凡新！

“这段话掐不掉，我都听到了。来得及时，刚好将龙北极同志的汇报尽数听完。由于该汇报太有价值，故而没有打断。”

陈太元一头黑线。

孔副部长继续说：“龙北极同志，我代表新老两个 99 局，甚至请允许我代表全体干警和广大百姓，向你和你的战友们表示崇高的敬意。你们为维护这片国土的安全付出了生命的代价，直至生命尽头依旧顽强不息，这种精神永存不死，激励一代代战士奋勇向前。”

龙北极哈哈大笑：“过奖了，我就是个厮杀汉——以前在部队，后来在 99 局，战斗就是我的使命。不多说了，看来我还有几分钟能活，刚好想和陈太元小兄弟说点儿知心话。”

电话说挂就挂，就是这么洒脱。

“小兄弟，其实我不是单纯的极限战士。”龙北极说，“在成为极限战士之前，我是一个气劲修炼者——这一点和你跟剑舞一样，当然修炼得没有你这么精粹。或许正因为这个，我在成为极限战士之后，才在同级战士之中算是最强的。所以，多谢你刚才对我丹田的击打，让我经脉紊乱，反倒刺激了周身，得以在最后时刻醒来。”

竟然是这样！难怪丹田部位的击打能产生那么有效的作用。

“据我的自身感悟，觉得极限战士算不上真正的进化。”龙北极说，“极限战士不是，那些黑暗种就更不是人类进化的正确道路，我觉得这些都是伪科学、伪进化。”

“真正的进化应该像我们这些修炼者，向天地自然寻求自身进化的大道，这才是更加和谐的道路。多少武道先贤也已经证实，修炼身体、打磨心志可得福寿安康，比这些突然的‘进化’更接近生命的真谛。

“虽然更耗时，但进化本就是个耗费时间的事情，不是吗？人类从茹毛饮血、直立行走到现在这种模样，进化了不知多少万年，现在却想通过短短几天的实验，就完成一个生命层次的蜕变，怎么可能呢？

“当然我不是生命科学研究者，这些话只是一个过来人的感触。我想这些感悟或许对你有点儿用处。”

陈太元若有所思地点头称谢。

“别谢了，无非是想让你陪我说说话，走完人生的最后几分钟。”龙北极笑了笑，忽然说，“最后一件事儿，梁雪很喜欢你，别辜负了她，更何况她……”

话到此处，龙北极的身体忽然僵硬，一动不动。眼睛直直地看着前方，脸上尤自挂着刚才爽朗的笑容，但生机却瞬间消失在这具魁伟的躯体内。

“北极老哥？！”陈太元一惊，马上扶住龙北极并且摇晃了一下，但是无济于事。斯人已去，大树枯朽，东方世界超自然战争的旗手完成了最后的谢幕。

或许，这也是两代旗手的交接仪式。在最后时刻，龙北极几乎把陈太元视为东方世界在超自然战争之中的大旗人物了。

看着龙北极的遗体，陈太元百感交集，肃穆庄严。

096

升职

明知龙北极随时会死，但事到临头还是有点儿突然。

陈太元想到了龙北极最后的话——“梁雪很喜欢你，别辜负了她，更何况她……”

更何况什么？

梁雪是个冷性子，如果这样的女人都能被人看出心态，只能说她真的动心了。当然，一般人看不出来，但龙北极作为梁雪的老战友、老上司，还是能看出一些端倪的。

其实陈太元已经可以猜出来，龙北极最后未能说出的半句是——“更何况她剩下的时间已经不多了”。肯定是这样的，事实上陈太元猜中了，龙北极确实想这么说。假若只剩下了区区几个月的寿命，谁也不忍心再去辜负她了。

默默地看着龙北极的遗体，陈太元觉得这个承诺做不出来。

看了看冷库的门，他一声轻叹。

随后，陈太元先是向孔凡新汇报了龙北极的死，又马上找到这里的所有人——科研人员、行政人员，哪怕是一开始留下来的守卫，现在也直接接管，整编成维持现场秩序的临时队伍。找到主要的科研人员，询问让剑舞苏醒的办法，结果主要技术负责人都被吴心颍带走了，留下的没有能够独当一面的顶尖科学家。

倒是一位老科研人员说，他是剑舞那个实验项目的一名技术骨干，也好几次听到董小姐和几位专家的讨论。似乎董小姐说过，想要剑舞苏醒的话，现在的技术还做不到，但几年之内肯定可以。

几年之内？简直等同于地老天荒了！

“她的原话是怎么说的？”陈太元不想听到一知半解的东西。

这位科研人员说：“我只大体记得她说的是一个‘可逆程序’。意思是将剑舞体内的实验药剂全部逆向抽取分离，这样由实验药剂所得到的好处会消失，同样所带来的副作用也会最大限度地排除。”

可逆？陈太元忽然睁大眼睛，心想：这不就是“归零”的研发目标吗？

“归零”是要那些东西所带来的一切作用全部消失，彻底“归零”。也就是说，董小姐觉得解决剑舞这件事儿也是这个路子？

假如真是这样的话，那么京华大学未必做不出来。虽然现在“归零”还非常不成熟、不稳定，但总有一天能完善起来吧。想到这里，陈太元的心情又稍微平和了一些，他现在真是有点儿患得患失。

另外重要的一点，就是再也不能随便给这里停电了。存放剑舞躯体的冷库需要电力，频繁停电会造成非常可怕的影响。所以陈太元也通知了李晓芬，马上恢复对这里的电力供应。

不仅如此，以后还要加派人手接管这里，不能被任何人破坏。

陈太元又特别关注了两个人，一死一活。死的是老对手“导师”，陈太元追了他很久，想不到再次相逢，他已经成了具尸体。而且连面具都被龙北极给捏变形了，死死地“镶嵌”在脸上。

活的是头狼，也就是原本这些兽化战士的头目。作为货真价实的“汉级”兽化战士，头狼体内的“归零”的效应还在发挥，正窝在墙角里痛苦挣扎。陈太元倒是佩服这个耿直不屈的汉子，心想要是能够招揽到99局之中，倒不失为一把好手。

…………

不久后，陈太元接到了梁雪的消息——终究没能找到董小姐，让她逃了！

这么多人竟然也能逃走，了不起。陈太元极为失望。治疗剑舞，请京华大学帮忙是理所当然，但真正的捷径还是让董小姐亲自出手。

于是梁雪等人从速返回，调查追踪之事便交给了正规警方来做。同时，李晓芬也从99局的行动处派进来不少人，包括李晓芬自己，完成对这座实验基地的全面接管。

甚至，连孔凡新也来了。

看着这里的实验设施，考虑到大部分的设备都无法断电且很难带走，所以目前只能接管，不能搬迁。

孔凡新不住地点头，表示可以考虑将穹顶穿凿出一些孔洞，增加排风措施：“咱们可以正大光明地做科学研究。对了，这里还缺一名实验基地负责人，不知道袁石清老先生乐不乐意。”

“老头子肯定不乐意。”陈太元最了解那老家伙。

“那么，麻烦小陈老师一下，”孔凡新得意地笑道，“聘请袁晴小姐到这里代管一阵子怎么样？袁晴小姐管理庞大的京华大学生命科学实验室很有成绩，有条不紊，在业内广受称赞。”

她要是在这里，倒更方便研究剑舞的事情了。于是陈太元点头答应，表示会尽力。但袁晴肯定不会舍弃京华大学的，只能两地奔波了。

这倒好，陈太元身边的朋友几乎被新 99 局“一网打尽”了。

“经过这次战役，我们新的 99 局也得到了一次真正的磨炼考验。”孔凡新说，“不过总的来说，主要还是小陈老师和梁雪两位同志功劳最大。”

言外之意，其他人的“锻炼效果”并不是非常好。

“一下子收编了这么多的兽化战士，收编了一整个庞大的实验基地，这 99 局的班底也扩容了不少。”孔凡新说，“乍一交给你们，就怕协调配合上面会不怎么顺利。所以我决定向班子会议提请，暂时依旧兼任这个局长，而由梁雪同志担任副局长。”

这才说到正点儿上了。

让梁雪做副局长，这一点没有任何异议。这次行动梁雪和陈太元的功劳最大，但陈太元不是 99 局的内部人员，所以只剩下了梁雪。孔凡新早就许诺，两个行动处的处长竞争，功劳大的晋升为副局长。现在梁雪功劳最大不说，另一个行动处干脆全军覆没了。

而且梁雪还有人脉上的优势，这次兽化战士都是梁雪和陈太元收编的，所以袁大圣等人肯定服从梁雪的命令；同时，龙北极临终之前命令原 99 局所有幸存者服从新的 99 局，而这批人总要有一个带头的，梁雪作为老 99 局之中的老资格极限战士，自然有足够的威信。

“至于李晓芬同志，就担任行动二处的处长，由我直接决定。”孔凡新说，“为了保持竞争，任命袁大圣同志为行动一处的处长。”

升官啦，又升官啦。年纪轻轻的李晓芬，竟然直接和当初的市局局长是一个级别了。因为部委里面的处级单位，对等的就是地方上的县级机构。也就是说，人家李晓芬这二十啷当岁竟然都是正处级了，而且是实职领导。

但是，李晓芬依旧不开心，当场表示反对：“这怎么行啊！袁大圣手底下那么多的兽化战士啊，我呢？我呢？”

孔凡新笑了笑："山奴不就是你的手下嘛，而且你可以请小陈老师同时帮你一下。"

有让师父给徒弟打工的吗？！

孔凡新是看出来了，陈太元肯定不乐意正式入职。那倒不如让他在这里挂一个闲职得了。反正看起来他和李晓芬的关系挺密切的，那就让李晓芬牵制着他。

孔凡新继续笑道："至于小陈老师的级别，随便你好了，反正我这个做局长的也管不着你，所以，你是99局里面最自由的成员，上上下下随便你。"

这权限才是真的大，要是再不答应就确实是不给面子了。所以陈太元就算不怎么乐意，也还是点了点头。

李晓芬倒是在一旁偷着乐，表面上却不依不饶："手底下就俩能打的啊，还有一个是管不着的，不开心。"

这时候，袁大圣却摇头说："首长，其实这队伍由我来带不太合适。等我们询问一下狼老大的意见，他是我们的头儿。"

097

大英雄啊大英雄

要是头狼愿意做行动一处的处长，袁大圣乐于做个副处长。

最终，头狼看到实验基地早就已经变了天，而且全部兄弟也都加入了新的 99 局，他也没有再坚持。另外但凡知道个好歹的，谁不明白有个官方身份的好处啊，总比在地下偷偷摸摸搞违法活动强得多。

但他坚称无功不受禄，说什么也不就任行动一处的处长职务。最终在众多兽化战士的坚持下，袁大圣担任了处长，而他则担任了一个副处长。也好，这么安排最公道。

这样一来，行动一处的实力就更加强大了，于是李晓芬再度不开心。

“有什么不开心的，好好修炼，没志气。”梁雪白了李晓芬一眼，“要是跟你师父一样能打，还管什么手下的人数多少。”

李晓芬顿时吐舌头：“你倒是会说他的好，有本事做我师娘啊，竟敢管我。”

“作死！我是你的副局长，为什么不能管你了，什么师娘不师娘的。”梁雪恶狠狠地说，“再敢胡言乱语，撕烂你的嘴。”

李晓芬大乐：“你不乐意就算了，反正有乐意的。晴姐知道我和老陈的关系后，竟然非要我喊她师娘啊，占我便宜。”

梁雪无语。

李晓芬忽然沮丧起来：“其实，真正的师娘在冷柜里呢，也不知道啥时候能出来，太可怜了。唉，不是说和我长得还有些像吗？”

“其实我和她都未知死活啊，只不过她在冷柜之中，而我在冷柜之外。”梁雪说完大步而去，倒是没有李晓芬那种小女子的凄楚。李晓芬在背后轻轻揉了揉鼻子，暗自佩服着。

两日后，人事调整已经完成，但还有件事儿需要马上着手去做——对外公布。

一直以来，老百姓对这些超自然案件早就人心惶惶了，什么吸血鬼，什么猿族怪物……虽然官方当时说山奴是“大型凶猛动物”，但是禁不住大家的传言多啊。

总之，需要官方给大家一个合理的答复，不然社会不稳定。

99局的小会议室里，局长孔凡新和副局长梁雪，以及李晓芬、头狼等几位处长都在，连陈太元这个“客座嘉宾”也在。

孔凡新笑道：“是该表彰功劳的时候了，也可以对社会有一个交代了。境内吸血鬼基本上被肃清，兽化战士问题也被解决，答复肯定令人满意。但是，我们总需要有个人面向社会，做我们的先进典型。经过我们研究，认为小陈老师很合适，只不过希望你能以警方身份出现在大家的……”

“别！”陈太元当即打住，“我不会以警方身份出现，甚至也不想出现在公众面前。人红是非多，我还得清净清净呢。”

他不是公安系统的正式人员，孔凡新也不好强迫。

“那就推出梁雪同志好了。在这次行动之中，你和小陈同志的功劳并列，又是我们99局的副局长……”

梁雪摇了摇头：“我倒不是推辞，但孔部长您考虑过没有，这个英雄典型一旦树立起来，可不是三五天的应景工夫。以后再有什么棘手的案子，还得这位英雄人物出现，用以稳定人心，避免社会恐慌。而我的情况您是知道的，寿命可能不长了。”

这还真是个令人头痛的情况！

如果刚把梁雪树立为英雄，结果没几个月就一命呜呼了，这还算什么超自然大英雄啊，连自己的命都保不住……如此一来，稳定社会人心的效果没达到，反而会引发进一步的猜测和恐慌，更添乱。

孔凡新点了点头，将目光投向了李晓芬。

刹那间李晓芬的小脸儿一白，哭丧着脸说：“不会又是我吧？”

孔凡新笑了：“这个‘又’字用得好，说明你就是这个大英雄专业户嘛，轻车熟路。其实在这次行动之中，除了他俩也就你的功劳最大了——居中指挥调度，查出对方的用电线路，这也都非常有价值的。”

“查电路那是受到老陈的启发。”

孔凡新开始有点儿不讲理了：“那为啥人家没受启发，就你受启发了？晓芬同志，过度谦虚就是骄傲啊。嗯，就你了！挺合适嘛，以前你就是咱们警界树立起来的超自然大英雄，现在把这个形象再度深化一下。你啊，早就家喻户晓了，怕什么呢，就是你了……”

就这样，李晓芬再度成为这场超自然战役的英雄模范人物，同时也成为99局面向社会的代表性人物。时间久了，这个形象也越来越深入人心。99局里大家更是开玩笑说，李晓芬就是咱们99局的形象代言人。

当然，对外公布、树立英雄形象都不是大事儿，真正的大事儿是继续对董小姐进行追查。

足足一个多月过去了，董小姐毫无音信。陈太元越来越焦急。

袁晴倒是很用心，甚至将袁石清都请了过来，亲自寻找令剑舞苏醒的办法。袁石清考虑之后，表示如果没有当初实验的数据，仅凭自己的摸索太耗费时间。而且剑舞的身体不能长时间暴露在外，这给研究带来了巨大的困难。

“归零”如果完善了，倒也可能会对剑舞的苏醒有些用处，但也可能形成不可弥补的可怕后果，因为没有任何实验先例，也没有剑舞当初实验的各项数据。除非陈太元不怕冒那么大的风险，不怕剑舞死去，才能走极端——更何况现在“归零”距离彻底完善还需要一定的时间。

“就算抓不到吴心颖，至少你也得把剑舞当初实验的资料拿来，这样我才能有的放矢啊小子。”袁石清说，“人命关天，可不敢乱来。”

陈太元纠结了。

这一个多月来他疯狂地寻找，甚至去了龙北极所说的僵尸出没之地。

可令他失望的是，那里什么都没了。那个偏僻的边境小城，除了漫天飞舞的风沙尘土，什么都没有。僵尸也好，董小姐也罢，都好像风沙一般消失在世界的尽头。

西南边陲，某个经济相对落后的小城市锡托克。这里的经济状况比较差，但自然生态却保持得非常好，似乎经济和环境总是一对冤家。

在小城锡托克的旁边，有一片茂密的森林，被规划成了当地的国家森林公园，试图吸引外地的游客。

就是这样一座小城，并未被几日前一个奇怪的“旅行团”打破静谧，太阳照常升起，鸟儿照常欢叫。

这个“旅行团”直奔锡托克城的一家制药企业，当地吸引的重要外资企业之一。至于为何选择坐落于此，资本方表示此处盛产的一种植物，是他们主产药剂的主要原材料。

“旅行团”的团长姓吴，挺漂亮的一个女子。她坐在一辆代表着当地风俗的牛车上，伴随着嘎吱嘎吱的节奏，悠然自得地盘玩着一串木头念珠。这一带有很多手串念珠出售，昨天身边的丫头小杨给她弄了一串，她觉得蛮有意思，似乎捻动念珠的时候能够让心情更加沉静。

牛车对面，小杨自己正百无聊赖地将手中的手串摩挲得哗啦啦响，“真是的，竟然让大小姐这么大老远地去见他，他算什么呀。”

董小姐无喜无忧，道：“没办法，这人傲着呢，要不然整个西方世界的黑暗种怎么会都称呼他为‘始祖’呢？”

图书在版编目（CIP）数据

超自然大英雄 / 青狐妖著 . —长沙：湖南文艺出版社，2017.6
ISBN 978-7-5404-8012-7

Ⅰ. ①超… Ⅱ. ①青… Ⅲ. ①长篇小说—中国—当代 Ⅳ. ① I247.5

中国版本图书馆 CIP 数据核字（2017）第 053982 号

上架建议：畅销 · 长篇小说

CHAO ZIRAN DA YINGXIONG
超自然大英雄

作　　者：青狐妖
出 版 人：曾赛丰
责任编辑：薛　健　刘诗哲
监　　制：毛闽峰　赵　萌　李　娜　刘　霁
特约策划：郑中莉　由　宾
特约编辑：吕　晴
营销编辑：杨　帆　周怡文
封面设计：天行云翼 · 宋晓亮
版式设计：张丽娜
项目支持：杜　娟
出版发行：湖南文艺出版社
（长沙市雨花区东二环一段 508 号　邮编：410014）
网　　址：www.hnwy.net
印　　刷：三河市鑫金马印装有限公司
经　　销：新华书店
开　　本：875mm × 1270mm　1/32
字　　数：310 千字
印　　张：12.5
版　　次：2017 年 6 月第 1 版
印　　次：2022 年 1 月第 2 次印刷
书　　号：ISBN 978-7-5404-8012-7
定　　价：39.80 元

质量监督电话：010-59096394
团购电话：010-59320018